Pete Smith
Endspiel

Pete Smith

# Endspiel

Ein Frankfurt-Roman

SOCIETÄTS
VERLAG

Satz: Julia Desch, Societäts-Verlag
Umschlaggestaltung: Julia Desch, Societäts-Verlag
Umschlagabbildung: © Deyan Georgiev - Fotolia.com
Druck und Verarbeitung: freiburger graphische betriebe
Printed in Germany 2015

ISBN 978-3-95542-120-5

*Für Angela*

# Prolog

Stellen Sie sich vor."

Ich beuge mich zu ihr, fange das Lächeln des Mädchens ein, sehe über die Köpfe der Menschen, sehe über die Leinwand hinaus, wo ein unsichtbares Flugzeug genau in diesem Augenblick eine feine Spur in den Himmel ritzt.

„Stellen Sie sich vor."

Ihre Stimme ist kaum mehr als ein Flüstern. Um uns herum schwillt das Geheul der Vuvuzelas, Klagegesang alter Weiber, die den Tod eines Neugeborenen beweinen. Drei Jungen stürmen die Bühne und reißen sich ihre T-Shirts vom Leib. Fahnen wehen Schatten über das Menschenmeer. Zwischen den Bankentürmen steht tief die Sonne.

„Stellen Sie sich vor."

Ihre Lippen berühren mein Ohr, ihre Stimme flüstert sich durch den Gesang der Nacht. Ulis Hand in meinem Haar. Das Lächeln des Mädchens, das mit einem Mal zerbricht. Die klagenden Weiber, die ihre Hände zum Himmel recken.

„Stellen Sie sich vor", beschwört sie mich, als hätte ich nicht längst begriffen. „Genau in diesem Augenblick erlischt das Bild. Dabei ist der Ball gerade erst in der Luft und fliegt und fliegt und landet womöglich im Tor, aber das malen Sie sich nur aus, das können Sie nicht wissen, das werden Sie nie wissen, weil die Leinwand schwarz bleibt, verstehen Sie, genauso fühle ich mich in den Nächten, da ich wachliege und an ihn denke, und am Morgen, wenn ich aufstehe, genauso."

# 1

Tosender Applaus, an- und abschwellend wie Meeresrauschen. Gesichter: erregt, verschwitzt, ungläubig. Ulis ausdruckslose Augen. Ein langhaariges Mädchen, eingewickelt in eine schwarz-rot-goldene Fahne. Hupende Autos. Plötzlich verwandelt sich das Rauschen in Regen, der gegen den Rollladen prasselt, Schritte im Treppenhaus, Stimmen, ein Knall – endlich öffne ich die Augen, der Wecker neben mir blinkt, elf Uhr, offenbar habe ich zwölf Stunden geschlafen.

„And finally, our twelve points go to: Germany!"

Ich lange hin und drücke Knöpfe, aber das Display blinkt und blinkt, bis ich den Stecker ziehe, mich aufrichte und zurückfalle ins nachtwarme Kissen. Als ich die Augen schließe, ist mir, als ob Samstagnacht, die Nacht von Oslo, genau in diesem Augenblick endet.

„Das ist nicht wahr, oder?"

„Ich hab es dir gesagt!"

„Kann das denn sein – selbst die Dänen wünschen uns den Sieg!"

Wir sitzen auf dem Boden und trinken Cocktails. Armin hat uns gebeten, die Gläser in der Hand zu behalten. Für die ESC-Party hat er sein Wohnzimmer leergeräumt. Über der Tür hängt ein Beamer und bläht das Fernsehbild auf Kinoleinwandformat. Stefan Raab strahlt in die Kamera mit Zähnen so breit wie ein Sofa.

*Love, I got it bad for you, I saved the best I have for you, you sometimes make me sad and blue.*

„Shit!"

Edgar gräbt seinen Daumen in meinen Arm. Vor der Leinwand kickt die Frau mit dem weißen Kleid gerade ihren zweiten Schuh vom Fuß. Ihre Finger schieben sich unter den Saum, ziehen am Stoff, halten die anderen auf Distanz.

„Sag ihr, sie soll damit aufhören!"

„Sag's ihr selbst."

„This is not real!"

Plötzlich rückt Ed von mir ab. Uli schlüpft in die Lücke.

„Amüsiert ihr euch? Ich geh dann mal. Nein, bleib nur. Wir telefonieren, okay?"

Einen ganzen Tag höre ich nichts von ihr. In der Nacht schickt sie mir eine SMS. *Tut mir leid.* Was will sie mir damit sagen? Was tut ihr leid? Warum sagt sie nicht endlich, was mit ihr ist?

Ich lasse das Fahrrad stehen und nehme die Bahn. Noch zweifele ich, ob Edgars Vision tatsächlich aufgeht. Ich habe keine Erfahrung mit alten Menschen, Großeltern kenne ich nicht. Dabei hätte ich ihren Vater sicher gemocht, behauptet *Ma*, bei ihrer Mutter ist sie sich offenbar nicht so sicher. Sankt Patrick dagegen schweigt sich über *cross-generational relationships* aus. Ob seine Eltern noch leben, weiß er nicht. Für ihn sind sie vor langer Zeit gestorben.

An der Alten Oper fordert uns eine Lautsprecherstimme auf, auszusteigen. Wartungsarbeiten, außerplanmäßig, man bitte um Verständnis.

„Wartungsarbeiten!", höhnt ein Mann mit Schiebermütze und spuckt vor mir aus. „An einem Montag! Hat denen einer ins Hirn geschissen?"

Draußen klatschen dicke Tropfen aufs Pflaster. Ich sprinte bis zum Eschenheimer Tor, zwänge mich in ein überfülltes Abteil der U3 und hole vier Stationen später – am Dornbusch – wieder Luft.

Eine Frau, die ich nach dem Weg frage, schickt mich in die falsche Richtung. Ich verfluche sie, ich verfluche Edgar, ich verfluche sein Gefasel vom anstrengungslosen Wohlstand, den er mir, seinem besten Freund und ersten Angestellten, angedeihen lässt: Wirst schon sehen, der Job deines Lebens, dein erster Beitrag zum Generationenvertrag.

„Villa Lichtblick, aber ja doch“, rettet mir ein Postbote den Tag und deutet auf einen verschnörkelten Palast hinter mir, den ich eben noch für ein Ensemble luxuriöser Eigentumswohnungen gehalten habe. „Da würde ich meinen Lebensabend auch gern verbringen.“

Die gläserne Tür öffnet sich lautlos. Akanthusornamente an den matt schimmernden Wänden, vier marmorne Säulen, in deren Mitte ein tief hängender Kronleuchter aus lichtblauem Glas, der sich im schwarzen Granitboden spiegelt. Über dem Rand des barocken Tresens lugt der platinblonde Schopf einer Frau. Offenbar telefoniert sie. Ich trete näher und warte. Nach einer Weile sieht sie auf.

„Was kann ich für Sie tun?“

Ich nenne meinen Namen, worauf sie in ihrem Empfangsbuch nachsieht und, das Telefon weiter am Ohr, um den Tresen herum in den Gang zu ihrer Rechten deutet.

„Die letzte Tür links. Herr Dr. Engelhardt erwartet Sie bereits.“

Bevor ich den Lichthof am Ende des Flurs erreiche, schwingt vor mir eine Tür auf. Ein hochgewachsener Mann, dichtes dunkles Haar, randlose Brille, gestutzter Bart, eilt mit ausgebreiteten Armen auf mich zu.

„Mein lieber Herr Kaufmann, da sind Sie ja, wie schön, Sie endlich kennenzulernen!“ Ehe er mich umarmen kann, strecke ich ihm meine Hand entgegen. „Engelhardt. Dr. Engelhardt. Haben Sie gut hergefunden?“

Er trägt einen eng geschnittenen, anthrazitfarbenen Anzug, ein schwarzes Hemd mit grauer Krawatte und, wenn ich mich nicht täusche, rahmengenähte Oxford-Schuhe aus Ziegenleder. Ein Hauch Escada weht ihm voraus. Sankt Patrick und er wären sicher die besten Freunde.

„Die Freude ist ganz meinerseits, Dr. Engelhardt", antworte ich mit Betonung auf seinen Doktor, während mein Über-Ich mahnt, dass ich meine Promotion längst hätte abschließen können, so wäre das Gleichgewicht der Kräfte gewahrt. Davon weiß Dr. Engelhardt nichts und will es auch nicht wissen. Er drängt zur Eile. Meine Schülerinnen warteten bereits und seien schon sehr gespannt.

In einem rundum verspiegelten Aufzug gleiten wir in den zweiten Stock. Egal wohin ich blicke, ich kann mir nicht entrinnen. Strähnig hängt mir das Haar im Gesicht, mein nasses Jackett wirft rücklings Falten, und die schwarze Jeans klebt wie Latex auf meiner Haut.

Dr. Engelhardt ist höflich genug, an meinen Spiegelbildern vorbeizusehen. „Wir freuen uns wirklich sehr, dass wir dazugehören dürfen", sagt er und gerät ins Schwärmen. „Das Internet, mein Gott, was wären wir ohne, wenn ich nur an meine Kinder denke, ohne Facebook und Youtube. Nicht auszudenken! Selbst meine Frau bekomme ich abends kaum noch zu Gesicht. Vor kurzem hat sie auf einer Schulseite ihre verschollen geglaubte Freundin aufgespürt. Kennen sich schon seit dem Sandkasten, stellen Sie sich das einmal vor!"

Der weiche Kunststoffboden, Ahorn-Imitat, dämpft jeden Schritt. An den pastellfarbenen Wänden hängen großzügig gerahmte Aquarelle – Muscheln, Sandwellen, Sonnenschirme. Durch die bodentiefen Fenster blickt man bis zum Feldberg.

„Im ersten und zweiten Stock befinden sich unsere Pflegestation und die Gemeinschaftsräume", erklärt Dr. Engelhardt, während wir zügig voranschreiten. „Im dritten und vierten Stock haben wir das betreute Wohnen untergebracht. Die Patienten auf der Pflegestation werden rund um die Uhr versorgt. Demenzkranke, Krebspatienten, einige können sich nur noch unter großen Schmerzen bewegen. Wir sind für sie da, sehen

Sie, wir leisten das, was früher die Angehörigen getan haben. Wir sind ihre Familie."

Auf der Hälfte der Strecke öffnet sich der Flur zu einem kleinen Foyer. An fein dekorierten Bistrotischen sitzen sieben oder acht Heimbewohner, einige im Rollstuhl, kaum einer sieht auf. Eine Schwester streichelt einer Frau übers schüttere Haar. Dr. Engelhardts Gruß ist nicht zu überhören, bleibt aber ohne Reaktion. Ein Mann mit Stoppelbart, der sich auf seinen Krückstock stützt, hebt, da ich ihm zunicke, majestätisch die Hand. Neben ihm krümmt sich eine Frau in ihrem Stuhl und schnappt nach Luft.

„Da sind wir schon", strahlt Dr. Engelhardt, als er auf eine offene Tür zusteuert. „Für Ihre Einführung, denke ich, eignet sich unser Gemeinschaftsraum am besten. Aber das ist nur eine Übergangslösung. Wir sind dabei, ein Studio einzurichten, vier Arbeitsplätze, die Rechner werden nächste Woche geliefert."

Der Raum ist groß und hell. Um einen ovalen Tisch herum sitzen vier Frauen. Als wir eintreten, blicken sie uns neugierig an, aber keine erwidert unseren Gruß. In einem Sessel am Fenster entdecke ich Grace Kelly. Sie erhebt sich graziös und kommt mit leichten Schritten auf uns zu. Ihre schlohweißen Haare sind nach hinten gekämmt, in ihrem Ohrläppchen glänzt eine schwarze Perle. Sie trägt ein Kleid, als einzige, schwarz mit weißen Applikationen, und eine Kette aus weißen Ringen.

„Frau Morgenstern, Herr Kaufmann."

Bevor ich ihr die Hand reichen kann, schiebt sie ihre Brille über die Stirn. „An die Stille werden Sie sich gewöhnen müssen, junger Mann", sagt sie. „Einigen meiner Altersgenossen fällt selbst das Grüßen schwer." Ihre Augen, blau wie Gletschereis, lächeln, ihr Mund lächelt nicht.

„Kommen Sie", sagt Dr. Engelhardt und führt mich zu den anderen. „Darf ich vorstellen: Frau Ferenczy, Frau Becker, Frau Anderson und Frau Schön. Das starke Geschlecht müssen wir noch von den Segnungen des Internets überzeugen." Seine Stimme ist laut. „Herr Kaufmann wird Sie nun in die schöne Welt des Internets einführen. Sie werden staunen, was es da alles zu sehen gibt, das kann ich Ihnen versprechen. Nun lasse ich Sie lieber allein und wünsche Ihnen ein allseits gutes Gelingen." Noch einmal schüttelt er mir herzlich die Hand, dann zieht er leise die Tür hinter sich zu.

Ich räuspere mich. „Ich freue mich sehr, dass ich …"

„Lauter!" Frau Becker, 87, laut Teilnehmerliste die älteste im Kurs.

„Haben Sie sich schon vorgestellt?" Frau Anderson, 82.

„Lionel", antworte ich. „Lionel Kaufmann."

„Wie Lionel Messi oder Lyonel Feininger?", fragt Frau Morgenstern, die mit 79 meine jüngste Schülerin ist.

„Sie kennen Messi?"

„Gewiss doch", erwidert sie und eine ihrer feinen, schwarz gefärbten Brauen hebt sich wie von selbst. „Wie denn nicht? Wer Pelé einen Ausnahmespieler nannte, findet für Messi keine Worte."

Ihr Blick, herausfordernd und neugierig zugleich, scheint ergründen zu wollen, ob ich es mit ihr aufnehmen kann – und ob ich dazu bereit bin. In ihren Augen lese ich Zutrauen, sie sieht mich an, als ob wir uns kennen.

„Ich wüsste gern, was Sie …"

„Lauter!"

„Natürlich." Ich hole Luft, setze erneut an. „Was ich von Ihnen zunächst gern wissen möchte", meine Stimme klingt schrill, wie die eines Fremden, „mit welchen Erwartungen gehen Sie in diesen Kurs, und wie kann ich auf Ihre Vorstellungen eingehen?"

Stille.

„Haben Sie irgendwelche Wünsche?"

Niemand hat einen Wunsch.

„Wer von Ihnen kann auf der Schreibmaschine schreiben?"

Frau Ferenczy, Frau Anderson und Frau Morgenstern melden sich.

„Und wer war schon einmal im Internet?"

Keine.

„Ein Computer ist im Prinzip eine Kombination aus Schreibmaschine und Fernseher", improvisiere ich, während ich mein Notebook auspacke. „Mit der Tastatur kann ich entweder Texte schreiben oder Befehle formulieren." Ich schließe das Notebook an und warte, bis der Rechner hochgefahren ist. „Hier, sehen Sie, diese Symbole steuern Programme, beispielsweise die, mit deren Hilfe wir ins Internet gelangen."

In der nächsten halben Stunde erläutere ich meinen betagten Schülerinnen die elementaren Funktionen eines Computers und erkläre Grundbegriffe der Hard- und Software. Wir fahren den Rechner gemeinsam hoch und herunter, legen eine Datei an, sichern und verschieben sie, bevor ich den alten Damen, gleichsam als Anregung für unsere zweite Sitzung am Freitag, erste Blicke ins Netz gewähre. Edgar hat zwar ein einfach zu handhabendes Lernprogramm entwickelt und mir wiederholt sein didaktisches Konzept erläutert; von den spezifischen Problemen seiner Zielgruppe, stellt sich heraus, hat er jedoch nicht die geringste Ahnung. Frau Anderson nickt schon nach einer viertel Stunde ein. Frau Becker zittert so heftig, dass sie den Cursor nur annäherungsweise ans Ziel bringt, und Frau Schön bemüht sich mit ihren gichtkrummen Fingern vergeblich, die Maustaste gedrückt zu halten. Als am Ende meiner ersten Stunde eine Schwesternschülerin eintritt, um die Damen zum Tee zu geleiten, habe ich das Gefühl, im Grunde versagt zu haben.

„Ich freue mich auf Freitag, Lionel", verabschiedet sich Frau Morgenstern, „und wünsche Ihnen bis dahin eine schöne Zeit. Ich darf Sie doch bei Ihrem Vornamen nennen? Lassen Sie sich nur nicht entmutigen, Sie machen das sehr gut."

Elenas Leben in meinem beginnt an einem Montag, dem letzten Tag im Mai, 38 Stunden nach Lenas Triumph in Oslo und elf Tage vor Beginn der Fußball-Weltmeisterschaft in Südafrika.

# 2

Lionel?"

Sie steht in der Tür, eine Hand am Rahmen. In ihrem langen schwarzen Kleid sieht sie aus wie ein Mädchen.

„Es ist mir ein wenig unangenehm, aber dürfte ich Sie vielleicht um einen Gefallen bitten?"

Sie hat sich ein Notebook gekauft, ein *leistungsstarkes Modell*, bei dem, wie ihr der Händler versichert hat, die wichtigsten *Tools* bereits vorinstalliert seien, ein Notebook mit *rasantem Prozessor*, *großem Arbeitsspeicher* und *gigantischer Festplatte*. Sie hat sich die Begriffe notiert, damit ich sie ihr erkläre. Sie habe Probleme bei der Handhabung, erklärt sie, wenn sie ehrlich sei, wisse sie schon nach dem Einschalten nicht mehr weiter.

Ich bin nicht in Eile, also biete ich ihr an, sofort nachzusehen, worauf sie sich bei mir einhakt, was mir unangenehm ist, da ich sie kaum kenne und sie fast zwei Köpfe kleiner ist als ich, aber schon nach wenigen Schritten fühlt es sich nicht mehr falsch an. Wir nähern uns der lichten Bühne, das Publikum nimmt uns nicht wahr, nur der König hebt sein Zepter und verzieht sein stoppeliges Gesicht zu einem schiefen Grinsen. Der Aufzug wartet schon. Beäugt von unseren vielfach gebrochenen Spiegelbildern, schweben wir in den vierten Stock. Am Ende des Korridors bleibt sie stehen. Ihr Name prangt in Großbuchstaben an der Tür.

„Würde es Ihnen etwas ausmachen, Ihre Schuhe auszuziehen?"

Auf Socken folge ich ihr in die Wohnung. Eidottergelbe Stores rahmen deckenhohe Fenster. Davor ein Tisch mit weißen Pfingstrosen und zwei hellblau gepolsterte Stühle.

„Wenn Sie mich einen Moment entschuldigen."

Während sie im Bad ist, sehe ich mich um. Das kleine Wohnzimmer ist spärlich möbliert. Eine Schrankwand auf der einen Seite, schräg zum Fenster ein Ohrensessel mit Beistelltisch, Blumen auch hier. Meine Blicke fliegen über die Buchrücken. Böll, Koeppen, Kästner, einige Heile-Welt-Romane, die Autobiografie der Knef neben den Tagebüchern Klemperers; ein Regal voller Fachbücher, Strafprozessordnung und Strafgesetzbuch mit Kommentar, ich wundere mich, in der untersten Reihe Bildbände und Fotoalben sowie ein halber Meter Vinyl. Flachbildfernseher und Plattenspieler lassen sich einschließen.

Den Chesterfield spare ich mir auf bis zum Schluss. Ich streiche über das harte, rissige Leder und denke an Sankt Patrick, der sich einen Ohrensessel wie diesen einst per Schiff aus England kommen ließ, ein Monstrum, das, da er es in seine Bibliothek wuchtete, deren Farbe annahm, als habe es schon immer dort gestanden. Ein Vierteljahrhundert ist es her, dass ich auf seinem Schoß saß, während er mir Geschichten vorlas von Zauberern, Elfen, Kobolden, Hexen und schüchternen Jungen.

„Behaglich, nicht wahr?"

Sie hält ein Glas in der Hand und blickt wohlwollend auf mich herab. „Ich bitte Sie, so bleiben Sie doch sitzen, er steht Ihnen gut."

„Mein Vater hatte einen Chesterfield", erkläre ich, „aber der roch nicht wie dieser, sondern nach geräuchertem Wachs."

„Das Schmuckstück gehörte meinem Mann, er liebte ihn, wie er alles Britische liebte, die Briten, fand er, stünden zu ihren Werten, das machte sie ihm so sympathisch. Ich fand das Möbel anfangs nur scheußlich, aber mit den Jahren, so scheint mir, sind wir uns immer ähnlicher geworden. Seit meinem Umzug hierher habe ich darauf gewartet, wer sich wohl als erster hineinsetzt. Als ich Sie sah, wusste ich, dass Sie es sein würden. Ein Chesterfield hat Charakter, das sollten Sie wissen. Er sucht sich seinen Herrn aus, wie das Schwert in den Legenden. Lachen Sie nicht! Manchmal werden Märchen wahr. Die guten wie die bösen."

Ich schließe ihr Notebook an und fahre den Rechner hoch. Dabei erkläre ich ihr den Vorteil eines Passworts aus Buchstaben, Zahlen und Zeichen. Sie denkt nicht lange nach, sondern tippt eine Ziffern- und Buchstabenfolge ein. Der Händler hat sie zwar nicht belogen, ihr aber auch nicht die Wahrheit gesagt. Die vorinstallierten *Tools* beschränken sich auf das Betriebssystem und einige Werbeprogramme. Ich erkläre ihr, dass sie ein Softwarepaket benötigt, zumindest ein Programm zur Textverarbeitung und einen Virenscan, und dass man den aus dem Internet herunterladen kann. Dann lasse ich mir ihre Datenanschlüsse zeigen. Schließlich verspreche ich ihr, Dr. Engelhardt zu fragen, ob die Seniorenresidenz Villa Lichtblick einen umfassenden Provider-Vertrag hat, wenn nicht, müsse sie selbst einen abschließen, wobei ich ihr gern helfe.

„Sie sind sehr freundlich", sagt sie. „Ich weiß nicht, wie ich Ihnen danken soll. Bleiben Sie noch auf eine Tasse Tee?"

Eigentlich sollte ich am Schreibtisch sitzen, aber was soll's, ein Vorwort bleibt ein Vorwort, für das ich nicht mehr Zeit investieren sollte als für den Text, den es einleitet, also setze ich mich wieder. Die Pfingstrosen duften wie frisch gepflückt.

„Was machen Sie beruflich, Lionel?", fragt sie, während sie Tee in hauchzarte Tässchen gießt. „Zucker? Milch?"

Ich warte, bis sie sich gesetzt hat, und höre mir zu, wie ich ihr erkläre, dass ich Historiker sei, was wie eine Lüge klingt, auch dass ich promoviere, überzeugt mich nicht.

„Historiker", wiederholt sie, in ihren Augen den Anflug eines Lächelns. „Sie schreiben Geschichte, das ist sicher sehr aufregend."

„Ich erforsche sie", entgegne ich, „was die meiste Zeit leider ziemlich trocken ist."

„Haben Sie ein Spezialgebiet? Wie lautet das Thema Ihrer Dissertation?"

*„Die Bedeutung des Eigentums in der Entwicklung des neuzeitlichen Bürgertums*“, antworte ich und lache wie über einen Witz.

„Das finde ich interessant“, sagt sie und gießt mir nach, „bitte erzählen Sie mir davon.“

Kein Mensch hat sich bislang für meine Dissertation interessiert, weder Uli noch meine Eltern, geschweige denn meine Schwester, auch Edgar nicht oder einer meiner anderen Freunde. Ausgenommen mein Doktorvater, natürlich, der aber nur auf ein winziges Kapitel meiner Arbeit wartet, ein bescheidener Beitrag für sein nächstes populärwissenschaftliches Werk, mein Name in seinem Anhang, mehr sitzt nicht drin. Ich erzähle ihr, was mich am Thema ursprünglich gereizt hat und was mich inzwischen daran langweilt, schweife ab, werde grundsätzlich, stelle erst mein Studium, schließlich die Geschichtswissenschaft an sich in Frage und reiche, da sie nachhakt, die Begründung hinterher, dass jene zwar vorgebe, die Gemeinschaft der Menschen zu erforschen, das Individuum dabei jedoch insgeheim verachte. Eine These, die mir jetzt, da sie mich ermuntert, durchaus einleuchtet.

Die meiste Zeit bleibt sie stumm, nickt mir zu, lächelt.

„Wie alt sind Sie, Lionel?“, fragt sie am Ende meines Vortrags.

„29.“

„29. Aber ja!“ Sie beugt sich über den Tisch, um mir Tee nachzugießen. Ihre Augen spiegeln den blauen Tag. „Als ich in Ihrem Alter war, hatte ich Angst vor jedem neuen Jahr. Nun werde ich 80, in einigen Wochen schon. Sehen Sie, jetzt wäre es an der Zeit, mich zu ängstigen, aber im Laufe der Jahre, so scheint mir, hat sich die Angst in mir verbraucht.“

# 3

Der Juni meldet sich, wie der Mai endete, grau und nass. Sintflutartiger Regen tränkt das Land. Ich schalte das Radio aus, lasse den Rollladen herunter und werfe die Zeitung, die mir Frau Huth vor die Tür gelegt hat, in den Müll.

Am Nachmittag weckt mich mein Smartphone. Uli.

„Was war denn?“, frage ich.

„Nichts“, sagt sie.

„Und deine SMS?“

„Was meinst du?“

„Du hast dich entschuldigt. Wofür?“

„Für nichts.“

„Verstehe ich nicht.“

„Musst du auch nicht.“

„Würde ich aber gern.“

„Heute Abend“, sagt sie, „treffe ich mich mit Xiao. Sie hat Stress mit ihrem Freund.“

„Xiao?“

„Eine Kommilitonin. Eine Freundin.“

„Und wann sehen wir uns?“

„Einen Moment.“ Offenbar sieht sie nach, wann es ihr passt. „Morgen Mittag. Hast du Zeit? Wir könnten uns in der Mensa treffen. Um eins?“

„Ist gut.“

„Kommst du voran?“

„Geht so. Und du?“

„Eigentlich schon.“

Ich lausche in ihr Schweigen.

„Ich liebe dich“, sagt sie kaum hörbar und legt auf.

*Ich liebe dich auch.*

*Wirklich?*

*Natürlich.*

*Aber ich spüre dich nicht.*

*Wie denn auch? Ich spüre mich ja selbst nicht.*

Die Stille in mir, die Stille um uns herum hat sich ausgedehnt, ich weiß nicht warum. Zugleich ist der Raum, in dem wir uns bewegen, geschrumpft, als könne sich nur noch einer von uns darin ausbreiten und entfalten. Zwei Ansichten sind eine zu viel, nur wer Recht behält, wahrt sein Gesicht. Ihre Empfindlichkeiten beziehe ich auf mich und fange an mich zu rechtfertigen, es liegt nicht an ihr, ich weiß, es liegt an mir.

Ich stehe auf, schiebe die Nudeln von Sonntag in die Mikrowelle und zappe durch die Programme. Ein Typ fragt nach Städten, in denen sich Tiernamen verbergen, spontan fallen mir drei ein: Aalen, Fischbach und Dasseln. Dann zirpt mein Smartphone. Eine Nachricht von Ed.

*Kann heut nicht. Das verdammte Knie. Meld dich!*

Eine viertel Stunde hocke ich in T-Shirt und Unterhose auf dem Bett und überlege, ob ich lieber zu Hause bleiben sollte. Ohne Uli und ohne Edgar könnte die Dienstagstour ziemlich lang werden, außerdem macht sie auf nassen Straßen weniger Spaß. Doch als ich aus dem Fenster sehe, hat es aufgehört zu regnen.

„Die Zeit läuft ab", sagt der Typ im Fernsehen, „Ihre letzte Chance, jetzt oder nie!"

Ich packe meine Inliner in den Rucksack, pumpe mein Fahrrad auf und strampele los.

Im Feierabendverkehr schlängele ich mich durch die Stadt. Einmal touchiert meine Tasche den Außenspiegel eines schrottreifen Golfs, wildes Gehupe ertönt hinter mir, doch noch vor dem Main hänge ich ihn ab. Am Deutschherrenufer machen sich schon die ersten Skater warm. Ich halte Ausschau nach jemand, den ich kenne, und bin erleichtert, nur fremde Gesichter zu sehen. Über den Türmen reißt die Wolkendecke auf und färbt sich an den Rändern ein. Ein Rollstuhlfahrer winkt mir zu, ich hebe die Hand, aber er meint gar nicht mich, sondern die Frau in meinem Rücken. Als Letzte geben sich die Ordnungshüter die Ehre, wir heißen sie mit *La Ola* willkommen. Dann geht es los.

Die Vorhut nimmt mich auf, gleitet mit mir voran durch die herandämmernde Nacht. Lichter scheinen auf, brennen winzige Löcher ins silbrige Schwarz. Uli liebt die Sterne. Wenn ich nur wüsste, was mit ihr ist, wer von uns beiden sich auflöst, ich weiß es nicht, spüre nur, dass wir uns verlieren, wir blicken einander kaum noch an, sie sieht weg, wenn ich sie suche, und beäugt mich, wenn sie sich unbeobachtet wähnt.

Als die ersten Fahrer das Tempo anziehen, lasse ich mich zurückfallen. Das eintönige Surren und Rauschen, die leisen Stimmen, der Wind, ich gehe auf darin, lasse los, als sich plötzlich der Klang meines Namen in mein Bewusstsein stiehlt.

„Lionel?"

Eine Frau, schwarzer Helm, blonder Zopf, knallrote Lippen.

„Die ESC-Party." Sie lacht. „Lena?"

Plötzlich erkenne ich sie, sehe sie vor der Leinwand tanzen und frage mich im selben Moment, woher sie meinen Namen kennt – Susi, Carsten? – mit irgendwem hat sie über mich geredet oder einer mit ihr. Armer Ed, denke ich und muss lachen.

„Ich freu mich auch", sagt sie. „Bist du allein hier?"

Inzwischen sind wir uns so nah, dass sich unsere Arme beim Ausschwingen berühren.

„Der Freund, mit dem ich herkommen wollte, hat mich versetzt."

„Der mit dem starren Blick?"

„Ja, genau der."

Neben ihr gleite ich durch die glitzernde Dämmerung, ruhig und stet und mit einem Mal ohne Angst, erst am Main entlang, dann über den Fluss. Hinter der Brücke glitzert eine frisch geteerte Straße wie gesprungenes Glas, plötzlich empfinde ich tatsächlich so etwas wie Glück oder Gleichmut, was in diesem Augenblick dasselbe ist.

Im Feldbahnmuseum halten wir Rast. Sie stellt mich ein paar Freunden vor, die sich Witze erzählen. Einmal fragt einer, was ich denn studiere, aber meine Antwort geht im allgemeinen Gelächter unter.

Nach einer viertel Stunde fahren wir wieder los. Im Gedrängel verliere ich sie aus den Augen. Es nieselt. Weit vor uns sticht die Pyramide des Messeturms durch die Wolken. „Gute Fahrt!", ruft der Rollstuhlfahrer, als ich an ihm vorbeigleite. Am Römerhof-Kreisel holt sie mich ein.

„Geschichte studierst du", sagt sie, „hätte ich nicht gedacht."

Als sie schneller wird, folge ich ihr, gleite in ihrer Spur. Unsere Arme schwingen im Takt, links, rechts, ein nächtlicher Tanz. So fliegen wir an allen vorbei, Schatten um Schatten lassen wir hinter uns, während das Blaulicht die Autos vor uns aus dem Weg räumt. Atemlos erreichen wir die Alte Brücke und rollen aus bis zum Frankensteiner Platz.

„Irre!", johlt sie und dreht Pirouetten, hakt sich bei mir ein und küsst mich plötzlich auf den Mund, „das war irre, oder? Einfach irre."

Ihre Haut duftet nach Wacholder oder ihr Haar oder ihr Atem; in diesem Moment liebe ich sie, will sie ganz, aber sie löst sich von mir, lacht und schwebt in weiten Schwüngen fort, über den Uferweg, wo sie kleiner wird. Schon bin ich mir sicher, dass ich sie nie wiedersehe, als sie mit einem Mal wendet und zurückkehrt.

„Ich würde ja mitkommen", sagt sie, „aber ich kann nicht, ich hab meine Tage."

Einmal noch rotiert sie um mich herum, ihr Lächeln hält den Augenblick fest, sie winkt, dreht sich noch einmal um, dann ist sie fort.

Nachher, als ich über die Brüstung in den Fluss blicke, sinne ich über einen Namen, aber mir fällt keiner ein, der zu ihr passt, ich habe sie nicht gefragt. Am Geländer hängen Trauben von Schlössern, die leise sirren, wenn ein Lastwagen über die Brücke fährt. Unter mir schiebt sich ein Kahn durch die Nacht. In Gedanken springe ich auf.

Kurz vor zehn rufe ich Uli an, lasse es klingeln, bis ihre Mailbox anspringt. Sie hat ihre Ansage geändert, ihre Stimme klingt fremd, im Hintergrund rauscht Verkehr. Ich sage ihr, dass ich sie gern sehen würde und dass ich sie liebe.

Während ich noch überlege, ob ich nach Hause fahren soll, wähle ich Edgars Nummer, der sich freut und mich einlädt, vorbeizukommen, auf ein Bier, „musst du aber selber mitbringen“, fügt er hinzu, „du weißt schon, mein Knie, ich sag dir, einfach die Hölle.“

Die Frankfurter City ist so hell wie am Tag, Licht hinter Glas, bis in den Himmel, eine Stadt wie im Traum. Dabei frage ich mich, ob nicht auch ich irgendwann an einem See sitzen und angeln oder am Rande eines erloschenen Vulkans Figuren schnitzen werde. Wer weiß, wie lange ich den grellen Glanz der Großstadt brauche und den Lärm, der meinen Herzschlag übertönt. Die Blumen in den Fenstern der Häuser, die Bäume im Park, die Wiesen und Wasserspiele, der Fluss – nach mehr Natur verlangt es mich nicht, wenn es um mich herum zu still ist, wächst mir mein Leben über den Kopf.

Mit einem Sixpack im Korb erreiche ich den Platz unseres Meisters. Ich stelle mein Rad an der Hecke ab und betrete das Labyrinth, unser Ritual. Die Lampe auf Adornos Schreibtisch brennt wie in jeder Nacht, und ich meine sogar, sein Metronom unter dem gläsernen Kubus ticken zu hören. Edgar hängt im Fenster und raucht. Sein Antlitz im Schein der Straßenlaterne: ein abnehmender Mond. Wortlos wirft er mir die Schlüssel herunter, die ich in meinem gespannten Hemd wie Sterntaler auffange.

Während wir Bier trinken und Keith Jarrett ohne Hast die Goldberg-Variationen ergründet, berichte ich von meiner Premiere in der Villa Lichtblick.

„Fünf sind zu wenig", unterbricht Ed mich. „In vier Wochen sitzt du allein da – was dann?"

Ich erzähle ihm von Dr. Engelhardt und dem Studio, das er einrichten will, dem Lerneifer der alten Damen, aber Edgar hört mich nicht, Edgar will davon nichts wissen.

„Fünf sind nicht genug", beharrt er, „streng dich an!"

Der Kurs, das städtische Modellprojekt, ist seine Abzweigung ins Leben, ich verstehe das. Ein Jahr Vorbereitung, tatsächlich hat er alle ins Boot geholt: die Stadt, die Kirchen, die Träger der Heime. Wenn es läuft, ist er angekommen und erhält in zehn Jahren eine Ehrenplakette oder das Verdienstkreuz am Bande.

„Übrigens", setze ich an.

„Dein *Doktor* Engelhardt hat zu wenig Werbung gemacht, das kannst du mir glauben."

„Ich glaub's."

„Da muss mehr kommen. Irgendein Reißer."

„Apropos."

„Ich lass mir was einfallen."

„Erinnerst du dich an die Schöne im weißen Kleid?"

Edgar bekommt seinen starren Blick. „Und?"

„Hab sie getroffen."

„Wo?"

„Vorhin. Beim Skaten. Sie kannte sogar meinen Namen."

„Arschloch. Und Uli?"

„Uli ist bei einer Freundin."

„Prima Timing."

Ich lese in seinen Augen, was jetzt kommt, die Trübe, die Leere – schon legt er los. Wie beschissen das Leben ist und dass er das alles nicht mehr aushält; Kathis Kälte und die ewigen

Diskussionen ums Geld und dass sie ihm wieder gedroht hat, ihn zu verklagen, obwohl sie doch wisse, was er durchmacht, dass er wie ein Hund leidet und nicht loskommt von ihr, von der Kleinen, von ihrem Leben zu dritt.

„Ich bin 35, hörst du, 35", beschwört er mich, als ob ich die Macht hätte, sein Los zu wenden.

Er steht auf und humpelt in die Küche. Kurz darauf kommt er mit einer Flasche Whisky und zwei Gläsern wieder. Beharrlich tastet sich Keith Jarrett an das Quodlibet der 30. Goldberg-Variation heran. Ed gießt uns ein. Wie er sein Glas gegen das Licht hält und wendet, die bernsteinfarbene Flüssigkeit gegen den Rand schwappt, das sieht nach Genuss aus, doch dann kippt er den Whisky in zwei Schlucken herunter.

Warum ihn Kathi verlassen hat, das hat mit ihm nichts zu tun. Depressiv sei sie, überfordert, labil, egozentrisch, rachsüchtig, eine Lesbe, eine Hure. Nach dem dritten Glas schwört er, dass sie nur darauf aus gewesen sei, schwanger zu werden, egal von wem. Amélie sei ihr völlig gleichgültig, er bete dafür, dass die Kleine das nie erfahre.

„Das erste Wort, das sie gesagt hat, war Papa, hörst du, Papa, so ist das."

Ich nippe noch, während Edgar sich schon wieder nachgießt, einen Schluck nimmt und gleich einen weiteren hinterher. Dann zieht er die Flasche zu sich heran, als fürchte er, ich könne sie ihm wegnehmen.

„Du musst mit dem Saufen aufhören."

„Ich muss gar nichts. Mein Whisky, mein Leben."

„Lass es einfach."

„Ach, leck mich."

Er stemmt sich hoch und humpelt ans Fenster. Einige Minuten bleibe ich sitzen, dann gehe ich zu ihm. Gemeinsam blicken wir hinab auf den Platz. Ein Mann schreitet am Kubus vorbei, bekleidet mit Hut und Mantel. Abrupt bleibt er stehen, kehrt zurück, starrt auf den Schreibtisch, starrt auf den Stuhl, die Lampe, das Metronom. Mit einem Mal schüttelt er den Kopf. Ich sehe ihn zwar nur von der Seite, aber seine Haltung sagt alles. Rasch eilt er davon, weg von diesem unheimlichen Ort, weg aus diesem Labyrinth der Ideen. Adorno, unsichtbar für die Welt, fläzt sich auf seinen Stuhl, legt die Beine auf den Tisch, *du kannst mich mal, so leicht entkommst du mir nicht.*

„Mein Leben, hörst du, kann ich mit machen, was *ich* will, fragt eh keiner nach."

Später sitzen wir noch eine Weile herum und sinken tiefer in sein ausgesessenes Sofa. Er gießt sich ein, Whisky schwappt auf den Tisch. Ich halte meine Hand übers Glas; so habe ich mir den Abend nicht vorgestellt.

Irgendwann ist es still. Ed schläft. Sein Arm liegt auf meinem Bein. Der kleine Zeiger seines Zeppelin-Chronographen nähert sich der Eins. Einen Moment lang schließe ich die Augen, tauche noch einmal in die Nacht und lasse mich treiben. Vorsichtig bette ich seinen schweren Arm aufs Polster und stemme mich hoch. An der Tür blicke ich mich noch einmal um. Eds glasige Augen starren mich an.

„Lass dich nicht unterkriegen", krächzt er, „du nicht."

# 4

Kindergeschrei im Treppenhaus. Ich sehe Louis vor mir, den dreijährigen Sohn meiner Nachbarin, wie er auf den Treppenstufen hinter der Wand meines Schlafzimmers sitzt, das Gesicht rot vor Wut, während sich seine Mutter ein Stockwerk über mir mit einem ihrer Lover vergnügt. Es ist acht, zu früh, um aufzustehen, zu früh für die sich anschleichenden Kopfschmerzen. Ich ziehe die Decke über den Kopf, doch der Stoff ist nicht dick genug, um den Zorn des kleinen Mannes zu ersticken.

Endlich springe ich aus dem Bett, bereit, es mit Louis aufzunehmen, renne durch den Flur, doch als ich die Wohnungstür aufreiße, ist das Treppenhaus leer und still wie eine Kathedrale.

Ich dusche kalt, koche eine Kanne Tee und esse zwei Erdnusstoasts mit Marmelade, während ich im Internet die Schlagzeilen des Tages überfliege. Die Arbeitsministerin soll den verwaisten Herrensitz im Schloss Bellevue übernehmen, ihr Kabinettskollege im Verteidigungsministerium verkündet, im nächsten Jahr die Wehrpflicht auszusetzen. Für mich kommt das zehn Jahre zu spät. Schließlich jedoch siegt die Erkenntnis, dass mich das geschenkte Jahr auch nicht weitergebracht hätte als hierher, in diese Wohnung, in dieses Leben.

Später sitze ich am Schreibtisch und entwerfe Vorworte für meine Dissertation. Wochen habe ich den Text vor mir hergeschoben, Krankheiten und Katastrophen erdacht. Jetzt bleibt keine Zeit mehr, die Geduld meines Doktorvaters ist erschöpft und ebenso die meine. Das Allermindeste ist eine Skizze, mit der er arbeiten kann, um meine Lücken in seinem Sinne zu stopfen.

Als es Zeit wird, schwinge ich mich aufs Rad und fahre zur Uni. Der Himmel hängt voller Wolken, doch über dem Taunus klart es allmählich auf. Auf der Treppe vor dem I.G.-Farben-Komplex sitzen ein paar Studenten. Rosige Gesichter, die mich höflich grüßen, als sei ich ihr Dozent.

Während ich durch die leeren Korridore laufe, hallen mir meine Schritte wie das Echo einer Erinnerung voraus. Das historische Seminar, es kommt mir vor wie eine Erfindung für Menschen, die sich am Leben der Großen berauschen. Ein Spiegelkabinett, Metaphysik, die Wette auf einen Traum. Was habe ich hier verloren?

Mein Doktorvater lässt mich eine halbe Stunde warten. Ich händige ihm das Vorwort-Fragment und die ihm nützlichen Kapitel meiner Arbeit aus und blicke so oft auf die Uhr, bis er mich fragt, ob ich noch einen Termin habe, was ich mit dem Hinweis auf die halbe Stunde, die er mir gestohlen hat, bejahe. Er nimmt es mit Humor. Er hat was er braucht, klopft mir am Ende sogar auf die Schulter und wünscht mir Glück und Erfolg.

Wir treffen uns vor der Mensa. Uli sitzt auf der Freitreppe, neben ihr eine Asiatin mit Pumphosen, einem weiten Herrenhemd und kurzgeschorenem Haar.

„Das ist Xiao“, sagt Uli und hält mir ihre Wange hin. „Lio. Mein Freund.“

Ich gebe Xiao die Hand, aber sie sieht mich nicht an, abweisend wirkt sie, als hätte ich ihr etwas getan.

Wir gehen hinein und reihen uns in die Schlange vor dem Wok ein, wo die beiden die Köpfe zusammenstecken. Ich verstehe nicht, worüber sie sich unterhalten. Einmal drückt Uli Xiaos Hand, die starrt die ganze Zeit über auf den Boden.

Wenige Schritte vor der Essensausgabe dreht sich Uli zu mir um. „Xiao wird einige Tage bei mir wohnen“, erklärt sie beiläufig, „so ist es am besten.“

„Am besten?“

„In der derzeitigen Situation.“

Ich wüsste gern, was sie damit meint, doch in diesem Augenblick dreht sich Xiao zu uns um und deutet zur Köchin hinter der Theke, die mit großem Gleichmut unsere Bestellung erwartet.

Später trinken wir in der Rotunde Cappuccino. Uli will alles über meine erste Kursstunde in der Villa Lichtblick wissen. Ich erzähle ihr von Dr. Engelhardt, Grace Kelly und den schwerhörigen, gichtkranken Damen. Einige Male lacht sie, während Xiao beharrlich schweigt.

Bevor wir uns trennen, nimmt mich Uli in den Arm.

„Ich freu mich auf dich", flüstert sie. „Sehr sogar."

Was sie mir eigentlich sagen will, erschließt sich mir erst, als ich mein Chaosreich betrete und die nasse Regenhaut über den Wandhaken stülpe. Das Wasser, das den Ärmel herabrinnt, tropft in Ulis Hausschuhe, ausgerechnet, das stumme Echo ihrer Botschaft trifft mich mit Wucht. Wenn Xiao bei ihr einzieht, wird Uli bei mir wohnen, drei mal drei Meter lassen keinen anderen Schluss zu, *einige Tage* wenigstens, wahrscheinlich länger.

Vor einem Jahr, ich erinnere mich, wir hatten im Schauspiel *Huis clos* gesehen. Was genau sie aufbrachte, weiß ich nicht mehr, nur dass ihr das, was sie zu sagen hatte, wichtig war: Die wahrhaftige Begegnung zweier Menschen setze einen gemeinsamen Alltag voraus, ohne den jede Partnerschaft eine Affäre bleibe, deren Unverbindlichkeit reizvoll sei, die ohne ein gemeinsames Gelingen und Scheitern aber nie jene Tiefe gewinne, die ein wortloses Einvernehmen erlaubt.

„Wortloses Einvernehmen, verstehst du, nicht schweigsames Nebeneinanderherleben."

Das war auf ihre Eltern gemünzt. Meinen Einwand, dass Sartre und Beauvoir ihren eigenen Stil gepflegt hätten, ließ sie nicht gelten.

„Die Frage ist einfach, will ich ständig verliebt sein oder stetig lieben? Für dich klingt das vielleicht kitschig, für mich nicht."

# 5

Wir kommen uns näher", begrüßt mich Frau Morgenstern, als ich am Freitag, unausgeschlafen, aber pünktlich, das neue Internet-Café der Villa Lichtblick betrete. Frau Becker, erfahre ich, ist am Morgen gestürzt, und Frau Schön lässt mir ausrichten, dass sie ihrer Gelenkschmerzen wegen nicht mehr am Kurs teilnehmen kann. Während ich die vier PC-Plätze begutachte, male ich mir Edgars Enttäuschung aus und lege ein Schweigegelübde ab, um ihn vorerst zu schonen.

„Heute möchte ich mit Ihnen das Verschieben, Einfügen und Kopieren von Textbausteinen vertiefen", beginne ich und fahre die Rechner hoch.

„*Textbausteinen*?" Frau Ferenczy schüttelt den Kopf.

„Ein Absatz beispielsweise oder …"

„Warum Absatz?", mischt sich Frau Anderson ein.

„Bausteine, das klingt wie Bauklötzchen", sagt Frau Ferenczy, „ich mein ja nur, finden Sie nicht?"

„Sie haben recht", beschwichtige ich und fange den amüsierten Blick Frau Morgensterns auf. „Wenn ich mich unverständlich ausdrücke, korrigieren Sie mich bitte. Also."

„Zu meiner Zeit waren Bauklötzchen noch aus Holz", erklärt Frau Anderson, „heute ist alles aus Plastik."

„Mein Brillenetui ist auch aus Plastik", sagt Frau Ferenczy, „fühlen Sie mal, nix Leder, Plastik, aber leidlich stabil."

„Wir fangen langsam an", sage ich, gehe um den Tisch herum und rufe auf allen Bildschirmen einen x-beliebigen Text auf, von dem ich den ersten Absatz markiere. „Mit der Maus, sehen Sie, können wir Wörter, Sätze oder ganze Absätze innerhalb eines Textes oder auch mehrerer Texte verschieben, löschen und kopieren. Wollen Sie das einmal gemeinsam probieren?"

Der stille Ernst der alten Damen, ihre Ungeduld, ihre Freude und ihr heiliger Zorn – tatsächlich kommen wir uns an diesem Nachmittag näher. Immer wieder staune ich, wie aufmerksam sie mir folgen, wie vorbehaltlos sie mich, den fünfzig Jahre jüngeren, als ihren Lehrer akzeptieren. Gerade habe ich das Tor zum Internet aufgestoßen, als es an der Tür klopft. Ein Mann tritt ein, bronzene Haut, das volle Haar so weiß wie sein fein gestutzter Bart, blauer Anzug mit goldenen Knöpfen, weißes Hemd und blaue Fliege. Wenn der Rollator nicht wäre, gäbe er den Schiffskapitän auf einer Yacht.

„Clemens Clemens", stellt er sich vor, und ich muss lachen, weil mir Humboldts Aufsatz über die Verdoppelung der Silben in den Sprachen der Südsee in den Sinn kommt: *loloa* lang, *lololoa* sehr lang. Ich reiche ihm die Hand, Herr Clemens lacht ebenfalls, allem Anschein nach ist er nicht nur ein überaus eleganter, sondern auch ein überaus fröhlicher alter Herr.

„Ein spontaner Entschluss", erklärt er, und Frau Ferenczy seufzt, „wenn ich ein wenig schnuppern dürfte, so sagt man doch, ich will aber auf keinen Fall stören."

„Sie stören gewiss nicht", erwidere ich, „im Gegenteil, machen Sie es sich bequem, wir wollten gerade verreisen. Fragt sich nur noch, wohin."

„In den Schwarzwald", schlägt Frau Ferenczy vor.

„Nach Mallorca!", ruft Frau Anderson.

„Auf die Zugspitze?", bringt sich Herr Clemens ein.

„Und Sie?", wende ich mich an Frau Morgenstern. „Wohin würden Sie gern verreisen?"

„Ich überlege noch." Sie setzt ihre Brille ab und betrachtet den Globus auf dem Monitor. „Mal sehen. Vielleicht auf die Spielplätze meiner Kindheit. Ist das möglich?"

„Wenn Sie mir verraten, wo Sie aufgewachsen sind."

„In Elbing, Westpreußen, heute Elblag in Polen."

„Kein Problem. Lassen Sie uns mit Mallorca beginnen."

Als das Kameraauge des Satelliten die Mittelmeerinsel heranzoomt, stößt Frau Anderson einen spitzen Schrei aus. Alle rücken näher heran.

„Da, da unten!“, ruft Frau Anderson und drückt den Finger auf Port d’Andratx. „Warten Sie, wann war das, ich glaub, kurz nach der Wende, jedenfalls war mein Jüngster da schon nicht mehr dabei. Wie nah geht das?“

Ich aktiviere die Straßenansicht und fahre mit ihr einmal rund um die Bucht von Port d’Andratx. Frau Anderson reißt mir die Maus aus der Hand, während die anderen ungeduldig auf ihren Stühlen rutschen, als säßen sie auf gepackten Koffern. Ich lasse Frau Anderson gewähren, chauffiere Frau Ferenczy in den Schwarzwald und fliege mit Clemens Clemens die Zugspitze hinauf. Als ich an Frau Morgensterns Bildschirm Elbing ansteuere, bleiben die Nahbilder unscharf, auch die Straßenansicht enttäuscht. Statt realer Schauplätze sind nur schematische Darstellungen zu sehen.

„Tut mir leid“, sage ich. „Offenbar ist Polen noch nicht in Europa angekommen.“

„I wo“, antwortet sie, „das muss Ihnen nicht leid tun. Wahrscheinlich soll das so sein. Das Haus meiner Eltern, die Stadtkirchen, der Fluss – als Kind kam mir alles so groß vor und ist in meiner Erinnerung sogar noch gewachsen. Wer weiß, vielleicht ist es besser, sich seine Illusionen zu bewahren, damit alles am rechten Platz bleibt, nicht wahr?“

„Möchten Sie einen anderen Ort besuchen, vielleicht einen, den Sie noch nicht kennen?“

„Darf ich?“

Sie nimmt mir die Maus aus der Hand und schiebt sie vorsichtig über den Tisch. Ihre Augen folgen dem Cursor. Als der Pfeil an den oberen Rand des Fensters stößt, rückt sie prompt zurück.

„Ohne die Schmerzen“, sagt Anderson mit einem Mal, „wäre das Alter erträglich.“

Frau Ferenczy neben ihr blickt auf. „Jaja, die Schmerzen, die machen einen mürbe, irgendwann will man nur noch schlafen. Schluss, Aus, Ende."

„Aber gegen die Schmerzen gibt es doch Medikamente", wende ich ein.

„Pah!", Frau Ferenczy wischt über den Tisch. „Die Pillen helfen dir doch nur, wenn du die halbe Packung schluckst. Und danach bist du so rammdösig, dass du tagsüber schläfst und die ganze Nacht wach liegst."

Auch Frau Morgenstern winkt ab. „Arzneien helfen gegen Gelenkschmerzen, den Schmerz dahinter betäuben sie nicht."

„Cala, Cala." Frau Anderson schüttelt ihre Schmerzen weg. Ihre Finger schnippen durch die Luft wie die einer Flamencotänzerin. „Cala … Herrschaftszeiten! Cala, sagen Sie schon, das Fischerdorf, da, wo alle hinfahren. Cala, Cala, ojemine, ich hör den Kalk rieseln, das war so malerisch da, ich komm einfach nicht drauf."

Frau Ferenczy tippt mir auf die Schulter. „Kennen Sie das, wenn Sie der Splitter, von dem Sie nachts geträumt haben, tagsüber schmerzt?"

Schon hängt Frau Anderson wieder an meinem Arm. „Sie wissen schon, Cala soundso, das Fischerdorf, verdammmichnochmal!"

Angesichts einer Insel, die an malerischen Fischerdörfern ebenso reich ist wie an schönen Buchten, gestaltet sich unsere Suche aufwendig und kompliziert. Im Anschluss soll ich Clemens Clemens auf den Eibsee abseilen und Frau Ferenczy ins Glottertal geleiten. Am Ende fehlt die Zeit, um mich noch einmal Frau Morgenstern zu widmen, die sich still von mir verabschiedet.

Bevor ich die Rechner herunterfahre, sehe ich nach, welchen Ort sie zuletzt besucht hat. Auf den ersten Blick wirkt der Ausschnitt auf ihrem Monitor wie ein abstraktes Bild. Ein graugrüner Hintergrund, durchzogen von weißen, parallel laufenden

Linien, dazwischen, symmetrisch geordnet, Dutzende Rechtecke in unterschiedlichen Grauabstufungen.

Oświęcim steht im Suchfenster.

Auschwitz.

# 6

Portraits von Menschen, die ihr Leben längst hinter sich haben. Karge Landschaften. Häuserzeilen. Ein Schuttberg, dessen Spitze über den Bilderrahmen ragt. Eine Urkunde der Jerusalem-Wallfahrer. Getrocknete Blumen hinter Glas. An einer Wand eine Bleistiftzeichnung – die verträumten Augen einer jungen Frau.

„Sind Sie das?"

Sie schweigt.

„Von wem stammt die Zeichnung?"

Vielleicht hört sie mich nicht.

„Nett haben Sie es hier", sage ich nach einer Weile.

„Nicht wahr?"

Sie sieht sich in ihrer Wohnung um, als ob sie sie mit meinen Augen sähe.

„Hier kann man es aushalten." Sie öffnet die Balkontür, warme Luft weht herein. „Der Blick von hier ist weiter als in der Stadt."

Ihre Silhouette, eingefasst vom Rahmen der Tür, ein lebendes Bild.

„Hätte ich aber die Wahl gehabt", sagt sie, „wäre ich in Bornheim geblieben. Sehen Sie, das Unerträgliche sind gar nicht die Schmerzen, auch nicht die nachlassende Kraft oder die scheußlichen Flecken am Leib. Unerträglich ist es, die lieb gewordene Freiheit einzubüßen, die Selbstständigkeit, das bisschen Würde, das einem im Alter noch bleibt. In der Innenstadt musste ich niemanden fragen. Samstags war Markt, mein Edeka vor der Tür, und zum Arzt hatte ich es fünf Minuten – was will man mehr! Kochen, waschen, putzen – alles kein Problem. Doch irgendwann … Auf einmal fängt es an zu zwicken, hier und da, plötzlich fühlen sich die Beine müde an, von einem Moment auf den anderen bricht dir der Schweiß aus, dein Herz rast wie verrückt, und der Arzt sagt, machen Sie mal halblang, Ihre besten Jahren sind vorbei. Zuerst denkst du: Der spinnt doch! Dem werd ichs zeigen! Doch irgendwann, wenn du japsend auf der Treppe stehst und dich fragst, ob du es noch bis zur Tür schaffst, überlegst du dir, ob dein Arzt vielleicht recht hat und du dir nicht doch Hilfe suchen solltest, denn mit deinen müden Beinen und deiner schwachen Pumpe sind vier Stockwerke ohne Aufzug zwei Stockwerke zu viel."

„Das Bild", versuche ich es noch einmal und deute auf die Zeichnung, „sind Sie das?"

„I wo", antwortet sie bestimmt, „das war ich mal."

„Von wem stammt die Zeichnung?"

„Von meinem Mann."

„War er Künstler?"

Sie streicht über den Rahmen des Bildes. „Künstler? Ja, vielleicht, auf seine Art. Von Berufswegen war er Lehrer. Er hat Fremdsprachen unterrichtet, wissen Sie, hauptsächlich Englisch. Aber er konnte mindestens sechs weitere Sprachen verstehen."

„Darf ich fragen, seit wann Sie allein leben?"

„Oh, schon lang, viel zu lang."

Ich schlage den Nagel in die Wand. Sie hätte einen Pfleger darum bitten können, aber sie hat mich gefragt. Warum rahmt sie einen Zeitungsausschnitt? In ihrem Bett liegt ein Kuschelbär. Ihr Telefon hat extragroße Ziffern.

Während sie Tee kocht, frage ich, ob sie Kinder hat.

„Nein. Und Sie, Lionel? Haben Sie Kinder?"

Ich schüttle den Kopf

„Wollen Sie denn Kinder?"

„Ich bin mir nicht sicher. Vielleicht. Später. Das hängt davon ab."

„Wovon?"

„Ich weiß nicht. Ob es passt."

„Warten Sie nicht zu lang. Irgendwann hat Sie das Leben überholt."

Sie nimmt das Sieb aus der Kanne und stellt es in die Spüle. Nachdem ich mich gesetzt habe, gießt sie uns ein.

„Er hieß Seraphin", bemerkt sie, ohne mich anzusehen. „Schön war ich für ihn. Schön war ich, wenn ich mich in seinen Augen sah."

„Wie haben Sie sich kennengelernt?"

„Oh, das ist eine lange Geschichte."

„Ich habe Zeit", entgegne ich und sehe in ihre eisblauen Augen. „Erzählen Sie mir Ihre Geschichte."

Einen Moment schweigt sie. Als sie sich setzt, lächelt sie plötzlich.

„Ich habe eine bessere Idee, Lionel. Was halten Sie davon, wenn Sie mir meine Geschichte erzählen?"

# 7

Um kurz vor fünf klingelt das Telefon.

„*Ma*?“

*Ma* nenne ich sie, weil sie *Ma* genannt werden will. Für *Mama* sei ich zu alt, *Mutti* klinge spießig, *Mutter* findet sie zu unpersönlich, und *Mum* sei tabu, absolut tabu, so dürfe ich sie nie wieder nennen! Am liebsten hätte sie, wenn ich sie bei ihrem Vornamen riefe, aber das will ich nicht, Freunde werden wir nie sein.

„Die Geschäfte laufen schlecht“, hebt sie ohne Gruß oder Floskel an, „die Leute wollen für Kunst nichts mehr ausgeben, geschenkt ja, bis zehn Euro vielleicht, aber mehr nicht, lieber investieren sie in Gold oder Aktien oder in ein fabrikneues Statussymbol.“

„Und wie geht es dir?“

„Oh, danke, kann nicht klagen, soweit, so gut.“

Ich sehe sie, umgeben von ihren stummen, bunten, runden, aus rohen Stämmen gemeißelten, weibshohen Fruchtbarkeitsgöttinnen, auf dem Schottener Marktplatz sitzen und die Besucher danach begutachten, ob er oder sie, die ihre Skulpturen belachen oder bewundern, nicht doch noch eine erwerben, wenigstens eine, schließlich kommt beinahe jede Woche eine neue dazu. Immer freitags sitzt sie da, am Rande des Platzes, wo die Fachwerkhäuser enden und der hässliche Putz beginnt, wo die Standgebühren etwas günstiger sind als mittendrin, und wartet auf einen Käufer oder besser noch einen Galeristen oder Mäzen, von denen sich jedoch nie jemand nach Schotten verirrt. Eine Stunde vor Abbruch ruft sie mich oder meine Schwester an und lädt ihren Schutt bei uns ab, ich kehre den Dreck zusammen und puste ihr Staub ins Gesicht.

„Du könntest die Kunst zu deinem Hobby machen“, schlage ich vor.

„Red nicht so ein dummes Zeug."

„Und tagsüber einer anständigen Arbeit nachgehen."

Ich sehe ihre schrundigen Finger durch die Luft wischen, vergeblich, Ratschläge sind lästiger als Fliegen.

„Uli wohnt für ein paar Tage bei mir", sage ich, „nächsten Samstag zieht sie bei mir ein, sie überlässt einer Freundin ihr Zimmer."

„Ach ja?"

Warum selbst Mütter, die sich *Ma* nennen lassen, glauben, dass ihre Söhne verwahrlosen, verhungern, verkommen, verwildern, sofern sich ihrer beizeiten nicht eine gute Fee erbarmt, werde ich nie begreifen.

„Für ein paar Tage", wiederhole ich.

„Hör auf mich."

„Was meinst du?"

„Wirst schon sehen."

„Lass gut sein."

„Wirst schon sehen."

Ich höre ihren Atem, die Stimmen um sie herum, die Glocke einer Kirchturmuhr.

„Hast du mal wieder was von deinem Vater gehört?"

„Es geht ihm gut", antworte ich, „er angelt und hält Vorträge."

„Ja, das kann er am besten."

„Und er hat sich einen Hund gekauft, einen Border Collie, er nennt ihn Bernanke."

„Einen Border Collie", wiederholt sie, „ist das nicht ein Hütehund?"

„Er lässt dich grüßen", lüge ich.

„Sag ihm, dass er dir ein paar Fotos schicken soll. Vom Haus und vom See und natürlich von seinem neuen Hund. Wie kann er denn einen Hund *Bernanke* nennen! Ist das nicht dieser Kerl von der Wall Street? Das sieht ihm ähnlich."

Vor meinen Augen erscheint das Haus meiner Kindheit, ein uraltes Blockhaus mit großen Fenstern, Blick auf den See und die Berge, das Motorboot am Steg, seine *Yacht*, mit der wir hinausfuhren, um zu angeln. Wenn kein Fisch anbiss, summte er sein Lied, *far above Cayuga's waters*. Seine Stimme weht über den See bis hinauf zu seinem winzigen Weinberg, dem *Goldhügel*, aus dessen Beeren er jedes Jahr seinen *edlen Tropfen* keltern ließ, den ich an Weihnachten probieren durfte, ein halbes Gläschen, nicht mehr. Ich erinnere mich an seinen Pickup, den alten Lincoln, mit dem er mich morgens zur Nursery School chauffierte. An den Weg in die Stadt, an Ithaca selbst, der mythischen Heimat meines wirtschaftsweisen Vaters, der kluge, liebenswerte Freunde um sich scharte, die bei uns ein- und ausgingen, ohne sich anzukündigen – für Sankt Patrick die Flamme der Freiheit, für *Ma* die Glut, an der sich ihr ewiger Streit entzündete, da der Fürst Hof hielt und seine Magd die Gäste bewirtete. Und doch hat all das mit mir nichts zu tun. Ich erinnere mich daran wie an einen Film oder eine Erzählung, die Bilder in meinem Kopf sind gespiegelt, als ob sie nicht zu mir gehörten, sondern in das Gedächtnis eines anderen.

„Bist du noch dran?"

„Ich sag's ihm", verspreche ich ihr, „ich bin ja selbst auf *Bernanke* gespannt."

„Mach das."

Sie atmet schwer. Wahrscheinlich überlegt sie schon, wie sie ihre wuchtigen Weiber nachher ohne fremde Hilfe in den Transit bekommt. Sie denkt daran, welche Skulptur entbehrlich wäre. Sie spürt, dass sie alt wird, auch wenn sie sich mit 55 eigentlich noch jung fühlt.

„Und wenn er nach mir fragt", sagt sie, „was ja sowieso nie vorkommt, aber wenn, dann sag ihm, dass es mir gut geht, sag ihm, dass ich lebe."

# 8

Allein ihre Augen, hell und scheinend, eisblau mit zartschwarzen Schlieren, Spuren eines nie gelebten Lebens.

Warum Auschwitz?

Uli kann meine Aufregung nicht verstehen.

„Frag sie doch einfach."

„Dann glaubt sie womöglich, dass ich ihr nachspioniere."

„Sie hätte die Ansicht doch wegklicken können. Hat sie aber nicht. Vielleicht wollte sie ja, dass du sie siehst."

„Warum sollte sie das wollen?"

„Denk mal drüber nach."

Am Montagnachmittag sitzen wir uns wieder gegenüber. Ich habe mir vorgenommen, sie zu fragen, aber es geht nicht, es geht mich nichts an.

Wir haben erneut Zuwachs bekommen. Frau Müller, eine mollige Frau mit schütterem Haar und norddeutschem Zungenschlag, will wissen, ob sie den Soldatenfriedhof in Lommel sehen kann; ihr Mann liege dort begraben, sie habe ihn zwölf Jahre lang nicht mehr besucht. Da auch die anderen darauf beharren, ihre jüngst begonnenen Reisen fortzusetzen, gebe ich meinen ursprünglichen Plan auf und stelle die Unterrichtseinheit „Wahl eines geeigneten Browsers" fürs erste zurück.

Zwischen Frau Müller und der genesenen Frau Becker sitzend, beobachte ich, wie die Weltraumkamera ein von Wäldern gerahmtes Rechteck einfängt mit geometrisch strukturierten, monochromen Balken, eine Skizze, die ich schon einmal in irgendeiner Ausstellung gesehen habe, nur wo? Wir fliegen über den Friedhof hinweg, kommen jedoch nicht so nah heran, dass sich einzelne Gräber erkennen ließen, geschweige denn deren Inschriften. Frau Müller sagt nichts, aber ihre Augen verraten mir, wie enttäuscht sie ist. Um gutzumachen, was nicht gutzumachen ist, öffne ich eine der Fotografien, die Besucher der Begräbnisstätte ins Netz gestellt haben, und plötzlich erkenne ich die Struktur: ein Wechsel aus Wiesen und Beeten, aus denen steinerne Kreuze ragen, ganze Reihen identischer Mahnmale. In ihrer Erinnerung fügt Frau Müller den Namen ihres Mannes ein. Plötzlich fängt sie an zu weinen. Herr Clemens tastet sich um den Tisch herum und stellt sich hinter sie, seine Hände auf ihren Schultern. Gemeinsam trauern wir um die Toten des Kriegs.

Später sitze ich neben Frau Morgenstern und chauffiere sie mit meiner Maus in die Hauptstadt.

„Nach Berlin", sagt sie, während ihr Finger auf den Bildschirm deutet, „kehre ich immer wieder gern zurück. Früher war ich häufig dort, heute nur noch in Gedanken. Mein Mann kam aus Charlottenburg, die Knef hat in Dahlem gelebt und meine Freundin Gisela in Wilmersdorf und Moabit. Berlin ist meine zweite Heimat. Ein Teil von mir lebt hier, ein Teil von mir ist dort begraben."

„Sie reden vom Krieg?", frage ich.

„Natürlich rede ich vom Krieg", erwidert sie leise, „hier reden alle vom Krieg, weil wir Kriegskinder sind und ewig Kriegskinder bleiben."

Im Anschluss gehe ich mit in die Cafeteria, Frau Anderson feiert ihren 83. Geburtstag, und ich, der Entdecker Cala Figueras, bin ihr Ehrengast. Junge Küchenhilfen servieren Kaffee, während Dr. Engelhardt eine launige Rede hält. Im Anschluss richtet der Pfarrer ein Grußwort an seine betagte Gemeinde, bevor die Pflegedienstleiterin die Gitarre stimmt und zur Melodie von „Alle Vögel sind schon da" die Heimbewohner und Gäste willkommen heißt.

*Wünschen dir zum Wiegenfeste heute nur das Allerbeste …*

Neben mir sitzt Frau Roth, die ungeachtet ihrer 92 Jahre voller Inbrunst einstimmt, ihr Tirili klingelt mir noch Stunden später in den Ohren.

„Schwester!", schreit eine Frau am Ende des Tischs. „Ich hab so fürchterlich Durst!"

Eine Pflegerin eilt zu ihr und hält ihr einen Strohhalm an den Mund.

„Mein Vater war ein Knopfdreher", erzählt Frau Roth und lacht, „der hat sogar auf den Fotos seine Knöpfe gedreht."

„Ich muss pinkeln", verkündet ein Mann am Nebentisch und stößt seinen Stuhl um.

„Sie waren doch gerade auf Toilette, Herr Adam", beruhigt ihn die Schwester zu seiner Linken, richtet den Stuhl wieder auf und hilft dem Alten, darauf Platz zu nehmen. „Ruhen Sie erst einmal aus, Herr Adam, soll ich Ihnen ein Stück Kuchen bringen?"

Es gibt Schwarzwälder Kirschtorte, dazu Waffeln und Gebäck. Auf jedem Tisch steht eine gläserne Vase mit orange-gelben Gerbera, das Service erinnert mich an *Mas* Tick, auf Flohmärkten nach Utensilien für ihre Puppenstube zu fahnden. Zu beiden Seiten des Tischs stehen Schilder mit Großbuchstaben. BITTE NICHT DAS TRINKEN VERGESSEN! Eine Schwester eilt herbei mit einem Plastikgläschen für Frau Schön. „Ihr Schnäpschen, wohl bekomm's."

„Schwester! Hört mich denn niemand?"

„Wissen Sie", sagt Frau Becker, vielleicht zu mir, vielleicht auch zu ihrer Nachbarin, „am liebsten esse ich die Sahne. Auf die Kirschen könnt ich gut und gern verzichten."

„Wie mit der Füllung in der Gans, nicht wahr?", erwidert Frau Schön.

„Mein Vater war ein Knopfdreher", erzählt Frau Roth und lacht, „sogar auf den Fotos hat er Knöpfe gedreht."

„Wat dem eenen sin Uhl, is dem annern sin Nachtigall", sagt die Frau neben mir.

„Ich muss pinkeln!"

Herr Adam springt auf. Ein Pfleger fängt ihn kurz vor der Tür wieder ein.

„Aber wenn er doch muss", werfe ich ein.

„Das nennt sich Korsakoff", raunt mir Frau Becker über den Tisch hinweg zu und ahmt eine Trinkbewegung nach. „Das geht den ganzen Tag so und die Nacht dazu."

„Hat in seinem Leben zu oft Kehlwaschtag gefeiert", ätzt die Frau neben mir. „Jetzt red der nur noch mit sein Bruder Innerlich."

„Lass gut sein", bemerkt Frau Ferenczy, „ein armer Tropf ist das, so was wünscht man nicht seinem ärgsten Feind."

„Wen meinen Sie?", fragt Frau Müller. „Den mit dem Schädel? Ich kann mir einfach seinen Namen nicht merken."

„Herr Adam", helfe ich. „Ich glaube, er heißt Herr Adam."

Auf der improvisierten Bühne stimmt die Pflegedienstleiterin ein Lied auf die Melodie der Nationalhymne an, ein Hoch auf die Jubilarin, niemand singt mit, erst beim Refrain beglückt uns Frau Roth mit ihrem Sopran.

*Schenke mir noch, schenke dir noch, schenke uns noch einen ein.*

„Sekt und Wein", höhnt die Frau neben mir, „von wegen."

„Schwester! Der Hals tut mir ewig weh!"

Unversehens trifft mich der Blick des Königs, der am anderen Ende der Cafeteria thront. Er sitzt allein am Tisch, seine Rechte stützt sich auf sein knorriges Zepter, während die Linke winkt – wie die Queen. Tatsächlich meint er mich, er winkt mich an seinen Tisch, eine Audienz. Edgar zuliebe spiele ich mit, vielleicht entwickelt sich ja doch noch alles in seinem Sinn. Ich schlendere hinüber, reiche ihm die Hand, er räuspert sich und kneift die Augen zusammen. Was er mir mitzuteilen hat, ist von Bedeutung.

„Wenn er steht", flüstert seine Stimme übers Zepter hinweg, „steht er stramm, hart wie ein Stock."

„Das freut mich für Sie", antworte ich und gehe zurück an meinen Platz.

Frau Roth schüttelt nachsichtig den Kopf. „Ein Knopfdreher war mein Vater, immer die Hand am Hemd, aber wehe, du hast gelacht, dann tanzte der Stock."

„Ich geh in die Bucht", erklärt die Frau neben mir und trinkt ihr Glas in einem Zug leer. „Oh, wie schmeckt das Wasser süß, wenn das Geld versoffen ist." Ächzend rückt sie ihren Stuhl nach hinten. „Wo bleibt mein Rolls Royce?" Eine Schwester fährt den Rollator vor, in dessen Ablage eine Puppe sitzt und mit den Augen rollt. „Also dann, ich wünsch euch was."

Wenig später setzt sich Frau Morgenstern auf den frei gewordenen Platz. „Ich sehe, Sie sind in bester Gesellschaft."

„Frau Roth hat mir gerade von ihrem Vater erzählt", sage ich.

„Dem Knopfdreher?" Sie langt an mir vorbei und legt ihre Hand auf die von Frau Roth. „Haben Sie unserem Gast denn schon die Geschichte mit der Münze erzählt?"

Frau Roth sieht sie verständnislos an. „Welcher Münze?"

„Die Sie Ihrem Herrn Papa ans Hemd genäht haben. Die mit dem Loch."

Frau Roth kichert leise. „Ach die Münze, die mit dem Loch, ja die."

„Ihr Vater wollte sich damit tatsächlich das Hemd zuknöpfen."

Jetzt lacht Frau Roth hell auf. „Oh ja, da tanzte der Stock."

„Einige aus dem Vierten kommen nie her", flüstert mir Frau Morgenstern zu. „Sie wollen nicht sehen, was sie erwartet. Sie klammern sich an die Hoffnung, dass sie vom Schicksal verschont bleiben. Tief im Herzen wissen sie es besser. Irgendwann landen alle hier, die einen früher, die anderen später. Es schadet nicht, sich beizeiten darauf vorzubereiten. Am Ende haben wir doch so viel nicht mehr zu verlieren. Bloß unsere Erinnerungen. Aber dafür haben wir ja jetzt Sie."

„Schwester!", brüllt die Frau am Ende des Tischs.

„Mein Papa war ein guter Mann", sagt Frau Roth.

„Schwester!“

Frau Morgenstern tätschelt Frau Roths Arm. „Ein guter Mann, ja, das war er.“

# 9

Was hätte unsere Existenz für einen Sinn, wenn sie in Episoden und Augenblicke zerfiele, die alle nur für sich selbst gültig sind, aber keiner gemeinsamen Ordnung genügen? Stiftet Gott Sinn, das Leben, die Kontraktionen des Universums? Oder unser Gedächtnis? Wie authentisch kann ein Leben, vom Ende her gedacht, schon sein?

Die Skating-Tour am Dienstag lasse ich aus.

In der Nacht liege ich wach. Blitze zucken über den Himmel, Donner kracht in die Stadt, ich zähle die Sekunden, Louis schreit.

Ob ich sie mitgenommen hätte?

Mittwoch steigen die Temperaturen auf 32 Grad. Ich höre den ganzen Tag Radio. Inzwischen sind es drei Kandidaten, die sich um die Residenz Bellevue bewerben – eine Journalistin, ein Pastor und ein Jurist. Im Golf von Mexiko sprudelt weiter Öl, und in den Niederlanden wird künftig ein Islamhasser mitregieren, ein weiterer Abschied vom europäischen Traum.

Abends treffe ich mich mit Uli, Edgar, Armin, Ludger, Carsten und 72.737 anderen Joggern in der Frankfurter City, zum größten Stadtlauf der Welt. Ed hat uns fünf zu Dozenten seines Bildungsunternehmens erklärt und für das gesamte Team die Startgebühren gezahlt.

„Gestern Abend", zischt er und sieht mich schräg an, „die Süße, sie war nicht da. Du hast mich nicht zufällig verarscht?"

„Letzten Dienstag war sie da."

„Gestern nicht."

„Pech."

„Und wo warst du?"

„Zu Hause."

„Allein?"

„Was geht dich das an?"

Um halb acht fällt der Startschuss, zwanzig Minuten später traben wir los. Edgar hat darauf bestanden im Team zu laufen, doch als sich am Eschenheimer Tor Dutzende Läufer der Deutschen Bank zwischen uns schieben, verlieren wir ihn aus den Augen.

Wir laufen nebeneinander, Uli gibt das Tempo vor, ihr Gesicht glüht. Auf der letzten Geraden spurte ich los, sie holt mich ein, schnappt nach meiner Hand, gemeinsam überqueren wir die Ziellinie.

„Woran denkst du?", fragt Uli. „Du bist so weit weg."

Carsten wartet schon vor dem Haus, Ludger und Armin treffen kurz nach uns ein. Edgar lässt sich Zeit. Dafür bringt er, als er endlich eintrifft, Bier und Pizza mit. Nach der zweiten Flasche hält er eine Rede, in der er mich als seinen besten und einzigen Angestellten lobt und den anderen dafür dankt, sein *Startup* in die Annalen der Stadt- und Sportgeschichte eingeschrieben zu haben.

Nachdem die anderen gegangen sind, liegen wir zu dritt im Bett. Edgar lallt, ich kann ihn kaum noch verstehen. Gierig starrt er auf Ulis nackte Beine.

„Du brauchst eine Frau."

„Weißichselber."

„Geh unter Leute", flüstere ich, „in die Kneipe oder in die Disco oder meinetwegen in die Mensa oder was weiß ich wohin, oder versuch's mit 'ner Kontaktanzeige, meld dich bei 'ner Partnerbörse an, nur tu endlich was, so hässlich bist du auch wieder nicht."

Uli öffnet die Augen. „Geht schon", murmelt sie und schläft wieder ein.

„Geeescho", Edgar kichert, „geeschowa."

Die halbe Nacht liege ich wach. Uli reibt ihre Beine an mir, bis er hart ist wie ein Stock, aber das kann ich Edgar nicht antun. Einmal wacht er auf. Sein verwaschenes Gerede erinnert mich an Herrn Adam, ich verstehe kein Wort. Ich überlege, mit wem ich ihn verkuppeln könnte, aber mir fällt keine ein. Edgar verwahrlost. Ich stelle mir vor, wie ihm die Oberbürgermeisterin die Ehrenplakette der Stadt überreicht und sich angewidert abwendet. *Kümmer dich um dein eigenes Leben.* Was mir Elena Morgenstern mitteilen wollte? Auch für sie kann ich nichts tun.

Irgendwann schrecke ich hoch, Ulis Stimme im Ohr.

„Ich muss dir was sagen."

Ich warte.

„Etwas Wichtiges."

„Was?", frage ich, da sie nicht antwortet. „Was willst du mir sagen?"

Mit einem Mal dreht sie sich auf die Seite, streift ihren Slip ab und drückt sich an mich. Edgar brummt. Ich halte die Luft an, fühle Ulis Herz in mir, mein Leben.

Am Morgen weiß ich nicht, ob tatsächlich geschehen ist, was ich denke, oder ob meine Erinnerungen nur Bilder eines verwirbelten Traums sind. Uli lässt sich nichts anmerken. Edgar ebenso wenig. Zum Abschied bedankt er sich sogar, wahrscheinlich für das nächtliche Asyl. Uli nimmt ihn an die Hand. Als sie sich aufmachen, lächeln beide.

# 10

Sehen Sie“, sagt sie, „achtzig Jahre nehmen nicht viel Platz ein, sie passen in einen kleinen Koffer und lassen noch Luft.“

Der Koffer, der auf dem Bett liegt, hat schon bessere Tage gesehen. Sein hellbraunes Leder ist so schrundig wie die Armlehnen ihres Chesterfield. Rostige Plättchen verstärken die Ecken, der Deckel ist zerkratzt, aus den vernähten Kanten hängen Fäden. Zwei Lederbügel halten den Koffer in Form.

Sie legt die Finger an die Scharniere, lässt das Schloss aufschnappen, der Deckel federt hoch. Kein Springteufel schießt heraus. Sie meint es tatsächlich ernst.

„Mein Leben“, wiederholt sie, „zumindest das, was sich zu bewahren lohnt.“

Das Innenfutter des Deckels ist zerrissen. Ich trete näher und werfe einen Blick hinein. Kladden, Hefte, gebündelte Briefe, eine blaue Mappe mit Gummizug. Ich sehe sie an. Was fällt ihr ein? Was soll ich mit ihrem Leben anfangen? Ist sie verrückt, oder steckt hinter allem ein großer Plan?

Ich nehme eine Kladde heraus und blättere darin. Die Seiten sind vergilbt, der Geruch kommt mir seltsam vertraut vor.

Nein, ich habe keine Zeit für so etwas, kein geschenktes Jahr, außerdem, ich kenne sie ja kaum, was will sie von mir, was geht mich ihr Leben an?

„Ich bin Historiker“, sage ich, „kein Biograf.“

„Sie erforschen die Gemeinschaft der Menschen, nicht wahr?“

„Das ist es nicht.“

„Wobei das Individuum ...“

„Nein, Sie verstehen das nicht.“

„Dann erklären Sie es mir bitte.“

„Ich denk darüber nach.“

„Ja, bitte tun Sie das."

Sie geht um mich herum, öffnet die Nachtischschublade und holt ein Papiertaschentuch heraus, mit dem sie sich wie eine Dame leise schnäuzt.

„Im Grunde", fährt sie fort, „geht es gar nicht um mich, sondern um ihn, um seine Geschichte, sein Leben, verstehen Sie, was davon übrig bleibt, wenn ich nicht mehr bin."

In dem Moment, da ich die Kladde zurück in den Koffer lege, klingelt ihr Telefon. Sie entschuldigt sich und eilt ins Wohnzimmer.

„Ja?" Sie lauscht, dann sagt sie „nein", dann „ich bin noch nicht so weit", dann „gut", schließlich „ja, ich denke darüber nach", in Gedanken antworte ich *„ja, bitte tun Sie das."*

„Ich denk darüber nach", wiederhole ich, als sie zurückkehrt.

„Das ist lieb von Ihnen. Danke."

„Nicht dafür."

# 11

Nachts klingelt mein Smartphone. Obwohl die Rufnummer unterdrückt ist, ahne ich, wer dran ist.

„What's up?"

Seine Stimme klingt fröhlich, dennoch bin ich auf der Hut.

„So weit, so gut."

„Was macht deine Dissertation?"

„Fehlt nur noch das Vorwort."

„Das Vorwort."

„Ist auch fast fertig."

„Fast?"

„*Almost, Patrick.*"

„*Patrick* sagst du, wenn du mir wehtun willst. Warum willst du mir wehtun? Weil du mir böse bist? Bist du mir böse, weil ich mich für dein Leben interessiere? Ich bin dein *Dad*!"

Jetzt klingt er wie *Ma. Ma* und *Dad. Mad.*

„Anyway", fährt er fort, „ich rufe an, weil ich Ende des Monats das alte Europa besuche. Ich dachte, wir treffen uns. Wenn du am 27. noch nichts vorhast. Wir könnten uns gemeinsam das Achtelfinale anschauen, USA gegen Deutschland, was meinst du?"

„Wie kommst du darauf, dass wir gegeneinander spielen?"

„Weil *wir* in unserer Gruppe hinter den Limeys Zweiter werden und im Achtelfinale auf den ersten der Gruppe D, also auf *euch* treffen, soweit klar?"

Er hat sich vorbereitet, *Dad* überlässt nichts dem Zufall.

„Und wann kommst du an?"

„Am Freitagmorgen bin ich in Amsterdam, kongressiere bis zum Abend über die Hermeneutik ökonomischer Symbolik im Zeitalter der Globalisierung, fliege Samstag weiter nach Leipzig, um an einem Bankett der deutsch-amerikanischen Handelskammer teilzunehmen, und könnte am Sonntagnachmittag in

Frankfurt sein. Wir trinken im Loft Fifty Two einen Cocktail und sehen uns dort das Spiel an. Was sagst du?“

„Und was macht *Bernanke*, wenn sein Herrchen verreist?“

„Was er immer macht in Zeiten der großen Depression: Er krault seinen Bart.“

„Hast du Fotos von ihm? Wenn ja, bring sie mit. Auch Bilder von dir, vom Haus und vom See.“

„Wirst du auf deine alten Tage etwa sentimental?“

„Tu es einfach.“

„Fotos sind nicht dasselbe.“

Er ist enttäuscht, dass er seine weit verzweigten Verbindungen nie wird nutzen können, um meine Karriere zu fördern. Selbst meine Promotion, immerhin ein Schritt auf den Spuren seines akademischen Erfolgs, beäugt er misstrauisch. Sankt Patrick hat seinen Doktor in anderthalb Jahren erworben und kann nicht verstehen, dass sein Sohn dafür doppelt so lang braucht.

„Wann ist dein Rigorosum?“

„Irgendwann im Dezember, der genaue Termin steht noch nicht fest.“

„Dann bist du 30.“

„Dann bin ich 30.“

Mit 30 hatte er sich längst habilitiert. Mit 30 erreichte ihn der Ruf der Cornell University. Mit 30 kaufte er sich das Haus am See und schwängerte die schöne Frau an seiner Seite. Ein Sohn sollte es werden, ein Stammhalter, und siehe da, es ward ein Sohn, gelobt sei der Herr. Dumm nur, dass ich mit fünf, nach der Trennung von *Mad*, den Namen meiner Mutter annahm, eine Schmähung, die uns Sankt Patrick niemals verzeiht.

„Ich erkenne an, dass du *fast* auf eigenen Beinen stehst. Dennoch mache ich mir Gedanken. Du bist mein Sohn, soweit klar?“

„Das sagtest du bereits. Und ich bleibe dein Sohn und werde immer zu dir aufblicken.“

„Dass du dir dabei bloß nicht den Hals verrenkst."
„Denk an die Fotos."
„Brauchst du Geld?"
„Ich komm schon zurecht."
„Fair enough. Take care. See you Sunday after next."

# 12

Geh spazieren", fordert mich Uli auf und beharrt darauf, dass ich wenigstens zwei Stunden fortbleibe.

Vor den Kneipen hängen Trauben von Menschen. Die Eröffnungsfeier ist beinahe vorüber, das erste Match steht bevor. Südafrika gegen Mexiko. In den Fenstern flattern Fahnen, schwarz-rot-gold, rot-gelb, rot-weiß-grün. An der Bockenheimer Warte kommen mir Frauen in hellblauen Shirts entgegen. Uruguay gegen Frankreich am Abend, der erste Höhepunkt der WM.

Eine Stunde lang spaziere ich durch den Park. Eine weitere sehe ich den alten Boule-Spielern zu, wie sie ihr Spiel zelebrieren. Jeder Wurf wird ausführlich diskutiert. Zwischendurch treiben sie Schabernack miteinander. Am Ende reißt einer die Arme hoch und schreit in die sich anschleichende Nacht.

Als ich heimkomme, ist meine Wohnung wie verwandelt. Uli hat im *Salon* gedeckt, dem winzigen Raum zwischen Küche und Arbeitszimmer, in dem sonst Couch und Fernseher stehen. Auf dem Klapptisch, den sie aus der Küche hergetragen hat, brennt eine Kerze. Die rote Tischdecke ist neu, an ihr heftet noch das Etikett.

Das Kleid, das sie trägt, lang und weiß, *très chic, très elegant*, hat sie letzten Sommer in Montpellier gekauft. Der schmale Halsreif war mein erstes Geschenk. Sie ist barfuß. Als Aperitif gibt es Prosecco. Der Korken knallt an die Decke. Uli lacht.

„Ich freue mich", sagt sie und hebt ihr Glas. „Auf uns!"

Es gibt Ossobuco, wie damals, an unserem ersten Abend, mit Gremolata, natürlich, Zwiebeln, Tomaten, Möhren und Sellerie, dazu Risotto alla milanese. Ich genieße andächtig, Uli schweigt. Die Stille, die flackernde Kerze, Ulis Haut und ihr Haar und das Licht in ihren Augen. Als ich sie auf den Teppich ziehe, sieht sie mich an wie einen Fremden.

Nachher liegen wir Seite an Seite und blicken zur Decke. Meine Nachbarin hat aufgehört, gegen die Wand zu klopfen, von draußen blinkt Blaulicht ins Zimmer, irgendwo schlägt eine Tür. Dass Uli weint, merke ich erst, als eine Träne auf meine Schulter tropft. Ich streiche ihr übers Gesicht, aber sie schüttelt den Kopf, richtet sich auf und nimmt sich, was ich genommen habe, ohne ein Wort.

Als ich aufwache, habe ich einen Augenblick lang das Gefühl, eine nie wiederkehrende Gelegenheit versäumt zu haben. Uli regt sich nicht. Ich berühre sie, um sicher zu gehen, dass sie lebt.

Später stehe ich in der Küche und denke darüber nach, warum ich hier stehe. Es ist Samstag, immerhin, so viel ist klar.

Ich schalte das Radio an, höre Nachrichten aus einer anderen Welt. Eine Ministerin, die jetzt doch Ministerin bleibt, ein Ministerpräsident, der sich höheren Aufgaben stellt.

An die Tür gelehnt, betrachte ich Uli, die noch immer schläft, und frage mich, was in der Nacht geschehen ist. Alles war anders, der Raum in uns und der Raum um uns herum. Ich will nicht glauben, dass eine Vorstellung allein so viel Macht besitzt, zwei Menschen auf diese Weise zu verändern.

Auf Zehenspitzen schleiche ich mich aus der Wohnung. Im Treppenhaus springt mich Louis an und stürmt johlend an mir vorbei. Von oben trommeln Absätze hinterher, ich drücke mich an die Wand, Louis‘ Mutter hetzt ohne Gruß an mir vorbei. Ich folge ihr. Vor der Tür von Frau Huth liegt ein Paket. Ich wollte doch. Jetzt wär die Gelegenheit. Im ersten Stock steht eine Tür offen, aus der Wohnung dringen die verzweifelten Schreie eines Babys. Ich laufe weiter. Die Haustür steht offen. Draußen sticht mir das jähe Licht in die Augen. Louis brüllt mir irgendetwas zu. Seine Mutter dreht sich nach mir um. Ich zucke die Schultern und gehe in die andere Richtung weiter. Beim Bäcker kaufe ich Croissants und Pflaumenkuchen, am Stand an der Ecke Blumen. Den Kuchen stelle ich Frau Huth vor die Tür.

Ich habe gerade angefangen, den Tisch zu decken, als Uli plötzlich hinter mir steht.

„Sind das Pfingstrosen?"

Ihr Haar ist zerzaust, die Wimperntusche verlaufen. Mein T-Shirt reicht ihr bis ans Knie.

„Sie sind wunderschön."

Am Nachmittag streunen wir durch die Niddaauen. Folgen dem Flusslauf, lassen Kiesel übers Wasser hüpfen, schnuppern an Sumpfdotterblumen und Schwertlilien und lauschen dem Gesang eines Pirols.

„Weißt du noch?"

„Was meinst du?"

„Du weißt schon."

Uli ist wie verwandelt. Sie ist von allem mehr. Allein ihre Gegenwart verklärt den Tag. Ein altes Paar, das uns entgegenkommt, verlangsamt seinen Schritt. Als wir uns wenig später umsehen, blicken uns die beiden noch immer nach.

„Ach ja, deine Mutter hat angerufen und uns zum Kaffee eingeladen. Wenn wir wollten, schon morgen, sonst nächsten Sonntag."

„Und was hast du ihr gesagt?"

„Dass wir gern kommen." Uli läuft voraus, dreht sich um, lacht. „Und dass ich mir keine bessere Schwiegermutter als sie vorstellen kann."

„Hast du nicht."

„Hab ich doch. Frag sie!"

Im Tower-Café am Alten Flugplatz essen wir Reibeplätzchen mit Apfelkompott. Über Kalbach schweißt die tief stehende Sonne den Tag an die Nacht.

„Ich will dir so viel sagen", sagt Uli, doch als ich sie ermuntere, verfällt sie plötzlich wieder in Schweigen, aus dem sie bis daheim nicht mehr herausfindet.

In der Nacht wache ich auf. Ich taste nach ihr, aber sie ist fort. Jäh zieht mich die Angst in den Grund. Ich liege still, lausche in die Nacht. Stille. Still bleibt es. Ich rufe, aber sie antwortet nicht. Endlich höre ich ihre Schritte. Leise kriecht sie unter die Decke. Ihr kalter Fuß streift mein Bein. Ich drehe mich zu ihr. Filtere das Licht ihrer Augen aus dem Ruß der Nacht.

# 13

Warum ich?"

„Weil ich Ihnen vertraue."

Wir stehen im Flur. Mit dem Koffer in der Hand sehe ich aus wie ein Gast, der gerade gekommen oder im Begriff ist zu gehen.

„Gestern habe ich an meine Freundin Gisela gedacht. Sie ist vor drei Jahren gestorben. Wir standen uns sehr nah, müssen Sie wissen, dennoch können zwei Menschen kaum unterschiedlicher sein. Gisela behauptete steif und fest, dass es Träume nicht gäbe, sie habe noch nie geträumt, nicht ein einziges Mal. Stellen Sie sich das einmal vor! Ein Leben ohne Träume! Jeder weiß doch, dass das unmöglich ist, nicht wahr? Ohne Träume würden wir meschugge. Aber Gisela hat mich nie angelogen. Also, frage ich Sie: Gibt es tatsächlich Menschen, die nicht träumen? Was denken Sie?"

„Ich weiß es nicht."

„Träumen Sie?"

„Natürlich."

„Erinnern Sie sich an Ihre Träume?"

„Nur an die schlimmsten."

„Haben Sie Albträume?"

„Immer denselben. Ich renne weg, verstecke mich, werde aufgespürt, kann noch einmal fliehen, renne um mein Leben, weiß aber insgeheim, dass es kein Entkommen gibt, denn am Ende holen sie mich immer ein."

„Wer holt Sie ein?"

„Egal. Irgendwer."

„Und wenn sie Sie haben?"

„Dann wache ich hoffentlich auf, bevor sie mir wehtun."

„Ach je."

Das Fenster steht offen. Draußen weint ein Kind. Die leise Stimme des Vaters. „Ist nicht schlimm. Weißt du was? Da binden wir jetzt einfach ein Tuch drum, siehst du, schon fertig. Alles halb so schlimm."

„Mein Mann wollte unbedingt Kinder, weil der Mensch in seinen Kindern fortlebe. Er glaubte an den Großen Plan. Ich kann keinen Plan erkennen, Sie? Er war überzeugt davon, dass der Schöpfer unser Schicksal bestimmt. Dass das Leid, all das furchtbare Leid einen Sinn habe."

Ich frage wieder. „Warum ich?"

„Weil ich nicht an Zufälle glaube", antwortet sie. „Weil unsere Träume uns etwas mitteilen wollen. Und, nun ja." Sie lacht kurz auf, doch ihr Lachen ist ohne Freude. „Weil mir nicht mehr viel Zeit bleibt."

„Wieso? Sind Sie …?"

„I wo. Nur alt."

„Sie kennen mich doch gar nicht."

„Glauben Sie."

„Wahrscheinlich würde ich Sie nur enttäuschen."

„Zufälle gibt es nicht. Schicksal schon." Sie nimmt meine Hand und sieht an mir hoch. „Wenn Sie Elena sagen – ginge das?"

„Elena?"

Stumm nickt sie mir zu und drückt, da ich die Schwelle übertrete, leise die Tür ins Schloss.

Nun bin ich tatsächlich der Gast, der geht, ein Reisender ohne Ziel vor Augen. Ich trage den Koffer über den Flur, durchs Treppenhaus, hinaus zu meinem Fahrrad, kutschiere ihn durch die Stadt, trage ihn daheim die Treppe hoch, durch den Flur in den *Salon* und lege ihn dort auf den Tisch. Als ich ihn öffne, scheint unversehens eine Erinnerung auf, eine längst vergessene Enttäuschung. Ich bin sechs oder sieben, *Ma* hat Geburtstag. Ich will ihr etwas Besonderes, etwas Einzigartiges schenken – eine getrocknete Kornblume. Wochenlang habe ich sie in ein Buch gepresst, um das Blau einzufangen, denn nur darauf kommt es an, auf das Kornblumenblau, doch als ich das Buch öffne, ist die Blüte zerbröselt und grau wie Staub.

# 14

Armins Schattenhand fuchtelt durchs Bild. „Das Mittelfeld!“, schreit er. „Schweini und Özil – der Wahnsinn! Ich hab‘s euch gesagt!“

Gerade ist das Zwei-Null gefallen. Die Australier laufen hinterher und lassen uns gewähren. Wenn nur die Tröten nicht wären. Selbst der Jubel geht im Schwarmgeräusch der Vuvuzelas unter.

„Am besten drehst du den Ton ganz ab“, schlägt Carl vor.

Ken springt auf. „Dann guck ich in der Kneipe weiter.“

„Nee, oder?“

„Okay, wir drehen leiser.“

„Aber nur ein bisschen.“

„Die Uweseelers“, tönt Carsten und zieht eine knallrote Tröte aus seiner Kuriertasche, „werden wir gegen die Türme der Deutschen Bank richten, um den Ackermännern dieser Welt so lange einzuheizen, bis ihnen die Ohren bluten.“

Carl, Finanzberater im rechten Zwillingsturm, reckt die Faust. „Stadtguerilla, wie cool. Ihr denkt aber an die Dreifachverglasung, gell?“

Nur Edgar bekommt von allem nichts mit. Er starrt auf die Leinwand, als ob davor eine Frau im weißen Kleid tanzte. Ich frage ihn, wo er sich rumtreibt, aber er antwortet mir nicht, er sieht noch nicht einmal auf.

„Und für Miroslav Klose“, frohlockt die Moderatorin in der Pause, „ein innerer Reichsparteitag, jetzt mal ganz im Ernst, dass er heute hier trifft.“

„Ja, das ist für ihn eine Erlösung“, antwortet der Titan.

„Eine Endlösung!“, schreit Carsten.

„Das ist jetzt nicht wahr, oder?“

Armin verteilt Bier. Sieben Männer, sieben Flaschen. Sieben in Reserve. Ich rufe Uli an. Sie kommt eben von Xiao. Über ihr

Bett, sagt sie, habe Xiao ein kleines Ölgemälde aufgehängt, ein Bild ihrer Eltern, sonst sehe ihre Wohnung leer aus, als ob niemand dort wohnte.

Nach der Pause drehen Jogis Jungs auf. Schweinsteiger zaubert, Cahill fliegt vom Platz, Podolski auf Müller, Özil auf Cacau, am Ende steht es vier zu null. Auch 1974, klärt uns der Sprecher auf, habe Deutschland in der Vorrunde gegen Australien gesiegt.

„Alle mal herhören!“

Bevor wir uns verabschieden, trumpft Armin mit der wichtigsten Nachricht des Tages auf. „Lena hat ihr Abi in de Tasch. Ich finde, darauf sollten wir anstoßen!“ Auf Lenas Abi, das sie im Grunde Armin verdankt. Ich klopfe ihm auf die Schulter. Er strahlt. Am Freitag, gegen Serbien, sehen wir uns wieder.

Edgar hängt sich bei mir ein. „Bringst du mich nach Hause?“

„Nicht dein Ernst.“

„Aber ja doch, du bist mein Freund!“

Autocorsos rasen durch die Stadt, auf den Beifahrersitzen Fahnen schwenkende Teenies, für sie sind wir schon Weltmeister. Vor den Kneipen sitzen die Menschen dicht gedrängt an den Bildschirmen und können ihr Glück nicht fassen. Die Nacht ist so laut wie der Tag. Ed läuft still neben mir her. Er braucht meine Hilfe nicht, will aber nicht allein sein. Vor dem Haus nimmt er mich in den Arm.

„Drück uns die Daumen“, verabschiedet er sich, „vielleicht wird am Ende ja doch noch alles gut.“

# 15

Unser gemeinsamer Alltag beginnt damit, dass ich in der Küche den Abwasch erledige, während Uli meinen Schreibtisch in Beschlag nimmt. Später sitzen wir nebeneinander, den Bürostuhl überlässt sie mir, sie hält sich auch ohne verstellbare Rückenlehne gerade. Während sie nachdenkt, streichen ihre Hände über die Außenseite ihrer nackten Schenkel. Ihre Fingernägel sind hellblau lackiert. Einmal dreht sie den Kopf in meine Richtung, ich suche sie, doch ihr Blick gleitet an mir ab.

Ihre himmelblauen Fingernägel waren das erste, was mir damals im Jazzkeller an ihr auffielen, und dass sie lauter johlte als irgendjemand sonst. Ed beharrte darauf, dass sie eine Pille eingeworfen habe, aber das glaubte ich nicht. In der Pause standen wir nebeneinander an der Bar und tranken Bier. Ich fragte sie nach ihrem Namen, und sie antwortete, dass sie mir den bei unserem ersten Date verraten werde. Bevor die Musiker wieder auf die Bühne kamen, tippte sie meine Handynummer in ihr Verzeichnis, eine Woche später rief sie mich an. Während unserer ersten Verabredung erzählte sie mir, dass sie sich noch im Jazzkeller von ihrem Freund getrennt habe, dem Bassisten, der nicht nur musikalisch ein Blender sei.

„Kaffee?"

„Danke."

„Danke ja oder danke nein?"

„Danke nein."

Ich lege meinen Bleistift quer auf den Schreibtisch und sehe zu, wie er auf der schiefen Ebene hinunterrollt. Dann krieche ich unter den Tisch, streiche mit den Fingerspitzen die Innenseiten ihrer Schenkel und schiebe den Stoff zur Seite.

„Jetzt nicht."

„Wieso?"

„Darum. Und außerdem, solltest du nicht an deinem Vorwort arbeiten?“

„Mach ich doch.“

„Sieht aber nicht so aus.“

Stunden später sieht Uli auf, streckt sich, wie spät es denn sei? Kurz darauf klappt sie ihr Notebook zu und macht sich auf dem Weg zum Thai Bo.

Vom Fenster aus beobachte ich, wie sie ihr Fahrrad aufschließt, von einem Passanten angesprochen und offenbar nach dem Weg gefragt wird, wie sie die Straße hinab deutet, mit der Hand nach links winkt, ihre Umhängetasche in den Korb drückt, das Fahrrad bis zur Ampel schiebt, wartet, sich auf den Sattel schwingt und mit drei, vier Tritten beschleunigt.

Ich schalte den Fernseher ein. Holland gegen Dänemark. Währenddessen lese ich Edgars Curriculum, ein Exkurs über Cyberangriffe und die Sicherung der Daten. Wie ich die Botschaft einkleiden soll, ohne die alten Herrschaften zu verunsichern, lässt er offen.

Nachmittags radle ich zur Villa. Die Platinblonde trägt ein Halstuch in den Landesfarben, auf dem Flur hängen schwarz-rot-goldene Fähnchen, im Foyer, rund um den Fernseher, bunte Girlanden.

Als ich das Studio betrete, winkt mich Clemens Clemens an seinen Tisch.

„Wer, meinen Sie, wird Weltmeister?“

„Ich fürchte Spanien.“

„I wo!“, widerspricht Frau Morgenstern. „Unsere Jungs, die machen das. Sie werden schon sehen.“

Frau Anderson würde am liebsten erneut auf Reisen gehen, doch diesmal folge ich dem vorgegebenen Pfad. Die nächste halbe Stunde erläutere ich die Vor- und Nachteile verschiedener Browser, weise auf Sicherheitslücken hin, betone die Notwendigkeit regelmäßiger Datenpflege, verschiebe Bilder und Texte auf eine externe Festplatte und einen Stick, brenne jedem eine

DVD und gehe zum Schluss noch einmal auf Virenscanner und Firewall ein.

„Wenn man Ihnen zuhört, könnte man meinen, im Internet, da herrscht Krieg“, wirft Frau Ferenczy ein.

„In gewisser Hinsicht schon“, antworte ich und erzähle meinen Schülern von Datendiebstählen bei Banken und Angriffen auf Dax-Unternehmen, von virtueller Industriespionage und Cybersabotage, von der Denial of Service-Attacke auf Lettland und dem Stuxnet-Angriff gegen das iranische Atomprogramm, der Internet-Zensur in China und dem Einfallsreichtum der Dissidenten.

„Ich weiß ja nicht.“ Frau Anderson macht ein Gesicht, als hätte sie Krämpfe. „Wer schleicht schon nachts allein durch den Park?“

„Ihnen will niemand was“, wiegle ich ab. „Wenn Sie einige Grundregeln befolgen, haben Sie nichts zu befürchten. Im Gegenteil. Denken Sie nur an Cala Figuera! Die schönsten Strände, die gemütlichsten Pensionen, die Lieblingscafés der Stars – glauben Sie mir, im Internet gibt es nichts, was es nicht gibt. Und nach zwölf Kursstunden kommen Sie prima allein zurecht.“

„Wenn Sie meinen.“

„Sehen Sie“, wirft Frau Ferenczy ein und deutet auf ihre Bluse, „hat meine Tochter im Internet gefunden.“

„Hübsch.“

„Nicht wahr?“

Frau Anderson streicht über den Stoff. „Ist das Seide?“

„Gewiss.“

„Wenn schon, denn schon“, wirft Herr Clemens ein.

„Sobald man sich gehen lässt, ist es aus.“

„Du sagst es.“

„Wie teuer war die denn?“

„Da muss ich meine Tochter fragen.“

„Tu das.“

# 16

Wie schnell sich ein gemeinsamer Rhythmus findet, wie eigentümlich alles ineinander greift. Schon kommt es mir vor, als sei es nie anders gewesen.

Am Dienstag besuchen wir Xiao. Die meiste Zeit stehen wir in der Küche und trinken Tee. Die vertraute Umgebung wirkt mit einem Mal fremd, Ulis Wohnung tatsächlich unbewohnt.

Wir nehmen Xiao mit zu uns, über unseren hastigen Aufbruch verliert niemand ein Wort. Während ich Tee koche, höre ich die beiden wispern. Später sitzen wir im *Salon* und reden über unsere Kindheit. Xiao ist im Heim aufgewachsen, meine Eltern sind geschieden, und Uli trauert seit fünfzehn Jahren um ihren an Lungenkrebs gestorbenen Papa. Gegenseitig spenden wir uns Trost. Wenn das Paar auf dem Ölbild nicht ihre Eltern sind, wer dann? Der würdige Herr, sagt Xiao, sei ihr Großonkel, die junge Frau seine dritte Gemahlin. Beide hätten sie oft besucht und seien für sie wie richtige Eltern.

Uli hält es in der Wohnung nicht aus, sie will an die frische Luft. Vor dem Haus ist eine Mülltonne umgekippt, Papier und leere Verpackungen wirbeln durch die Straße. Über uns ballen sich Wolken, reißen aber zum Taunus hin wieder auseinander. Im Palmengarten spüren wir dem Rosenfest vom vergangenen Wochenende nach. Allein die Namen! Undine und Aphrodite, Baccara und Baronesse. Wir schwimmen durch das Meer von Farben, saugen Düfte aus Blütenkelchen, einmal blinzelt die Sonne an den scharf konturierten Wolken vorbei, Perla fängt ihr gelbes Licht.

Am Abend sehen wir fern. Auf allen Kanälen der Große Zapfenstreich, eine bizarre Zeremonie. Fackelträger mit Wehrmachtshelmen, Marschmusik, unvermittelt Glenn Miller, im Hintergrund das festlich erleuchtete Schloss Bellevue. Der scheidende Bundespräsident lächelt. Seine rosafarbene Krawatte passt nicht ins Bild. Später müht sich Brasilien zu einem zwei zu eins gegen Nordkorea. Alle spielen verrückt.

Am Donnerstag reist Uli zu ihren Eltern. Ein lange vereinbarter Besuch.

Kurz vor Mitternacht klingelt das Telefon.

„Habe ich dich geweckt?"

Ihre Stimme. So nah, als ob sie neben mir läge.

„Nein."

„Ich hab dich vermisst. Vorgestern."

Woher hat sie meine Nummer?

„Ich war zu Hause", sage ich. „Mit Uli."

Ich höre ein Feuerzeug schnappen. Stelle mir vor, wie sie mir den Rauch ins Gesicht bläst.

„Uli."

„Ja."

„Du liebst sie?"

„Ja."

„Aber Dienstagnacht."

„Ja?"

„Hab ich mir vorgestellt, dass …"

Sie wartet, bis ihre Worte aufgehen. Ich sollte auflegen. Stattdessen lausche ich ihrem Atem. Lege mein Gesicht in ihre Halsbeuge. Ihre Haut riecht nach Wacholder. Oder ihr Haar? Ihre Nummer leuchtet im Display. Ich taste nach dem Kugelschreiber. Ein Notausgang, nur für den Fall.

„Was ich dir sagen wollte. Der Abend neulich. War sehr schön. Ich weiß ja nicht. Aber wenn du willst. Ich jedenfalls würde mich freuen." Ihre Stimme entfernt sich. „Oh Mann, ich hör jetzt besser auf."

Ich halte den Atem an. Lote die Leere aus. Frage mich, was wieder und wieder geschieht. Warum ich ankomme und aufbreche. Warum ich mich zwischen gestern und heute immer wieder verliere. Alles soll bleiben, wie es ist, soll anders sein, aber nicht werden, nicht vergehen, nur sein.

# 17

Wenige Minuten nach Spielbeginn kette ich mein Rad an die Straßenlaterne vor Armins Loft. Alle sind da. Alle außer Edgar. Wo er steckt, weiß niemand. Ich wähle seine Nummer, aber er nimmt nicht ab.

Carl trägt ein Klose-Trikot. Auf Ludgers Kopf schaukelt ein Kalabreser in schwarz-rot-gold. Als Klose noch vor der Halbzeit vom Platz fliegt, reißt Carl sein Trikot vom Leib, so wütend habe ich ihn, so aufgebracht habe ich Jogi noch nie erlebt. Der verschossene Elfer von Podolski fegt schließlich auch Ludgers Schlapphut vom Kopf.

„Es macht hier keinen Spaß mehr, Fußball zu spielen", sagt Schweinsteiger. Carl nickt.

Noch vor dem nächsten Spiel schleichen sich die anderen fort. Ich bleibe, daheim wartet niemand auf mich. Armin und ich essen Backofenpizza. Die USA drehen ihre Partie, ihr Unentschieden gegen Slowenien wird Sankt Patrick fuchsen, auch wenn es seine Prognose stützt. Armin spendiert mir noch ein Bier. Zum Glück läuft der Fernseher. Wir haben uns nichts zu sagen.

Um elf breche ich auf. Die Stille in meiner Wohnung trifft mich wie ein Schlag. Minutenlang stehe ich im dunklen Flur, bevor ich mich langsam in mein Zimmer wage. Dreizehn Schritte, links die Tür, drei Schritte in den Raum. Ich ziehe mich im Dunkeln aus. Lausche in die Nacht. Stelle mir vor, wie mir Uli vom Bett aus zusieht. Lege mich zu ihr. Stehe wieder auf. Knipse das Licht an.

Das erste, worauf mein Blick fällt, ist Elenas Koffer. Ihr Leben. Ich streiche über das schrundige Leder, lasse den Deckel aufschnappen, drücke ihn wieder ins Schloss. Schnick, schnack, schnuck. Vergiss das Kornblumenblau. Das eine hat mit dem anderen nichts zu tun.

*Glauben Sie.*

Woher nimmt sie ihre Gewissheit? Man gibt sein Leben doch nicht einfach so her. An Zufälle glaubt sie nicht, ebenso wenig an den Großen Plan, aber an Vorsehung und Schicksal, daran. Meine Angst vor der Weite ist die Angst vor dem freien Fall.

Ich greife das oberste Heft. Sankt Patrick hatte Bücher, die ich kaum aufzuschlagen wagte, über deren alten Einband ich strich, die ich wog und wendete, wendete und wog, bis ich sie endlich öffnete, vorsichtig, beinahe ängstlich, schließlich hatte mir niemand verraten, welches Geheimnis sich darin verbarg.

# 18

*Dienstag, 23. Januar 1945*

*Die Russen kommen näher! Einige Panzer seien im Schutz der Flüchtlingstrecks bis zum alten Markt vorgestoßen, sagt Herr Gießwein. Dort hätten unsere einen abgeschossen. Das muß die Detonation gewesen sein, die wir vor einigen Stunden gehört haben. Als der Alarm losgeht, raffen wir unsere Rucksäcke und rennen zum Rathaus. Der Luftschutzkeller ist so voll, daß wir uns in eine Ecke drängen müssen, Eli und ich vorn, die Eltern hintendrein. Am Mittag hieß es noch, niemand sei in Gefahr – und nun? Wir werden alle sterben, sagt Mama und heult und heult. Papili hat mit ihr geschimpft. Selbst wenn er ihr ins Ohr flüstert, kann ich jedes Wort verstehen: „Nicht vor den Kindern, ich bitte dich, nicht vor den Kindern.“ Bald weint sie nicht mehr. Doch ihr Blick macht mir noch mehr Angst als ihre Tränen.*

*Dienstag, 23. Januar 1945, nachts*

*Angeblich haben wir den Russen wieder aus der Stadt gejagt. Der Labewski hat damit geprahlt, daß er die roten Panzer selbst hat brennen sehen. Ich weiß ja nicht … Eben kam einer, der im Rathaus immer die Post austeilt, und sagte, daß der Bürgermeister den Befehl zur Gesamträumung Elbings gegeben habe. Niemand hat ihm geglaubt. Alle wollen bleiben, am liebsten hier, im Ratshauskeller, wer weiß denn, was draußen los ist, niemand. Elvira und mir haben sie eins der Stockbetten zugewiesen, da ist es wärmer. Wir erzählen uns gegenseitig Märchen, das hilft.*

*Mittwoch, 24. Januar 1945*

*Die Gerüchteküche brodelt, aber niemand weiß etwas Genaues. Einer sagt, der Gauleiter habe bis gestern verboten, Elbing zu evakuieren, jetzt sei es zu spät. Ein anderer berichtet, daß wir an allen Fronten auf dem Vormarsch seien. Wer kann, flieht. Die Danziger*

*Chaussee sei völlig verstopft, heißt es. Manche warteten darauf, einen Platz in einem Güterwaggon oder Lastkraftwagen zu ergattern, aber damit würden vor allem nur die verwundeten Soldaten transportiert. Vorhin hat ein Junge ein Flugblatt der Russen herumgezeigt: „Elbing liegt im Loch, wir finden euch doch!“ Eine Familie geht fort und kommt nicht mehr wieder, sofort ist ihr Platz von einer anderen Familie belegt. Papili will lieber abwarten, ich vertraue ihm ja, aber die Warterei macht mich ganz kirre. Mama sagt nichts. Eben war Herr Treychel da. Angeblich will die Kriegsmarine mit Hilfe von Eisbrechern eine Fahrrinne bis Pillau reißen, um die neuen Torpedoboote aus der Werft in Sicherheit zu bringen. Was wird dann aus den Flüchtlingen, die übers Haff zur Nehrung fliehen?*

*Donnerstag, 25. Januar 1945*

*Heute morgen war ich draußen, ich mußte einfach, ich werd sonst noch verrückt. Papili mußte eine alte Frau behandeln, Mama bekommt sowieso nichts mehr mit. Unsere Stadt ist, entgegen der Gerüchte, nahezu unversehrt. Die Bomben, die wir gehört haben, sind wahrscheinlich irgendwo am Stadtrand eingeschlagen, auf jeden Fall nicht in der Altstadt. Eine unheimliche Stille lag über allem. Nur wenige Leute waren unterwegs, keine Straßenbahnen oder Autos, einzelne Patrouillen, weit genug entfernt, und hier und da ein Hund. Der Alte Markt war wie ausgestorben, das Kaufhaus am Elbing ist geschlossen, ebenso Herzfeldt und Schwan. Am Postamt wäre ich fast einem Wachtposten in die Arme gelaufen, bin aber im letzten Moment abgebogen. Ich glaube, er hat mich nicht bemerkt. Ich bin einfach weitergelaufen, über die Tannenberg-Allee bis zum Hauptbahnhof – aber das hätte ich besser bleiben lassen.*

*Ich muß noch immer weinen, wenn ich an die vielen armen Menschen denke, die ich dort sah. Trotz der Kälte hockten Hunderte, wenn nicht Tausende auf den offenen Güterwagen und warteten auf ein Wunder. Alte, Kranke, Sieche, Mütter mit schreienden Ba-*

*bys im Arm, Kinder ohne Eltern, Krüppel, Verwundete. Die sind doch verrückt, dachte ich, wollen die alle sterben? Ich habe überall nachgesehen, aber niemanden entdeckt, der sich um sie kümmern könnte, keinen. Sie haben doch nichts zu essen, nichts zu trinken, sie sitzen einfach nur da und warten. Warten auf ihren Tod. Am Rande des Güterzuges lagen steif gefrorene Leichen. Eine alte Frau schlug ihren Kopf gegen einen Waggon, immer wieder. Kinder wimmerten, ein Krüppel mit zerschossenem Bein schrie vor Schmerz. Es war schrecklich, schrecklich, einfach nur schrecklich!*

*Freitag, 26. Januar 1945*

*Das Artillerie-Feuer kommt immer näher. Elvira weint den ganzen Tag. Mama reißt sich zum Glück zusammen, sodaß wir uns abwechseln können, Eli zu trösten. Sie zittert am ganzen Leib. Jede Stunde gibt es neue Hiobsbotschaften. Elbing brennt! Weil es keine Löschfahrzeuge gibt, breitet sich das Feuer immer weiter aus. Angeblich versucht die Wehrmacht, Hausbrände mit Handspritzen zu löschen, aber Herr Treychel sagt, das sei völlig aussichtslos. Die Kreissparkasse sei schon abgebrannt, heißt es, auch die daneben liegenden Häuser. Vorgestern ist das Gaswerk ausgefallen, gestern das Elektrizitätswerk, auch die Kanalisation funktioniert nicht mehr, es stinkt bis zu uns in den Keller. Weil die Wasserversorgung zusammengebrochen ist, müssen wir Schnee schmelzen. Davon haben wir reichlich, denn es schneit pausenlos. Ohne Strom gibt es auch keine Radionachrichten mehr. Wir sind völlig auf uns allein gestellt. Was soll nur aus uns werden? Am Ende hat Mama doch recht, und wir müssen alle sterben.*

*Samstag, 27. Januar 1945*

*Der Russe ist angeblich schon in Grubenhagen. Die Frau des Kinobesitzers erzählt, Soldaten seien in ihren Keller gekommen und hätten von den Leuten Uhren und Schmuck eingesammelt. Sie sagt, daß die Barbaren auch Frauen mitgenommen hätten, am liebsten die ganz jungen. Mama will uns die Haare abschneiden, aber ich will das nicht.*

*Eben war ein Junge hier, den ich aus der Schule kenne, ich glaube, er heißt Herbert, der mit anderen Pimpfen gegen die Russen kämpft. Ihr Gefechtsstand an der Münchener Straße sei mit Granatwerfern beschossen worden, erzählt er, die meisten seiner Kameraden seien gefallen. Er selbst will sich nun einem Spezialtrupp der Wehrmacht anschließen, der die Panzer der Russen mit Panzerfäusten unschädlich macht. Was er bei uns wollte, weiß ich nicht. Nach einer Stunde ist er wieder gegangen. Herbert, ja, ich bin sicher, so heißt er, glaubt trotz allem an den Endsieg.*

*Montag, 29. Januar 1945*

*Wir sind wieder hier. Manchmal glaube ich, ich habe das alles nur geträumt: den Treck, die Bomben, die Toten ... Aber dann sehe ich meine blutende Hand und weiß, daß wirklich geschehen ist, was mir wie ein Traum vorkommt, und daß wir noch leben, ein Wunder ...*

*Alles ging so schnell!*

*Am Sonntagmorgen war es mit einem Mal völlig still. Einige sind raus, um nachzusehen, auch Papili, und als er wiederkommt, sagt er, packt, packt alles zusammen, ihr geht! Die Menschen seien auf der Flucht, raus aus der Stadt, unsere Chance. Er müsse dableiben, weil sich sonst niemand um die Verwundeten kümmere und Männer wie er einfach bleiben müßten, aber wir, seine Familie, wir sollten gehen, er komme sobald wie möglich nach.*

*Viel zu packen gab es ja nicht, das meiste tragen wir sowieso am Leib, weil es selbst hier unten furchtbar kalt ist – nur die Rucksäcke mit den Decken, den Wertsachen und den Fotos. Mein Tagebuch, sagt Mama, solle ich dalassen, das könne uns verraten, aber das habe ich mir dann unter den Rock gestopft, sie hat nichts gemerkt.*

*Draußen herrscht großes Durcheinander. Alle wollen weg, nur raus aus der Stadt. Die meisten Straßen waren verstopft. Immer wieder mußten wir im Gedränge warten, bis es weiterging. Überall stank es nach Rauch, um uns herum Trümmer, liegengebliebene Autos, dazu Berge von Schnee. Ich habe nicht geglaubt, daß wir es bis zum Haff schaffen, selbst wenn uns der Russe ließe. Die Panzerdivisionen der Wehrmacht hatten sich schon wieder an den Stadtrand vorgekämpft. Auch die Straße nach Danzig sei frei, behauptet Herr Treychel. Im Nachhinein verstehe ich nicht, wieso uns Papili weggeschickt hat, aber ich mache ihm deswegen keinen Vorwurf.*

*So viele Menschen! Keiner kann sich das vorstellen. Einmal ist mir die Luft weggeblieben, weil die anderen von hinten so gedrückt haben! Aber das Gedrängel hatte auch seine Vorteile: Uns wurde nicht kalt, und wenn ich nicht mehr laufen konnte, habe ich mich einfach von den anderen schieben lassen, so konnte ich immer ein wenig ausruhen.*

*Am Haff angekommen, mußten wir wieder warten, eine Stunde oder länger. Dabei war es dort so kalt, daß einem die Füße am Ufer festfroren. Entlang der Fahrspur hatten Pioniere Löcher ins Eis geschlagen und Tannenbäume festfrieren lassen, um den Weg zu markieren. Die Gendarmerie entschied, wer aufs Eis durfte. Nur alle 50 Meter ließen sie einen Wagen passieren. Das Eis sei an manchen Stellen brüchig, hieß es, aber entlang der Markierung stark genug. Zentimeterweise sind wir vorgerückt, den Treck der Flüchtlinge vor Augen, der sich kilometerweit erstreckte und irgendwo im Schneetreiben verschwand. Sie wurden von Soldaten begleitet, die Laternen schwenkten und Taschenlampen, die lindgrün leuchteten.*

*Endlich waren wir an der Reihe. Mama ist vorgegangen und hat mit ihrem Stock aufs Eis geklopft, weil sie der Gendarmerie nicht traute. Wenn es irgendwo vor uns knackte, schrien alle auf und blieben stehen, bis sich der Vordermann am Rand der Bäume wieder vorwagte. So kamen wir nur langsam voran. Plötzlich höre ich hoch über uns ein Summen und weiß im selben Moment, daß unsere Flucht hier und jetzt zu Ende ist! Als erstes sehe ich die Scheinwerfer, dann stoßen sie aus den grauen Wolken heraus und rasen im Tiefflug über unsere Köpfe hinweg. Weiter vorn feuern sie ihre ersten Salven ab. Einige rennen zurück, rutschen aus und fallen hin, andere stolpern über sie drüber, schreien, schreien um ihr Leben. Mama packt unsere Hände und zieht uns mit, nur weg, nur weg, aber dann sind die Flieger plötzlich über uns. Wir ducken uns, die Schüsse reißen das Eis vor uns auf, eine ganze Familie sinkt ein: Oma, Mutter, Kind. Ein Planwagen rutscht über die Scholle, beide Pferde hinterher, dazwischen ragen Hände aus dem Eis, Todesschreie, das verzweifelte Wiehern der Pferde, das Dröhnen der Flieger, das Rattern der Maschinengewehre – ein Inferno, die Hölle auf Erden!*

*Wenn wir eine halbe Stunde früher losgegangen wären, wir hätten es nicht mehr geschafft, so schlagen wir einen Bogen, laufen, rennen um unser Leben, fallen hin, rappeln uns wieder auf, rennen weiter, bis wir plötzlich wieder festen Boden unter den Füßen haben. Doch mit einem Mal drehen die Russen ab, legen sich quer, kommen direkt auf uns zu und werfen ihre Bomben über uns ab. Das Zischen und Sausen, die Einschläge, die ohrenbetäubenden Explosionen, Augenblicke der Stille, dann das leise Wimmern von überall her. Überm Eis verstreut die Habseligkeiten der Toten: aufgerissene Koffer und Kisten, Kleider und Schlitten. In der Nähe des Ufers ein alter Mann, der sich verzweifelt müht, seinen umgekippten Wagen aufzurichten, unter dem das Bein einer Frau herausragt. Ich will ihm helfen, aber Mama zieht mich fort, nein, ich hätte nicht zurückblicken dürfen, nein, die vielen Toten und Verwundeten, die zerfetzten Leiber, der halbe Treck ist im Haff verschwunden, ich hätte nicht zurückblicken dürfen, die schrecklichen Bilder werden mich ewig verfolgen!*

*Ich weiß nicht wie, aber am Ende sind wir dem Inferno irgendwie entkommen. In der Stadt dann das gleiche Bild: überall schreiende Mütter und weinende Kinder. Wir hören Schüsse, Gewehrsalven, am Wilhelm-Platz brennt es lichterloh, unsere Straße liegt in Trümmern; wo unser Haus stand, klafft ein rauchendes Loch, ich muß lachen, wirklich, ich lache, Mama schüttelt mich, dann hagelt es Mutzkoppe, bis ich weine.*

*Im Luftschutzkeller des Rathauses ist es noch voller als am Morgen. Überall Verwundete und Verletzte, die wimmern und schreien, die Unverletzten kümmern sich um sie, nur Papili ist nicht mehr da, ausgerechnet jetzt, wo wir ihn so sehr brauchen. Frau Goertz glaubt, ihn im Lyzeum gesehen zu haben, aber sicher ist sie nicht. Wenn wenigstens Hans und Ewald bei uns wären, ich vermisse sie so sehr; hoffentlich hat der Russe sie gefangengenommen, dann leben sie noch und kehren nach dem Krieg zu uns zurück.*

*Dienstag, 30. Januar 1945*

*Papili ist nach Marienwerder versetzt worden, hat uns eine Frau aus dem Rathaus gesagt. Näheres wüßte sie nicht, nur daß es ihm gut geht. Am Vormittag war ein Dr. Schirner oder Tschirner bei uns im Keller und hat sich der dringendsten Fälle angenommen, aber bald ist er wieder gegangen, obwohl noch viele andere auf eine Behandlung warteten. Wer dringend Hilfe benötigt, solle sich zum Jahnkrankenhaus durchkämpfen, heißt es nun, oder zur Heinrich-von-Flauen-Schule, wo man ein weiteres Lazarett eingerichtet habe.*

*Alles löst sich auf! Die 4. Armee hat es offenbar nicht bis Elbing geschafft. Angeblich hat sich auch die 7. Panzer-Division zurückgezogen und einige Bewohner mitgenommen. Wenn das wahr ist, sind wir verloren.*

*Im Augenblick hält der Russe still. Keine Bomben, keine Stalinorgeln. Angeblich sollen sogar einige Lebensmittelgeschäfte wieder öffnen. Einer erzählt, daß es in der Baracke am Stadtpark eine Gemeinschaftsküche gibt, aber Mama will lieber hier bleiben, hier seien wir sicher.*

*Mittwoch, 31. Januar 1945*

*Heute habe ich dabei geholfen, die Verbände der Verwundeten zu wechseln, irgendetwas muß ich ja tun. Besser das, als draußen im tiefgefrorenen Boden Gräber ausheben, wie Gisela das muß. Gestern habe ich sie vorbeigehen sehen, ich bin ihr hinterhergerannt, wir sind uns in die Arme gefallen und wollten uns nicht mehr loslassen. Gisela ist mit ihrer Familie in einem Luftschutzkeller in der Nähe vom Diebesdamm untergekommen, zu weit, um uns zwischendurch einmal zu besuchen. Sie war mit einem Trupp unterwegs, um Leichen einzusammeln, einige Wehrmachtsoldaten haben sie begleitet, allein ist es zu gefährlich. Leider hatten wir kaum Zeit füreinander, aber wir haben uns geschworen, daß wir uns, sobald der Krieg vorbei ist, nie wieder aus den Augen verlieren.*

*Zurück im Luftschutzkeller, wurde ich Zeuge eines Wunders: Plötzlich ging das Licht an, alle haben gejubelt, doch nach wenigen Stunden war das Wunder auch schon wieder vorbei. Noch haben wir genug zu essen. Die Rathausangestellten verteilen jeden Tag dieselbe Ration. Aber bei 200 hungrigen Mäulern werden die Vorräte sicher bald zur Neige gehen, vor allem jetzt, wo der Nachschub zusammenbricht.*

*Donnerstag, 1. Februar 1945*

*Papili ist wohlauf! Wie aus dem Nichts stand er plötzlich vor uns und strahlte uns an. Er sagt, als er von den Fliegerangriffen gehört habe, sei er beinahe wahnsinnig geworden, weil er uns doch da raus geschickt habe, wir sollten ihm verzeihen. Wir haben alle geweint und uns im Arm gehalten, ganz fest. Bald mußte er aber wieder los, das war furchtbar. Er sagt, ein Truppentransporter habe ihn mitgenommen, aber er müsse wieder zurück nach Marienwerder, der Russe wüte wie ein Tier; pausenlos müsse er operieren, verletzte Soldaten, verwundete Flüchtlinge, Menschen mit Erfrierungen, er habe seit Tagen nicht geschlafen. So sah er auch aus. Wenigstens wissen wir nun, daß er lebt und in unserer Nähe ist, er hat versprochen, bald wieder nach uns zu sehen.*

*Freitag, 2. Februar 1945*

*In unserem Keller wird es immer unerträglicher. Heute morgen, ganz früh, als es still war und die Gefahr gering, haben wir uns hinausgeschlichen, Eli und ich. Es hatte aufgehört zu schneien, der Himmel war tiefblau, der Schnee glitzerte, und die Sonne strahlte wie im Sommer. Mit Franz und Ulrike, die ebenfalls draußen herumtobten, haben wir eine Schneeballschlacht veranstaltet und uns beschettert, auch wenn uns vor Kälte fast die Finger abgefallen wären. Franz hat uns einen riesigen Bombenkrater gezeigt, dessen Wasser gefroren war. Wir haben versucht, das Eis aufzubrechen, aber die Eisdecke war schon zu dick. Als plötzlich die Sirene aufheulte, sind wir schnell zurück in den Keller gelaufen. Mama hat fürchterlich geschimpft, aber das ist mir egal.*

*Sonntag, 4. Februar 1945*

*Am Morgen mußten wir das Rathaus verlassen, endgültig, weil der Luftschutzkeller angeblich für die Verwundeten der Wehrmacht benötigt wird, als Verbandsplatz. Ein Trupp Pioniere hat uns zur Oberschule gebracht, meiner (ehemaligen?) Schule, ich konnte es kaum glauben. Dort sitzen wir nun im Keller, wo ich noch niemals gewesen bin, und warten und warten. Von hier unten klingt das Artilleriefeuer lauter als vom Rathauskeller, aber mittlerweile haben sich fast alle daran gewöhnt. Schlimmer als das ist der Hunger. Für jeden gibt es nur noch ein Stück Brot am Tag. Schlimm ist auch die Angst, daß der Russe uns hier findet und mitnimmt und weiß Gott was mit uns macht. Mama sagt, wir machen uns rechtzeitig auf den Weg. Ich frage lieber nicht, wohin.*

## 19

Was ist mit dir? Und was ist das für ein Koffer?"

Ich nehme Uli in den Arm. Gewinne Zeit. Sie löst sich von mir, deutet zum Schreibtisch und beharrt auf einer Antwort. Also erkläre ich es ihr. Erzähle ihr von Elena. Vom Erinnern und Vergessen und der Wahrung eines Andenkens. Uli kneift die Augen zusammen. Einmal nimmt sie eine Kladde aus dem Koffer, legt sie aber gleich wieder weg. Das ist nicht ihr Leben. Wortlos geht sie fort. Ihre Absätze klackern durch den Flur, kehren zurück. Sie kraust die Stirn und sagt:

„Diese Frau macht mir Angst."

„Angst?"

„Sie ist mir unheimlich. Dir nicht?"

Ich klappe den Koffer zu, verschließe ihn und schiebe ihn unter den Schreibtisch.

„Besser?"

Wir haben uns zwei Tage nicht gesehen. Ich habe sie vermisst, aber jetzt, da sie wieder da ist, wäre ich lieber allein.

Nachts träume ich von Edgar. Ich rufe ihn an, doch er nimmt nicht ab. Immer wieder wähle ich seine Nummer, dabei weiß ich tief in meinem Herzen, dass er tot ist.

Am Vormittag brechen wir auf. Wir fahren zum Hauptbahnhof, von dort nach Friedberg, Nidda und mit dem Bus weiter zum Vierstädtepark. Es ist zwölf, Schotten hält Siesta. Auf dem Weg zu *Ma* begegnen wir keiner Menschenseele. Jedes Mal, wenn ich hierher zurückkehre, klopft mein Herz wie verrückt, versetzt mich die schöne Traurigkeit dieses Orts in die Voliere meiner Kindheit. Ulis Nähe tut mir gut. Sie lacht. Spielt unser Spiel. Fragt mich nach Schottens Stolz – dem Vulkanring, den Mammutbäumen, der Altstadt, dem Marienaltar. Ich erzähle ihr von *Mas Kotten*, dem Hort ihres Aberglaubens und der Quelle ihrer Inspiration.

„Da seid ihr ja! Lasst euch anschauen! Gut schaut ihr aus!"

Wie sie dasteht in ihren Gesundheitslatschen, mit der fleckigen Schürze über dem geblümten Kleid und der silbergrauen Spur im Gespinst ihres feuerroten Haars, wirkt sie traurig, älter als sonst. Ich beuge mich zu ihr und empfange ihr Wohlwollen. Uli reicht ihr die Hand, aber *Ma* nimmt das Kind in den Arm. Dass beide dabei die Augen schließen, macht mich traurig und glücklich zugleich.

Im Haus duftet es nach gebratenen Zwiebeln. *Ma* hat auf der Terrasse gedeckt. Ob wir *Lomo de cerdo asado a la pimienta verde y cava* mögen, fragt sie – sie liebt es scharf und freut sich, wenn ich beim Essen schwitze. Gefaltete Stoffservietten, Rosen in einer Venus-Vase und der Wein im Dekanter, sie lässt nichts anbrennen. Während Uli und ich am Fenster stehen, trifft *Ma* letzte Vorbereitungen. Ich höre sie singen. Im Garten rostet die alte Schaukel, die Beete verwildern, der tragende Ast der Eiche ist gesplittert und hat unser Baumhaus in Schieflage versetzt. Für eine Stütze scheint es zu spät.

„Setzt euch doch. Mögt ihr einen Aperitif?"

Während wir auf die Terrasse treten und uns an die steinerne Tafel setzen, gießt sie Sekt ein. Wir stoßen an, doch der Glasglockenklang will uns nicht gelingen. *Ma* eilt zurück in die Küche. Uli lacht. „Mach dich locker", neckt sie, „alles ist gut."

Zum Filet gibt es Pilze und gebackene Kartoffeln, angerichtet wie im Sterne-Restaurant. Wir loben das Gesamtkunstwerk, bevor wir es mit Messer und Gabel zerstören. *Ma* fragt nach unseren Plänen, ich erzähle ihr von meinem Job in der Residenz, aber das will sie nicht wissen, sie meint das große Ganze, unseren Großen Plan. Dass ich keinen habe, verwirrt sie, offenbar hat sie den Glauben an mich noch immer nicht verloren.

„Ich habe den Eindruck, dass ihr mir etwas verschweigt", sagt sie und kneift die Augen zusammen, sieht dabei aber nicht mich, sondern Uli an, die tatsächlich errötet.

„Stell dir vor“, sagt Uli eine Spur zu heiter, „Lio wird Biograf!“ Ihr Ausdruck, ihre Stimme, ich weiß nicht, was plötzlich in sie gefahren ist.

Natürlich springt *Ma* sofort darauf an. „Erzähl schon, jetzt wird mir einiges klar.“

Also erzähle ich, und wir wundern uns gemeinsam, was Elena Morgenstern an mir findet.

„Natürlich besitzen Gegenstände eine Seele“, bekräftigt *Ma* und taucht ihre empfindsame Seele in die dingliche Welt. „Ein Sessel ist aus Leder, der Tisch hier aus Stein, und meine Skulpturen haue ich aus rohem Holz – in allem atmet unsere Natur – die Tiere, die Berge, der Wald.“

Ich verschlucke mich, ich weiß, im unpassenden Moment, doch wenn ich *Natuuur* höre, sehe ich Sankt Patrick vor mir, ich kann nichts dagegen tun.

„Der Krieg“, sagt *Ma*, „der Krieg, der Krieg. Wisst ihr.“ Dabei streicheln ihre Blicke Ulis Wangen, ihre Augen, ihren Mund; wie sanft sie ausschaut, ich erkenne sie kaum wieder. „Wenn ich früher geboren wäre, nicht 1945, sondern früher, zehn, fünfzehn Jahre, wer weiß, manchmal frage ich mich, ob das etwas geändert hätte, ob ich heute eine andere wäre, ein anderer Mensch.“

Nichts gibt es darauf zu erwidern. Auch Uli schweigt. In ihren Augen lese ich, dass sie *Mas* Gedanken verwurzelt, *Ma* sieht es auch.

„Biograf“, wiederholt *Ma*, „ein schöner Beruf.“

„Mein Beruf ist Historiker.“

*Ma* reicht mir ein Taschentuch. „Freut mich, dass es dir schmeckt.“

Während ich mir über die Stirn wische, kommt sie zum Wesentlichen.

„Und? Zahlt sie gut?“

„Darüber haben wir noch nicht gesprochen.“

„Solltet ihr aber.“ *Ma* leckt sich über die Lippen. „Biograf. Damit könnte ich mich anfreunden. Hat was von Hof und Adel.“

Wir bleiben, bis sich über dem Taufstein der Himmel verfärbt. „Am Sonntag“, sage ich beim Abschied, „treffe ich *Dad*. Er weilt in Europa und gewährt mir eine Audienz. Ich habe ihn gebeten, Fotos mitzubringen, von sich, dem Haus und dem See.“

„Und von Bernanke, hoffe ich.“

„Natürlich, Bernanke darf nicht fehlen.“

„Wer ist Bernanke?“, fragt Uli.

„Sein Hütehund.“

*Ma* reicht mir unser Doggybag. „Hast du ihm sonst noch was gesagt?“

„Nur dass es dir gut geht. Und dass du nächsten Monat, am Tag deines 65. Geburtstages, die Ehrenbürgerplakette von Schotten erhältst.“

„Na, das wär mal was“, sagt sie und winkt uns, bis wir daheim sind.

# 20

„Du und Ed – habt ihr Stress?“

Manchmal glaube ich, dass Uli meine Gedanken liest, ich sollte aufpassen, was ich in ihrer Gegenwart denke. Wir liegen im Bett, trinken Tee, befreunden uns mit dem aufscheinenden Tag.

„Ich habe ihm mindestens dreimal aufs Band gequatscht“, sage ich, „aber er meldet sich nicht.“

„Fahr vorbei.“

„Und wenn er nicht da ist?“

„Klingelst du bei seiner schönen Nachbarin.“ Sie setzt sich auf und schlägt die Decke zur Seite. „Übrigens.“

„Was?“

„Ist heute Sonnenwende.“ Uli beugt sich über mich. „Der längste Tag des Jahres.“

Nach dem Frühstück beschließe ich meine Dissertation auszudrucken, um sie am Stück zu lesen, die Zeit drängt. Da mein Drucker nach den ersten zwanzig Seiten den Sparmodus startet, ziehe ich die Datei auf einen Stick und gehe nach unten in den Copyshop. Der Alte zeigt sich gnädig, bei 243 Seiten darf ich das neue Gerät benutzen. Die Seiten flattern nur so heraus, alles in allem bin ich keine halbe Stunde fort.

Ebenso lange starre ich auf das Deckblatt.

*Die Bedeutung des Eigentums in der Entwicklung des neuzeitlichen Bürgertums. Inaugural-Dissertation zur Erlangung der Doktorwürde am Fachbereich Philosophie und Geschichtswissenschaften der Johann Wolfgang Goethe-Universität Frankfurt am Main, vorgelegt von Lionel Kaufmann aus Ithaca, New York, USA. 2010.*

Drei Jahre, drei Monate, 37 Seiten Bibliografie.

Das Vorwort überspringe ich. Beim Lesen komme ich mir selbst auf die Schliche. Uli sitzt neben mir. Ihre Finger fliegen über die Tastatur, während ihre Blicke den Buchstaben am Bildschirm hinterherjagen. Einmal springt sie auf und rennt hinaus. Ob ich ihr nachspioniere, fragt sie lachend, als sie mich vor dem Bad erwischt. Bis Mittag schaffe ich dreißig Seiten. Wir essen die Reste von *Mas* Schweinebraten. Schwitzend mache ich mich auf den Weg.

Ob ein Mensch, in eine andere Gegenwart geboren, tatsächlich ein anderer wäre, glaube ich nicht. Menschen passen sich ihren Umständen an, aber verändern sich nicht. Was Elena davon hielte, dass sich *Ma*, die einen Tag nach dem Potsdamer Abkommen geboren ist, selbst ein Kriegskind nennt?

Vor dem Hessischen Rundfunk hält ein Bus. Kinder rennen ins Gebäude. In den Fenstern ballen sich Berge von Wolken. Hätte Adenauer 1949 von sich abgesehen, wäre Frankfurt heute Bundeshauptstadt und der Sendesaal die Paulskirche Europas.

„Herr Kaufmann? Bitte, einen Moment!"

Die Platinblonde verlässt ihren Schutzraum und stöckelt hüftschwingend auf mich zu. Ihre Bluse steht einen Knopf zu weit offen. Die Haut zwischen ihren Brüsten wirft rostbraune Falten. „Frau Morgenstern lässt Sie grüßen", sagt sie und händigt mir ein Kuvert aus. „Das soll ich Ihnen geben."

Elena hat ihre Zeilen tatsächlich am Computer geschrieben und mit Tinte gezeichnet.

*Lieber Lionel,*

*ich habe nachgedacht und frage mich nun, ob ich möglicherweise zu weit gegangen bin und mein Ansinnen in Ihren Augen eine Zumutung ist. Nichts läge mir ferner, als Sie zu befremden. Sehen Sie es einer alten Frau bitte nach, dass sie ihre Angelegenheiten zum Ende ihres Lebens hin ordnen möchte. Die Zeit verrinnt so schnell, und vieles von dem, was mir all die Jahre gegenwärtig war, fällt nun dem Vergessen anheim. Apropos: Vergessen habe ich auch das Wichtigste: Selbstverständlich möchte ich Sie, falls Sie meinem Vorschlag zustimmen, für Ihre Mühe entlohnen! Die Höhe Ihres*

*Honorars bestimmen Sie selbst! Seien Sie nicht zu bescheiden, nach meinem Tod fällt mein Besitz einer Stiftung zu, eigene Erben habe ich nicht.*

*Da mir nicht wohl ist, werde ich Ihrem Unterricht heute leider fernbleiben müssen, aber beim nächsten Mal bin ich gewiss wieder dabei.*

*Es grüßt Sie herzlichst,*

*Ihre Elena Morgenstern*

*PS: Wenn Sie im Anschluss an Ihren Unterricht auf einen Sprung bei mir vorbeischauen könnten, würde ich mich freuen. Ich habe ein kleines Präsent für Sie.*

Während ich auf den Aufzug warte, lese ich ihren Brief ein zweites Mal und noch einmal während der Fahrt. Wäre ich ihr gleich entgegengekommen, hätte sie nicht so weit gehen müssen.

Clemens Clemens sitzt zusammengekauert auf seinem Stuhl. Als ich näher komme, hebt er verzweifelt die Arme. „Alles futsch!", ruft er. „Sämtliche Texte und Bilder. Alles futsch!" Er vermutet einen Virus, davon habe er in einer Fachzeitung gelesen. Bei seinem Geschick, klagt er sich an, habe er wohl geahnt, dass ihm so etwas beizeiten passiert.

Während ich sein Notebook anschließe, nimmt mich Frau Anderson an die Hand. Das Foto ihres Enkelkindes, von ihrem Schwiegersohn per E-Mail gesendet, lasse sich nicht öffnen. Frau Müller legt ihren Kopf schief und überlegt, woher wir uns kennen. Frau Ferenczy stößt als letzte zu uns. Ich frage in die Runde, ob Frau Becker Bescheid weiß, dass wir uns heute treffen, und erfahre beiläufig, dass meine älteste Schülerin in der Nacht von Samstag auf Sonntag verstorben ist.

„Sie ist friedlich eingeschlafen", versichert Herr Clemens.

„Für das Trudchen war es eine Erlösung", beteuert Frau Ferenczy.

Frau Müller schüttelt den Kopf. „Aber das Trudchen habe ich doch vorhin noch gesehen."

Während des Unterrichts lasse ich Frau Müller, deren Kinn schon nach wenigen Minuten auf die Brust sackt, nicht einen Moment aus den Augen. Im Verlauf unserer gemeinsamen Stunde freue ich mich mit Clemens Clemens über die wundersame Rettung seiner Texte aus den Tiefen des virtuellen Raums und bestaune mit Frau Anderson die unschuldige Schönheit ihres jüngsten Enkels. Frau Müller erwacht, als ich sachte ihre Schulter berühre.

„Ach Jottche herrjee", murmelt sie, „hab ich mich wieder verbumfiedelt?"

Ich begleite sie zum Speiseraum und gehe über die Treppe hinauf in den vierten Stock. Elena öffnet mir so schnell, als habe sie hinter der Tür auf mich gewartet.

„Lionel, treten Sie ein, wie schön, dass Sie Zeit gefunden haben, mich zu besuchen."

In ihren Augen lauert ein Schmerz.

„Verzeihen Sie die Umstände", sagt sie, während ich meine Schuhe abstreife, „aber ich bin noch ein wenig wackelig auf den Beinen. Tee?"

„Vielleicht sollte ein Arzt nach Ihnen sehen?"

„I wo, das ist nur das Alter, machen Sie sich mal keine Gedanken."

Ich setze mich in meinen Sessel und sehe ihr zu, wie sie Weißen Tee überbrüht. Offenbar hat das Wasser schon gekocht.

„Wie alt waren Sie am Ende des Kriegs?", frage ich, während der Tee zieht und wir beide zum Taunus hinaussehen.

„Vierzehn."

„So jung."

„Warum fragen Sie?"

„Ich habe Ihr Tagebuch gelesen. Ihre Sprache klingt keineswegs wie die eines Teenagers."

Um ihren Mund spielt ein Lächeln. Das Lächeln der Mona Lisa. „Meinen Eltern war wichtig, dass sich ihre Kinder anständig ausdrücken können, daher haben sie uns nicht Grimms Märchen, sondern Hölderlins Oden und Schillers Balladen vorgelesen.“ Sie seufzt und faltet die Hände. An ihren Knöcheln spannt sich die Haut. „Sie haben in meinem Leben geblättert“, sagt sie, „wie schön.“ Sie gießt mir Tee ein, gibt einen Löffel Zucker dazu und rührt um. Ich muss nur noch trinken. „Haben Sie es sich überlegt?“

„Das Problem ist die Zeit“, sage ich.

„Gewiss, die Zeit ist ein Problem.“

„In einem halben Jahr sind die Prüfungen.“

„In einem halben Jahr.“

„Ich könnte. Wenn überhaupt.“

„Ja?“

„Ich weiß ja noch nicht einmal, wie Sie sich das vorstellen, wie und wann und überhaupt. Was geschieht mit dem Text, wenn ich damit fertig bin? Sie wollen ein Andenken bewahren, so viel habe ich verstanden, aber wem wollen Sie Ihr Leben zugänglich machen und vor allem wie?“

„Haben Sie nicht gesagt, dass das Internet unser kollektives Gedächtnis sei?“

„Ja, schon, aber dazu müssten wir Ihre Biografie auf einem Server hinterlegen, dort, wo sie auch gefunden wird, vielleicht auf einer Zeitzeugenseite.“

„Sprechen Sie weiter.“

„Oder wir stellen eine eigene Website ins Netz.“

„Würden Sie das tun?“

Mit einem Mal erhebt sie sich und kommt wenig später mit einem kleinen Päckchen zurück.

„Das ist für Sie“, sagt sie. „Seraphin wäre froh, wenn er es in Ihren Händen wüsste.“

Als ich das dünne Papier zerreiße, kommt ein Shirt zum

Vorschein, ein Fußballtrikot mit Knöpfen und Kragen. Auf Höhe des Herzens prangt der Reichsadler. Darunter ein Autogramm. Die Tinte, verblasst, ist nicht zu entziffern.

„Juller Hirsch", erklärt mir Elena, „das Zwolle-Trikot."

„Zwolle?"

„Sie kennen Zwolle nicht? 24. März 1912, merken Sie sich dieses Datum. An dem Tag trat die deutsche Elf in Zwolle gegen die Niederlande an. Die Partie endete fünf zu fünf. Viele sagen, dass mit diesem Spiel Deutschlands Aufstieg zur Fußball-Nation begann. Julius Hirsch schoss vier Tore. Mit Förderer und Fuchs bildete er den legendären Karlsruher Innensturm. Juller, müssen Sie wissen, war das Idol der Morgensterns. Seraphin sprach oft von ihm."

„Aber das kann ich unmöglich annehmen."

„Doch, können Sie."

„Ein solcher Schatz gehört ins Museum."

„Ich bitte Sie." Sie droht mir tatsächlich mit dem Finger. „Wenn Sie es nicht nehmen, landet es nach meinem Tod in der Altkleidersammlung."

„Sie könnten es dem DFB vermachen."

„Gewiss." Sie verdreht die Augen. „Ich sage Ihnen, was dann passiert: Jullers Trikot verschwindet in irgendeinem Archiv und ward nie mehr gesehen. Wollen Sie das?"

Ich halte das Shirt hoch, damit die Sonne hineinschlüpfen kann. „Ich weiß nicht, was ich sagen soll."

„Sagen Sie nichts."

„Danke. Vielen Dank."

„Seraphin würde sich freuen."

Ich nehme ihre Hand. Ihre Haut ist kalt. Mit der anderen wischt sie sich übers Gesicht. Offenbar weint sie.

„Wie oft habe ich mit ihm geschimpft." Sie sieht mich nicht an. „Weil er sich einfach so aus dem Staub gemacht hat. Ohne es mir zu erklären. Ohne sich von mir zu verabschieden. Weil er mich allein gelassen hat, mit all meinen Zweifeln. Wenigstens die hätte er ausräumen können, nicht wahr? Und doch. Je älter ich werde, desto mehr gerate ich ins Grübeln. Und wenn es gar nichts zu erklären gab? Wenn mich sein Schweigen schonen sollte? Hätte ich ihn denn gehen lassen? Gewiss nicht. Und später? Ich weiß es nicht. Möglicherweise empfand er seinen Freitod gar nicht als Erlösung, sondern als Genugtuung, wer weiß, als Triumph über die Barbarei, die ihm nichts anhaben konnte. Am Ende hat er den Zeitpunkt seines Todes schließlich selbst bestimmt, so soll es doch sein, nicht wahr, dass wir die letzte Entscheidung allein treffen, was meinen Sie?"

# 21

Ich klingele. Edgars Fenster – ein schwarzes Loch, an dessen Rändern die Zeit versiegt. Ich klingele Sturm. Plötzlich schwingt die Tür auf. Ein Typ auf dem Sprung.

„Kann ich helfen?"

„Ich will zu Ed, kennst du Ed, Edgar Koop, fünfter Stock."

„Der mit dem Bart?"

„Ja, der mit dem Bart."

„Kann sein, dass sie ihn abgeholt haben. Vorgestern. Glaub, es war der mit dem Bart."

„Abgeholt? Wer hat ihn abgeholt?"

„Notarzt, Rettungsdienst, was weiß ich. Waren gleich wieder weg. Blaulicht, Tatütata, so in der Art."

„Wo haben sie ihn hingebracht?"

„Tipp mal, ins Krankenhaus. Sorry, aber ich muss los. Man sieht sich."

*So in der Art. Der mit dem Bart.* Ed, bitte, tu mir das nicht an!

*Tipp mal, ins Krankenhaus.*

In welches denn, Arschloch?

„Beruhig dich." Ulis Stimme ist kaum zu verstehen. „Ich versteh dich nicht." Warum unterbricht sie mich? „Ich seh doch schon nach." Rauschen im Hörer, vielleicht sitzt sie am offenen Fenster, vielleicht ist das Rauschen in meinem Kopf. „Das Diakonissen, hörst du, Di-a-ko-nissen!", schreit sie. „Ich ruf da an!"

„Diakonissen? Wo ist das?"

„Holzhausenstraße!"

„Beruhig dich", sage ich.

„Beruhig *du dich*!"

Höllenverkehr. Vor dem Senckenberg quietschen Reifen. Idiot! Palmengarten, Grüneburgpark, Westend. Verdammt, Ed, du bescheuerter Idiot!

Hinter dem Campus klingelt mein Smartphone. „Nicht im Diakonissen!", schreit Uli. „Im Bürger, hörst du, Ed ist im Bürgerhospital! Hör mir doch zu, ich bin auf dem Weg!"

Holzhausen, Eckenheimer, Richard-Wagner. Ich stürme die Treppe hoch, am Empfang ein Mann, die Ruhe selbst.

„Coop? Co-op? Ach so mit Ka, aber zwei ‚O', richtig? Koop, Moment, einen Augenblick, vorgestern sagten Sie? Ja, hier ist er, Edgar, richtig? Edgar Koop. Aber der kam nicht vorgestern, sondern gestern. Liegt auf der Intensivstation, 1. Stock. Sie müssen an der Glastür klingeln."

Intensivstation, 1. Stock, Treppe hoch, Flur bis zum Ende, die große Glastür. Ich klingele, nichts, klingele noch einmal, Ed, verdammt, ich hätte, wir hätten reden können, wenigstens das.

„Sind Sie noch ganz bei Trost?"

Mann in blauem Kittel, Brille, Bart.

„Ich wollte. Sind Sie der Arzt? Mein Freund, Edgar Koop. Er ist."

„Das geht so nicht, hören Sie? Das ist die Intensivstation!" Über seiner Nasenwurzel eine tiefe Falte, der Kragen seines blauen Kittels rutscht, während er mit seinen Armen fuchtelt, bis unters Kinn. Nach einigen weiteren Belehrungen lässt er mich endlich eintreten. „Kommen Sie mit", sagt er, „aber beruhigen Sie sich."

Ich folge ihm, er deutet auf eine Reihe von Kitteln an der Wand, ich nehme den erstbesten, beeile mich, aber er will nicht warten, niemand hat Zeit. Eine Frau, blauschwarzes Haar, sieht mich an, schöne Augen, sieht gleich wieder weg. „Kommen Sie?" Der Blaukittel winkt, im Vorbeigehen wirft er einer Schwester ein Wort zu, ein Wort fliegt zurück, vor der letzten Tür im Gang bleibt er stehen und fasst den *schwierigen Fall* in wenigen Worten zusammen:

Ed liege im Koma, 4,3 Promille, Atemstillstand, sein Glück, dass ihn ausgerechnet eine Krankenschwester im Treppenhaus gefunden habe, eine Nachbarin, die ihn zurückgeholt habe, sonst wäre er tot. Seine Hirnfunktionen seien nicht beeinträchtigt, auf Reize reagiere er wie zu erwarten, seine Atmung sei stabil.

„Ihr Freund hat Glück gehabt", sagt der Arzt, „großes Glück, aber sein Glück darf er nicht überstrapazieren, noch einmal überlebt er das nicht." Er nimmt seine Brille ab, putzt sie am Kittel sauber. „Gehen Sie rein, erschrecken Sie nicht, setzen Sie sich einfach zu ihm, reden Sie mit ihm, erzählen Sie ihm irgendetwas. Ich weiß nicht, ob er Sie versteht, niemand weiß das, aber eine vertraute Stimme zu hören, mindert den Stress, das zumindest ist messbar."

*Glückglückglück.*

Auf Zehenspitzen schleiche ich an sein Bett. Ed sieht aus wie Ed, nur älter. Jemand hat ihm die Haare nach hinten gekämmt. Dass er Geheimratsecken hat, wusste ich, aber so? Sein Mund steht offen, auf seiner Stirn klebt ein dickes Pflaster. Er starrt zur Decke. Liegt ganz still. In einer Draht-Halterung über dem Bett klemmt ein Infusionsbeutel. Der Schlauch endet in einer Kanüle an seinem Arm.

„Hey Ed, ich bin es, Lio."

Nicht einen Wimperschlag schenkt er mir. Komapatienten verständigen sich durch Morsezeichen ihrer Lider. Ist doch so. Ich streiche über seinen Arm. Er zuckt. Ich streichele ihn. Er regt sich nicht. Was denn nun? Komm schon, Ed. Mach es uns nicht so schwer.

„Schau mal", sage ich und ziehe Jullers Trikot aus der Tasche. „Weißt du, was das ist?" Ich falte es auseinander und spanne es über seinen Augen auf wie einen weißen Drachen mit Flügeln. „Kannst du nicht wissen, riech mal! Kannst du das riechen, fast 100 Jahre alt, ein Siegertrikot. Hörst du, das Siegertrikot von Juller Hirsch, der in Zwolle in einem einzigen Spiel vier Tore schoss. 1912 war das, gegen die Holländer, das wichtigste Spiel der Geschichte, glaub es oder nicht. Fünf zu fünf stands am Ende, und Juller war der Held."

Der Arzt hat gesagt, dass ich mit ihm reden soll, also rede ich, erzähle von Elena und unserem Pakt, ihrem Koffer, ihrem Leben. Eine Hand legt sich auf meine Schulter, ich drehe mich um, Uli, Uli im grünen Kittel. Sie kramt ein Taschentuch aus ihrer Jeans. „Bist ja ganz nass", sagt sie, hoffentlich hat Ed nichts gemerkt.

„Hi Ed."

Uli legt ihre Hand auf seinen Arm, er bleibt starr, starrt zur Decke, sie beugt sich zu ihm, küsst ihn auf die Stirn. Sein Mundwinkel zuckt, na also, geht doch.

„Deutschland gegen Serbien, null zu eins", sage ich. „Hast nicht das Geringste verpasst, allenfalls Ludgers Schlapphut, aber den willst du gar nicht sehen. Wir hätten ausgleichen können, aber Poldi war sich seiner Sache zu sicher, Babyschuss. Und Badstuber, egal, sei froh, dass du dir das nicht angetan hast. Gegen Ghana geht es schon um alles, stell dir vor, wir scheiden schon in der Vorrunde aus, nein, besser, du lässt es."

Irgendwann steckt der Blaukittel seinen Kopf durch die Tür.

„Kommen Sie, bitte?"

Auf dem Flur reicht er Uli die Hand.

„Sie können gern wiederkommen, morgen oder übermorgen, das wäre schön, und vielleicht ist Ihr Freund in ein paar Tagen schon wach."

Wir folgen ihm bis zur Glastür. Dort nimmt er wie vorhin seine Brille ab und putzt sie am Kittel sauber.

„Verraten Sie mir noch eines: War das ein Ausrutscher, oder hat Ihr Freund schon länger ein Problem?" Sein Blick wandert zwischen uns hin und her. „Für solche Fälle haben wir eine Station. Ich könnte Herrn Koop jetzt vormerken, sie ist offen, niemand muss bleiben."

„Sie meinen Entzug?"

„Wir sprechen von Entwöhnung. Bei Alkoholikern dauert es mindestens zehn Tage. Wie gesagt, ich könnte ihn vormerken lassen, wobei ich Ihnen nicht garantieren kann, dass dort kurzfristig eines der wenigen Betten frei wird.“

„Merken Sie ihn vor“, sage ich und komme mir vor wie ein Verräter.

# 22

Wenn ich mit Uli schlafe, bin ich frei von Angst. Ich spüre mich und sie und sonst nichts. Ich beobachte uns im Spiegel der Nacht, der Drehstuhl dreht sich, während wir schaukeln und sich das Baumhaus zur Erde neigt. Sie presst sich an mich, mein Herz in ihr, ihr Atem, alles ist anders, alles ist gleich.

Später liege ich neben ihr und betrachte sie im gelben Licht der Laterne: ihren Rücken, die Schatten auf ihrer Haut. Einen Augenblick lang stelle ich mir vor, sie wäre die ohne Namen, nichts wäre gleich.

Wenn Ed stirbt, bin ich schuld.

Irgendwann in der Nacht setze ich mich auf. Uli dreht sich auf meine Seite. Sie lächelt. Lächelt ohne die Augen zu öffnen. Ich sage ihr, dass ich sie liebe, dass ich sie brauche. „Ja", flüstert sie, „aber das ist nicht dasselbe."

Früher war die Angst ein Spiel. Wenn ich die Augen schloss und dachte, woanders zu sein, war ich woanders. An einem warmen, sorglosen, geheimnisvollen Ort, an einem Ort ohne Schwerkraft und Zeit, an einem unsichtbaren Ort, den nur ich kannte, irgendwo im Innern der Erde oder außerhalb der Welt. Wenn ich wollte, konnte ich fliegen, konnte mich auflösen, konnte ich selbst oder ein anderer sein, überall und nirgends oder beides zugleich.

# 23

*6. Februar 1945*

*Wie oft hat uns Pastor Spohn vor der Hölle gewarnt, jetzt sind wir mittendrin! Das Fauchen, Jaulen, Kreischen und Heulen der Geschosse, das Wüten der Geschwader, die einander jagenden Explosionen, der zitternde Staub, die Schreie, das Weinen und miteins die Stille, als wäre man plötzlich taub und stumm – das kann sich niemand vorstellen. Vor lauter Angst, vor lauter Verzweiflung habe ich das Innenfutter meines Koffers aufgekratzt und mir den Stoff in die Ohren gestopft, auch in die Nase, denn der Gestank in unserem Keller ist unerträglich – keiner traut sich heraus, und unser einziger Eimer läuft seit Tagen über.*

*Wir sitzen zusammengepfercht auf dem nackten Fußboden und starren auf die Tür. Wenn auf der Treppe Schritte zu hören sind, bricht Panik aus. Die Frauen schreien auf, die Alten fangen an zu beten, die Kinder weinen und wimmern und werden von ihren Müttern ermahnt, um Himmelswillen leise zu sein. Wenn die Tür aufgeht, halten alle die Luft an, aber bislang waren es immer nur weitere Flüchtlinge, die hereinkamen – zerrissene, zerlumpte, verdreckte Gestalten. Ein Junge berichtet von einem Feuerorkan über der Stadt, ein alter Mann rühmt die tapfere Gegenwehr unserer Soldaten. Wenn sie, wie er sagt, ihren Gefechtsstand in das Gymnasium an der Königsberger Straße verlegt haben, ist der Russe nicht mehr weit. Eine Frau, die aus der Nase blutet, erzählt auf Drängen ihrer Nachbarin, daß sie von einem Pimpf „gebraucht" worden sei, er habe dabei geschrien und geheult und sie bedrängt, ihn zu erschießen, mit seinem eigenen Gewehr, weil doch jetzt, da der Krieg verloren, sowieso alles eins sei.*

*8. Februar 1945*

*Was soll aus uns werden? Ich fühle mich so verloren!*

*In meinen Gedanken schimpfe ich mit Papili, weil er nicht bei uns geblieben ist, weil er sich um andere kümmert, aber nicht um uns. Ich schreie ihn sogar an, ob wir ihm denn egal sind, sonst hätte er ja nach uns gesehen oder uns mitgenommen oder uns zumindest eine Nachricht zukommen lassen. Wahrscheinlich bin ich ungerecht, und es gibt für alles eine Erklärung, aber das ist mir egal, er soll uns von hier wegbringen, ganz gleich wohin, er soll bei uns bleiben und uns beschützen.*

*Seitdem es keinen Strom mehr gibt, können wir auch keinen Rundfunk mehr empfangen. Wie mag es in dieser schweren Zeit dem Führer ergehen? Ob er das deutsche Volk noch einmal aufrichten kann? Mama sagt, sie glaube nicht mehr an den Endsieg, aber das soll ich nicht rumerzählen, man weiß ja nie, wer alles so mithört.*

*Ich sorge mich um Elvira. Sie redet mit niemandem mehr. Selbst wenn man sie kitzelt, bleibt sie stumm. Mama sagt, das gibt sich wieder, aber woher will sie das wissen, sie kann doch selbst nicht mehr klar denken.*

*In den Feuerpausen macht manchmal einer die Tür auf, damit frische Luft hereinkommt, dann frieren wir zwar noch mehr, aber wir müssen wenigstens nicht ersticken. Eben war ein Soldat hier und hat jemanden gesucht, der aber nicht da war, da wollte er gleich wieder fortgehen. Sein Arm steckte in einer schmutzigen Schlinge, an seinem Hals klaffte eine Wunde. Ich habe ihm angeboten, seine Wunden zu säubern und ihm einen neuen Verband anzulegen, das habe ich ja gelernt, aber er wollte nicht, er müsse weiterkämpfen, aber wozu?*

*9. Februar 1945*

*Die Frau mit den roten Haaren ist tot. Irgendwann hat einer bemerkt, daß sie sich nicht mehr bewegt, und ihren Puls gefühlt. Angeblich hat sie sich das Leben genommen, aber das glaube ich nicht. Wie soll sie das denn gemacht haben? Von den Leuten um sie herum hätte doch bestimmt einer etwas gemerkt und sie abgehalten, hat aber keiner. Stattdessen haben sie sie in einer Feuerpause rausgetragen und vor die Tür gelegt. Einer kam mit ihrer Strickja-*

*cke zurück und hat sie seiner Frau gegeben. „Braucht sie doch nicht mehr", hat er gesagt und dabei geweint.*

*10. Februar 1945*

*Vorhin ist ein alter Mann in den Keller gekommen, so ein Blubbermaul, der will an der Königsberger Straße die weiße Fahne gesehen haben. Elbing sei frei, rief er, und alle haben geschwiegen. Oben hält jetzt immer einer Wache. Jedes Mal wenn sich der Iwan nähert, wirft der Wachhabende ein Steinchen die Treppe herunter. Elvira und ich müssen dann schnell unter die Decke unserer Nachbarn kriechen. Die sind schon sehr alt und husten so heiser, Mama sagt, sie haben Tuberkulose, hoffentlich stecken wir uns nicht an. Manche Frauen schmieren sich Ruß um die Augen, damit sie älter aussehen, eine hat sich sogar ihr Bein aufgeschnitten und das Blut in ihren Schoß geschmiert.*

*10. Februar 1945, abends*

*Jetzt weiß der Russe, wo er uns findet!*

*Vorhin waren die ersten hier. Fünf Mongolen mit dicken Mänteln, Filzstiefeln und Pelzmützen, ihre Gewehre hatten sie geschultert, an ihren Gürteln hingen riesige Messer. Alle mußten aufstehen, aber Mama hat uns zugeflüstert, bei den Alten liegen zu bleiben, das haben wir dann auch getan. Sie sind herumgegangen und haben Schmuck eingesammelt. „Uri, uri" haben sie gerufen und die ganze Zeit gelacht. Der alte Mann hat einen Hustenanfall bekommen, da haben sie einen Bogen um uns gemacht. Am Ende mußten alle Frauen vortreten, auch Mama. Die Schlitzaugen sind an den Frauen vorbeigegangen und haben sie angefasst, sie mußten sogar ihre Zähne zeigen. Mama hat sich gekrümmt und so getan, als ob sie Bauchschmerzen hätte, da wollten sie sie nicht. Schließlich haben sie fünf Frauen mitgenommen, die haben geschrien und gekratzt, bis ein Russe sein Gewehr genommen und in die Luft geschossen hat, da war Ruhe. Bevor sie gegangen sind, hat einer ge-*

*schrien: „Gitler kaputt! Stalin urrah!" Dabei hat er wieder in die Luft geschossen, daß uns der Putz auf die Köpfe gerieselt ist.*

*12. Februar 1945*

*Wenn wir nicht verhungern wollen, sagt Mama, müßte sie uns irgendwo etwas besorgen. Sie hat noch ihren Ring und ihre Uhr, die habe ich vor den Mongolen unter der Decke versteckt. Ich will nicht, daß sie geht, am liebsten würde ich selbst gehen, aber Mama läßt mich nicht, das solle ich mir schön aus dem Kopf schlagen, dafür sei ich zu jung. Eli ist verstummt.*

*13. Februar 1945*

*Mama ist schon seit zehn Stunden fort. Frau Treychel sagt, ich solle mir nicht so viele Gedanken machen, um etwas zum Beißen zu besorgen, müsse man weit laufen, weil nur noch die Bauern was hätten. Ich erzähle Elvira Geschichten. Aber sie hört mich nicht.*

*14. Februar 1945*

*Die Rotarmisten waren schon wieder hier. Andere als beim letzten Mal. Einer ist vor uns stehengeblieben und hat uns die Decke weggerissen. Elvira und ich sollten aufstehen. Ich habe extra laut gehustet und dem Glumskopp dabei aus Versehen ans Bein gespuckt. Er ist sofort fuchtig geworden und hat mir eine geknallt, tat aber nicht weh.*

*Mama ist immer noch nicht da.*

*Vorhin habe ich Elvira gekitzelt, da hat sie beinahe gelacht.*

*16. Februar 1945*

*Mama will mir nicht sagen, was ihr zugestoßen ist, aber das braucht sie gar nicht, ich weiß es sowieso. Sie hat überall Schrammen und blaue Flecken, ihr Kleid ist zerrissen, und als sie wegging, trug sie noch Strümpfe. Mitgebracht hat sie nichts, aber das ist unwichtig, Hauptsache, sie ist wieder da und am Leben.*

*19. Februar 1945*

*Gestern sind die Polacken dagewesen, die haben jetzt das Sagen. Schweine haben sie uns genannt und die Nase gerümpft, und dann mußten wir alle nach draußen und so lange in der Kälte stehen, bis die Männer den Keller geschrubbt hatten, erst dann durften wir wieder rein. Den Krauter mußten zwei Frauen tragen, der war schon ganz blau. Zuletzt haben sie uns zu essen gegeben, alte Knusten, die sie von der Treppe in den Keller geworfen haben, so wie man Schweine füttert, wir hätten es nicht besser verdient.*

*24. Februar 1945*

*Jeder ist nur noch auf seinen eigenen Vorteil bedacht. Die, die etwas zu essen ergattern, schlingen es sofort herunter und teilen, wenn überhaupt, nur mit ihren Verwandten. Sobald einer stirbt, werden seine Sachen durchsucht, dann nimmt sich jeder, was er braucht. Wer leer ausgeht, ist der nächste, der stirbt. Ich habe Mama bekniet: Wenn wir hier bleiben, werden auch wir krepieren. Ich weiß nicht, ob sie das wirklich begreift.*

*Noch immer kein Lebenszeichen von Papili.*

*26. Februar 1945*

*Mama hat endlich nachgegeben. Morgen hauen wir ab.*

*Als sie mir die Haare abgeschnitten hat, habe ich geweint. Mama sagt, daß ich mich nicht so anstellen soll. Mit meinen langen Haaren sei ich einfach zu hübsch, auch Eli, uns beide dürfe der Russe auf keinen Fall kriegen. (Daß ich zu hübsch bin, finde ich nicht). Außerdem hat uns Mama rote Flecken ins Gesicht gemalt, die sehen aus wie Pusteln, damit alle denken, daß wir eine ansteckende Krankheit haben. Mama selbst hat sich diesmal keinen Ruß um die Augen geschmiert, aber das braucht sie auch nicht mehr …*

*26. Februar 1945, nachts*

*Frau Treychel hat uns ihren Bollerwagen geschenkt, da sollen wir uns reinlegen, Elvira und ich. Sie hat geweint und uns viel Glück gewünscht. Wie es Papili wohl geht? Hans und Ewald? Gisela? Ich vermisse sie so sehr. Mama sagt, ich solle mich auch von Elbing verabschieden, sie habe so ein Gefühl.*

# 24

Wie lässt sich ein Leben erzählen? Von seinem Anfang her oder von seinem vorweggenommenen Ende? Was lasse ich aus, was füge ich hinzu? Gehört auch das, was man sich nur erträumt oder vorgestellt hat, zu seinem Leben? Ich habe keine Ahnung. Was ich weiß: Jedes Scheitern, auch ein willentliches, hallt bis zur Gegenwart nach. Das muss ich ihr sagen.

Um zwölf stehe ich auf. Uli ist fort. Ich habe sie nicht weggehen hören. Im *Salon* finde ich eine Nachricht:

*Alles wird gut!*

Am Nachmittag hänge ich Jullers Trikot an die Wand neben dem Schreibtisch und schalte den Fernseher an. Die Franzosen laufen trotz ihrer Streikdrohung auf, Südafrika gewinnt, am Ende sind beide ausgeschieden.

Nach dem Spiel rufe ich Uli an. Sie ist bei Xiao. „Sie braucht mich", sagt sie, „wenn das für dich okay ist, bleib ich über Nacht."

„Mach das", antworte ich, „alles wird gut."

Im türkischen Imbiss muss ich fast eine halbe Stunde warten. Staatspräsident Zuma spricht seinen Landsleuten Mut zu, der französische Trainer redet das Spiel seiner Mannschaft schön. Bafana Bafana, erfahre ich, ist der erste Gastgeber in der WM-Geschichte, der bereits in der Vorrunde ausscheidet.

Als ich meine Wohnung aufschließen will, klemmt der Schlüssel. Nichts zu machen, weder mit Gefühl noch mit Gewalt. Ratlos stehe ich im Treppenhaus und überlege, was in einem Fall wie diesem zu tun ist. Den Schlüsseldienst anrufen? Oder die Polizei? Mein Smartphone liegt in der Wohnung. Wen könnte ich fragen? Eigentlich habe ich gar kein Geld für ein neues Schloss. Wieder gerät das Gleichgewicht ins Wanken. Ich setze mich, konzentriere mich auf die Geräusche im Haus. Louis spielt Krieg. Frau Huth sieht sich einen Krimi an. Aus der Wohnung über mir dröhnt Technomusik. Ein paar Minuten später versuche ich es erneut, und siehe da, auf einmal lässt sich der Schlüssel drehen. Ich weiß nicht, was los ist, ich weiß nicht, was mit mir geschieht.

Argentinien gegen Griechenland, Messi trägt erstmals die Kapitänsbinde, ob Elena zusieht? Die Coaching-Zone ist die eigentliche Bühne: Maradona fiebert, leidet, tänzelt, jubelt und küsst seine Jungs. Bei Verons Weitschuss tropft mir weiße Soße auf die Hose, Rehhagel winkt ab, alles halb so schlimm. Clemens Clemens hat ein Viertelfinale zwischen Deutschland und Argentinien vorausgesagt, genau danach sieht es aus. Die ganze Wohnung riecht nach Döner und Zwiebeln. Ich reiße die Fenster auf und lege mich auf den Boden.

Schritte im Treppenhaus. Autos auf der Straße. Stimmen, Schreie, mein Atem. Ich höre tatsächlich mein Herz schlagen. Eine halbe Stunde geht das so, dann gebe ich auf.

Schatten huschen über die Wände. Im Haus gegenüber flammt ein Licht auf, das sofort wieder erlischt. Ich wähle die Nummer der Blonden, lege aber gleich wieder auf.

Elenas Koffer unter dem Bett. Ich ziehe ihn hervor, nehme die Dokumente heraus und sortiere sie auf meinem Schreibtisch: Tagebücher, Abschriften, Stenografien, eine blaue Mappe mit Kopien und Zeitungsartikeln, ein Bündel Briefe, das Familienstammbuch.

Ich finde sie auf Seite 12. Sie ist das „dritte Kind". Elena Hildegard Harwardt, geboren am 7. Juli 1930 in Elbing. Vater: Dr. Paul Heinrich Harwardt, evangelisch. Mutter: Eleonore Harwardt, geborene Weindorn, evangelisch. Ich blättere zurück. Zwei ältere Brüder, Hans und Ewald. Kurz nach Elenas Eintragung die standesamtliche Beglaubigung von Elviras Geburt. Drei Sterbeurkunden: Hans Friedrich Harwardt, Jahrgang 1922, und Ewald Heinrich Harwardt, Jahrgang 1924, beide in Russland gefallen, vermutlich 1944. Elvira Beata Harwardt, Jahrgang 1935, gestorben am 15. Mai 1945.

Eine Heiratsurkunde: *Der Sprachlehrer Seraphin Elias Morgenstern, wohnhaft in Frankfurt am Main, geboren am 31. Mai 1925 in Berlin, und die Hilfskrankenschwester Elena Hildegard Harwardt, geboren am 7. Juli 1930 in Elbing, ehemals Ostpreußen, heute Polen, wohnhaft in Frankfurt am Main, haben am 17. September 1948 vor dem Standesamt in Frankfurt am Main die Ehe geschlossen.*

Drei weitere Sterbeurkunden: Seraphin Elias Morgenstern, gestorben am 5. Juli 1954 in Frankfurt am Main, Dr. Paul Heinrich Harwardt, gestorben am 12. Dezember 1961 in Heiligenberg, Eleonore Harwardt, geborene Weindorn, gestorben am 5. April 1973 in Heiligenberg.

Ich fahre den Rechner hoch.

Elbing, bis 1920 Westpreußen, später Ostpreußen, heute Elbląg, Woiwodschaft Ermland-Masuren, Polen. 1237 gegründet, 1241 Stadtrecht erhalten, eine der führenden Hansestädte Mitteleuropas, Deutscher Orden, polnische Krone. Nach der großen Pest im 17. Jahrhundert unter schwedischer, schließlich russischer Besatzung, 1772 Wiedervereinigung Preußens, Friedrich II., Napoleon I., 94.000 Einwohner deutschsprachig, 280 polnisch und kaschubisch (Volkszählung 1905). Versailles ordnet Elbing zum Regierungsbezirk Westpreußen der Provinz Ostpreußen, 1939 fällt die Stadt an den Regierungsbezirk Danzig im Reichsgau Danzig-Westpreußen und wird im Frühjahr 1945 unter polnische Verwaltung gestellt. 100.000 deutsche Einwohner müssen das Land verlassen.

*Das ist nicht Ihr Leben, Elena. Wenn ich es aufschreibe, werde ich es neu erfinden – das müssen Sie wissen. Weil ich wegnehme und einfüge, weil ich weiße Flecken ausmale, weil ich Gedachtes und Gewesenes miteinander verwebe, weil ich vergleiche, werte, ausdeute. Wenn ich über Ihr Leben schreibe, werde ich Ihr Leben neu erfinden, anders ist es nicht möglich.*

*Tun Sie, was Sie für richtig halten, aber beeilen Sie sich, mir bleibt nicht mehr viel Zeit.*

Als das Telefon klingelt, springe ich auf und renne ins Schlafzimmer.

„Ja?"

„Lionel? Oh Mann, ich wusste ja nicht, dass du das bist, ich freue mich riesig."

„Aber."

„Vorhin. Das warst doch du, oder?"

„Ich. Ja. Eigentlich, aber dann."

„Sag, was machst du gerade?"

„Arbeiten."

„An deiner Dissertation?"

„Und du?"

„Ich habe überraschend Besuch bekommen, von einem alten Freund aus Freiburg. Wir kochen gerade Spaghetti. Ist ja witzig. Eben noch habe ich ihm von dir erzählt. Wenn du vorbeikommen magst. Wir haben Wein und Pasta satt."

„Eher nicht."

„Vielleicht überlegst du es dir ja noch."

„Ja."

„Wenn du Lust hast."

„Ja."

„Ich würde mich riesig freuen."

# 25

*28. Februar 1945*

*Wir kommen nur langsam voran. Wie denn auch, Mama muß uns beide die meiste Zeit ziehen. Bergab geht es einigermaßen, aber bergauf wird sie schnell müde. Einmal bin ich ausgestiegen, um ihr zu helfen. Erst hat sie geschimpft, aber dann war es ihr doch recht.*

*Wir marschieren nachts und schlafen tagsüber im Keller ausgebrannter Häuser, in Ruinen oder Heuschobern, bislang ging das gut. Sobald die Sonne untergegangen ist, wandern wir los und suchen uns in der Abenddämmerung irgendwo ein Plätzchen.*

*Am Ende der ersten Nacht, als der Morgen schon graute, waren wir auf einer Anhöhe und hatten eine gute Sicht, da habe ich mich zum letzten Mal umgesehen und mich, wie Mama geraten hat, von Elbing verabschiedet. Der Anblick unserer zerstörten Stadt tat mir weh. Ganze Viertel liegen in Schutt und Asche, selbst die Nicolai-Kirche wurde getroffen. Wie ein Fingerzeig Gottes ragte die Spitze der Georg-Kirche aus den Trümmern hervor. Von weitem sah es so aus, als ob der Elbing-Fluß vereist sei, so sehr hat er geglänzt. Ich konnte den Georgendamm erkennen und den Diebesdamm, die Reichsstraße, das Haff und die Nehrung. Letzten Sommer sind wir noch in Kahlberg gewesen, Gisela und ihre Eltern waren auch dabei. Wir haben in der Ostsee gebadet, und am Ende hat uns Papili im Belvedere Erdbeeren mit Schlagsahne spendiert. Ob ich jemals wieder in einem Strandkorb sitzen und den Sonnenuntergang erleben werde?*

*Diese Nacht haben wir in einer Kirche Unterschlupf gefunden. Gemeinsam mit einer Familie aus Königsberg hocken wir am Feuer und wärmen uns auf. Das Dach ist eingebrochen, über uns blinken die Sterne. Mama hat uns eingebläut, bloß aufzupassen, was wir Fremden gegenüber erwähnen, also schweigen wir uns an, auch die Familie aus Königsberg bleibt stumm.*

*Nur dir, liebes Tagebuch, kann ich anvertrauen, was ich empfinde: daß ich Angst habe, unendliche Angst, vor allem um Eli, daß ich Hans und Ewald und Papili vermisse, daß ich weiß, was mit Mama los ist, daß, wenn wir sterben müssen, ich die erste sein will.*

*1. März 1945*

*Eli zittert am ganzen Leib. Mama sagt, sie habe hohes Fieber. Ich habe ihr meinen Pullover gegeben, aber das nutzt auch nichts, die ganze Zeit über hustet sie. Ich mache mir die größten Sorgen. Wenn doch bloß Papili hier wäre, er wüßte, was zu tun ist. Manchmal habe ich Angst, daß wir uns niemals wiedersehen. Selbst wenn er lebt und nach uns sucht, wie soll er uns denn je finden?*

*Obwohl wir immer nur nachts wandern, meiden wir die Hauptstraßen und schlagen uns querfeldein. Das macht es für Mama noch schwerer, den Karren zu ziehen, aber was sollen wir sonst tun? Wenn wir Stimmen hören, halte ich Eli den Mund zu oder ziehe ihr die Decke über den Kopf, damit sie ihr Husten nicht hören.*

*Manchmal frage ich mich, ob der Krieg vielleicht schon längst vorbei ist. Der Iwan fühlt sich so sicher, seine Lagerfeuer sind weithin sichtbar und sein Gegröle hören wir bis spät in die Nacht. Da wir oftmals Umwege machen müssen, kommen wir nur langsam voran. Außerdem schwinden Mama zunehmend die Kräfte.*

*Gegen Morgen sind wir an einem Haus vorbeigekommen, das, anders als die meisten anderen, unbeschädigt war. Die Haustür stand offen, als ob uns der Besitzer einladen wollte, einzutreten. Doch das hätten wir lieber bleiben lassen! Im Wohnzimmer bot sich uns ein grausiger Anblick: Überall tote Wehrmachtsoldaten, einer saß auf dem Sofa, ein anderer im Sessel, einer lag über den Tisch gekrümmt, einer auf dem Teppich. Ihre Gesichter waren entstellt, so schlimm hat sie der Russe zugerichtet. Ihr Blut hatten ihre Mörder sogar mit bloßen Händen an die Wand geschmiert, es war grauenhaft! Mama stand ganz lange still da, als ob sie nächstens umkippen würde, aber plötzlich strafft sie sich, geht zu den Soldaten und nimmt ihnen ihre Soldbücher ab. „Irgendwer muß doch ihre Ange-*

*hörigen benachrichtigen", sagte sie, „stellt euch vor, euer Vater läge hier, das ist doch unsere Pflicht." Dann ist sie in die Küche gegangen und mit einer angeschimmelten Steckrübe zurückgekommen. Die hat sie gesäubert und noch im Haus an uns verteilt. Geschlafen haben wir im Keller des Nachbarhauses.*

*2. März 1945*

*Seit heute Nacht schneit es wieder – dazu der eisige Wind und die durchnässten Sachen. Mama reibt uns immer wieder mit Schnee die Hände ein, aber meine Füße kann ich kaum noch spüren. Manchmal wird Mama wütend und sagt, wir sollen uns nicht so anstellen, aber eigentlich meint sie bloß mich, denn Eli sagt ja gar nichts, sie hustet immerzu, lieber Gott, bitte laß sie nicht sterben.*

*Der Tod ist überall, unser Vaterland, so will mir scheinen, liegt unter einem Leichentuch begraben. Ausgebrannte Bauernhöfe, Häuser in Trümmern, zerbombte Kirchen, Panzerwracks, liegengebliebene Transporter, Bombenkrater und überall Leichen, Leichen, Leichen: in den Gräben, in den Wäldern, auf den Wegen und Feldern. Zerfetzt, aufgeknüpft und steif gefroren, im Kampf gefallen, gemordet oder freiwillig aus dem Leben geschieden, wer weiß das schon?*

*Beinahe hätte es auch uns noch erwischt, mir schlottern immer noch die Knie, wenn ich daran denke. Am Rande eines Waldes, im Schutze einer Böschung campierte ein Trupp polnischer Milizionäre, die wir erst bemerkten, als es schon zu spät war. Einer von ihnen schrie Mama an, sofort stehen zu bleiben, wobei er sein Gewehr entsicherte und auf uns zielte. Mama fing gleich an zu weinen, aber das kümmerte ihn nicht. Eli und ich mußten aus dem Bollerwagen steigen, danach hat er den Wagen umgeworfen und in unseren Sachen gewühlt. Plötzlich sprang er auf und schrie uns an, wir sollten ihm Geld oder Schmuck geben, sonst würde er uns erschießen. Mama hat ihn angefleht und immer wieder beteuert, daß wir doch nichts mehr besäßen, weil uns die Russen schon alles abgenom-*

*men hätten, da hat er in die Luft geschossen und gebrüllt, daß Mama lüge und daß sie sich ausziehen soll, dann werde man ja sehen! Während sich Mama ihrer Kleider entledigte, kamen andere aus ihrem Versteck und feixten, einer meinte, auch wir sollten uns ausziehen, Eli und ich, dabei hat er mich so komisch angesehen. Mama hat sie angebettelt, uns zu verschonen, doch die haben nur gelacht und wieder in die Luft geschossen. Plötzlich lief Eli rot an und bekam einen schrecklichen Hustenanfall. Alle starrten sie an, bis uns der Anführer wieder anschrie, daß wir abhauen sollten, sofort, daß wir anderswo verrecken sollten, aber nicht in seiner Nähe. Mama hat ihre Sachen zusammengerafft, ich habe den Wagen aufgerichtet und Eli hineingehoben, und dann sind wir losgerannt, so schnell wir konnten. Erst als wir außer Sichtweite waren, hat sich Mama wieder angezogen. Die furchtbare Kälte hat keiner von uns gespürt. Nur Angst und Scham und Erleichterung.*

*4. März 1945*

*Danzig!*

*Die ganze Nacht sind wir marschiert, nachdem wir uns tags zuvor in einer Gärtnerei ausruhen durften, auf einem Bett von Kartoffelkraut, in dem wir sogar noch drei verschrumpelte Erdäpfel gefunden haben, für jede einen. Im Morgengrauen tauchten auf einmal die Umrisse der Stadt aus dem Nebel, da wußten wir, daß wir gerettet sind, zumindest vorläufig.*

*Ein Polizist hat uns in die Langgasse geschickt, zu den Ufa-Lichtspielen, wo wir uns ausruhen könnten, morgen kämen wir dann in eines der Auffanglager. Jetzt will ich nur noch schlafen …*

*5. März 1945*

*Wie wechselvoll doch unser Schicksal ist! Gestern hatte Mama den ganzen Tag um Hilfe für Elvira gefleht, doch weit und breit ließ sich kein Arzt finden. Abends dann wurden wir abgeholt und quer durch die Stadt zum Auffanglager gebracht, das war anfangs schlimm, denn alle Betten waren doppelt belegt, so daß wir auf dem eiskalten Steinboden hocken mußten. Mama und ich haben Elvira abwechselnd auf den Schoß genommen, damit wenigstens sie es warm hat. Glücklicherweise erfuhren wir dann, daß es im Auffanglager eine kleine Krankenstation gibt, da sind wir sofort hin. Wir mußten zwar lange warten, aber schließlich hat Elvira Medikamente bekommen, die das Fieber senken und ihren Husten lindern sollen. Der Arzt sagte, daß sie eine schwere Bronchitis habe, die mit Sulfonamiden gut zu behandeln sei. Gott sei Dank!*

*Früh am Abend standen plötzlich Herr und Frau Kruschinski vor uns, unsere Nachbarn in Elbing, war das eine Freude! Sie hatten nach uns gesucht, weil sie unsere Namen auf der Auffangliste gelesen hatten. Sie nahmen uns mit in eine Wohnung, wo sie mit drei anderen Familien untergekommen sind, die dennoch groß genug ist, um uns auch noch zu verkraften. Wir haben zu essen bekommen und konnten uns sogar waschen – im Vergleich zu dem, was wir hinter uns haben, das reinste Paradies! Wenn nur der Fliegeralarm einmal ausbliebe! Immer wieder müssen wir rennen, aber natürlich ist es besser, hier zu sein als weiter auf der Flucht.*

*8. März 1945*

*Frau Kruschinski ist ein wahrer Engel! Sie hat gemerkt, wie sehr ich darunter leide, den ganzen Tag nur untätig herumzusitzen, deshalb hat sie mich heute zu einer Turnhalle mitgenommen, die das Rote Kreuz in ein Hilfslazarett umgewandelt hat. Wenn ich dort mithelfen wolle, hat sie gesagt, müsse ich mich allerdings zwei Jahre älter machen, das habe ich dann auch getan. Jetzt bin ich 16, Hilfskrankenschwester und darf Frau Kruschinski Eva nennen, weil wir doch nun Kolleginnen sind. Also, Eva hat mir noch einmal alles gezeigt: wie ich die Patienten auch mit wenig Wasser wasche, wie ich ihre Wunden desinfiziere und ihnen Verbände anlege. Ach, so viel Leid um uns herum! Viele haben ein Bein oder einen Arm verloren, andere glühen vor Fieber und phantasieren, bei manchen haben sich die Wunden entzündet und eitern – wir tun unser Bestes, aber allen können wir nicht helfen. Als Lohn bekomme ich Lebensmittelmarken, dafür gab es am Abend Brot und Fett. Vielleicht, meint Eva, erhielten wir bald sogar ein Stück Fleisch, wer weiß. Eli kommt langsam wieder zu Kräften. Mama dagegen ist in sich zusammengesunken und kaum noch ansprechbar. Eva sagt, ich solle mich nicht sorgen, das gebe sich wieder, sie ruhe bloß aus. Das kommt mir irgendwie bekannt vor.*

*13. März 1945*

*Die Rote Armee hat Ostpommern eingenommen und rückt weiter vor, Colberg leistet noch Widerstand, steht aber weithin auf verlorenem Posten. Der Führer verteidigt die Hauptstadt. Angeblich will Ribbentrop mit den Westmächten verhandeln, aber das ist nur ein Gerücht. Wahr ist, daß die Luftangriffe von Tag zu Tag heftiger werden und die Zahl der Toten und Verletzten stetig steigt. Eva und ich sind fast rund um die Uhr im Einsatz, aber es gibt einfach zu viele Patienten und viel zu wenige Ärzte.*

*17. März 1945*

*Ich kann es noch immer nicht fassen, bald hat unser Elend ein Ende! Wir haben eine Passage auf einem Lazarettschiff nach Dänemark ergattert, die Kruschinskis und wir! Ich bin Eva um den Hals gefallen, denn ohne ihre Hilfe müßten wir in Danzig ausharren, bis zur Kapitulation, an der niemand mehr zweifelt, und wer weiß, was danach kommt. Als Hilfskrankenschwester jedoch bin ich kriegswichtig und werde gebraucht, weshalb ich auch meine Familie mitnehmen darf.*

*Ich bin glücklich, einfach nur glücklich!*

# 26

Ich habe Uli eine Nachricht auf die Mailbox gesprochen, aber sie antwortet nicht. Was letzte Nacht war – ich verstehe mich nicht, ob es mich gibt, ob ich ein anderer bin, ob ich mich in einem anderen Leben verberge.

Um elf mache ich mich auf den Weg. Die Sonne steht hoch, dennoch friere ich, in den Fenstern hängen Fahnen, selbst die Autospiegel kleiden sich in schwarzrotgold.

Ed ist von der Intensivstation in die Innere verlegt worden. Auf dem Weg kaufe ich im Klinikkiosk Kaugummis und Gummibärchen und die WM-Ausgabe des „Playboy".

„Du."

Eds Bett steht am Fenster, gegenüber liegt ein Greis mit weißen Stoppeln im grauen Gesicht. Ich gebe Ed seine Geschenke, er nickt, offenbar fällt ihm das Sprechen schwer.

„Du."

*Du Idiot, du verdammter Idiot, du hättest krepieren können, oder wolltest du das, sag schon, wolltest du das?*

Ich lege meine Hand auf seinen Unterarm, er lächelt matt, dreht sich weg, offenbar weint er.

Wir sitzen die Stille aus. Abwechselnd verziehen wir das Gesicht, nicken uns zu, kauen Gummi. Als die Schwester das Mittagessen aufträgt, stopft Ed sein Magazin unter die Decke. Es gibt Thüringer Rostbratwürstchen mit Rotkraut und Kartoffelpüree. Der Alte hustet sich die Lunge aus dem Leib. Edgar lässt es sich schmecken.

„Was mir zu schaffen macht", sagt er endlich, seine Stimme vom Schweigen heiser, „ist der komplette Systemabsturz, Platte kaputt, ich kann mich noch nicht einmal an mein erstes Glas erinnern, das ist das Schlimmste."

Ich erzähle ihm, was ich weiß, aber er kennt weder den Typ mit den Baggy-Pants noch seine Lebensretterin.

„Wenn ich wüsste, wie alt sie ist", sagt er, „ich mein ja nur, ihre Lippen auf meinen, da will man das doch wissen, oder nicht?"

Der Alte hustet.

„Stell dir vor", beginne ich.

Ed winkt ab. „Nein, das nicht. Das, mein Lieber, stell ich mir ganz sicher nicht vor."

Ob er schon mit dem Arzt gesprochen hat?

„Welchem Arzt?"

„Dem auf der Intensivstation."

„Welcher Intensivstation?" Seine Mundwinkel zucken. Für ihn ist es schon wieder ein Spiel.

„Die haben hier eine Abteilung für Suchtkranke", sage ich. „Entzug oder Entwöhnung. Da bist du vorgemerkt."

„Vorgemerkt?"

„Wenn ein Bett frei wird."

„Entzug?"

„Deine Entgiftung, dein Leben."

„Arschloch."

Er schwingt sich aus dem Bett, schwankt, geht in die Knie, stützt sich am Bettrahmen ab.

„Nanana", macht der Alte und drückt den roten Knopf.

Sekunden später steht die Schwester im Zimmer.

„Tut mir leid", sage ich.

Edgar lehnt am Bett. „Sorry, falscher Alarm. Mir geht es gut. Ich komm klar."

Der Alte grunzt.

„Wo wollten Sie denn hin, Herr Koop?", fragt die Schwester.

„Aufs Klo."

„Benötigen Sie Hilfe?"

„Geht schon."

„Ich helfe ihm", werfe ich ein.

„Umso besser", antwortet sie und geht.

„Wenn du bleibst, bekommst du das volle Programm“, erkläre ich Ed. „Entwöhnung, Gesprächstherapie, Entspannungsübungen und Krankengymnastik. Die Schwestern in der Abteilung sind der Hammer. Und erst die Pfleger.“

Der Alte bekommt einen weiteren Hustenanfall. Wir nicken ihm zu und lassen ihn husten. Ich biete Ed meine starke Schulter, doch er ist einen Kopf kleiner als ich, das strengt ihn an, also greife ich seinen Arm, wie das die alten Leute machen, einhaken und stützen, so geht's. Im Garten der Klinik setzen wir uns auf eine Bank. Ed sieht mich nicht an. Aus der Tasche seines Bademantels fischt er ein Päckchen Gauloise und zündet sich eine an. Prompt wird ihm wieder schwarz vor Augen. Diesmal bedauere ich ihn nicht.

„Stell dir vor, man könnte seine Festplatte neu konfigurieren“, bemerkt er, nachdem wir uns eine Weile angeschwiegen haben.

„Und dann?“

„Würde ich alles runter werfen, was einmal wichtig war, selbst die Bilder der Kleinen, gerade die, Reset, verstehst du, Neustart bei null.“

„Niemand startet bei null.“

„Theoretisch.“

„Lass dir helfen“, sage ich, „versuch's wenigstens.“

„Mir ist nicht mehr zu helfen. Hast du selbst gesagt.“

Nach einer Stunde bringe ich ihn zurück in sein Zimmer. Danach gehe ich zur Intensivstation und frage eine Schwester nach dem Arzt, dem mit Bart und Brille.

„Der hat heute frei“, antwortet sie, „ist aber morgen wieder im Dienst.“

Im Foyer treffe ich Carsten. Er hat es von Ludger, Ludger von Armin, Armin von mir.

„Weißt du, wie das passiert ist? Ich meine, hat er, wollte er ...?“

„Frag ihn selbst", erwidere ich, „du musst ihn nicht schonen."

Vom Alleenring rolle ich hinunter in die Stadt. Ob ich Sankt Patrick von Elena erzähle? Ich habe mich noch nicht entschieden. Möglicherweise erwüchse daraus ein lebendiges Gespräch, eine echte Begegnung jenseits aller Erwartungen und Ressentiments. Ihr Chesterfield jedenfalls wird ihm gefallen, allein seines Grundsatzes von Wert und Beständigkeit wegen. Nur fürchte ich, dass er mein Vorhaben umdeuten könnte und sein Gleichnis vom Einsiedlerkrebs bemüht, der sich in den Behausungen anderer Kreaturen einrichtet, *verkriech dich nicht, leb dein eigenes Leben, Junge, schüttel den Staub der Geschichte ab und schau nach vorn, übernimm Verantwortung, im Hier und Jetzt meine ich, nur die Gestrigen sehen ständig zurück.*

In einem Straßencafé trinke ich eine Cola. Menschen eilen vorüber. Wo sich Blicke treffen, weicht einer aus. Vor dem Schaufenster, vis-à-vis, spielt ein Saxofonist gegen die Vuvuzela eines betrunkenen Neuer-Fans an. Ein Mann setzt sich an meinen Tisch und klappt seine „Bild" auf.

*Jetzt wird Lena zur Telenovela!*

Uli schickt endlich eine SMS. Sie sei unterwegs, schreibt sie, müsse aber noch an die Uni, ob wir gemeinsam zu Abend essen, bis sechs sei sie sicher *daheim*. Im Briefkasten finde ich die Zeitung von Frau Huth, vielleicht kann sie die Treppen nicht mehr laufen, ich klingele bei ihr, um sie zu fragen, aber niemand macht auf.

*Daheim* blinkt der Anrufbeantworter. Ulis Frauenarztpraxis schlägt einen Termin für Montag vor. Die zweite Nachricht ist von Elena:

„Hätten Sie Lust, mit mir im Anschluss an unsere nächste Kursstunde ein Eis essen zu gehen? Ich wäre so gern einmal wieder unter Leuten. Selbstverständlich lade ich Sie ein. Dann könnten wir auch das Geschäftliche besprechen, wenn Sie mir den Ausdruck verzeihen. Ich hoffe, Sie haben meinen Rat beherzigt und das Honorar nicht zu niedrig angesetzt. Wenn Sie Ihre Freundin mitbringen, würde mich das sehr freuen. Grüßen Sie sie unbekannterweise von mir. Ich hoffe, es geht Ihnen gut."

„Muss ich mir Gedanken machen?", fragt Uli am Abend, nachdem ich ihr die Grüße ausgerichtet habe.

„Unbedingt."

„Freitag, sagst du", sie blickt in den Terminkalender ihres Smartphones. „Nun gut. Ich denke, es ist an der Zeit, die Frau aus dem Koffer endlich persönlich kennenzulernen."

Am späten Nachmittag fahren wir zum Roßmarkt und warten vor den Toren der City-Arena auf Einlass. In den Zwillingstürmen der Deutschen Bank glüht die untergehende Sonne. Lange Schlangen vor dem Eingang, die Kontrollen sind streng. Als wir endlich das Absperrgitter passiert haben, drängen wir uns mit den anderen so weit wie möglich nach vorn. Die Leinwand, sagt Uli, sei 50 Quadratmeter groß, größer als unsere Wohnung. Der Moderator gibt sich Mühe, die Stimmung anzuheizen, gegen die Vuvuzelas hat er jedoch keine Chance. *La Ola* rollt über den Platz, die Teenies neben uns kreischen auf, Uli drückt sich an mich, hinter uns halten zwei Jungen ein Transparent hoch: *Auf Jungs, dat Löwt!*

Ghana in Weiß, Deutschland in Schwarz, ein Boateng auf jeder Seite. Ein Bruderzwist wird inszeniert, bad boy and good guy, Kain und Abel, Romulus und Remus. Der eine, sagt der Moderator, habe das Sieger-Gen der 54-er Elf, sei mütterlicherseits tatsächlich mit dem Boss verwandt, dumm nur, dass er für Ghana spielt. „Komm, Kevin", witzelt unser Stehnachbar, „erzähl mich dat Tor."

Allein die Namen verzaubern. Asamoah Gyan, André Ayew, Prince Tagoe – Hans Sarpei, erklärt der Sprecher, sei in Köln-Chorweiler aufgewachsen und habe bei Winfriedia Mülheim debütiert. Als Özil allein aufs Tor zuläuft, reißt Uli die Arme hoch, zu früh, der Zauberer von ÖZ trifft nur den Torwart. Der Schrei und die Stille: wie der eine Augenblick in meinem Traum, bevor die Welle bricht und alles unter sich begräbt.

In der Pause rufe ich Ed an und erzähle ihm, wo wir sind.

„Schön, das freut mich für euch." Ich höre den Alten husten. „Schön, dass du anrufst. Wäre gern bei euch. Hier ist großer Mist."

Uli gibt mir ein Zeichen, ich reiche ihn an sie weiter. „Ed?" Gegen die Vuvuzelas kommt auch Uli kaum an. „Wir vermissen dich! Werd schnell wieder gesund!"

Der Schiedsrichter pfeift die zweite Halbzeit an. Gyan schießt und scheitert, zweimal schwappt die Welle über ihm zusammen, dabei plätschert das Spiel so dahin. Dann passt Müller auf Özil, Özil zieht ab und der Ball knallt ins linke Eck.

*Das muss so sein*, höre ich Elenas Stimme, *das nennt sich Schicksal.*

„Schlaaand!", kreischt ein Mädchen.

Uli fiebert. „Habe ich es nicht gesagt?"

Schließlich tanzen wir, tanzen mit den Ballköpfen, tanzen mit den kreischenden Teenies, tanzen die ganze Nacht. Jetzt geht's gegen die *Limeys*, Sankt Patrick hat sich geirrt.

# 27

*31. März 1945*

*Seit einer Woche sind wir nun schon in Kopenhagen, aber bislang wurden unsere Hoffnungen bitter enttäuscht. Als wir in den Hafen einliefen, erschien uns das wie die Ankunft im gelobten Land. Am Pier standen Leute, die uns zuwinkten, die Hafenarbeiter gingen gemächlich ihrer Beschäftigung nach, daß anderswo noch ein normales Leben möglich sei, daran hatte keiner von uns wirklich geglaubt.*

*Am Kai wurden wir alle sofort in Militärlastwagen verfrachtet und in eine völlig überfüllte Lateinschule gebracht (schon wieder eine Schule, hat das was zu bedeuten?). Zuerst waren wir nur froh, ein Plätzchen zum Ausruhen zu haben, aber schnell stellte sich heraus, daß wir vom Regen in die Traufe geraten sind. Unser Lager ist aus muffigem Stroh, die Toiletten sind verstopft, wir dürfen uns zwar frei bewegen, aber wo sollen wir schon hin? Einmal am Tag bekommen wir Verpflegung, doch die ist streng rationiert, so daß der Hunger unser ständiger Begleiter ist. Von morgens bis abends helfen Eva und ich in einem Lazarett der Wehrmacht aus. Mama kümmert sich um Eli, die sich schon nach wenigen Tagen die Krätze eingefangen hat. Die hygienischen Zustände hier sind sogar noch schlimmer als in unseren Schutzräumen in Elbing. Was nutzt es da, daß wir unser eigenes Lager jeden Tag säubern? Wir leben zusammengepfercht wie Vieh, aber im Unterschied zu den Schweinen wird unser Stall nie ausgemistet, es stinkt nach Exkrementen, Erbrochenem und schwärenden Wunden – widerlich!*

*Vor fünf Tagen ist das Kind im Nachbarbett an Fieber erkrankt, gestern hat ihm seine Mutter die Äuglein zugedrückt. Das hat sie so ruhig getan, als ob der Tod ihres Kindes sie gar nicht berühren würde. Aber das ist nicht wahr. Wahr ist, daß die arme Frau selbst zum Weinen zu schwach ist, denn auch sie hat das Fieber und ist wohl die nächste, die stirbt.*

*Alle sehnen wir uns nach dem Ende des Kriegs und hoffen, daß sich unser Schicksal dann doch noch zum Guten wendet.*

*Nachtrag 1: Herr Kruschinski hat erfahren, daß der Russe gestern Danzig eingenommen hat. Wir sollten also dankbar sein und uns nicht beklagen.*

*Nachtrag 2: Während wir in den Hafen einfuhren, kam mir ein verrückter Gedanke: Mama hatte mir bei unserem Aufbruch unser Familienstammbuch anvertraut, weil ich in meinem Rucksack mehr Platz habe als sie. Ich dachte, wenn ich das Stammbuch einfach ins Meer werfen würde, wüßte niemand (außer uns und den Kruschinskis), wer wir sind. Wir könnten einen neuen Namen annehmen und uns eine Lebensgeschichte ausdenken, wer sollte uns schon nachweisen, daß unsere Dokumente nicht in den Flammen Elbings verbrannten? Natürlich habe ich das Stammbuch nicht ins Meer geworfen, aber die Vorstellung, noch einmal ganz von vorne anzufangen, läßt mich nicht mehr los.*

*20. April 1945*

*Wien ist gefallen, die Oderlinie durchbrochen, vor wenigen Tagen, heißt es, hätten sich im eingekesselten Ruhrgebiet hunderttausende Wehrmachtssoldaten den feindlichen Truppen ergeben. In Kopenhagen merken wir kaum etwas vom Krieg. Fast scheint es, als ob uns Freund und Feind vergessen hätten. Wir selbst erinnern uns sehr wohl der Heimat, die wir vermissen, und unserer Lieben, um die wir uns Tag für Tag sorgen. Heute, an seinem Geburtstag, gedenken wir auch unseres geliebten Führers, der das Schicksal unseres Volkes auf seinen Schultern trägt. Die Fahnen in den Fenstern stimmen mich wehmütig, ebenso die Lieder, die gesungen werden, weil sie in unseren Köpfen die Heimat aufblühen lassen, die wir vielleicht nie wiedersehen.*

*27. April 1945*

*Heute hat mir ein Junge im Hafen eine geräucherte Makrele geschenkt. Ich wollte sie erst gar nicht annehmen, aber dann war der*

*Hunger größer. Der Junge war ungefähr so alt wie ich, mit weizenblonden Haaren und einer schiefen Nase. Er hat mich nur angeschaut, wie, kann ich gar nicht genau sagen, irgendwie ernst und, ja, beinahe ehrfürchtig. Dann ist er plötzlich weggelaufen. Ein merkwürdiger Junge war das, aber seine Makrele hat lecker geschmeckt.*

*1. Mai 1945*

*Der Führer ist tot!*

*Als wir die Nachricht gestern Nacht zum ersten Mal hörten, glaubten wir noch an eine weitere Propagandalüge, aber jetzt meldet es auch der Reichssender, immer wieder, ja, unser Führer ist tot! Er hat sich für sein Vaterland geopfert und bis zum letzten Atemzug gegen den Bolschewismus gekämpft. Die Frauen weinen, die Alten beten zu Gott, daß wenigstens er seine schützende Hand über uns hält. Der neue Reichspräsident Großadmiral Dönitz will den Krieg im Osten fortsetzen, aber jetzt, wo der Führer nicht mehr ist, hat auch der Letzte den Glauben an den Endsieg verloren.*

*7. Mai 1945*

*Der Krieg ist vorbei! Unsere Truppen haben auf breiter Front kapituliert. Die Dänen feiern auf den Straßen ihre Befreiung und verbrennen deutsche Fahnen. Wir, die wir gestern noch zu den Besatzern gehörten, sind jetzt Gefangene im fremden Land. Wir können nur hoffen, daß wir möglichst schnell in die Heimat zurückkehren dürfen, um beim Wiederaufbau zu helfen. Wenn ich doch wenigstens eine Nachricht von Papili hätte, von Hans und von Ewald! Ich bete jeden Tag für sie, daß es das Schicksal gut mit ihnen meint – sie fehlen mir so sehr. Elvira hat wieder Fieber. Das kommt von ihren eitrigen Wunden, die sie sich immer wieder aufkratzt. Ausgerechnet jetzt haben sie das Wehrmachtshospital geschlossen. Woher soll ich denn nun Sulfonamide, Kernseife und Verbandsmaterial besorgen? Eva will uns helfen, weiß aber auch noch nicht wie.*

*10. Mai 1945*

*Eli geht es immer schlechter. Sie glüht regelrecht und redet wirr, im Schlaf schreit sie wie verrückt und schlägt um sich. Wir müssen ohnmächtig zusehen, denn ohne Medikamente können wir nichts tun – und die dänischen Ärzte weigern sich beharrlich, Deutsche zu behandeln. In ihren Augen sind wir Feinde, auch die Frauen und Kinder, dabei ist der Krieg doch vorbei. Ich hasse hasse hasse sie, Eli hat ihnen doch nichts getan!*

*Endlos ziehen sich unsere Tage hin. Um mir die Zeit zu vertreiben, habe ich zu stricken begonnen. Im Lazarett der Wehrmacht oder besser in den ehemaligen, inzwischen geplünderten Krankenräumen habe ich einige alte, löchrige Pullover gefunden. An manchen klebte noch Blut. Die habe ich erst gewaschen, dann zerschnitten, und jetzt stricken Mama, Eva und ich aus der Wolle neue Pullover. So haben wir wenigstens etwas zu tun.*

*16. Mai 1945*

*Eli ist bei den Engeln.*

*Am Ende ist sie einfach erloschen. Wie der Docht einer Kerze, wenn kein Wachs mehr übrig ist. Mama hat ihr die Augen zugedrückt, so wie die Frau damals bei ihrem Kind. Dann haben wir gebetet und uns versichert, daß der Tod für sie eine Erlösung sei, weil sie doch nur noch gelitten hat, aber was wissen wir schon? Ich fühle mich so schuldig, weil ich ihr nicht habe helfen können. Und ich hasse die Dänen, denn sie haben Eli auf dem Gewissen.*

*Wenn Mama und Eva nicht wären ...*

*7. Juli 1945*

*Nein, liebes Tagebuch, ich habe dich nicht vergessen! Ich konnte mich dir einfach nicht mitteilen, sei mir deshalb nicht böse. Elis Tod hat uns alle sehr mitgenommen. Die ersten Wochen haben wir viel geweint und uns angeschwiegen, auch die Kruschinskis sind merkwürdig still geworden, als ob mit Eli auch ihre Zukunft gestorben sei.*

*Hinzu kommt die Eintönigkeit unseres Alltags, diese endlose Langeweile zwischen Sonnenaufgang und Sonnenuntergang. Die meiste Zeit sitzen wir nur rum, stricken oder tun das Notwendige. Raus gehen wir nur selten, weil uns die Dänen spüren lassen, daß sie uns lieber heute als morgen wieder los wären. Wie gern würden wir gehen! Das britische Hauptquartier aber hat der dänischen Regierung mitgeteilt, daß wir mindestens den Winter noch hier bleiben müssen, da die Versorgungslage im Reich, das nicht mehr Reich heißt, noch viel, viel schlimmer sei.*

*Ach ja, heute habe ich Geburtstag, hätte ich fast vergessen. Zur Feier des Tages gab es wahrhaftig Klunkermus, keine Ahnung, woher Mamachen die Milch hatte. Danach hat Heinrich eine Runde Nikolaschka spendiert, ich durfte auch mal probieren, uii, hat das gebrannt!*

*22. September 1945*

*Eva sagt, wir kämen bald in ein Lager. Das habe ihr Doktor Zech gesagt, der es wiederum von seiner Schwägerin hat, die in der Verwaltung arbeitet. Was das bedeutet, weiß niemand. Unsere Schule jedenfalls werde dringend benötigt, damit die dänischen Kinder endlich wieder einem geregelten Unterricht nachgehen könnten. Frau Darlau hingegen glaubt, daß die Regierung Angst hat, ihre Landsleute könnten sich mit uns „vermischen". Dabei hat sie mich angesehen, als ob ich schuld sei, dumme Zampel! Mir ist es jedenfalls egal, wenn sie uns in ein Lager stecken, schlimmer als hier kann es nirgendwo sein. Vielleicht haben wir dann sogar mehr Platz und bekommen mehr zu essen, wer weiß. Und außerdem, spätestens im Frühjahr werden sie uns zurück in die Heimat schicken, ich meine in eine der Besatzungszonen, solange halten wir wohl noch aus.*

# 28

Zeugen sind verdächtig. Zeitzeugen ohnehin. Wer die Authentizität seiner eigenen Erinnerung beschwört, sei entweder naiv oder ein Betrüger, sagt mein Doktorvater. Zeitzeugen stellten die Wissenschaft infrage und beriefen sich mit Inbrunst auf die Lebendigkeit ihres Andenkens, dabei sei jede Erinnerung letztlich bloß eine Kopie der Kopie der Kopie.

„Was wir für unser Leben halten", sagt Sankt Patrick, „ist im Grunde nur eine Ansammlung von Anekdoten. Je reicher unser Vorrat, desto größer unsere Selbstachtung oder Arroganz."

*Solange halten wir wohl noch aus.*

Ich blättere zurück. Entziffere Wörter, die sie gestrichen hat, Sätze und Absätze über Volk, Führer, Vaterland. Irgendwann wähle ich ihre Nummer.

„Ich wusste, dass Sie anrufen", sagt sie. „Haben Sie das Spiel der Italiener gesehen? Erst Frankreich und Griechenland, jetzt auch Italien. Sind die Portugiesen die nächsten? Aber was rede ich da, dann müssten die Ivorer gegen Nordkorea ja ebenso hoch gewinnen wie Portugal, die haben ja nur den Drogba, oder was meinen Sie?"

„Ich muss Sie etwas fragen."

„Nur zu."

„Es geht um Ihre Familie."

„Augenblick."

Sie öffnet die Balkontür, rückt einen Stuhl zurecht. Ich höre ein Feuerzeug klicken. Ein Moped fährt vorüber. Sie wartet, bis das Motorengeräusch verklingt.

„Sie wollen wissen, ob meine Eltern Nazis waren, nicht wahr? Ich selbst. Gewiss, das müssen wir anführen, für unsere Geschichte ist das von Belang. Sehen Sie, meine Eltern haben beide an die große Zeitenwende geglaubt. Mein Vater ist schon im Januar 1933 dem Nationalsozialistischen Deutschen Ärztebund beigetreten, die entsprechende Urkunde habe ich selbst gesehen. Ob meine Mutter Parteimitglied war, weiß ich nicht, wohl aber, dass sie an Treffen der NS-Frauenschaft teilgenommen hat, denn davon hat sie uns ausführlich erzählt."

„Waren Ihre Brüder in der HJ?"

„Gewiss doch. Bis sie fürs Vaterland in den Krieg zogen und in Russland den Heldentod starben. Gott hab sie selig. Als Kind wollte ich immer so sein wie sie."

Sie schweigt. Ich sehe Rauchfäden aufsteigen. Ich öffne das Fenster. Über mir zieht jemand den Rollladen hoch. Der alte Mann gegenüber saugt Staub.

„Verzeihen Sie", sagt sie nach einer Weile, „wo waren wir?"

„Als Kind wollten Sie immer so sein wie Ihre Brüder."

„Ach ja. 1939, kurz nach Kriegsbeginn, ich war neun und konnte es kaum erwarten, endlich in den Jungmädelbund aufgenommen zu werden. Ich bat und bettelte so lange, bis mein Vater beim HJ-Führer ein Wort für mich einlegte, sodass ich schon ein halbes Jahr früher als vorgesehen an der Jungmädelprobe teilnehmen durfte, die ich ohne Probleme bestand. Wir trugen Zöpfe und Uniformen und waren alle gleich, das gefiel mir, auch die Kameradschaft untereinander und der große Zusammenhalt. Ich war eine gute Schwimmerin, müssen Sie wissen, und heimste bei Wettkämpfen manch eine Medaille ein, weshalb ich, obwohl ich die Jüngste war, beliebt und geachtet wurde, auch von unserer Ringführerin. Ich genoss diese Zeit sehr, das gemeinsame Singen und Spielen, die Heimnachmittage, die Ausflüge und Ferienlager, selbst bei den Ernteeinsätzen hatten wir großen Spaß. Aber dann."

Der Alte stützt sich auf den Fenstersims und sieht zu mir hoch. Wasser läuft in eine Wanne. Elena drückt die Zigarette in den Aschenbecher und fährt fort:

„Jeden Montag war Flaggenparade. Während der Zeremonie musste einer von uns ein Gedicht aufsagen, das ging reihum. Mitte Juli 1943, ich erinnere mich so genau, weil ich kurz zuvor meinen 13. Geburtstag gefeiert hatte, war dann ich an der Reihe. Doch ausgerechnet an diesem Morgen kam ich zu spät. Mein Fahrrad hatte unterwegs einen Plattfuß, sodass ich den halben Weg laufen musste und mit hängender Zunge in die Parade platzte. Unglücklicherweise war an diesem Morgen die Gauführerin zugegen. Meine Entschuldigung ließ sie nicht gelten und drängte unsere Ringführerin, die eigentlich gutwillig war, zu einer Satisfaktion. Also wurde an mir, der Tochter des Akademikers, ein Exempel statuiert. Ich verlor nicht nur Knoten und Halstuch – die größte Schande, die einem Jungmädel widerfahren konnte –, sondern sollte überdies die höchste Geldstrafe zahlen, die je gegen eine von uns verhängt worden war. Ich war empört und weigerte mich zu zahlen. Abgesehen davon, dass ich so viel Geld gar nicht besaß, wollte ich meinen Eltern die Schmach ersparen und hoffte auf eine Ersatzstrafe, die ich als Dienst am Gemeinwesen tarnen konnte. So kam es dann auch. Die Gauleiterin verdonnerte mich zum Putzdienst, ein ganzes Wochenende lang, und drohte mir für den Wiederholungsfall mit Arrest."

„Sind Sie daraufhin ausgetreten?"

„I wo, wo denken Sie hin! Austreten war nicht vorgesehen, aber das wollte ich ja auch gar nicht. Allerdings schlichen sich damals die ersten leisen Zweifel in mein gefestigtes Weltbild. Wir waren im Krieg, gewiss, aber bis dahin hatte ich unser Vereinsheim nicht als Ausbildungslager erlebt, sondern als Heimstätte, verstehen Sie? Selbstverständlich gab es ideologische Schulungen, aber bis dahin überwog doch der Spaß am Spiel und die Kameradschaft innerhalb einer verschworenen Gemeinschaft. Nach diesem Vorfall jedoch begann ich zu ahnen, dass aus unserem Spiel jederzeit Ernst werden konnte und man auf der Hut sein musste, selbst wenn man sich nichts zuschulden kommen ließ."

„Aber wurden nicht jeden Tag Menschen unschuldig verhaftet? Juden, Kommunisten, Pazifisten, Defätisten – das hat doch jeder gewusst."

„Gewiss, zumindest hätte es jeder wissen können. Auch als Kind habe ich manches gewusst und vieles geahnt. Aber das, was mit den Juden und den Fremdarbeitern geschah, das, was ich selbst mitbekommen habe, das empfand ich nicht als Unrecht, das gehörte sich so, verstehen Sie? Juden, das sagten ja nicht nur meine Eltern, das brachten uns auch unsere Lehrer in der Schule bei, waren Untermenschen, Bürger zweiter Klasse, schlimmer noch, Schmarotzer und Parasiten. Wir hatten vier jüdische Kinder in unserer Klasse, denen unser Lehrer eines Tages befahl, sich in die letzte Reihe zu setzen – sie könnten sich glücklich schätzen, überhaupt noch am Unterricht teilnehmen zu dürfen. Wissen Sie, ich hatte nichts gegen Juden, sie hatten mir nie etwas getan, im Gegenteil, mit einem der vier Kinder, einem Mädchen, war ich vor dem Krieg sogar befreundet gewesen. Dennoch fand ich in Ordnung, dass sie in der letzten Reihe sitzen musste, schließlich war sie eine Jüdin, verstehen Sie? Auch dass der Kapinsky, unser Deutschlehrer, im Beisein unserer jüdischen Mitschüler alle Juden als minderwertig bezeichnete, empfanden wir anderen nicht als Unrecht, die Juden waren ja minderwertig, das sagten doch alle. In den Pausen blieben sie unter sich. Wenn sie von den Jungs verspottet oder geschlagen wurden, trat niemand für sie ein, sie hatten es doch nicht besser verdient. Aus heutiger Sicht ist das nur schwer zu begreifen. Und wissen Sie, was das Schlimmste ist? Dass ich in dem Mädchen von damals auch zwei Generationen später noch mich selbst erkenne."

„Aber was hätten Sie denn ausrichten können?"

„Spielt das eine Rolle? In den Träumen der Erwachsenen jedenfalls wurde das Mädchen zur Heldin, zur Rächerin, die den Schutzlosen beisteht und ihren Peinigern die Stirn bietet. Es gab sie ja, die Alltagshelden, man hätte sich an ihnen ein Beispiel nehmen können, so viel gehörte gar nicht dazu. Ich erinnere mich an eine Begebenheit, ich muss sieben oder acht gewesen sein, als mich meine Mutter zum Metzger schickte, weil sie sich selbst wieder einmal unpässlich fühlte. Samstagvormittag gingen alle einkaufen, auch in der Metzgerei standen die Leute Schlange. Mir fiel ein alter Mann auf, der, als die Reihe an ihm war, heraustrat und sich freiwillig ans Ende der Schlange begab. Eine Frau sprach ihn an, warum er die anderen vorlasse, er könne doch selbst kaum stehen. Daraufhin deutete er auf seinen unter der Jacke halb verborgenen Stern. Damals gab es eine Vorschrift, die von Juden verlangte, so lange draußen zu warten, bis auch der letzte arische Kunde den Laden verlassen hatte. Der Kälte wegen hatte der Mann drinnen Unterschlupf gesucht, wollte den Geist der Vorschrift aber wohl wahren. Nun kam es so, dass sich die Frau, die er vorgelassen hatte, empörte und in deutlichen Worten erklärte, dass sie so lange zurücktreten wolle, bis der Alte endlich bedient werde. Einige Kunden stimmten ihr zu, andere protestierten, bis der Metzger, um weiteren Aufruhr zu vermeiden, den alten Mann nach vorn winkte und eiligst bediente."

„Haben Sie daheim über das Schicksal der Juden gesprochen?"

„Gewiss. Meine Eltern hatten keine Geheimnisse vor uns. Gegen die Entrechtung der Juden hatten sie nichts einzuwenden, wohl aber gegen die brutalen Übergriffe des Pöbels, die in den Novemberpogromen ihren Höhepunkt fanden. Die Händler, deren Geschäfte damals zerstört wurden, kannten wir ja gut, auch wir waren viele Jahre ihre Kunden gewesen. Als die in Elbing verbliebenen Juden nach und nach abtransportiert wurden, hieß es, dass sie im KZ Stutthof auf ihren Weitertransport in die östlichen Siedlungsgebiete warteten. Meine Mutter war heilfroh, dass mit der *Entjudung* der Stadt endlich wieder Ruhe einkehrte. Was sie und mein Vater von den Massenmorden im Osten wussten, ob überhaupt, das weiß ich nicht, darüber verloren sie nie ein Wort."

„In Ihrem Tagebuch schwärmen Sie noch 1945 vom *geliebten Führer.*"

„Unbegreiflich, nicht wahr? Die Deutschen hat er getäuscht, mich hat er tatsächlich auf den Arm genommen. Im Ernst. 1933, ich glaube im Juni, wenige Monate nach seiner Ernennung zum Reichskanzler gab der alte Hindenburg für Hitler einen Empfang. Zu den Feierlichkeiten auf Hindenburgs Landgut Neudeck waren auch meine Eltern geladen. Doch ausgerechnet am Tag der Tage meldete sich unser Kindermädchen krank. Da meine Eltern so bald keinen Ersatz finden konnten, nahmen sie uns kurzerhand mit. Während des Defilees muss ich dann so laut geschrien haben, dass der Führer auf mich aufmerksam wurde und meiner verdutzten Mutter aus dem Arm nahm. Sie können sich vorstellen, was das für meine Eltern bedeutete – der Führer hatte mich geherzt, ich war gesegnet und mit mir meine gesamte Familie."

„Aber spätestens 1945 muss doch auch dem Letzten klar gewesen sein, dass Hitler Deutschland zugrunde gerichtet hat."

„I wo. Für den verlorenen Krieg machten die meisten nicht Hitler, sondern seine Generäle verantwortlich. Ich kann mich an einen Streit zwischen meinem Vater und Onkel Karl erinnern. Mein Vater wetterte einmal mehr gegen General Paulus, weil der sich dem Russen feige ergeben habe, statt, wie vom Führer befohlen, den Ehrentod zu sterben. Das brachte Onkel Karl dermaßen auf, dass er wütend aus dem Haus stürmte."

„Onkel Karl?"

„Der Bruder meiner Mutter. Im Ersten Weltkrieg hatte er seine rechte Hand verloren und damit offenbar auch den Glauben an die Sinnhaftigkeit eines Kriegs. Manchmal machte er sich einen Spaß daraus, SS-Offizieren den deutschen Gruß darzubieten – an seinem Stumpf konnten sie nicht vorbeisehen.“

Der Alte schüttelt sein Bett aus und legt es ins Fenster. Mit seinem Ärmel wischt er sich den Schweiß von der Stirn. Elena drückt die Balkontür ins Schloss und verriegelt den Griff.

„Wissen Sie, ich denke oft darüber nach, wie es mit uns so weit hat kommen können, doch eine Antwort bleibe ich mir schuldig. Es gibt eine Begebenheit. Ich weiß nicht, wie ich es ausdrücken soll, aber mit ihr fängt für mich alles an. Ich war im zweiten Jahr an meiner Schule. Es war ein Spätsommertag, ich glaube im September 1937, jedenfalls war es noch warm. In der Pause standen Gisela und ich bei den Kindern, die Murmeln spielten, Sie wissen schon, diese bunten Glaskugeln. Wer die meisten ins Loch schiebt, bekommt die Murmeln der anderen. Zwei Jungen gerieten darüber in Streit. Der eine, ein ruhiger, kräftiger Bauernbursche mit roten Backen und breitem Kreuz, galt, ohne dass er das je hatte unter Beweis stellen müssen, als der stärkste Junge weit und breit. Der andere, ein schmächtiger Typ, war mit seinen Eltern erst vor Kurzem in die Nachbarschaft gezogen. Man wusste nicht viel über ihn, da er keine Geschwister hatte und selbst die meiste Zeit über schwieg. Worüber die beiden stritten, weiß ich nicht mehr, nur dass keiner von beiden nachgeben wollte. Plötzlich schlug der Schmächtige zu. Alle starrten ihn ungläubig an, am ungläubigsten der Geschlagene selbst, war er doch einen halben Kopf größer als sein Angreifer und doppelt so breit. Jedem war klar, dass der Schmächtige nun eine Tracht Prügel bekommen würde, und die hatte er sich ja wohl selbst zuzuschreiben. Anfangs sah es auch ganz danach aus. Der Große schubste den Kleinen vor sich her und verpasste ihm ein paar Backpfeifen, dass es nur so knallte. Wir Mädchen hofften, dass der Neue geschwind aufgeben möge, der aber dachte gar nicht daran! Er steckte einen Schlag nach dem anderen ein und schien dennoch auf seine Chance zu lauern. Plötzlich sprang er vor und zog seinen Gegner nach unten. Irgendwie gelang es ihm, den Größeren in den Schwitzkasten zu nehmen. Der bäumte sich auf, doch der Neue ließ sich nicht abschütteln, sondern drückte zu, immer fester. Wir sahen, dass der Bauernjunge rot anlief, Tränen rannen ihm übers Gesicht, aber der andere hörte nicht auf. Er drückte ihm sogar noch die Luft ab, als sein Opfer schon zappelte und einige Kinder zu weinen anfingen und andere schrien, er solle doch aufhören. Aber nein, er ließ nicht ab und hätte den anderen wohl erwürgt, wenn nicht endlich ein Lehrer herbeigerannt wäre, um die beiden zu trennen."

# 29

Typen wie den", sagt Uli, als ich ihr die Episode erzähle, „hat es schon immer gegeben und wird es immer geben. Ihre Macht ist die Ohnmacht ihres Opfers, ein durch und durch männliches Prinzip. Offenbar ist es nur uns Frauen vergönnt, die in uns schlummernde Gewalt durch Triebbefriedigung zu sublimieren."

Sie schiebt ihr Kleid hoch, schmiegt ihre Beine an meine Hüften und ergründet das Sublime in mir mit feinem Gespür.

„Wenn du wüsstest …", flüstert sie und beißt mir in die Lippe.

Nachher sitzen wir auf dem Sofa und essen gebratene Nudeln mit Ei. Während Eto'o zum Elfer antritt, kommt mir Roger Milla in den Sinn – sein Tanz an der Eckfahne. Sankt Patrick liebte Milla, allein weil er im selben Alter war wie er, einer, der es allen zeigte. Sankt Patrick hat ein Faible für Raubtiere, hätte er seinen Erstgeborenen sonst „kleiner Löwe" genannt?

Ulis Kopf in meinem Schoß. Ihre rostbraunen Haare fließen in das weiße Laken.

*Du liebst sie?*

Ich drücke den Ton weg. Stumme Bilder fluten den Bildschirm. Bombenattentat in Athen. Hochwasser in Brasilien. Bahnunglück in Barcelona. Die BP-Aktie im Minus.

In der Nacht liege ich wach. Wie das wäre. In Dunkelheit zu leben, Stille um mich herum. Nur noch zu fühlen, riechen, schmecken. Die eigenen Gedanken mit niemandem teilen zu können. Wie das wäre. Ob ich trotzdem eine Vorstellung von Farbe und Licht, ob ich Träume hätte. Ob der Tod denkbar bliebe. Ob das Leben sich selbst genügte oder jeden Sinn verlöre.

„Weiß du", sagt Uli beim Frühstück, „deine Mutter … meiner Meinung nach wirst du ihr nicht gerecht."

„Wie kommst du darauf?“

„Ich mag sie. Und ich kann verstehen, worum es ihr eigentlich geht.“

# 30

*14. Dezember 1945*

*Ist es nicht widersinnig, daß wir Menschen, die wir uns selbst doch so gerne als Krone der Schöpfung bezeichnen, uns gegenseitig quälen, erniedrigen, einsperren und abschlachten? Wenn nur ein Bruchteil dessen, was in der Lagerzeitung steht, wahr ist, dann sind wir schlimmer als die blutrünstigsten Bestien, dann geschieht uns ganz recht, daß sie uns hier hinter Stacheldraht gefangen halten wie ausgehungerte Hyänen.*

*Seit einigen Tagen sind wir nun hier, im Internierungslager Klövermarken, das, wie Eva sagt, das dänische Wort für Kleefeld ist, aber Klee ist das letzte, was auf diesem sumpfigen Gelände gedeiht. Amager oder Amagor heißt die Insel, auf der sich das Lager befindet, ein Name wie der einer Trauminsel, aber an diesem Ort lässt man den Glauben an das gute Ende im Märchen schnell ziehen. Die Insel liegt unweit vom Kopenhagener Stadtteil Christianshavn, und das Lager soll einmal Platz für 20.000 Flüchtlinge bieten. Eine Stadt in der Stadt also, doch eigentlich ist sie ein großes Gefängnis mit Stacheldraht drum herum und Soldaten, die darüber wachen, daß keiner von uns heraus und keiner von außen herein kann. Manchmal stehen dänische Familien am Zaun und begaffen uns wie die Affen im Zoo, aber nie richtet jemand das Wort an uns, denn wir sind noch immer der Feind.*

*Ich will versuchen, unser Lager, an dem noch immer gearbeitet wird, zu beschreiben, denn mittlerweile wissen wir, daß wir mindestens noch ein halbes Jahr hier bleiben müssen, vielleicht auch länger. Im Deutschen Reich, das nicht mehr Reich heißt und dessen meiste Städte völlig zerstört sein sollen, ist kein Platz für uns, denn Flüchtlinge gäbe es dort schon viel zu viele – Millionen sollen es sein, vor allem Flüchtlinge aus Schlesien, Brandenburg, Böhmen und Mähren, Siebenbürgen und dem Sudetenland. Dazu kommen noch Millionen, die ausgebombt sind. Mancherorts gebe es Zelt-*

*städte, heißt es, immerhin haben wir ein festes Dach über dem Kopf.*

*Das Lager Klövermarken, ungefähr ein Kilometer lang und ebenso breit, liegt zwischen Kopenhagen und einer Meerenge, die bei den Dänen Sund heißt. In Nebelnächten hören wir die „Seekuh" heulen, Nebelhörner, die die Schiffe in den Hafen lotsen. Der ewige Nebel, aber auch der graue, tief hängende Himmel drücken den meisten schwer aufs Gemüt.*

*Um unser Lager herum verläuft ein doppelter Stacheldrahtzaun, Wachtürme gibt es auch, nachts werden sogar Scheinwerfer eingeschaltet. Zwischen den beiden Zäunen patrouillieren Polizisten in schwarzen Uniformen und mit Karabinern auf dem Rükken. Sie reagieren nicht, wenn man sie anspricht, wahrscheinlich dürfen sie das nicht, denn sie sehen nicht böse aus.*

*Im Zentrum unserer kleinen Stadt ragt der Schornstein der Zentralküche in den Himmel, direkt an der Hauptstraße – ein idealer Orientierungspunkt, vor allem für Kinder und Greise. Die Wohnbaracken sehen nämlich alle gleich aus, Eva nennt sie Holzfällerbaracken, warum, weiß ich nicht. Sie sind, je nach Standort, verschiedenfarbig gestrichen – es gibt grüne, gelbe, blaue, weiße, graue oder rote Zonen, zwischendrin Latrinen (die „Zwölfzylinder"), Werkstätten, eine Krankenstation und ein großes Verwaltungsgebäude. Angeblich soll es irgendwann auch noch Schul- und Turnräume und sogar ein Kino und Theater geben, aber das ist wahrscheinlich wieder so ein Gerücht. Zwischen den Barackenreihen verlaufen festgestampfte Wege aus Schlacke, die stark vereist sind. Mama ist schon einmal ausgerutscht, hat sich aber zum Glück nur blaue Flecken geholt.*

*Wir wohnen in einer Baracke mit 20 anderen Frauen zusammen. Jede von uns hat ein eigenes Bett, einen mit Stroh gefüllten Papiersack und eine wattierte Papierdecke. Durch die Ritzen der Wände pfeift der Wind, wir frieren oft. Zu essen bekommen wir genug. Noch. Denn jeden Tag rollen Lastwagen mit weiteren*

*Flüchtlingen ins Lager, die entweder eine neue Baracke beziehen (überall wird gehämmert und gezimmert) oder einer schon belegten Baracke zugeteilt werden, wo alle dann noch enger zusammenrücken müssen. Mama hat Angst, daß wir uns mit Läusen oder Krätze anstecken und dann so enden wie Eli. Ich denke so oft an sie. Ich vermisse sie. Wenn man sich rechtzeitig um sie gekümmert hätte, würde sie noch leben.*

*Eigentlich verstehen wir uns mit allen gut und helfen einander so gut es geht. Wenn bloß nicht diese vielen Vorschriften wären! Unsere Baracken müssen täglich gefegt und naß gescheuert, die Betten auf Ungeziefer untersucht und die Latrinen mit Lysol gereinigt werden. Fürs Wäschewaschen gibt es festgelegte Zeiten, ebenso für die Körperhygiene. Einmal pro Woche müssen wir das kalte Brausebad benutzen. An jeder Stelle des Lagers hängt die letzte „Anweisung des Königlich Dänischen Arbeits- und Sozialministeriums" aus. Am besten, ich schreibe einige ihrer Vorschriften einfach ab:*

*„Die Schlafräume müssen bis 10 Uhr geordnet sein."*

*„Die Flüchtlinge haben spätestens bis 22 Uhr zur Ruhe zu gehen."*

*„Niemand darf vor 6 Uhr aufstehen." (ausgenommen die Arbeitstrupps)*

*„Jedes Lärmen ist verboten." (das gilt auch für Musikinstrumente und erst recht für Rundfunkempfänger, so daß wir wieder vollkommen auf Flüsterpropaganda angewiesen sind)*

*„Kinder sind mindestens 6 Stunden täglich von den Flüchtlingen selbst mit Unterricht oder Spielen unter Aufsicht zu beschäftigen." (in ihren Augen bin auch ich noch ein Kind)*

*„Zuwiderhandlungen gegen die Vorschriften dieses Reglements oder gegen die Befehle oder Anweisungen des dänischen Lagerleiters werden mit dem Verbot des Briefwechsels und der Zurückhaltung von Postsendungen, mit Extraarbeit, mit Stubenarrest oder mit Überführung in ein Sonderlager bestraft."*

*Was mit Sonderlager gemeint ist, weiß niemand. Mama glaubt, das seien Konzentrationslager, mit denen sich die Dänen an uns Deutschen rächen wollen. Aber bislang habe ich noch nicht mitbekommen, daß einer in ein solches Sonderlager überführt wurde.*

*(Ursprünglich auf Toilettenpapier geschrieben und am 15. April 1948 in dieses Heft übertragen.)*

*1. Januar 1946*

*Mit Tränen in den Augen haben Mama und ich heute Nacht auf das neue Jahr angestoßen. Noch immer haben wir keine Nachricht über das Schicksal unserer Männer. Wir geben die Hoffnung jedoch nicht auf, daß Papa, Hans und Ewald leben, daß sie von den Russen gefangengehalten werden und irgendwann zu uns zurückkehren dürfen. Das Rote Kreuz hat alle drei noch nicht ausfindig gemacht, und auch auf unsere Such-Postkarten haben wir bislang keine Antwort erhalten. Das könne lange dauern, sagte die Rot-Kreuz-Mitarbeiterin, die uns die Karten gegeben hat, mindestens ein paar Monate, vielleicht sogar ein Jahr.*

*(Ursprünglich auf Pappe geschrieben und am 15. April 1948 in dieses Heft übertragen.)*

*3. Februar 1946*

*Wenn ich Eva nicht hätte, Eva mit ihrem sonnigen Gemüt, ich weiß nicht, wie ich das alles ertragen würde, vor allem Mamas Schwermut, die von Tag zu Tag wächst. Solange sie arbeitet, ist es einigermaßen gut, aber wehe die Baracke ist blitzblank und der Dienst in der Nähstube abgeleistet! Oft sitzt sie dann stundenlang auf den Treppenstufen des Eingangs und gibt sich ihren düsteren Gedanken hin. Wenn einer sie anspricht, nickt sie nur und schweigt die meiste Zeit. Alle Freude scheint aus ihr gewichen zu sein. Häufig pilgert sie wie die Alten zum Berg der Sehnsucht – einem aufgeschütteten Lehmhügel, dem Aushub eines Löschteichs, auf dem wie überall Schnee liegt und von dem aus sie stundenlang aufs Meer sieht, auf die beleuchtete Küste und auf die vorbeiziehenden Schiffe. Woran denkt sie? An unsere Heimat? Oder an Eli? An Hans und Ewald, von denen wir noch immer nichts gehört haben? An Papili, den der Russe angeblich in Marienwerder, das zur Lazarettstadt umfunktioniert worden ist, gefangen hält, wie ein ehemaliger Nachbar gehört haben will? Ich weiß es nicht, mit mir redet sie nicht oder wenn, dann nur das Nötigste. Eva kommt auch nicht an sie heran. Offenbar lebt sie in der Erinnerung, in der Vergangenheit, und die Gegenwart und Zukunft sind ihr egal. Ich weiß nicht, ob es gegen ihre Krankheit eine Medizin gibt. Aber allein der Gedanke an eine Arznei ist müßig, denn wen sollte ich hier schon darum bitten? Angeblich ist es dänischen Ärzten verboten, deutschen Flüchtlingen Hilfe zu leisten, weil das unpatriotisch sei, aber wir sind doch auch Menschen!*

*(Ursprünglich auf Toilettenpapier geschrieben und am 15. April 1948 in dieses Heft übertragen.)*

*27. Februar 1946*

*Was sie uns, den Besiegten, vor allem beibringen wollen, ist Demokratie. Demokratie ist griechisch und heißt Volksherrschaft, wie uns unsere Lehrerin, Frau Lindberg, erklärt hat (ja, inzwischen haben wir Schule!). Zur Demokratie gehören politische Parteien, freie Wahlen, Grundrechte wie Meinungs- oder Pressefreiheit und die Gewaltenteilung (dabei geht es um die verschiedenen Aufgaben der Regierung, des Parlaments und der Gerichte, aber ganz verstanden habe ich das noch nicht). Immer wieder ist von Freiheit die Rede, aber wie sollen wir denn Demokratie lernen, wenn wir selbst unfrei sind? Und was heißt schon „freie Wahlen"? Es gibt zum Beispiel eine „demokratisch" gewählte Flüchtlingsverwaltung (die letztlich nur dazu da ist, die Befehle des dänischen Kommandanten umzusetzen, aber das nur am Rande), doch in dieser „frei" gewählten Verwaltung geben doch nur wieder die den Ton an, die das im Krieg schon getan haben – „Nazi-Bonzen", wie Eva meint, die das aber niemals laut sagen würde, weil sie die Rache der SS oder Gestapo fürchtet.*

*Mit dem Schriftleiter unserer Lagerzeitung, den „Deutschen Nachrichten", habe ich mich ein wenig angefreundet. Er heißt Herr Sellering und ist einige Jahre jünger als Papa. Eigentlich gehört er gar nicht hierher. Nach dem Reichstagsbrand, so erzählt er, sei er aus Deutschland geflohen, da er damals noch in der Kommunistischen Partei gewesen sei und die meisten seiner Genossen bald im Gefängnis saßen. Zunächst floh er nach Dänemark, später nach Schweden, weil man dort einigermaßen sicher war. Zwölf Jahre hat er in Schweden gelebt und wollte nach Ende des Kriegs über Dänemark eigentlich zurück nach Deutschland, genauer nach Potsdam, wo er geboren und aufgewachsen ist. Aber von der Grenze weg hätten ihn die Dänen hierher nach Klövermarken gebracht, denn er habe noch immer einen deutschen Paß.*

*Von Beruf her ist Herr Sellering Journalist, und da lag es wohl nahe, eine Lagerzeitung zu gründen. Der dänische Kommandant hat sich überzeugen lassen, will aber jeden Artikel vorher sehen, um Stimmungsmache gegen die Dänen und Propaganda ehemaliger Nazis zu unterbinden. Nachmittags darf ich Herrn Sellering ein wenig helfen. Ich erledige Botengänge für ihn und sortiere die vervielfältigten Seiten. Einmal durfte ich sogar eine kleine Meldung über unser Märchenspiel schreiben. Die hat Herr Sellering nur ein bißchen geändert, und dann ist sie tatsächlich in den „Deutschen Nachrichten" erschienen.*

*So vertreiben wir uns die Zeit: Morgens gehe ich in die Schule, wo uns Frau Lindberg außer Demokratie auch die politischen Verhältnisse erklärt und uns in Deutsch, Geschichte, Religion und Dänisch unterrichtet. Bei Herrn Professor Zeise haben wir Mathematik und Physik. Leider kann man ihn manchmal nur schwer verstehen, er ist schon sehr alt. Aber beide sind nett zu uns und haben noch nie jemanden geschlagen. Jeder Schüler hat eine eigene Schiefertafel und einen Griffel, die wenigen Fibeln müssen wir uns zu zweit oder dritt teilen. Vieles weiß ich schon, aber manches hatte ich auch vergessen.*

*Nach dem Unterricht und den Hausaufgaben müssen wir Älteren „mitanpacken", wie das die Erwachsenen nennen. Fegen, putzen, aufräumen, Botengänge, eben alles, was so anfällt. Das macht keiner gern. Nur um den Küchendienst reißen sich alle, denn in der Küche fällt immer etwas ab. Die normalen Rationen sind viel zu knapp, um wirklich satt zu werden.*

*(Warum ist das, was anfällt, schlecht, aber das, was abfällt, gut?)*

*Wenn alles erledigt ist, treffe ich mich manchmal mit einigen Mädchen aus der Schule, oder ich lese einen Roman (es gibt inzwischen auch eine Bücherei). Manchmal spiele ich Theater oder besuche Herrn Sellering, oder ich gehe zum Zaun und blicke hinaus und gebe mich meinen Träumereien hin. Manchmal nimmt mich Mama auch in die Nähstube mit, oder ich gehe ins Krankenlager, denn einen Verband wechseln kann ich ja gut. Langeweile kommt jedenfalls nie auf.*

*Trotzdem fühle ich mich oft sehr einsam. Ich vermisse Gisela und Ewald und Hans und Papa, aber am meisten vermisse ich Eli, weil ich weiß, daß sie nicht mehr wiederkommt. Dabei hätte ich ihr doch so gerne noch so viel erzählt.*

*(Ursprünglich auf Toilettenpapier geschrieben und am 16. April 1948 in dieses Heft übertragen.)*

*15. März 1946*

*Es schneit und schneit und schneit. Das ganze Lager liegt unter einer dicken, weißen Decke begraben. Da der Ofen zu klein und der Torf, mit dem wir heizen, meistens feucht ist, wird unsere Baracke nie richtig warm. Nach der Schule liege ich oft im Bett und lese. Letzte Woche war ich krank, da habe ich die ganze Zeit aus dem Fenster geblickt – die Kinder beobachtet, die zur Schule gingen, und die Frauen, die das Essen austrugen. Ab und zu schlurfte ein Greis an meinem Fenster vorbei, mit Schneehaube auf der Mütze. Ich glaube, die Alten, die langweilen sich am meisten, was sollen sie auch den lieben langen Tag anfangen?*

*Eva regt sich manchmal auf, weil viele Flüchtlinge ausschließlich im Damals leben, die Vergangenheit verherrlichen und kein Wort über das erlebte Leid verlieren – über die Millionen Toten und Kriegsversehrten, über die Angst, die wir die ganze Zeit hatten, über den Hass, den Hunger und die vielen Entbehrungen! Der Schnee, sagt sie, die weiße Decke, die sei in Wahrheit ein unfassbar großes Leichentuch. Nein, niemand dürfe die Vergangenheit verklären, vor allem nicht in Gegenwart von Kindern, denn denen gehöre die Zukunft.*

*Obschon ich Eva verstehe, möchte ich doch die, die ihre Verluste beklagen, nicht so hart verdammen. Auch ich denke oft an früher, vor allem an die Zeit vor dem Krieg, als es uns gut ging und wir alle beisammen waren – an unsere Wochenenden am Strand, unsere Ausflüge und unsere musikalischen Soireen. Selbst in den ersten Kriegsjahren waren wir glücklich, weil wir vom Krieg gar nichts mitbekommen haben, erst später. Und wenn wir gewußt hätten, was anderswo geschah? Man mag nicht glauben, was die SS im Osten an Grausamkeiten verübt haben soll, die Erschießungen und Vergasungen. Mama sagt, die Filme, die sie uns zeigen, seien gefälscht, so etwas würde kein deutscher Soldat tun, so etwas täten nur Verbrecher, aber die SS sei keine Verbrecherbande gewesen, sonst wäre ja auch Papa einer. Daß Papa in der SS war, habe ich gar nicht gewußt, nur daß er in der Partei war. Außerdem dürfe man die eigene Heimat vor dem Ausland nicht bloßstellen, sagt Mama, sondern müßte zu seinem Vaterland stehen. Schließlich sei nicht alles falsch gewesen, nur weil Deutschland den Krieg verloren habe – man denke nur an die Arbeitsplätze, das Ehestandsdarlehen und die KdF-Fahrten, auch die Kameradschaft damals, der Patriotismus und der Gemeinschaftsgeist, der Mut sowie die Treue und Hingabe seien Werte, auf die man sich auch in Gefangenschaft besinnen solle.*

*Manchmal weiß ich nicht, was ich glauben soll und was nicht. Zum Beispiel glaube ich nicht, daß unser Führer von den Gräueltaten gewußt hat. Herr Sellering dagegen behauptet, daß uns der Führer von Anfang an belogen und betrogen habe. Nur in einem habe er recht behalten, sagt Herr Sellering, als der Führer gesagt habe: „Gebt mir 10 Jahre Zeit und ihr werdet Deutschland nicht wiedererkennen!" Ich mag Herrn Sellering, aber ich mag nicht, wie er über unseren Führer spricht. Der hat doch auch viel Gutes getan oder nicht? Jeder hat Fehler.*

*Beim Werkunterricht, wo wir Holzschuhe und Strohmatten fertigen, ist ein Junge, der mich immer so ansieht. Johannes heißt der, so viel weiß ich, nur weiß ich nicht, wie ich reagieren soll, hingucken oder wegsehen? Direkt angesprochen hat er mich noch nicht, aber heute hat er mich angelächelt und ist dabei rot geworden.*

*(Ursprünglich auf Toilettenpapier geschrieben und am 16. April 1948 in dieses Heft übertragen.)*

*28. März 1946*

*Inzwischen dürfen wir auch Briefe schreiben, die allerdings auf 25 Worte begrenzt sind, was nicht allzu viel ist, wie man an diesem einen Satz sieht (der bis zur Klammer genau 25 Worte zählt). Die Briefe müssen in Blockschrift abgefaßt sein und dürfen sich nur auf Familienangelegenheiten beziehen, das wird von der Lagerleitung streng kontrolliert. Da ich nicht weiß, wem ich meine Familienangelegenheiten mitteilen könnte, laß ich es ganz und schreibe weiterhin nur mir selbst – auf Toilettenpapier oder Pappresten, denn Schreibpapier bekommen wir nicht.*

*Habe ich schon vom Theater erzählt? Gesa, eine frühere BdM-Führerin, hat eine Theater-Truppe gegründet. Wir studieren gleich zwei Märchenspiele ein, „Schneewittchen" und „Die zertanzten Schuhe", die wir spätestens im Sommer aufführen wollen. Ich spiele einen Zwerg und eine Köchin. Wir treffen uns zweimal pro Wo-*

*che, leider machen bislang nur Mädchen mit. Mama hatte mir sogar erlaubt, kürzlich an einem Musikabend teilzunehmen. Zum Glück wußte sie weder, daß wir dort Jazz hörten, noch, daß ich mit Johannes da war. Nicht daß du glaubst, ich hätte mich in ihn verliebt, das habe ich nicht. Aber Johannes ist nett, und ich kann mich mit ihm gut unterhalten. Einmal hat er versucht mich zu küssen, aber ich habe ihm gesagt, daß ich das nicht will, da ist er wieder rot geworden.*

*Was in der Welt jenseits des Zauns geschieht, können wir nur ahnen. Ausländische Zeitungen sind nicht zu haben und Rundfunkempfänger weiterhin verboten. So sind wir auf das angewiesen, was in der Lagerzeitung steht. Kein Wunder, daß die Gerüchteküche brodelt. Angeblich haben die Ost- und die Westmächte ihre diplomatischen Beziehungen abgebrochen, die Russen seien in die Türkei einmarschiert, die Schweden hätten Danzig besetzt, einige fürchten gar den Dritten Weltkrieg – den Atomkrieg. Was das bedeuten würde, läßt sich wohl erahnen, wenn man das Zeitungsfoto von Hiroshima sieht, das in Herrn Sellerings Büro hängt.*

*Wenn ich Herrn Sellering frage, was an diesem oder jenem Gerücht wahr sei, schüttelt er müde den Kopf. Sein Lieblingsspruch: „Das Gerücht, mein Fräulein, ist aller Klage Anfang." Und dann erzählt er mir im Flüsterton, was er von den Dänen oder Engländern, zu denen er eigenem Bekunden nach gute Verbindungen unterhält, erfährt, und das hört sich dann ganz anders an: Nicht daß es keine Konflikte zwischen den Sowjets und den Westmächten gäbe, aber weder Stalin noch Truman könnten es sich leisten, den gerade erst ausgehandelten Frieden zu gefährden, weshalb niemand irgendwo einmarschiere oder fremde Städte besetze. Eine Ausnahme stelle Palästina dar, wo die Juden gegen die Briten rebellierten, um ihren Traum von einem eigenen Staat zu verwirklichen. In Nürnberg werde gegen die deutschen Hauptkriegsverbrecher verhandelt: gegen Göring, Heß, Keitel, Ribbentrop, Kaltenbrunner, Frank, Streicher, Dönitz, Speer und die anderen „Speerspitzen" des*

*Großdeutschen Reichs, welche sich dem Prozeß nicht durch Flucht oder Selbstmord entzogen hätten. Bislang wisse man nur, daß sich die Angeklagten für nicht schuldig erklärt hätten, aber Reue habe von ihnen wohl auch niemand erwartet. Ab und zu zeigt mir Herr Sellering Briefe seiner Leser, die das Flüchtlingslager Klövermarken mit den KZs der Nazis vergleichen, die Kriegskunst des Führers loben und „unsere wohlerworbenen Kolonien" zurückfordern, „um den Lebensstandard der deutschen Herrenrasse dauerhaft zu sichern". Die meisten Deutschen, sagt Herr Sellering, hätten aus der Geschichte nicht das Geringste gelernt.*

*(Ursprünglich auf Toilettenpapier geschrieben und am 16. April 1948 in dieses Heft übertragen.)*

# 31

*5. Mai 1946*

*Hans und Ewald sind tot!*

*Wir haben die Mitteilung heute morgen vom Roten Kreuz erhalten. Beide seien im Kampf um Stalingrad gefallen, heißt es. Hans habe zuletzt in der 4. Panzerdivision gedient. Ewald sei Mitglied der 113. Infanterie-Division gewesen. Woher die Informationen stammen, bleibt ungewiß, aber Herr Kruschinski glaubt, daß das Rote Kreuz Aufzeichnungen der Wehrmacht auswertet und daß es deshalb so lange gedauert hat, bis wir Bescheid bekamen.*

*Mama war plötzlich verschwunden. Eva hat sie, nachdem wir im ganzen Lager nach ihr gesucht hatten, im Waschraum gefunden. Sie hatte sich ihre Beine aufgeritzt, ich habe das Blut selbst gesehen. Eva hat ihre Wunden versorgt. Seither ist Mama erstarrt. Sie sieht uns nicht, hört uns nicht und spricht nicht mehr. Wahrscheinlich habe sie einen Schock, sagt Eva, und benötige Hilfe, aber der Arzt wird erst morgen früh wieder ins Lager kommen, bis dahin lassen wir sie keine Sekunde aus den Augen.*

*Seltsam, aber ich habe schon seit Wochen gewußt, daß Hans und Ewald nicht mehr sind. Mir war, als ob sie mir eine Botschaft gesandt hätten, in der sie mich baten, tapfer zu sein und mich um Mama zu kümmern. Die Lebenden, sagte Ewald, müßten tapferer sein als die Toten, denn die hätten ihren Kampf endlich hinter sich.*

*Jetzt bin ich allein, das einzige von vier Kindern, das den Krieg überlebt hat, ohne Vater und Mutter. Wenn Eva nicht wäre und Herr Sellering, die sich beide sehr um mich kümmern, ich wüßte nicht, was ich auf dieser Welt noch verloren hätte. Am Sinn unseres Daseins zweifele ich schon lange und auch daran, daß es Gott gibt, den Gott, den ich mir früher immer vorgestellt habe, denn der hätte so etwas nie zugelassen.*

*Herr Sellering sagt, daß General Paulus, der Oberbefehlshaber der 6. Armee, am 8. Januar 1943 ein Kapitulationsangebot der*

*Russen abgelehnt habe, obwohl die Lage aussichtslos gewesen sei. Ich habe ihn gefragt, ob man ihn dafür nicht zur Rechenschaft ziehen könne, und Herr Sellering meinte, der General sei erst kürzlich vor dem Nürnberger Kriegsverbrecher-Prozeß gehört worden, allerdings nicht als Angeklagter, sondern als Zeuge. Angeblich hat er auf Befehl des Führers gehandelt. Einen anderen Befehl Hitlers, gibt Herr Sellering zu bedenken, habe der General dagegen verweigert – nämlich ehrenvoll aus dem Leben zu scheiden, statt sich dem Feind zu ergeben. Aber das sei wohl eine andere Geschichte.*

*Auf den Wegen vor unserer Baracke spielen die Jungen Krieg, ducken sich vor den Angriffen der Flieger und sinken getroffen zu Boden. Am liebsten würde ich hinausrennen und jeden von ihnen schütteln: Wißt Ihr denn nicht, was Ihr hier macht? Meine Brüder sind bei einem solchen „Spiel" gefallen, sie sind den „Heldentod" gestorben. Hört bloß auf damit, spielt ein anderes Spiel, spielt Frieden.*

*Auch in Berlin, sagt Herr Sellering, soll der Führer, da der Krieg schon längst entschieden und die endgültige Kapitulation unmittelbar bevorstand, den Befehl zum Durchhalten, zum Kampf bis auf den letzten Mann gegeben haben, um den Feinden nichts zu hinterlassen als verbrannte Erde. Hunderte von Deserteuren seien in den letzten Kriegstagen hingerichtet worden, zehntausende von Soldaten im aussichtslosen Kampf gefallen. Wenn das stimmt, dann wären nicht nur die Generäle verantwortlich, wie Mama immer behauptet, dann träfe auch den Führer Schuld, dann hätte auch er auf die Anklagebank von Nürnberg gehört, noch vor Heß oder Göring.*

*Ach ja, etwas Gutes hat es auch gegeben seit meinem letzten Eintrag: Ein paar Mal durfte ich in den vergangenen Wochen das Lager verlassen, weil wir unsere Märchenstücke in anderen Lagern aufführen konnten. Daß es davon hunderte gibt, wußte ich nicht, angeblich leben noch immer über 200.000 deutsche Flüchtlinge in Dänemark. Die Busfahrten, die nie länger als eine Stunde dauer-*

*ten, waren wie Ausflüge in eine Märchenwelt. Wir konnten kaum glauben, daß das Leben anderswo so normal verläuft, Menschen durch die Städte flanieren, Pferdegespanne, Autos und Fahrräder über die Straßen fahren, Fischhändler in den Häfen ihre Flundern anpreisen und Bauern am Wegesrand ihr Gemüse verkaufen. Einmal hat uns ein alter Mann sogar zugewunken, da hätte ich fast geweint.*

*(Ursprünglich auf einem alten Umschlag geschrieben und am 17. April 1948 in dieses Heft übertragen.)*

*7. Juli 1946*

*Mein zweiter Geburtstag in Dänemark, mein erster hinter Stacheldraht. Eva ist mit mir heute morgen in aller Herrgottsfrühe zur Kleiderkammer gegangen, wo ich mir ein neues Kleid aussuchen durfte, und danach zum Friseursalon, wo mir die Haare in Form geschnitten und frisiert wurden, damit ich an meinem Ehrentag gut aussehe. Mit 16 bin ich nun beinahe erwachsen, aber das bringt mir keine Vorteile, im Gegenteil. Jetzt werde ich wohl auch noch für Dienste eingeteilt, die ich vorher nicht erledigen mußte.*

*Na ja, lange wird es hoffentlich nicht mehr dauern, bis wir heimkehren dürfen, wenngleich ich mich frage, was das überhaupt bedeutet, heimkehren zu dürfen? Nach Elbing dürfen wir nicht mehr zurück, wie uns eine Mitarbeiterin des Roten Kreuzes versichert hat, Elbing gehöre nun, wie halb Ostpreußen, zu Polen, die andere Hälfte habe sich Rußland einverleibt. Polen und Russen aber hassen uns Deutsche. Bis die gröbsten Wunden verheilt seien, glaubt auch Herr Sellering, müßten wir den Gebieten jenseits der Oder-Neiße-Linie wohl fernbleiben.*

*So erträumen wir uns unsere Heimat, jeder auf seine Weise. Manche halten sich Katzen, die im Lager herumstreunen, andere bepflanzen ihr eigenes Beet. Eine Mitbewohnerin aus unserer Baracke hat von ihrer Freundin eine Karte aus Übersee bekommen, die hat sie überall herumgezeigt. Dabei konnte sie gar nicht aufhören zu lachen, weil Übersee gar nicht Amerika ist, wie alle glaubten, sondern ein kleiner Ort in Bayern.*

*Wohin es uns einmal verschlagen wird, steht in den Sternen. Derzeit werden vor allem Flüchtlinge, die für die Wehrmacht tätig gewesen sind, also Angehörige des Volkssturms, aber auch Lazaretthelferinnen repatriiert, vor allem in die britische Besatzungszone. Eva steht auf der Liste, aber da noch unsicher ist, ob auch ihr Mann mitreisen darf, will sie erst einmal abwarten. So sehr ich mich für sie freue, daß sich unser Gefängnis bald für sie öffnen soll, so traurig werde ich doch sein, wenn es soweit ist, denn außer ihr und Herrn Sellering habe ich hier niemanden zum Reden. Mama ist noch immer stumm, auch die Medikamente, die sie mittlerweile von einer dänischen Ärztin erhält, scheinen ihr nicht zu helfen. Ich habe Angst, daß sie sich etwas antun könnte, einmal hat sie es ja schon versucht.*

*Herr Sellering sagt, die Russen hätten angeboten, die Hälfte der in Dänemark weilenden Flüchtlinge in ihrer Besatzungszone aufzunehmen, aber nur unter der Bedingung, daß die andere Hälfte in den westlichen Zonen Unterkunft finde. Angeblich verhandelt die dänische Regierung darüber mit den USA und England und Frankreich, Herr Sellering glaubt aber nicht, daß die Westmächte dem Vorschlag zustimmen werden.*

*Mittlerweile stehe ich selbst oft am Zaun, um hinaus in die Heidelandschaft zu sehen oder aufs offene Meer. Ab und an kann ich am Horizont ein Schiff erkennen, das jedoch meist schnell wieder verschwindet – eine Fata Morgana, ebenso wie die Möwen, die über mir kreisen und deren Schreie mich an das Glück meiner Kindheit erinnern, plötzlich fort sind und ich mich frage, ob ich ihren weißen Flügelschlag vor dem dunklen Blau des Himmels wirklich gesehen oder mir nur eingebildet habe. Wie sehr sehne ich mich doch nach den grünen Wiesen, den wogenden Feldern und den wandernden Dünen der Heimat! Jetzt bin ich 16 und habe das*

*Gefühl, daß mir meine Kindheit auf unserer Flucht abhanden gekommen ist. Wie gern würde ich mit den Möwen fortfliegen und all das Elend hier hinter mir lassen – den Stacheldraht und die Wachtürme, die Monotonie und die Trauer um die Toten.*

*Herr Sellering hat mir ein Buch geschenkt, „Siddhartha" von Hermann Hesse, ein Buch über einen jungen Mann auf der Suche nach sich selbst. Ob ich mich darin finde?*

*(Ursprünglich auf einem Stück Pappe geschrieben und am 17. April 1948 in dieses Heft übertragen.)*

*Den folgenden Brief, ein Andenken meiner Freundin Gisela zu meinem 16. Geburtstag, habe ich am 29. September 1946 erhalten. Fast drei Monate hat es gedauert, bis das Rote Kreuz Giselas Suchantrag bearbeitet und mich im Lager Klövermarken ausfindig gemacht hat. Ich habe ihn aufbewahrt und nun eingeklebt, weil der Tag, an dem ich ihn erhielt, einer der schönsten Tage in dänischer Gefangenschaft war:*

Liebe Eleni,

wie oft schon hab ich mir vorgenommen, dir ein Lebenszeichen zu senden, und es dann doch nicht getan, weil so ins Blaue, das wollt ich dann nicht, aber heut, heut schreib ich dir, Geburtstagskind, und schick dir die allerherzlichsten Glückwünsche!

Mutti und ich sind in Berlin gelandet, ausgerechnet, du müßtest sehen, was vom tausendjährigen Reich noch übrig ist! Ich kann dir sagen, unsere Hauptstadt ist ein einziger Steinhaufen. Unsere schönen Häuser, ach! Ruinen, wohin du siehst. Die herrlichen Villenviertel liegen in Schutt und Asche. Am unheimlichsten sind die blanken Fassaden, vor allem nachts, wenn du in den Fenstern die Sterne funkeln siehst. Viele Straßen sind noch immer unpassierbar, zu Fuß kommst du da am besten durch. Jeder Ausflug ist ein Abenteuer. Zum Glück haben sie die Hauptbrücken wieder instand gesetzt, so gelangen wir auch in die Randbezirke, wo oft noch was zu holen ist, aber davon später.

Werkzeuge gibt es nicht, geschweige denn Maschinen. Was tun wir? In die Hände spucken und graben. Mit „wir“ mein ich vor allem uns Frauen, denn unsere Männer wurden irgendwo verscharrt oder warten in irgendwelchen Lagern auf den Tag, an dem sie endlich in die Heimat zurückkehren dürfen. Den ganzen lieben langen Tag klopf ich also Steine, acht oder neun Stunden, manchmal zehn, ob‘s regnet oder schneit, ob uns die Sonne den Pelz verbrennt oder der Wind uns den Staub ins Gesicht pustet. Immer noch besser als seinerzeit, weißt du noch, Mutter Gottes, so viele Tote, das reicht für mein ganzes Leben!

Mutti und ich haben ständig Hunger. Zugeteilt werden uns 500 Gramm Brot, zwei Kekse zum Mittagsbrot oder 60 Gramm Grütze. Wenn es mal Wurst gibt, was selten genug vorkommt, stopfen wir uns die gleich zwischen die Kiemen. Und Fett? Für zehn Tage Arbeit kriegst du 150 Gramm Margarine, zum Leben zu wenig, zum Sterben zu viel.

Wer mehr will, muß sich das organisieren. Nur wie? Mein Arbeitslohn beträgt 72 Pfennige pro Stunde, bei 48 Wochenstunden also 35 Mark. Ein Schwarzbrot kostet auf dem Schwarzmarkt 80 Mark, ein Zentner Kartoffeln 40 bis 50, das Pfund Roggenmehl 30 Mark, von Butter und Speck und Fleisch ganz zu schweigen. Wer keine Beziehungen hat (oder versteckte Juwelen) und selbst keine Geschäfte betreibt, der verreckt. Viele Frauen suchen sich einen Freund in Uniform. Hübsch musst du nicht sein. Nur willig. Da fallen dann auch mal ein paar Zigaretten ab, die du auf dem Schwarzmarkt verkaufen kannst, das Stück für 10 Mark. 10 Mark! Dafür arbeite ich zwölf Stunden! Kannst dir also denken, wie groß die Versuchung ist.

Wir leben in einem halbzerbombten Haus in Wilmersdorf, zu zehnt in einem Raum. Seit unserer Flucht trage ich dieselben Kleider, die Mutti einmal die Woche (ohne Seife oder Seifenpulver) in einem vollgelaufenen Bombenkrater wäscht, während ich nackt im Bett liege und darauf warte, bis alles wieder trocken ist. Umgekehrt dasselbe, denn auch Mutti hat nicht mehr als das, was sie am Leib trägt. Ständig hab ich den Gestank in der Nase, wahrscheinlich weil ich selbst so stinke. O Eleni, selbst du könntest mich nicht mehr riechen!

Wie es aussieht, müssen wir uns hier auf Dauer einrichten, denn keiner macht uns Hoffnung, daß wir jemals in die Heimat zurückkehren dürfen. Also versuchen wir, das Beste daraus zu machen. Auf keinen Fall will ich so enden wie die, die sich tagsüber in den Trümmern verstecken, um den Behörden zu entgehen, die den Dritten Weltkrieg herbeisehnen, weil dann alles aus ist, so haben die sich das gedacht.

O liebe Eleni!

Wie sehr sehne ich mich nach unseren gemeinsamen Spaziergängen, unseren Träumereien, unseren Worterfindungen, unseren Treueschwurbeleien. Vor dem Einschlafen denk ich oft an dich und daran, daß uns beiden die Zukunft gehört. Erinnerst du dich, worüber wir zuletzt gesprochen haben? Genau! Und jetzt ist alles so nah, du wirst sehen, schon bald wird man auch uns Frauen zuhören, schon bald dürfen auch wir über das Wohl unseres Volkes entscheiden! Ich werd so schnell wie möglich mein Abitur nachholen und dann studieren – machst du mit? Das wär mein Traum! Und träumen sollen wir doch, was wird denn sonst aus uns?

Ich drück dich ganz fest, meine liebe Eleni,
Deine Gisela

*Nachtrag:*

*Im Vergleich zu Gisela ging es uns im Lager Klövermarken gar nicht so schlecht. Wir erhielten pro Tag immerhin 350 Gramm Schwarzbrot, 125 Gramm Weißbrot, 25 Gramm Käse, 20 Gramm Margarine oder Fett, 20 Gramm Wurst oder Fleischbelag, 15*

*Gramm Zucker. Dazu einen dreiviertel Liter Eintopf und an Sonntagen Fleisch, Kartoffeln und Frischgemüse.*

*2. Mai 1947*

*Oh Wunder, bald werden auch wir diese traurige Heimstatt verlassen! Wahrscheinlich mit dem allerletzten Zug, da wir weder Haus noch Verwandte in Deutschland noch eine Zuzugsgenehmigung haben. Wir haben nur uns. Was mit Papa ist, wissen wir nicht und werden es vielleicht nie wissen. Manchmal glaube ich, daß er längst tot ist und wie Hans und Ewald in der russischen Erde verscharrt wurde. Oh dieser Krieg, wie viel Leid hat er über uns gebracht! Und für was? In Deutschland sterben die Menschen wie die Fliegen, erzählt Gisela, weil der Winter grimmig gewesen und die Versorgung mit Lebensmitteln überaus karg sei. Wie die Raben würden die Leute klauen, jeder denke nur noch an sich, die Moral sei dahin. Apropos: Inzwischen sind die Urteile von Nürnberg gefällt und vollstreckt, nur Göring konnte sich seiner Strafe durch Freitod entziehen. Herr Sellering sagt, daß die meisten Nazi-Verbrecher weiter auf freiem Fuß seien und wohl schon bald wieder einflußreiche Pöstchen bekleiden. Ich hoffe, daß er wenigstens in diesem Punkt falsch liegt.*

*(Ursprünglich auf der Rückseite eines Briefumschlags geschrieben und am 17. April 1948 in dieses Heft übertragen.)*

*27. Oktober 1947*

*Farvel Danmark, Velkommen Tyskland!*

*Heute Nachmittag werden wir mit dem Bus ins Durchgangslager Kolding gebracht (eine halbe Tagesreise von hier), später dann mit dem Zug nach Süddeutschland. Die Franzosen hatten ein Einsehen und werden uns – mit 10.000 anderen Flüchtlingen, die in Deutschland keine Bleibe haben – in ihrer Besatzungszone aufnehmen. Dort wollen sie uns bei Einheimischen einquartieren, hoffentlich gibt das keinen Zank.*

*Gestern haben sie uns (als Einstimmung?) einen Film gezeigt: „Die Mörder sind unter uns". Angeblich der erste Spielfilm, der nach Kriegsende von einem deutschen Regisseur in Deutschland gedreht worden ist. Ich mußte die ganze Zeit an Gisela denken, weil der Film in Berlin spielt und weil ihre Beschreibungen alle zutreffen: Berlin ist ein einziges Trümmerfeld, manche Zuschauer haben geweint. Und dann die Geschichte – als ob Herrn Sellerings düsterste Prophezeiungen Wirklichkeit geworden wären! Ein ehemaliger Hauptmann, der an einem Weihnachtsabend im Krieg mehr als 100 polnische Zivilisten erschießen läßt und nur wenige Monate nach Kriegsende ein angesehener Fabrikant (Töpfe aus Stahlhelmen!) ist, während die kleinen Leute, die schon unter den Nazis zu leiden hatten, weiter leiden. Den Schluß fand ich stark: Wenn der Gute den Bösen nämlich einfach erschossen hätte, wäre er nicht besser gewesen als der. Auch die schöne Hauptdarstellerin hat mir gefallen.*

*Am Vormittag bin ich ein letztes Mal auf den Sehnsuchtshügel geklettert, um mich vom Kleefeld zu verabschieden, vom Meer und den Möwen, vom tiefhängenden Himmel, aber auch von unseren schwarz uniformierten Bewachern, die im Laufe der Jahre sogar zu lächeln gelernt haben.*

*Eben bin ich bei Herrn Sellering gewesen, um auch ihm Lebewohl zu sagen. Er will bis zur Auflösung des Lagers hier ausharren (obwohl er schon längst hätte gehen können), um den wenigen verbliebenen Flüchtlingen weiterhin seine „Deutschen Nachrichten" zu kredenzen. Ich werde ihn vermissen. Seitdem die Kruschinskis fort sind, ist er der einzige Freund, den ich in Klövermarken habe.*

*(Ursprünglich auf zwei Notizblättern von Herrn Sellering notiert und am 17. April 1948 in dieses Heft übertragen.)*

# 32

Mein Computer hat den Geist aufgegeben", begrüßt mich Frau Müller. Sie sitzt allein im Rund, ihr eines Auge ist geschwollen, die Haut drum herum changiert von blaurotviolett ins grüngelb. „Ausgerutscht", erklärt sie, „mit dem Kopf aufs Becken, bumm!" Dabei knallt sie mit der flachen Hand auf den Tisch. „Alles verwischt. Meine Augen sind eh nicht die besten, und dann noch das Weiß überall, wie in der Irrenanstalt. Hältst du im Kopp nich aus. Aber nu is Schluss!"

„Schluss?", frage ich alarmiert.

„Schluss. Weil nämlich die Frau Weiland, die Arme, letzte Woche, von einem Tag auf den anderen gestorben ist. Jetzt wart ich nur noch, bis die da aufgeräumt haben, dann lass ich mir das alles neu streichen, auf jede Wand eine andere Farbe. Und die Vorhänge grün."

„Darüber müssen wir aber noch mal reden, Frau Müller, gell?"

In der Tür steht eine Schwester im weißen Kittel, klein, dick, rotwangig und auf eine verdrossene Weise gutmütig. Sie nickt mir freundlich zu, während Clemens Clemens, den sie hergebracht hat, traurig den Mund verzieht.

„Darüber müssen wir nicht mehr reden", trotzt Frau Müller und verschränkt ihre Arme.

„Müssen tun wir gar nichts", erwidert die Schwester, „aber können dürfen sollten wir schon." Sie führt Herrn Clemens zu seinem Platz und tätschelt im Vorübergehen Frau Müllers Arm. „Seien Sie doch nicht so, ich will Ihnen doch nichts!"

Kurz darauf sind wir wieder allein.

„Hältst du im Kopp nich aus!", murmelt Frau Müller.

„Da ist nichts zu machen", bemerkt Clemens Clemens.

„Ich finde", sage ich, „dass wir Ihrem Problem auf den Grund gehen sollten, was meinen Sie?"

Frau Müller sieht mich an wie einst Sankt Patrick, als ich ihm von meinem Studienfach erzählt habe. „Auf den Grund? Welches Problem?"

„Ihr Computer."

„Was ist denn mit meinem Computer?"

„Sagten Sie nicht, er habe den Geist aufgegeben?"

„Den Geist, jaja."

Ich krieche unter den Tisch, überprüfe Stecker und Anschlüsse, tauche wieder auf und drücke auf Verdacht den Startbutton.

„Ha!" Frau Müller klatscht wieder mit ihrer flachen Hand auf den Tisch. „Von wegen Probleme!"

Wenig später gesellen sich Frau Ferenczy und Frau Anderson zu uns. Elena Morgenstern kommt als letzte. „Entschuldigen Sie", sagt sie und schüttelt mir die Hand, „ich hatte mich nur noch einmal hingelegt und wusch, war ich weg."

Verschlafen sieht sie nicht aus. Ihre fein aufeinander abgestimmte Garderobe (Blazer, Rock und Bluse, Schal und Pumps, schwarzschwarzweißschwarzschwarz), ihr akkurat frisierter, das aristokratische Antlitz betonender Bob und ihr dezentes, gleichwohl sorgsam aufgetragenes Make-up – all das benötigt Zeit. Während ich anfange, über Werbemails und Spamfilter zu referieren, gibt mir ihr hintersinniges Lächeln zu verstehen, dass ihr die erste Begegnung mit Uli tatsächlich am Herzen liegt.

„Schwarz steht Ihnen ausgesprochen gut", vertraut sie mir nach Ende unserer Stunde an. Clemens Clemens pflichtet ihr stumm nickend bei. „Schwarz", fügt sie hinzu, „betont die Schönheit Ihrer Augen."

Zu diesem Anzug hat mich Uli genötigt, das sei ich unserer Gastgeberin schuldig, auch sie werde *très chic* zu unserer *ménage à trois* erscheinen, „du wirst nischt trauen deine Augen, mon fou".

„Sie selbst haben ein Faible für Schwarz, nicht wahr?", erwidere ich, um irgendetwas zu sagen.

„Oh ja!" Sie streicht mit ihren schmalen Fingern über den Stoff ihres Blazers. „Schwarz und weiß. Seraphin mochte die unbunten Farben ebenso wie ich. Wenn ich mich an ihn erinnere, sehe ich ihn wie auf alten Fotografien."

Jullers Dress ist weißschwarz, die Trikots aller deutschen Weltmeister, ein Bekenntnis zur Tristesse, wie *Ma* findet, die nicht verstehen mag, dass sich die berühmtesten Botschafter unserer Nation durchweg in *Trauerfarben* hüllen.

Elena nimmt meinen Arm, Herr Clemens wünscht uns einen schönen Tag. Sonnenlicht benetzt den Flur wie feiner Sprühnebel. Als wir um die Ecke biegen, kommt uns der König entgegen, am Arm einer fremden Königin, deren reife Schönheit sich in seiner stolzen Haltung spiegelt. Seine Wangen glühen, ausnahmsweise ist er rasiert.

„Seine Frau?", frage ich leise, als die beiden vorüber sind.

Elena lacht hell auf. „I wo! Die Dame ist eine offiziell bestellte Masseuse. Wobei man wissen sollte, dass sie nur männliche Heimbewohner massiert, je nach Bedarf ein- bis zweimal im Monat. Ihr Service soll nicht ganz billig sein, heißt es, kommt aber letztlich auch uns zugute."

„So?"

„Nach dem Besuch dieser Dame lassen sie uns eine Weile in Ruhe."

Uli wartet im Foyer. Sie trägt ihr Sommerkleid und weiße Slingpumps, ich verstehe ihren Plan.

„Wie schön, Sie endlich kennenzulernen", sagt Elena und nimmt die Hand, die ihr Uli reicht, in beide Hände.

„Ich freue mich auch", antwortet Uli. „Lionel redet ständig von Ihnen."

„Tatsächlich?"

Wir nehmen Elena in die Mitte und spazieren los. Uli schlägt vor, mit der U-Bahn zu fahren, aber Elena möchte lieber laufen.

„Ist das nicht ein herrliches Wetter!“, ruft sie. „Kaiserwetter, so sagt man doch, nicht wahr? Genau so hab ich es für heute bestellt.“

Tatsächlich scheint die Sonne schon seit dem frühen Morgen. Dabei streicht ein steter Wind durch die Stadt, der die Luft klart und die Konturen der Häuser und Bäume in den tiefblauen Himmel graviert. In den Gärten hinter den Hecken singen Vögel, aus einem offenen Fenster dringen Kinderstimmen an unser Ohr.

Vor einem hohen, schmiedeeisernen Gitter mit goldenen Spitzen bleibt Elena stehen. Dahinter erstreckt sich ein parkähnlicher Garten mit sattgrünem Rasen, farbenprächtigen Rabatten und einer wuchtigen Sommerlinde, deren süßer Duft die Luft erfüllt.

„Wie schön Sie aussehen!“ Elena nimmt Ulis Hand. „Wie die Prinzessin im Märchen.“

Uli lacht verlegen.

Da sich Elena mir zuwendet, trübt ein eigenartiger Ernst ihren eben noch heiteren Blick. „Geben Sie gut auf Ihre Freundin acht, Lionel. Die Liebe ist ein Kind der Freiheit, aber die Freiheit nicht notwendigerweise die Mutter des Glücks.“

Schweigend setzen wir unseren Weg fort. Ich fange Ulis Blick auf, die sich möglicherweise fragt, ob Elena und ich ein Geheimnis hüten. Ich rolle die Augen, sie runzelt die Stirn, während sich wenige Schritte vor uns lautlos das Tor einer Garage öffnet. Ein Mercedes tastet sich aus der Einfahrt, hinterm Lenkrad eine Frau im Deutschland-Trikot.

Juller war 19, als er sein Debüt in der Nationalmannschaft gab. Sieben Einsätze, sechs Niederlagen, zwei davon gegen Ungarn. Eines beispiellosen Spiels wegen lebt seine Legende fort. Die vier Tore in Zwolle, seine einzigen im schwarz-weißen Dress, ob er sie in meinem Trikot erzielt hat? Das muss ich sie fragen.

Uli und Elena sind weitergegangen, im Gespräch vertieft. Plötzlich bleibt Elena stehen. „Ein Zentrum für Frauenstudien?", sagt sie. „Das finde ich interessant. Und ich dachte, der Feminismus habe sich längst überholt."

„Nicht solange die Chefetage Männerdomäne bleibt", antwortet Uli, „und wir weniger Geld verdienen, bei gleicher Arbeit und höherer Qualifikation. Allerdings geht es in meiner Arbeit weniger um Feminismus als um Genderkonstruktionen."

„Genderkonstruktionen?" Elena hakt sich bei ihr ein. „Wie spannend. Erzählen Sie mir davon."

Später sitzen wir auf der Sommerterrasse des Olimpio. Platanen beschatten unseren Tisch. Elena probiert das Orangeneis, die Spezialität der Saison, während sich Uli und ich einen Freundschaftsbecher teilen.

„Ich habe mich erkundigt", sagt Elena und sieht dabei nicht mich, sondern Uli an, „was die marktüblichen Honorare für Lektoratsarbeiten betrifft." Sie legt eine Hand auf den Tisch, den Ring mit den Schmetterlingssteinen sehe ich zum ersten Mal. „Wären Sie mit 50 Euro pro Seite einverstanden? Sie müssen nicht gleich antworten, Sie können sich mein Angebot daheim in Ruhe überlegen."

Mit meiner Dissertation, überschlage ich, käme ich auf 13.000 Euro, ohne Anmerkungen. Ulis Hand schiebt sich auf meinen Oberschenkel, sie ist einverstanden, also schlage ich ein.

„Darauf sollten wir anstoßen", sagt Elena, „meinen Sie nicht?"

Und dann erzählt sie das erste Mal von Seraphin, der Liebe ihres Lebens. Wie seine Stimme zum ersten Mal in ihr Ohr drang und sein Blick in ihr Herz. Wie sie sich fanden und verloren, sich wieder fanden und wieder verloren, er den Tod wählte und das Leben sie. Wie man sie lehrte, dass ein Mensch, der stirbt, mitunter wiederaufersteht und in den Erinnerungen anderer, selbst Fremder fortlebt.

Als wir Elena Stunden später heimbringen, spazieren wir geradewegs auf die tief stehende Sonne zu und ziehen unsere Schatten wie lange Schleppen hinter uns her.

# 33

Am 27. Oktober 1947, einem düsteren, nasskalten Montagnachmittag, steigen Elena Harwardt und ihre Mutter am Kopenhagener Hauptbahnhof in einen Sonderzug nach Kolding. Tief in der Nacht treffen sie in der kleinen Hafenstadt ein. In langen Kolonnen wandern sie zum Durchgangslager, wo sie zunächst entlaust werden, bevor sie heißen Tee und eine Milchsuppe bekommen. Das Zimmer, das man ihnen zuweist, ist hell und freundlich, die Bettdecken duften wie frisch gewaschen, die Toiletten und Waschräume wirken rein, es gibt sogar warmes Wasser.

Als Elena am nächsten Morgen aufwacht, fühlt sie sich zum ersten Mal seit Monaten frisch und ausgeruht. Nach dem Frühstück erkundet sie das Lager. Es regnet, der Lehmboden ist aufgeweicht. Einmal bleibt ihr Fuß stecken, da muss sie lachen und kann nicht mehr aufhören, sie lebt und hat wieder eine Zukunft.

Eine Lautsprecherstimme teilt den Neuankömmlingen mit, dass sie sich am Nachmittag in der Kommandantur registrieren lassen müssen, wobei eine Revision erfolge, zu der sie sämtliche Gepäckstücke mitzubringen hätten. Sie horcht auf. Eine eigenartige Stimme ist das, rau und zart, eine junge Stimme, die Elenas Herz rührt, da sie den Schmerz der Eltern mit der Hoffnung der Kinder vereint.

Vier Tage verbringen Elena und ihre Mutter im Lager Tvedvej. Sie lassen sich registrieren, ihr Gepäck kontrollieren und harren geduldig aus, bis all ihre Angaben überprüft, ihre Identität bestätigt und ihre Ausweise gedruckt sind.

Vier Tage lauscht Elena der melancholischen Stimme, die durch die Gassen der Lagerstraße weht, bis sie ihr, nur wenige Stunden vor ihrer Abreise, endlich nachgeht. Hinter einer Scheibe entdeckt sie ein Gesicht, das tatsächlich zu der Stimme passt. Ein Antlitz, das sie längst zu kennen glaubt. Mit scharfen

Gesichtszügen, bernsteinfarbenen Augen, einem sinnlichen Mund und lockigem, kaum zu bändigendem schwarzem Haar. Ein Gesicht, dessen Jugend sie zwar erahnt, in das sich jedoch schon tiefe Falten gekerbt haben und auf dem ein Schatten liegt. Ein Bartschatten, wie sie da noch glaubt, dabei ist es ganz egal, wie oft sich der Mann jenseits der Scheibe rasiert, der Schatten auf seinem Gesicht wird bleiben, aber das wird Elena erst später erfahren.

Leise klopft sie ans Glas. Zögernd wendet sich das Gesicht ihr zu. Erschrocken, beinahe fassungslos blickt es sie an. Bis seine Verwirrung mit einem Mal einer staunenden Heiterkeit weicht. Minutenlang sehen sie einander an, während die Lautsprecherstimme weiterspricht, als gehöre sie jemand anderem. Schließlich schaltet der Mann hinter der Scheibe das Mikrofon ab und winkt sie herein. Ob sie ihm ihren Namen verrate, fragt er und löst seinen Blick nicht einen Moment von ihren Augen.

„Elena?"

So wie er ihren Namen ausspricht, betastet er ihn wie ein Geschenk.

„Elena", wiederholt er.

Und noch einmal: „Elena."

Dann schweigen sie. Blicke fließen ineinander. Bernsteinfarben, Gletschereisblau. Elena empfindet eine nie da gewesene Ruhe. Die Angst, die Trauer, den Schmerz – alles lässt sie los, taucht ein, treibt fort, fühlt ihr Dasein, das Leben. Fühlt sich, möglicherweise zum ersten Mal überhaupt, eins mit der Welt. Wie ernst er sie ansieht! Wie traurig und glücklich. Wie sanft. Als ob er sein Leben lang nach ihr gesucht und sie ausgerechnet hier, in diesem Lager, gefunden habe.

Als es Zeit wird, berührt sie seine Wange, gleiten seine Finger durch ihr Haar. Stumm gehen sie auseinander. Noch während er ihr nachsieht, zeichnet er ihre Augen auf die Rückseite irgendeiner Verlautbarung der Kommandantur. Um die Zeit anzuhalten. Um ihre Gegenwart in ihrer Abwesenheit fortzusetzen. Um Gott ein Schnippchen zu schlagen, wie er ihr später verrät. Um ihr nah zu bleiben. Um sie ansehen zu dürfen, wann immer ihm danach ist.

# 34

„Wenn sie wüsste."

„Woher willst du wissen, dass sie es nicht weiß?"

„Woher sollte sie das wissen?"

„Vielleicht hat sie gegoogelt." Uli lacht. „Hast du ihr doch beigebracht, oder nicht?" Sie springt aus dem Bett. „Prosecco?"

Ihre nackten Sohlen auf dem Parkett. Der helle Klang der Gläser. Schaum quillt über den Rand.

„Lass uns anstoßen: Auf Elena und Seraphin!"

„Auf Elena und Seraphin!"

„Und?"

„Was?"

„Sagst du es ihr?"

„Dass ich tatsächlich der Erwählte bin? Das weiß sie doch längst!"

Eingewoben in die Erinnerung an ihre glücklichste Zeit, hat uns Elena eine Geschichte erzählt, die das WM-Halbfinale ‚54 gegen Österreich seltsam verklärt. Ein Spiel voller Zahlen, Zeichen und Symbole, die die Wendepunkte ihres eigenen Lebens markieren: Schäfers 1:0 in der 33. Minute (Machtergreifung Hitlers), der Halbzeitpfiff in der 45. (Kriegsende), das 2:0 von Morlock in der 47. (Elenas erste Begegnung mit Seraphin), der Anschlusstreffer zum 2:1 in der 51. (Uraufführung der „Sünderin" mit Elenas Idol Hildegard Knef), Fritz Walters Elfmeter in der 57. (Verabschiedung des IG-Farben-Entschädigungs-Gesetzes), Ottmar Walters 4:1 in der 61. (Tod von Elenas Vater), Fritz Walters zweiter Elfmeter zum 5:1 in der 65. (Urteile im Frankfurter Auschwitz-Prozess), das 6:1 von Ottmar Walter in der 89. Minute (Mauerfall) und der Abpfiff in der 90. Minute (Wiedervereinigung und dritter WM-Titel).

Sie steckt sich eine Zigarette an, die dritte an diesem Nachmittag, und sieht, während sie weiterspricht, an uns vorbei, als deute sie das, was noch zu sagen bleibt, aus dem Sud der aufziehenden Wolken.

„Wird man mit den Jahren wunderlich? Möglich, zumal wenn man sein halbes Leben allein bleibt. Früher hätte ich gesagt, das Leben ist das, was man daraus macht – Punkt! Aber da lag mein Leben auch noch vor mir, da habe ich mir mein Leben in unzähligen Nächten erträumt. Die Knef hat es dann später für mich erinnert, mit ihrer unmöglichen Stimme und ihrem wunderbar melancholischen Lied. *Mit 16 sagte ich still. Ich will, will alles oder nichts.* Nur beim Ende war sie mir voraus. Siegen will ich nicht mehr, das nicht. Und die Rosen? Herrgott! In meinem Alter lässt man den Rosen ihren Stock und ihre Wurzeln. 80 Jahre sind eine lange Zeit. Heute halte ich das, woran ich mich erinnere, für mein Leben, aber im Grunde könnte auch alles ganz anders gewesen sein, nicht wahr?“

Was zu Elenas Schicksalsgläubigkeit passt:

Auf den Tag genau 33 Jahre nach jener Stunde, da sie Seraphins Lautsprecherstimme zum ersten Mal vernahm, erblickte ich, ihr Biograf, der Erwählte von Chesterfields Gnaden, das Licht der Welt.

# 35

Mit ihrem druckfrischen Ausweis in der Hand und reichlich Marschverpflegung im Gepäck tritt Elena Harwardt am frühen Nachmittag des 31. Oktober 1947 vor das Tor des Lagers, um mit den anderen Heimkehrern zum nahe gelegenen Hafen zu marschieren. Lange hat sie diesen Augenblick herbeigesehnt, doch nun, da ihre Gefangenschaft endlich ein Ende hat, will sie eigentlich nicht fort.

Auf der hoffnungslos überfüllten Fähre verbringt sie einen Abend und eine Nacht an Deck. Ihre Mutter hat sie in die Obhut einer befreundeten Familie gegeben, die im Aufenthaltsraum zusammengerückt ist, um der schweigsamen Frau etwas Wärme zu spenden. In eine Wolldecke gewickelt, sieht Elena aufs Meer hinaus, den Wind im Haar und eine ungewisse Zukunft vor Augen.

Ihre Ankunft in Flensburg hat sie sich bunt und feierlich vorgestellt, ein Empfang mit Musik und freundlichen Ansprachen – ein herzliches Willkommen. Doch als sie zum ersten Mal nach Jahren wieder deutschen Boden betritt, behandelt man sie und die anderen Heimkehrer wie Fremde, augenscheinlich sind sie unerwünscht, eine Zumutung, zumindest lästig. Brüllend scheuchen die Polizisten sie von Bord und treiben sie auf einem Platz nahe dem Hafen zusammen. „Schnellschnell" und „weiterweiter", offenbar hat der Kasernenton der Gestapo die Zeitenwende überlebt. Ein Mann mit Sprachrohr verkündet, dass sie im Küchenzelt zu essen bekämen. „Stellt euch da vorn in die Reihe, da vorn, hab ich gesagt! Könnt ihr nicht hören? Wer drängelt, geht leer aus, das sind die Regeln." Als die Frau am Ausschank dann auch noch Geld von ihr verlangt, lässt Elena ihren Teller einfach stehen und geht. Tatsächlich haben sie vor Antritt ihrer Reise 20 Reichsmark erhalten, doch nach Jahren ohne Geld kann sich Elena tatsächlich nicht mehr erinnern, wie man damit bezahlt.

Busse bringen die Heimkehrer zum Flensburger Bahnhof, wo man sie in einen Zug nach Hamburg setzt – dort heißt es dann wieder aussteigen, einreihen, sammeln. Ordner eskortieren sie zu einem Nebengleis, wo die Reichsbahn nach Süddeutschland schon wartet, aber erst zwei Stunden später losfährt. In jedem Waggon steht eine 50-Liter-Kanne Milch und ein Bassin mit Trinkwasser. Als der Zug endlich den Bahnhof verlässt, sind die meisten Behältnisse längst leer.

Einen halben Tag und eine halbe Nacht sind Elena und ihre Mutter unterwegs. Das Land, durch das sie fahren, ist atemberaubend schön und kommt ihnen dennoch fremd vor. In Biberach an der Riß verbringen sie die Nacht in einer Turnhalle, bevor man ihnen am Morgen ihr endgültiges Quartier zuweist. Elena und ihre Mutter kommen in einem Dorf der Gemeinde Salem unter, unweit des Bodensees. Sie erhalten ein kleines Zimmer mit Blick auf ein Feld und einem dahinter liegenden Wäldchen. Ihre Zimmerwirtin, eine verwitwete Metzgersfrau, beäugt sie misstrauisch und begegnet ihnen schroff und abweisend. Die katholischen Dorfbewohner wollen mit den Protestanten aus Ostpreußen nichts zu tun haben. Als die Grobheiten ihrer Wirtin unerträglich werden und die Feindschaft der Nachbarn in offenen Hass umschlägt, überredet Elena ihre teilnahmslose Mutter dazu, das alimentierte Angebot der Gemeinde anzunehmen und sich auf eigene Faust eine Wohnung zu suchen.

In Heiligenberg, einem kleinen Ort nur wenige Kilometer von Salem entfernt, werden sie fündig. Ein junger Landwirt hat unlängst das elterliche Anwesen ausgebaut und sucht für die neu entstandene Einliegerwohnung rechtschaffene Mieter. Elena ist überglücklich. Endlich haben sie beide ein eigenes Zimmer, endlich dürfen sie wieder selbst kochen, endlich müssen sie sich Toilette und Waschraum nicht mehr mit Fremden teilen. Zum ersten Mal seit Langem fühlt sie sich frei! In den ersten

Wochen unternimmt sie ausgedehnte Wanderungen in die Umgebung. Sie flaniert durch die Altstadt von Konstanz, besichtigt die Insel Mainau, bestaunt das Lindauer Münster, legt sich ans Ufer des Bodensees, schwimmt hinaus und lässt sich auf dem Rücken liegend einfach treiben.

Wo immer sie ist, spricht ihr die raue, zärtliche, melancholische Stimme aus dem Lager Mut zu und erneuert ihr Versprechen wieder und wieder, nachzukommen, sobald es die Verhältnisse erlauben.

Nach einigen Wochen freundet sich Elena mit ihren Vermietern an, die das Stadtkind mehr und mehr in ihren bäuerlichen Alltag einbinden. Elena lernt schnell. Bald melkt sie Kühe, drischt Getreide, füttert die Hühner und mistet den Stall aus. An den Samstagen, wenn die Landwirte zum Einkaufen in die Stadt fahren, passt Elena auf deren Mädchen auf. Sobald die Arbeit getan ist, findet sie sich mit der Familie in der guten Stube ein, um sich an selbst gebackenem Apfelkuchen oder dunklem Brot mit Speck und Käse gütlich zu tun.

Wenn sie allein sein möchte, streift sie durch die umliegenden Wälder, pflückt Beeren, schleicht sich an Rehe heran oder lauscht dem Gesang der Grünspechte und Rotkehlchen. Dann und wann schreibt sie Gisela einen Brief und legt getrocknete Blumen hinein. Seraphins Andenken bleibt gegenwärtig, während die Erinnerung an ihren Vater allmählich verblasst.

Zu ihrer Mutter hält sie Abstand. Deren Hass und Bitterkeit mag sie kaum noch ertragen. Die verlorene Heimat ist ihrer Mutter zur fixen Idee geworden, der sie alles andere opfert, selbst den Sinn für die Realität. Die Oder-Neiße-Grenze nennt sie wider besseres Wissen vorläufig, den ausgezahlten Lastenausgleich rührt sie nicht an, da sie ihn als Darlehen begreift, welches sie am Tag ihrer Heimkehr zurückzuzahlen gedenkt. Mit ihrer Gesinnung hält sie auch in Gegenwart der Vermieter nicht hinter den Berg. *Untermenschen* hätten sich in ihrer Heimat eingenistet, die man fortjagen müsse, notfalls mit Gewalt. Am meisten fürchtet Elena die langen Abende, an denen die Mutter nach dem dritten Glas Himbeerbrand ihre bittere Klage anstimmt, in der sie den Untergang des Tausendjährigen Reichs beweint, die Auferstehung des Führers beschwört und die Ostjuden beschuldigt, für die Vertreibung der Volksdeutschen aus ihrem preußischen Paradies verantwortlich zu sein.

Am Mittwoch, dem 7. Juli 1948, an Elenas 18. Geburtstag, geschieht, was sie später ihr *ersehntes Wunder* nennt. Ihr zu Ehren haben die Gutsbesitzer im Hof eine Festtafel gedeckt. Freunde und Nachbarn sitzen am Tisch, es gibt Apfeltorte, die Sahne hat Elena selbst geschlagen. Gerade gießt sie ihrer Sitznachbarin, der Frau des Bürgermeisters, Kaffee ein, als der Hund plötzlich anschlägt und Seraphin Morgenstern aus dem Schatten der Einfahrt tritt. Er trägt einen grauen Anzug, dessen Hose ein wenig zu kurz ist, das fällt ihr auf, und unter dem Sakko ein weißes Hemd mit blauem Schlips. Anfangs sehen sie einander nur an, wie bei ihrer ersten Begegnung vor einem dreiviertel Jahr. Dann stellt Elena die Kanne ab, springt auf und rennt ihm entgegen. Vor den Augen der verwunderten Gäste wirft sie sich ihm in die Arme und küsst ihn auf den Mund. Sein jähes Erschrecken, sein stilles Glück und sein feierlicher Ernst brennen sich in ihr Herz – den Augenblick wird Elena ewig bewahren. Noch bevor sie sich voneinander lösen, fragt er sie, ob sie seine Frau werden will. Noch bevor sie ihn ihrer Mutter vorstellt, sagt sie ja.

# 36

Ich weiß ja nicht."
„Was?"
„Das ist mir zu ..."
„Zu?"
„Du weißt schon."
„Aber wenn es doch so war."
„Ich frage mich sowieso."
„Was?"
„Wer das lesen soll."
„Wie jetzt?"
„Ein Denkmal, das niemand wahrnimmt, ist nutzlos, *denk mal* drüber nach."
„Sind wir niemand? Außerdem wird sich Elenas Geschichte im Netz von ganz allein verbreiten."
„Wie denn?"
„Ich lass mir was einfallen."
„Ist das nicht Eds Spruch?"
„Shit!"
„Was?"
„Ed. Hab ihm versprochen, bei ihm vorbeizuschauen."
„Wenn du willst, komm ich mit."
„Sofort?"
„Nur noch ein Kapitel."

# 37

Wenige Wochen nach ihrer Verlobung zieht Elena von Heiligenberg nach Frankfurt am Main, wo Seraphin inzwischen als Fremdsprachenlehrer einer Berufsschule tätig ist. Seine Wohnung in der Berger Straße, zwei Stockwerke über dem Obsthändler Schmäling, ist groß genug für zwei, außerdem passen Elenas Habseligkeiten in einen Koffer. Am 17. September 1948 schließen Elena Harwardt und Seraphin Morgenstern den Bund fürs Leben. Die standesamtliche Trauung, an der außer den Brautleuten selbst nur Elenas Mutter und ihre Freundin Gisela teilnehmen, findet im Frankfurter Römer statt, wo Wochen zuvor die Gründung des westdeutschen Teilstaats beschlossen worden ist.

Die folgenden Jahre beschreibt Elena als die schwerelosesten in ihrem Leben. Während Seraphin seinen Schülern englische Grammatik lehrt und ihnen gleichsam durch die Hintertür Lektionen in Demokratie erteilt, nimmt sie selbst Unterricht in Büroorganisation, Maschinenschreiben und Stenotypie. An den Wochenenden lernt sie mit Seraphins Hilfe Fremdsprachen, vor allem Englisch und Französisch, die Sprachen der Besatzer. Nach Feierabend holt sie ihn von der Schule ab, dann spazieren sie Hand in Hand durch die Frankfurter Ruinen und zeichnen gemeinsam das neue Gesicht der Stadt. Zu ihrem Glück fehlt nur noch ein Kind. Doch obwohl sie es sich so sehr wünschen, bleibt die ersehnte Schwangerschaft aus.

Im Spätsommer 1950 findet Elena eine Anstellung bei der Frankfurter Trümmerverwertungsgesellschaft. Die hat am Ratsweg eine gewaltige Aufbereitungsanlage für Trümmerschutt errichtet – deutschlandweit die größte ihrer Art. Elenas Fertigkeiten und Sprachkenntnisse, ihre rasche Auffassungsgabe und ihr einnehmendes Wesen hinterlassen Eindruck, schon nach weniger als einem halben Jahr ist sie zur Vorstandssekretärin aufgestiegen. Vom Fenster ihres Büros aus blickt sie auf den Monte Scherbelino zu Füßen des Bornheimer Hangs, dem weithin sichtbaren Schuttberg und Mahnmal des Kriegs. Das Frankfurter Verwertungsverfahren macht Schule. Häufig kommen ausländische Delegationen an den Ratsweg, die Elena gemeinsam mit ihren Chefs empfängt und deren Gespräche sie ohne Mühe übersetzt.

Abends bleiben Elena und Seraphin meistens für sich. Sie kochen gemeinsam, hören Musik oder lesen sich gegenseitig aus Büchern und Zeitschriften vor. Oft bringt ihr Seraphin kleine Geschenke mit. Eine Rose oder Schallplatte, ein Parfüm oder Halstuch oder einen Roman, manchmal auch nur einen Stein oder eine Feder oder ein geschmolzenes Stück Glas. Fundstücke, magische Gegenstände, wie er sie nennt, die wie die Menschen eine Seele besäßen und sich nichts sehnlicher wünschten, als von ihr gehütet und von Zeit zu Zeit berührt zu werden.

Wenn sie Seraphins Wesen in einem Wort beschreiben sollte, fällt ihr nur ein Begriff ein: *Hingabe*. Hingabe bestimmt sein Denken und Tun, eine Hingabe, die sich weniger in Leidenschaft denn in Neugier und Achtsamkeit kleidet. Wenn er liest oder träumt, wenn er die Arbeiten seiner Schüler korrigiert und sich auf seinen Unterricht vorbereitet, immer schließt er sie ein in sein Denken und Sein, gibt sich ihr hin mit jedem Blick, jeder Geste, jedem Wort. Wobei das Vertraute nie zu vertraut ist wie auch das Fremde nicht eigentlich fremd. Seine Liebe hat etwas Verzweifeltes. Als ob jeder Tag der erste sei oder der letzte ihres gemeinsamen Lebens.

Im Spätherbst 1952 erhält Elena eine Nachricht, die sie gleichermaßen schockiert und beglückt: Ihr Vater, den die Behörden längst für tot erklärt haben, lebt! Nach sieben Jahren im Lager haben ihn die Russen in die fremde Heimat entlassen. Elena und Seraphin machen sich sofort auf den Weg. In Heiligenberg treffen sie auf einen gebrochenen Mann, der mit dem strahlenden Held ihrer Kindheit nichts mehr gemein hat. Über seine Kriegsgefangenschaft schweigt er sich aus. So wie Seraphin das Grauen im Konzentrationslager verschweigt. Möglich, dass sich die beiden Männer gerade deshalb so gut verstehen. Oft sieht man sie auf der alten Bank im Garten sitzen, stumm und einträchtig, wobei sie ihre Blicke über die Berge schweifen lassen und darüber hinaus. Abends spielen sie mit den vom Vater im Lager geschnitzten Figuren Schach, während ihre Frauen ihnen dabei zusehen oder sich auf andere Weise verschweigen.

Elena und Seraphin bleiben zwei Wochen in Heiligenberg. Gemeinsam suchen sie jene Orte auf, die Elena im Jahr ihrer Heimkehr in ihr Herz geschlossen hat. Eine verschwiegene Bucht, ein abgelegener Uferweg oder ein stilles Kloster. Sichtbares, Verborgenes. Seraphin sieht, was sie sieht, mit ihren und seinen Augen. Eine unmittelbarere Gegenwart hat Elena nie erlebt. Mitunter schmerzt ihr Glück so sehr, dass sie weint.

Wenige Wochen nach ihrer Rückkehr überrascht Seraphin Elena mit der Ankündigung, beim FSV Frankfurt ein Probetraining zu absolvieren. Er hat ihr nie erzählt, dass er Fußball spielt, geschweige denn, dass er Talent hat – ein Talent, das der Trainer, bei dem er vorspielt, sogleich erkennt. Einige Monate trainiert er in der zweiten Mannschaft, wo er Kraft tankt und spielerisch zu alten Stärken zurückfindet. Eines Tages teilt ihm der Trainer mit, dass er ihn für die erste Mannschaft braucht. Von da an stürmt Seraphin als Linksaußen für die Blauweißen in der Oberliga Süd.

Elena begleitet ihren Mann zu jedem Spiel. Sie fiebert mit ihm, feuert ihn an und bejubelt seine Tore. Schon bald wird er von den Frankfurter Fans verehrt, während ihn der gegnerische Anhang anfeindet. Unter dessen Schmähungen leidet Elena mehr als Seraphin selbst, weil ihr Hass offensichtlich nicht dem Spieler, sondern dem Juden Morgenstern gilt.

Mit Seraphins zunehmendem Erfolg entwickelt sich der Fußball zur bestimmenden Kraft ihres Alltags. Dienstags und donnerstags trainiert er mit der Mannschaft am Bornheimer Hang, samstags finden die Ligaspiele statt – in München, Stuttgart, Augsburg, Karlsruhe, Mannheim, Kassel und Fürth. Seraphin blüht auf und ist gesprächig wie nie. Er erklärt ihr die Aufstellung und Taktik und analysiert mit ihr jede Partie. Über Niederlagen ärgert er sich maßlos. Einen Platz im Mittelfeld der Liga kann er nicht ertragen.

Als am 16. Juni 1954 in Lausanne die fünfte Fußball-Weltmeisterschaft angepfiffen wird, ist die Saison gerade vorüber. Seraphin hat sich Urlaub genommen, um kein Spiel der Deutschen zu verpassen. Wenn Elena abends von der Arbeit heimkommt, klebt er am Radio und lauscht den Reportagen aus der Schweiz. In den Pausen fasst er die aktuellen Partien für sie zusammen. Nachher diskutieren sie die Stärken und Schwächen der Mannschaft sowie die Perspektiven des deutschen Teams. Zu einigen der acht Live-Übertragungen finden sie sich in der Gaststätte gegenüber ein, wo sie sich mit Dutzenden anderer Fans um den kleinen Fernseher drängen und die Spiele in Echtzeit erleben.

Seraphins Sachverstand färbt auf Elena ab, unter ihren Kollegen gilt sie schon selbst als Expertin. Beispielsweise erläutert sie ihnen die Vorteile des 3-2-5-Systems, das die Abwehr zwar anfälliger macht, den eigenen Sturm aber doppelt so gefährlich. Oder sie verkündet selbstbewusst, dass die Zeit der spielbestimmenden Stars vorbei sei und künftig das mannschaftliche Gefüge über Sieg oder Niederlage entscheide – eine Vorhersage, die sich in den kommenden Jahren tatsächlich erfüllt. Herbergers Taktik nennt sie *gewieft* und widerspricht damit allen, die den Bundestrainer nach der vernichtenden Niederlage gegen die Ungarn am liebsten auf den Mond geschossen hätten. Fußball sei wie Schach, erläutert sie ihren Kollegen, manchmal lohne es sich, einen Bauern zu opfern. Der weitere Verlauf des Turniers gibt ihr recht. Während Deutschland von Sieg zu Sieg stürmt, steigert sich Seraphin in einen wahren Rausch. Bis das Endspiel vor der Tür steht, da fällt er plötzlich in sich zusammen. Gegen die Magischen Magyaren, erklärt er ihr, sei die deutsche Mannschaft ohne Chance. An ein Wunder, scheint es, mag er nicht glauben.

Wenige Stunden nach dem deutschen Triumph bereitet Seraphin seinem Leben ein Ende. Elena findet ihn am Vormittag des 5. Juli 1954 auf dem Dachboden ihres Hauses, nachdem sie stundenlang das gesamte Viertel nach ihm abgesucht hat. Eigenhändig schneidet sie ihn vom Gebälk und versucht, das Leben zurück in seinen erstarrten Körper zu pressen. Nachbarn verständigen den Arzt. Doch der kann nur noch Seraphins Tod protokollieren.

Wochen später entdeckt Elena in einer Schublade von Seraphins Schreibtisch einen Vorrat an Medikamenten, darunter mehrere Packungen Pervitin. Die Arznei ist ihr aus ihrer Zeit als Hilfskrankenschwester vertraut. Etliche Soldaten hatten damals danach verlangt. Um damit ihren schlimmsten Feind zu besiegen – die eigene Angst.

# 38

Schutt und Müll sind Zerfallsprodukte“, sagt Elena, „die ich in Gedanken immer wieder zusammensetze. Nach dem Krieg haben wir den Stein vom Holz und das Holz vom Metall getrennt. Zersplitterte Ziegel, zerborstene Dachpfannen, eingeknickte Balken und Pfeiler, verbogene Streben, Draht, Mörtel, Beton. Selten Glas, wenn, dann zusammengebacken, ein Klumpen, der schwarz glänzte, wenn man ihn rieb. Denn an allem haftete doch der Staub, dieses feine weiße, graue oder rostbraune Pulver.“

Sie dreht ihre Hand, betrachtet die pergamentene Haut, als ob das feine Pulver noch immer in den Haarrissen säße, reibt ihre Hände, sieht auf, nimmt wieder das Ganze in den Blick.

„Alles wurde gebraucht, aus dem Schutt gepflückt, gesäubert, poliert, sortiert, zurechtgeklopft, zersägt oder eingeschmolzen. Dann wurden die Steine wieder aufeinander geschichtet, zwischen Pfeilern vermörtelt, in die geflickten Rahmen setzte man Glas, die Balken und Streben trugen bald wieder Dächer, Frankfurt, unsere Stadt, erschuf sich aus ihrer eigenen Asche neu.“

Sie blickt die Straße hinauf. Welches Haus in Trümmern lag, welches den Krieg überdauerte. Welcher Stein woher. Welcher Hohlziegel womöglich einmal ein anderes Dach kleidete.

„Dann kamen die Jahre des Wohlstands, in denen die Träume buchstäblich in den Himmel wuchsen. Überall wurde gebaut, überall wurde mit Macht die Zukunft entworfen. Zwei Jahrzehnte lang erlebten wir schier grenzenloses Wachstum – bis zur Ölkrise. Als man uns bald darauf aufforderte, fortan unseren Hausmüll zu trennen, wusste ich, dass der große Aufbruch vorbei und die Trümmerjahre zurück waren. Plötzlich wird das Alte als Rohstoff gebaucht – mit den Zeitungen fing es an, dann kamen die Flaschen, Weinflaschen zum Grünglas, Marmeladengläser zum Weißglas, dann der Rest, die Dosen, die Joghurtbecher, Aludeckel und Plastikfolien, die Kartoffelschalen und das verschimmelte Brot. Auch die verbrauchten Rohstoffe wollten mir ihre Geschichten erzählen. Ich sollte die Risse kitten, die voneinander gelösten Teile wieder zusammenfügen, die leeren Behältnisse befüllen, über ihre Form und ihren Inhalt hinausdenken, um endlich zum Ursprung zu gelangen: vom Zeitungspapier zu den Bäumen, vom Glas zum Sand, vom Kunststoff zum Öl. Und wissen Sie, was geschah? Am Ende stand ich mir plötzlich selbst gegenüber, mit all meinen eigenen Brüchen, Rissen, Kratzern und Schrammen, den Narben und offenen Wunden. Es ist nicht so, dass ich jeden Riss oder jede Verletzung betrauere. Doch der Zerfall einer Einheit ist, wenn man sich ihrer einstigen Schönheit erinnert, nur schwer zu ertragen."

# 39

Sankt Patricks Ankunft wird sich verzögern, um mindestens zwei Stunden.

„Ein Tankfehler“, sagt die Frau am Schalter, lässt aber offen, was ich darunter verstehen soll. Sie bedauert, zeigt Verständnis, bittet mit routiniertem Lächeln um *ein wenig Geduld*. Ob ich mir während der Wartezeit nicht das Viertelfinale ansehen möge? In der neuen Airport City Mall habe man eigens für die Fußballfans eine Großleinwand installiert. Die Person, die ich zu treffen gedenke, könne ich, sobald die Maschine gelandet sei, von einem der Service-Kollegen ausrufen lassen. „Unseren Meeting Point finden Sie im B-Bereich, Ebene 1, ich wünsche Ihnen ein unterhaltsames Spiel.“

Der glänzende Boden spiegelt den wolkigen Himmel. Passagiere eilen an mir vorbei zu ihren Gates. Wenn er den Zug genommen hätte, säßen wir längst beim Italiener. Doch Züge sind ihm zu europäisch. Ein Amerikaner muss sich aufschwingen. Von oben betrachtet sind alle anderen winzig.

„Wer kann nichts dafür?“

Ich drehe mich um. Unweit von mir thront ein dunkelhäutiges Mädchen auf einem Kofferwagen und sieht mich neugierig an. Ihre Haare sind zu Zöpfchen geflochten, die nach allen Seiten abstehen.

„Niemand“, antworte ich, „niemand kann etwas dafür.“

„Und was bedeutet *aufschwingen*?“

„Fliegen. Sich erheben. Emporsteigen.“ Dass die Kleine meine Gedanken liest, wundert mich weniger, als es sollte oder habe ich mit mir selbst geredet. „Hochsteigen“, fällt mir noch ein. „Schweben.“

„Ich fliege gern“, sagt das Mädchen. „Fliegen ist schön.“

Wie aus dem Nichts taucht ihr Papa auf, Typ Shaquille O’Neal, Held meiner amerikanischen Kindheit. Entschlossen schiebt er die Kleine mitsamt ihren Koffern fort. Sie lacht und winkt und macht mir Zeichen, schon ist sie fort.

Die *Großleinwand* ist nur wenig größer als Armins Fernseher. Einige Dutzend Zuschauer, die Hälfte von ihnen Schlipsträger, deren stumme Gesichter mich an den Börsencrash vor drei Jahren erinnern. Gerade wird die Aufstellung eingeblendet. Schweinsteiger spielt, ebenso Boateng. Die Kamera zoomt Mick Jagger ins Bild. Einen Schal der Three Lions um den Hals, knipst er mit einer winzigen Kamera Fotos.

Auf die roten Trikots der Engländer reagieren die deutschen Spieler von Beginn an gereizt. Schon nach wenigen Minuten hat Özil das eins zu null auf dem Fuß, doch James wehrt ab. In einigen Wochen wird der englische Torhüter 40, Sankt Patrick ist 60, Elena beinahe 80, fehlt nur noch der 20-er im Quartett, ich setze auf Müller.

Als Neuer den Ball in die gegnerische Hälfte drischt und Klose einschiebt, bricht der Rucksacktourist neben mir in Jubel aus. „Müller ist geil", sagt er und reicht mir ein Dosenbier.

Kurz darauf passt Klose zu Müller, Müller zu Podolski, der zieht aus spitzem Winkel ab.

„Skoal!", brüllt mein neuer Freund und prostet mir zu. Upsons Anschlusstreffer nimmt er wortlos hin, bei Lampards Lattenknaller muss er lachen. „Rache für Wembley", gluckst er, „jetzt sind wir quitt".

„Braucht es nicht jetzt den Videobeweis?", fragt Delling in der Pause.

„Muss nicht", erwidert Netzer, „Fußball ist Drama."

Bei *Drama* fällt mir plötzlich Sankt Patrick ein, ich renne die Treppe rauf, weiter zur Anzeigetafel, tatsächlich, sein Flieger wird in wenigen Minuten landen. Am Service-Point reihe ich mich ein, füge mich ins Unvermeidliche, der Auskunftgeber hält meinen Blicken stand, ein wenig müsse ich mich noch gedulden, doch selbstverständlich werde Fluggast Mr. Stafford zeitnah informiert.

Zwanzig Minuten nach Wiederanpfiff bin ich zurück. Von der Leinwand strahlt mich Thomas Müller an. Kaum zu glauben, meine Karte sticht! Nur drei Minuten später trifft er wieder. Der Rucksacktourist spendiert mir ein weiteres Bier. „Unfassbar!“, stöhnt er und klingt dabei wie Ludger nach Lenas Sieg.

„Mr. Patrick Lyndon Stafford, Flight LH 163 from Leipzig/ Halle to Frankfurt International Airport, is requested to betake himself to our Meeting Point in area B, level 1.“

Kaum dass ich die Ansage höre, beginne ich mich zu wappnen. Anderthalb Jahre ist es her, dass wir uns das letzte Mal gesehen haben, die Fragen jedoch werden dieselben sein.

Minuten später gleitet der gläserne Vorhang auf und bereitet die Bühne für seinen Auftritt. Sean Penn mit Dreitagebart und blauer Brille, ein Mann, der die Blicke der Wartenden auf sich zieht. Die Ärmel seines Businesshemdes hat er hochgekrempelt, die schwarzen Aubercy-Schuhe glänzen wie frisch poliert. Als er mich erblickt, wölbt sich seine Stirn, die Hand formt den Revolver, mehr Wiedersehensfreude mutet er uns nicht zu. Wenige Meter vor mir lässt er den Bügel seines Koffers los, ein letzter Schritt, ich muss den nächsten tun, wir breiten unsere Arme aus, legen uns quer und versichern uns, wie sehr wir uns freuen. Houdini entwindet sich als erster, fesselt mich mit seinem Blick und schenkt mir sein strahlendes Lächeln.

„Such is life! Sometimes it compels you to take a break.“

Darauf gibt es nichts zu erwidern.

Seine Absätze klackern durch die Halle, er riecht, wie er immer riecht, männlich herb, seine Arme sind braungebrannt.

„Wie war der Flug?“, frage ich, damit unser Wiedersehen nicht ins Stocken gerät.

„Die Stewardess wäre gern mit mir essen gegangen“, entgegnet er hinter vorgehaltener Hand, „doch deinetwegen musste ich sie enttäuschen.“

„Hast du ihre Nummer“, antworte ich, „noch wäre Zeit.“

Er lacht und schlägt mir väterlich auf die Schulter.

„Zwei Stunden haben sie uns auf dem Rollfeld warten lassen. Keiner sagt was, keiner weiß was. Wenn die nette Flugbegleiterin nicht gewesen wäre ... Anyway! Wie war das Spiel? Erzähl schon, waren die Löwen wirklich so zahm?“

Für eine Tour durch die Frankfurter City bleibt uns leider keine Zeit. Sankt-Patrick schlägt die Bar im Sheraton Airport Hotel vor, wo wir uns an die glänzende Theke setzen, wir sind die einzigen Gäste. *Dad* bestellt einen Single Malt, ich trinke ein Bier.

„Wie geht es deiner Freundin? Ulrike, nicht wahr? Schade, dass sie keine Zeit hatte. Bring sie doch einfach mit, wenn du mich in deiner alten Heimat besuchst. Alles im Lot?“

„Sicher.“

„Schön. Sehr schön.“

Er greift in die Innentasche seines Jacketts und zaubert tatsächlich einen Stoß Fotos hervor, die er der Länge der Theke nach vor mir ausbreitet.

„Schau, das ist Bernanke. An ihrem Lächeln sollt ihr sie erkennen!“

Hund und Herrchen grinsen in die Kamera. Ein ähnliches Bild mit dem echten Bernanke hängt in seiner Hall of Fame.

Weitere Fotos zeigen den See. Die Hügelketten ringsherum. Die verfärbten Blätter der Bäume. Herbstbilder. Lucifer Falls, Taughannock Falls. Badende im See. Der winzige Strand unterhalb der Fußgängerbrücke. Seneca-Street. Clinton House. Die Uris Bibliothek. Bilder wie aus dem Reiseprospekt. In der vierten Reihe, endlich, unsere Blockhütte. Der Rhododendron blüht. Wie riesig die Kiefer inzwischen ist. Der steinerne Pfad hinab zum See. Der klapperige Steg. Das Boot. Tatsächlich, unser Boot. Ich sehe auf. Sein Blick sticht mir ins Herz.

„Kommst du bald?“

Was erwartet er von mir? Ich weiß nicht, ob ich das wirklich ertrage. Aber das kann ich ihm nicht sagen, das würde er nicht verstehen.

Der Whisky steige ihm zu Kopf, sagt er und bestellt ein Steak, möglichst groß und möglichst blutig, ich erinnere mich, so mag er es am liebsten. Dass ich weder Appetit noch Hunger habe, scheint ihn zu kränken, er sagt aber nichts.

„Jetzt bist du also Historiker."

„Noch nicht ganz."

„Aber so gut wie."

Allein wie er das O in die Länge zieht – *Histoooriker* – er mag sich noch immer nicht damit abfinden, er ist nicht gewohnt zu verlieren.

„Ende des Jahres, nicht wahr?"

„Richtig."

„Und wie geht es dann weiter?"

„Das werden wir sehen."

„Aber du bewirbst dich doch schon? Wo bewirbst du dich? Was macht ein Historiker in Deutschland? Ich meine, außer Staub von den Büchern zu blasen."

„Ich nehme an, dass ein *Histoooriker* hierzulande das gleiche macht wie bei euch: lehren, forschen, bewahren."

„Ich meine *konkret*."

„Ich dachte, darüber hätten wir uns schon ausgetauscht. Aber gut, *konkret*: *Konkret* werden *Histoooriker* Lehrer an Schulen und Universitäten, Redakteure beim Rundfunk oder Lektoren in einem Verlag. Sie beraten Politiker, kuratieren Ausstellungen, verwalten Archive und Bibliotheken oder arbeiten Firmengeschichten auf. Populärwissenschaftliche Erinnerungskultur ist im *Alten Europa* zurzeit ein boomender Markt. Und wenn gar nichts geht, werde ich Fremdenführer, aber nur mit deinem Segen."

„Mein Angebot steht", sagt er und meint damit seine unermüdlichen Versuche, den verlorenen Sohn zurück in die Heimat zu holen. In *seine* Heimat.

„Bei uns musst du nichts bewahren, bei uns darfst du gestalten."

Dass ich weder im Land der unbegrenzten Möglichkeiten noch im Schatten seines väterlichen Denk- oder Mahnmals leben will, begreift er nicht oder will es nicht begreifen. Die Freiheit, höchstes Gut seiner neoliberalen Heilslehre, ist die Freiheit der Wahl. Meine Freiheit jedoch deutet er in Feigheit um, da ist nichts zu machen.

„Ist es nicht so, dass die USA das am höchsten verschuldete Land der Erde sind?"

Sankt Patrick runzelt die Stirn, seine Augen blitzen. „Absolut gesehen, hast du recht. Was die Staatsverschuldung pro Einwohner betrifft, muss ich dir jedoch widersprechen. Siehe Japan. Setzt man darüber hinaus das Bruttoinlandsprodukt als Normgröße an, sind wir raus aus den Top Ten. Soweit klar?"

„Wie steht denn Deutschland im Vergleich da?"

„Nicht so schlecht."

„Besser als die USA?"

„Ein bisschen."

„Na sieh einer an."

Sankt Patrick schenkt mir sein mildestes Lächeln. „Die Staatsverschuldung, mein lieber Sohn, sagt nichts über die individuellen Aufstiegschancen eines Jungakademikers aus. Wir sprechen von Amerika, hörst du? Bei uns ist das Streben nach persönlichem Erfolg ein durch die Verfassung verbrieftes Grundrecht."

„Hatte ich schon erwähnt", sage ich und ziehe meinen letzten Trumpf, „dass ich bereits einen Job habe?"

„Hast du nicht", antwortet er gedehnt. „Was ist das für ein *Job*?"

„Eine ältere Dame hat mich beauftragt, die Geschichte ihres Lebens zu erzählen."

„Als Ghostwriter?"

„Nein, als ihr Biograf. Sie gibt mir freie Hand."

„Biograf." Er schmeckt das Wort ab, kneift die Augen zusammen und wiegt sein Löwenhaupt. „Biografen sind Schriftsteller", sagt er und beugt sich zu mir. „Eine ältere Dame, sagst du? Wie hast du sie kennengelernt? Ist sie umgänglich? Bezahlt sie dich gut?"

Während ich ihm von Elena, ihrem wechselvollen Schicksal und ihrer tragischen Liebe erzähle, hört er mir aufmerksam zu. Am Ende nickt er stumm. „Ich mag die Geschichte", sagt er, „und ich mag, wie du sie erzählst."

Dann stellt er Fragen, geht ins Detail, merkt an, stellt richtig und verlangt, wo ihm meine Darstellung zu allgemein bleibt, nach dem Konkreten. Elenas Leben berührt ihn, das fühle ich und fühle mich ihm mit einem Mal verbunden. Einmal nenne ich ihn *Dad*, er lässt sich nichts anmerken, dennoch spüre ich, dass es ihn freut.

Nachher bringt uns der führerlose Pendelzug zum Terminal 2. Ich begleite ihn zum Check-In seiner Airline, wo wir uns in eine endlose Schlange einreihen. Während wir warten, reden wir über den Krieg, als wären wir dabei gewesen, über den Glauben und Aberglauben, über das, was uns im Leben hält.

„Eine Frau, die den Chesterfield ihres Mannes hütet, kann so verkehrt nicht sein", sagt er, da wir uns verabschieden, und nimmt mich in den Arm. „Wann siehst du deine Mutter das nächste Mal? Grüß sie von mir."

„Mach ich."

„Geht es ihr gut?"

„Ausgezeichnet."

„Das ist schön. Weißt du." Er legt mir eine Hand auf die Schulter und senkt seine Stimme, dabei ist niemand in unserer

Nähe. „Manchmal, wenn Bernanke Mist gebaut hat und mich so ansieht, du weißt schon, mit diesem Bitteschimpfnichtichhabsdochnichtsogemeint-Blick, dann sehe ich plötzlich deine Mutter vor mir, und schon bin ich ihm nicht mehr böse."

Lachend wendet er sich ab, blickt sich aber gleich noch einmal um. „Das behältst du natürlich für dich, hörst du, das bleibt unser Geheimnis!"

# 40

Warum hat sie ihn nie nach Auschwitz gefragt? Wieso hat er ihr Auschwitz verschwiegen? Ihr einvernehmliches Stillschweigen, jetzt dehnt es sich und wächst über ihr Leben hinaus.

Gewiss, sie hat sich geschämt. Sie ist ein Kind gewesen, als Hitler an die Macht kam, und eine Heranwachsende, als er sich aus seiner Verantwortung stahl. Und doch hat sie den Führer selbst über seinen Tod hinaus noch verehrt, geliebt und vergöttert. Gefühle, für die sie sich nun schämt und verachtet, über die in Seraphins Gegenwart zu sprechen sie nie gewagt hätte. Zumal sie dann auch von ihrer Familie hätte reden müssen: Dass die Eltern ihre Kinder im Geiste der Zeit und in der unumstößlichen Überzeugung erzogen hatten, einer Herrenrasse, nein, *der* Herrenrasse anzugehören. Dass sie die Errichtung eines Tausendjährigen Reichs nicht nur gutgeheißen, sondern tatkräftig unterstützt hatten. Dass sie die Entrechtung, Versklavung und Ermordung der Untermenschen zumindest geduldet, wahrscheinlich sogar gebilligt und gewollt hatten. Dass ihre Mutter auch nach Kriegsende noch an Großdeutschland glaubte. Und dass sie selbst, wenn sie ehrlich war, nicht wusste, ob ihr Vater, wie sie inständig hoffte, als Arzt nur Gutes bewirkt oder als Angehöriger der SS unschuldigen Menschen auch Leid zugefügt, vielleicht sogar ihren Tod zu verantworten hatte.

Auschwitz ist auch ihre Schuld, gewiss, und die ihrer Familie.

Schwerer noch als die eigene Schuld wog jedoch das unendliche Leid, das Seraphin hatte erdulden müssen und das Elena, hätte sie ihn danach gefragt, mit ihm hätte teilen müssen. Schwerer als die tief empfundene Schuld wog die Angst, dass ihre Ehe an ihrem Mitleid zerbrach. Sie wusste ja nicht, was sie ertragen konnte. Sie kannte ja nur ihre Schwächen. Ihre Stärken sollte sie erst später entdecken. Mit Seraphins Hilfe, aber lange nach seinem Tod.

Warum hat er sie nie nach ihrem Leben vor 45 gefragt? Aus Rücksichtnahme? Aus Angst? Weil er die Antworten längst kannte?

Die Schweigsamkeit zwischen ihnen deutete Elena in ein Stillschweigen zweier Menschen um, die sich auch ohne Worte verstehen. Die Stille, so notiert sie in einem ihrer Tagebücher, sei *ein lautloser Cantus in einer an ihren Dissonanzen verzweifelnden Welt*. Das sind ihre Worte und sind es doch nicht. *Gedankenmusik* nennt sie das Schweigegelübde zwischen ihr und Seraphin, eine *stumme Meditation*.

Das Echo der Stille hallt bis in die Gegenwart nach. Aus ihren Erzählungen und Recherchen wie auch aus den mir zur Verfügung gestellten Dokumenten – standesamtliche Abschriften, Behördenbriefe, dem kaum lesbaren Durchschlag eines Lebenslaufs sowie einer mit dem Stempel der britischen Besatzungsbehörden versehenen, handschriftlichen Liste der Lager und Einsatzkommandos, die Seraphin Morgenstern überlebt hat – lässt sich die Biografie ihres Mannes einigermaßen schlüssig rekonstruieren. Dabei bleibt seine Lebenslinie jedoch ein verblasster Strich, eine gerade Linie, die auf Zahlen beruhende Chronik eines Fremden, nüchtern und seelenlos – als ob es noch immer gelte, das Geheimnis ihres Stillschweigens zu bewahren.

So viel lässt sich erzählen:

Seraphin Morgenstern wird am 31. Mai 1925 geboren, im selben Jahr wie die Knef. Im Erdgeschoss ihres Hauses im Berliner Stadtteil Charlottenburg betreiben seine Eltern einen Laden mit Haushaltswaren für den täglichen Bedarf. Schon Seraphins Großvater hat das Geschäft geführt und vor ihm sein Vater und davor der Vater seines Vaters. Seraphin hat zwei ältere Schwestern, Maria und Sabrina, sowie einen jüngeren Bruder, Jonathan. In ihrem Haus leben überdies die Großeltern mütterlicherseits und Tante Gerda, die verwitwete Schwägerin seines Vaters.

Die Morgensterns sind über ihr Viertel hinaus beliebt und geachtet. In ihrem Laden kaufen Juden, Muslime und Christen gleichermaßen ein. Vater und Mutter engagieren sich in der Gemeinde. Einen Teil ihres Einkommens spenden die Morgensterns für Bedürftige. Seraphins Großmutter hat einmal ein ertrinkendes Kind aus dem Halensee gefischt. Seither wird sie in ihrem Viertel als Heldin verehrt.

Seraphins früheste Leidenschaft gilt dem Fußball. Schon als Vierjähriger bolzt er auf der Straße mit den Nachbarjungen, die alle älter sind als er. Sein Talent wird vom Vater gefördert, der den Sohn zur Tennis Borussia holt, für deren Erste Mannschaft er selbst in der Oberliga kickt, zwei Jahre sogar unter dem späteren Nationaltrainer Sepp Herberger. Drei Jahre lang läuft Seraphin für die „Veilchen" auf, zuletzt, da ist er acht, als Kapitän seiner Mannschaft. Die Duelle gegen Borussias Erzrivalen Hertha BSC, FC Olympia-Oberschönweide und Blau-Weiß 1890 sind die Sternstunden seiner Kindheit. Bei den Spielen des Vaters sitzt der Junge mit seiner Oma im Stadion und erlebt, wie die TeBe 1931 Berliner Pokalsieger wird und ein Jahr später Berliner Meister. Die Machtergreifung Hitlers zerstört Seraphins Traum, in einigen Jahren selbst einmal vor großem Publikum zu spielen. Um einem Zwangsaustritt zuvorzukommen, verlassen alle Juden den Verein, gemeinsam mit ihren Söhnen.

In Folge des Reichsbürgergesetzes vom 15. September 1935 verlieren die Morgensterns ihr Wahlrecht, nach Inkrafttreten des Blutschutzgesetzes ein halbes Jahr später müssen sie ihre *deutschblütige* Angestellte entlassen. Trotz der zunehmenden Restriktionen versäumt es die Familie, rechtzeitig aus Deutschland zu fliehen. Der Vater hat für sein Land im Ersten Weltkrieg gekämpft und in Anerkennung seines Einsatzes noch 1935 das

Ehrenkreuz der Frontkämpfer erhalten. Ihnen könne nichts Schlimmes widerfahren, glaubt er, die Maßnahmen gegen die Juden seien im Grunde auf die Ostjuden gemünzt.

Seraphin geht in die Joseph-Lehmann-Schule in Wilmersdorf, die der Bildungsverein der Jüdischen Reformgemeinde in der Orthodoxen Synagoge eingerichtet hat, um den aus den *deutschen* Schulen verbannten jüdischen Kindern einen ordentlichen Unterricht zu ermöglichen. Wie der Junge die Zeit erlebt, welchen Schmähungen er ausgesetzt ist, welche Not er und seine Familie erdulden, darüber hat er mit Elena nie geredet. Mit einer Ausnahme:

Wenige Monate nach Seraphins Einschulung nehmen die Morgensterns einen Welpen bei sich auf, den wahrscheinlich jemand ausgesetzt und den die Großmutter bei einem Spaziergang im Schilf des Seeufers entdeckt hat. Ein Border Terrier, dem sie den Namen Lulu geben – rot-gelb-schwarz, süß und verspielt, der unter seinem buschigen Fell die lustigsten Fratzen schneidet. Das Hundchen wird geliebt, gehegt und verhätschelt. Doch als Seraphin eines Tages von der Schule nach Hause kommt, ist Lulu fort. Seine Eltern behaupten, sie sei weggelaufen, was die Großeltern bezeugen. Die Nachbarn geben sich wortkarg, offenbar hat niemand etwas gesehen. Dabei war Lulu doch immer so anhänglich, überdies ziemlich klug, ein Schoßhund, der immer nach Hause zurückfand. Als Lulu nicht wieder auftaucht, kämmt Seraphin ganz Charlottenburg nach ihr ab. Vergeblich. Die Wahrheit über ihr mysteriöses Verschwinden erfährt er Jahre später von einem Nachbarkind: Der Gemüsehändler an der Ecke, ein Nazi durch und durch, hat ihr Hundchen ertränkt und seinen nassen Kadaver vor den Laden der Morgensterns geworfen – aus purer Boshaftigkeit und offenbar auch, um sein Revier zu markieren.

Seraphins Vater schlägt auch diese Warnung in den Wind wie so viele weitere, die folgen. Erst im November 1938, eine

Woche nach der Reichspogromnacht, bei der auch das Geschäft der Morgensterns verwüstet wird, stellt er endlich einen Ausreiseantrag. Das amerikanische Konsulat verlangt eine Bürgschaft, Freunde in Baltimore verpflichten sich, im Notfall für sie aufzukommen. Die Morgensterns erhalten die begehrte Aufenthaltsgenehmigung, allerdings ist sie auf vier Personen beschränkt. Sie aber sind zu neunt. Was nun? Selbst wenn Seraphins Großeltern und Tante Gerda in Berlin blieben, wären sie noch immer zu sechst, also zwei zu viel. Die Konsulatsmitarbeiter bedauern, beharren jedoch auf ihren Statuten. In ihrer Verzweiflung erwägen die Eltern, ihre vier Kinder allein auf die Reise zu schicken, dagegen aber lehnen sich Seraphin und seine Geschwister auf. Zuletzt bleiben alle.

Im Frühjahr 1939 müssen sie ihr Haus in Charlottenburg räumen und werden ins Berliner Scheunenviertel umquartiert, einer elenden Gegend, in der überwiegend Ostjuden leben. Kaum haben sie sich mit den widrigen Umständen arrangiert, erhalten sie den Befehl, ihre Koffer erneut zu packen und sich an einem Sammelpunkt einzufinden, das Viertel werde geräumt. Auf Lastkraftwagen werden sie ins KZ Sachsenhausen deportiert. Seraphin, 14 Jahre alt, jedoch älter aussehend, kommt im berüchtigten Klinkerwerk zum Einsatz, wo er Ziegel für Albert Speers Großbauvorhaben in der Reichshauptstadt klopft. Nach einem Aufenthalt im Krankenbau teilt man ihn dem Schuhläuferkommando zu. Fortan muss er zehn Stunden am Tag im Kreis marschieren, mit schwerem Gepäck auf dem Rücken und auf immer neuen Belägen, um die Tauglichkeit von Kunststoffen für Sohlen von Wehrmachtsstiefeln zu erproben, eine kriegswichtige Mission.

1941 landet Seraphin, inzwischen 16-jährig, im KZ Niederhagen, einem Nebenlager des Konzentrationslagers Sachsenhausen, wo er ein Jahr lang vor allem Steine schleppt und dabei mithilft, die Wewelsburg, den Versammlungsort der SS-Gruppenführer, zur Festung auszubauen. Im Oktober 1942 wird er ins KZ Sachsenhausen zurückverlegt und von dort einige Monate später ins Vernichtungslager Auschwitz deportiert. Am Lagertor gibt er seinen Namen ab und erhält stattdessen eine fünfstellige Nummer: 68.318. Zu dieser Zeit sind Seraphins Eltern und Großeltern, sein Bruder Jonathan und Tante Gerda längst tot. Seraphins Schwestern treffen Wochen nach ihm in Auschwitz ein, was er jedoch erst nach dem Krieg erfährt. Maria stirbt an Typhus, zumindest steht es so in den Totenbüchern, Sabrina wird *auf der Flucht* erschossen.

Seraphin teilt man dem Außenlager Buna-Monowitz zu, einem Arbeitslager der I.G. Farben, das 1942 auf den Ruinen des Dorfes Monowitz errichtet wurde, das erste von einem Privatunternehmen betriebene Konzentrationslager im Deutschen Reich. Die meisten Häftlinge überleben die Torturen dort nur wenige Monate. Sie sterben an Erschöpfung, durch Misshandlung oder sie bringen sich um. Wer im Krankenbau landet, wird vergast und durch neue Häftlinge ersetzt.

Wie Seraphin überlebt hat, wird Elena nie erfahren. Über Auschwitz hat er geschwiegen und das Lager nicht einmal beim Namen genannt. Dennoch erinnert sie sich an einige Situationen, in denen Auschwitz plötzlich gegenwärtig wurde, wenn auch nur für einen Moment.

Auf einer Schulfeier unterhält sich Seraphin mit Kollegen über das Lautsprecherische in der Sprache. Hellhörig wird Elena, als er eine *einzigartige Erfahrung* erwähnt, die zwar Jahre zurückliege, ihn aber nachhaltig geprägt habe, eine Erfahrung, aus der er die Erkenntnis gewonnen habe, dass es eine universelle Sprache gebe, in der sich Menschen unterschiedlichster Nationalitäten, Ethnien und Muttersprachen verstehen – wenn sie es müssen.

Ein Jahr später, im Sommer 1951, begleitet Elena ihren Mann zu einer Auktion zugunsten des Stadionausbaus am

Bornheimer Hang. Versteigert werden Fanartikel, signierte Fußbälle, Wimpel, Sammelbilder und Autogrammkarten. Die Veranstaltung ist gut besucht, das Interesse der Bieter jedoch nur mäßig. Bis der Auktionator plötzlich mit einer Überraschung aufwartet – dem handschriftlich signierten Trikot eines ehemaligen Nationalspielers. Dessen Name ist Elena nicht geläufig, doch von diesem Nachmittag an wird sie ihn niemals vergessen. Seraphin reagiert auf den Namen wie elektrisiert. Schon nennt er ein erstes Gebot, andere erhöhen, Seraphin zieht nach. Elenas heiteres Erstaunen über die plötzliche Wandlung ihres Mannes verwandelt sich schon bald in nackte Angst. Seraphin reagiert nicht auf sie, er schwitzt und zittert, es gibt nur noch dieses Trikot, er will es, er will es unbedingt. Immer höher schaukeln sich die Gebote. Seraphin wird laut, er wütet, doch bevor es zum Äußersten kommt, erhält er tatsächlich den Zuschlag. In seiner unbändigen Freude und Erleichterung eröffnet er Elena, dass der Träger dieses Trikot, Juller Hirsch, das Idol seines Vaters gewesen und wie jener von der Rampe weg vergast worden sei.

Seraphin bleibt gut ein Jahr in Monowitz, bevor er, durch Bestechung oder die Hilfe eines Funktionshäftlings, in der Küche des Stammlagers eine weniger kräftezehrende, gelegentliche Extrarationen abwerfende Arbeit erhält. Fast zwei Jahre harrt er dort aus. Als die Front näher rückt, wird das Lager evakuiert. Auf einem dreitägigen Fußmarsch geht es nach Gleiwitz, von dort mit dem Güterwaggon nach Buchenwald. Bald müssen die ausgezehrten Häftlinge auch dieses Lager räumen. Auf ihrem Weitertransport werden sie von alliierten Fliegern beschossen, die ihren Güterzug versehentlich für einen Truppentransport deutscher Soldaten halten. Seraphin, dem ein Splitter den Arm aufreißt, rettet sich unter den Zug.

In Halberstadt teilt man ihn einem Kommando zu, das Höhlen in den Berg sprengen soll, um versteckte Lagerhallen für die Wunderwaffen V1 und V2 zu schaffen. Im Steinregen gelingt ihm im April 1945 die Flucht. Er schlägt sich bis Goslar durch und erwischt dort einen Güterzug nach Braunschweig, wo er sich alliierten Soldaten offenbart. Kaum hat er sich von den Strapazen der Zwangsarbeit erholt, trägt er den Briten seine Hilfe an. Aufgrund seiner Sprachkenntnisse setzen ihn die Besatzer zunächst als Dolmetscher ein. Im Dezember 1946, die Lage in Deutschland hat sich inzwischen einigermaßen stabilisiert, erhält er das Angebot, sich einem britischen Kommando anzuschließen, das die Rückkehr der ostdeutschen Flüchtlinge aus Dänemark organisiert. Auf diese Weise gelangt er nach Kolding.

Ihre Augen, erklärt er ihr einmal, hätten ihn angeleuchtet wie zwei Sterne in finsterster Nacht. Die Zuversicht darin und ihr Zutrauen. Als ob sie in ihm den Jungen sähe, der er vor vielen Jahren einmal war. Noch während er ihr nachgeblickt habe, habe er ihre Augen gemalt. Er sagt *gemalt*, nicht *gezeichnet,* und tatsächlich ist das Bild, obwohl mit Bleistift skizziert, voller Farben. Ihre Augen hätten ihm das Leben gerettet. Das sagt er wirklich. Das sagt sich so leicht dahin. *Das Leben gerettet.* Doch was bedeutet das schon, wenn man ein gerettetes Leben einfach so fortwirft?

Und das Andenken, das überdauert?

Davon will sie nichts wissen. „Im Grunde“, sagt sie, „ist von mir nicht mehr als eine Vorstellung geblieben, nicht wahr? Sein Strich und seine Schraffur. Seine Auslassungen. Der weiße Glanz darin. Die Illusion von Licht.“

# 41

Ich muss los."
„Bitte bleib."
„Bin spät dran."
„Ich dachte."
„Später."
Schon schält sich Ulis Schatten aus dem Rahmen zwischen Zimmer und Flur. Die Wohnungstür springt auf. Ihre klackernden Absätze. Die Treppe. Dann fällt die Tür ins Schloss.
Die Stille.
Hallt nach.
Jagt das Echo der vergangenen Nacht vor sich her.
„Liebe Grüße von Melanie."
„Wer ist Melanie?"
„Sag du's mir."
„Ich kenne keine Melanie."
„Aber sie kennt dich."
*Melanie*. Melanie? Melanie.
Mir wird heiß. „Melanie?"
„So hat sie sich genannt."
„Ich …"
„Du, ja. Ich weiß. Ihr seid miteinander *geskatet*, du und *Melanie*, ihr habt eure Telefonnummern ausgetauscht, du und Melanie, sie findet dich … *sympathisch*, aber ich soll mir keine Gedanken machen, das hat sie sogar zweimal gesagt, *du musst dir keine Gedanken machen*. Sag du mir: Sollte ich mir Gedanken machen?"
„Wir haben uns beim Skaten getroffen, das stimmt. Wir haben uns unterhalten."
„Und woher hat sie deine Telefonnummer?"
„Sie hat mir ihre gegeben, da habe ich ihr meine gegeben."
„Einfach so."

„Einfach so."

„*Melanie* hat mir auch erzählt, dass sie Armin kennt. Und Ludger. Und Ed. Selbst mich kennt sie. Wenn auch nur *vom Sehen*. Wo sie mich gesehen hat, kannst du dir wohl denken. Du und Ed. Ihr habt sie ja die ganze Zeit angestarrt wie. Du weißt schon wie. Wie alle eben. *Melanie* ist ja auch ein echter Hingucker. Du findest sie sicher auch *sympathisch*?"

Maradona legt den Kopf schief. Hält einen Augenblick inne. Balanciert auf der Seitenauslinie und bedenkt mich mit einem skeptischen Blick.

„Du hast recht, sie war auf der ESC-Party. Edgar hat sie angeschmachtet. Ich habe ihn damit aufgezogen. Miteinander geredet haben wir da noch nicht. Beim Skaten hat sie mich dann angesprochen. Wir haben uns unterhalten. Ende. Ich hätte es dir sagen sollen. Ich weiß auch nicht, warum ich es nicht getan habe."

„Um dir ein Hintertürchen offen zu halten."

„Nein."

„Weil dir was fehlt."

„Mir fehlt nichts."

„Und warum dieses Getue – *wer ist Melanie, ich kenne keine Melanie*?"

„Weil sie mir ihren Namen nicht verraten hat."

„*Nicht verraten*. Noch so ein Geheimnis."

„Kein Geheimnis."

„Dein Timing jedenfalls ist perfekt."

„Wie meinst du das?"

„Ach, vergiss es!"

Während die Nationalhymnen abgespielt werden, schweigen wir uns an, reizen die Stille aus, nisten uns ein in ein Geheimnis, das keines ist. Was ist. Was sein könnte. Was nicht sein darf.

Das Telefon liegt auf dem Tisch. Doppelklick auf die Wahlwiederholung, zwischen den Namen eine unbekannte Nummer.

„Melanie?“

„Ja?“

„Ich. Uli und ich. Dass ich angerufen habe, war ein Fehler. Es tut mir leid.“

Ich stelle mir ihre Augen vor. Der weiße Glanz darin. Auf die Auslassungen kommt es an. Die Illusion von Licht.

„Es tut mir leid“, wiederhole ich, aber sie schweigt oder hat längst aufgelegt.

Tévez schießt Mexiko aus dem Turnier. Maradona umarmt die Welt. Ulis Hand fühlt sich kalt an.

„Es tut mir leid.“

„Das hast du bereits gesagt. Aber ich muss schlafen. Ich muss früh raus.“

Traum von einer Nacht mit Sternen. Traum von einer zuschlagenden Tür. Ich schließe die Augen. Schließe mich ein. Alles bleibt. Auch das, was wir verschweigen, zeichnet sich in unser Leben. Jedes sorgsam verschwiegene Wort. Jeder Blick, jede Berührung. Jede Enttäuschung. Jedes Versagen. Unser Glück. Selbst wenn wir es nur in Gedanken ergründen.

Während ich Tee trinke, tönt das Radio gegen die Stille an. Worte kegeln durch den Raum. *G-20, Versäumnisse, Schulden. Schuld?* Uli geht nicht an ihr Smartphone. Ich ziehe die Jalousie hoch und blicke hinaus in den Tag. Lose Wolken. Blauer Himmel. Die Farben der Albiceleste. Maradona wusste Bescheid.

„Die Welt schließt Frieden mit den Deutschen“, sagt eine Stimme im Radio, „65 Jahre nach Ende des Kriegs.“

Ich rufe in der Klinik an. „Herr Koop? Einen Moment.“

Eds Stimme an meinem Ohr. „Hast mich da, wo du mich haben wolltest. Motivationsstation nennen sie das. No drink, no fun.“

Ich frage ihn, wie er das alles aushält, möchte mit ihm reden, aber im Grunde hat er gar keine Zeit.

„Morgen“, erklärt er, „morgen darfst du mich besuchen.“

Der durchsichtige Himmel. Das flirrende Licht. Uli hat ihr Smartphone ausgeschaltet. *Einfach so*. Die Sonne brennt. Schwarz-rot-gold, wohin man sieht. Die Villa. Auch so eine Erfindung. Im vierten Stock hängt eine einsame Fahne. Drittes Fenster von links. Schlaff lappt das Laken über die Brüstung.

Am Aufzug treffe ich Dr. Engelhardt. „Mein lieber Herr Kaufmann, wie machen Sie das nur?" Er greift meine Hand und will sie gar nicht mehr loslassen. „Von allen Seiten nur überschwängliches Lob! Die Güte Ihres Unterrichts spricht sich herum. Heute Morgen haben sich zwei weitere Anwärter bei mir gemeldet. Die Geschwister Selig, 88 und 90, herzliche Leute, Sie werden sie mögen. Was meinen Sie, können die beiden noch quereinsteigen? Das wäre fein."

„Kein Problem."

Ich schließe mit Ed einen Pakt. Ich habe getan, was möglich ist, jetzt ist es an ihm.

Der Aufzug hält. Dr. Engelhardt tätschelt mir den Arm. „Sie müssen noch ein Stockwerk höher. Ich möchte Ihnen danken. Machen Sie weiter so. Ich wünsche Ihnen einen schönen, einen besonderen Tag!"

Im Studio sind alle Plätze doppelt belegt. Clemens Clemens stellt mir die Geschwister Selig vor, die mich mit wachen Augen unterm kurz geschorenen Haar betrachten. „Ich bin die Edda", sagt sie. „Und ich bin der Addi", sagt er. Der Alte drückt mir die Hand. Ich starre auf seine Haut, die sich zwischen seinen Wangenknochen und seinem Kiefer spannt. 90 Jahre hineingewachsen in dieses Gesicht. Edda sitzt neben Elena, Addi neben Clemens Clemens.

Die Deutschlandfahne, erfahre ich, gehört Frau Anderson. Die hat sie ihrer Enkeltochter zuliebe ins Fenster gehängt. Frau Anderson lacht. „Auch die Oma soll unsere Jungs unterstützen, ist das nicht goldig?"

„Recht hat sie", lobt Elena. „Jetzt gilt's."

Herr Clemens und Frau Ferenczy hätten das England-Match auch gern gesehen. Also zaubere ich ihnen die Höhepunkte des Spiels auf den Bildschirm. Ein weiteres Mal erklingt das Deutschlandlied, leider hat die BBC den Text der ersten Strophe noch immer nicht gelöscht. „Von der Maas bis an die Memel", brummt Addi Selig, während Neuer den Ball in die gegnerische Hälfte drischt, „von der Etsch bis an den Belt." Klose locht ein, Frau Ferenczy reißt die Arme hoch, schon fällt das zweite, das dritte, das vierte Tor.

„Aber Addi", mahnt Clemens Clemens.

Addis Kiefer malmen den Tadel klein. „Sie sind doch Professor?", wendet er sich an mich. „Professor für Geschichte?"

„Geschichte stimmt, Professor nicht, tut mir leid." Bei Bruder Selig klingt Geschichte wie Gesichte, was mir von seiner Warte aus gesehen durchaus einleuchtet.

Nach dem Unterricht fragt mich Elena, wie weit ich denn *mit unseren Erinnerungen* sei.

„Der Krieg ist gerade vorüber", antworte ich, „wenn Sie wollen, sende ich Ihnen die ersten Seiten zu, per E-Mail, versteht sich."

„Lassen Sie nur", erwidert sie. „Lieber später und alles am Stück. Kommt ja noch einiges zusammen, nicht wahr?"

Auf dem Weg zum Speisesaal erkundigt sie sich nach meinen Kontodaten, schließlich neige sich der Monat bereits seinem Ende zu, mithin wäre es ihr lieb, mein erstes Honorar anzuweisen.

„Hätten Sie Lust", sage ich, als wir uns am Aufzug verabschieden, „das Viertelfinale am Samstag mit mir und Uli in der City-Arena zu sehen?"

„Sie meinen, unter Leuten?"

„Unter vielen Leuten."

„Aber ja", antwortet sie und strahlt. „Gern. Sehr gern."

Im Schatten der Villa Lichtblick versuche ich es erneut bei

Uli, erreiche aber nur ihre Mailbox. Ihr Arzttermin sollte um neun sein, jetzt ist es nach zwölf.

Auf gut Glück radele ich zur Mensa, wo ich quer durch den Saal und über die Terrasse streife, Uli aber nirgendwo entdecke.

Gerade habe ich beschlossen, den Rest der verkochten Spaghettini stehen zu lassen, als sich Xiao an meinen Tisch setzt.

„Allein hier?“, fragt sie. „Wo ist Uli?“

„Wahrscheinlich zu Hause.“

„Warst du denn nicht mit ihr beim Arzt?“

Die Stille daheim ist dieselbe wie am Morgen. Ich lasse die Haustür offen, ich könnte jederzeit gehen. Unter dem Dach schlägt eine Tür. Schritte hallen über den Flur. Wie dunkel der Flur ist. Überhaupt. Nur in der Küche scheint die Sonne. Das benutzte Geschirr vom Morgen steht auf dem Tisch. Ich räume es in die Spüle. Setze Wasser auf. Ein Rettungshubschrauber donnert am Fenster vorbei. Ich denke an Edgar, der Glückglückglück gehabt hat, an Sankt Patrick, den ich *Dad* nennen soll, und frage mich, während ich Zucker in meinen Tee rühre, ob er und *Ma* bereit wären, ihr Schweigegelübde zu brechen, wenn ihnen Gott das späte Glück verhieße.

Als ich aufblicke, springt mir vor Schreck die Tasse aus der Hand. Scherben spritzen bis vor Ulis Füße. Ihr Blick streift die Pfütze, ihre Stimme ist brüchig wie Porzellan. Dabei müsste sie nicht flüstern. Ein offenes Geheimnis, nicht wahr? Ich muss lachen. Uli weint.

# 42

„Uli ist schwanger."
„Schwanger?"
„Ja, schwanger."
„Von dir?"
„Arschloch."
Edgar schiebt sein unrasiertes Gesicht zu nah an meines heran.
„Wer ist hier das Arschloch? *Uli ist schwanger.* Hättest sagen können: *Hey, ich werde Vater. Ich*, hörst du! Das hätte Stil."
„Okay, Klugscheißer! *Ich* werde Vater. Zufrieden?"
„Halleluja!"
Schon bereue ich, dass Edgar der erste ist, der es erfährt. Während er sich seine nächste Zigarette ansteckt, überlege ich, ob ich außer ihm und der lieben Familie noch jemand einweihen muss, mir fällt niemand ein. *Ma* weiß es längst. Ihre Künstlerseele erspürt das Geheimnis. Dakota? Meine kleine Schwester sollte ich besser gleich mit ins Boot holen, *Ma* steh mir bei. So könnte es gehen: Ich entkorke den Sekt, Schaum quillt heraus, ich gieße ein und hebe mein Glas. Dakota starrt mich an, sie rechnet mit allem, auch mit dem Schlimmsten. Ich sage, was zu sagen ist. *Ma* fällt mir um den Hals, gegen ihr Glück fallen Dakotas Bedenken nicht ins Gewicht. Das eigentliche Problem ist *Dad*. Ihm will ich, ihm muss ich in die Augen sehen, während er die freudige Nachricht empfängt. Seine gerunzelte Stirn, sein schiefer Blick: Das meinst du nicht ernst? In einem anderen Leben wollte er Schauspieler werden, einen Sommer lang hat er sogar bei Strasberg gelernt. Ein Stimulus genügt ihm, um selbst komplexe Gefühlsregungen abzurufen. Entsetzen, Trauer, Wut oder Glückglückglück. Nur wie kann ich den entscheidenden Moment mit ihm teilen? Das *Alte Europa* wird er so bald nicht wieder bereisen. *Meine Einladung steht.* Während wir hinaus auf

den See blicken, sage ich ihm, was zu sagen ist, lese ich in seinen Augen, was er verschweigt. Schnitt! Sein Boot ist keine Bühne für ein Drama. Besser, ich ruf ihn an. Videochat. Sein Gesicht auf meinem Monitor. Seine Stimme in meinem Lautsprecher. Sobald er zynisch wird, schalte ich stumm oder drücke ihn weg.

„Von einem Jungen hast du mehr," sagt Ed.

„Was soll das denn heißen?"

„Mehr eben. Mehr! Mädchen sind von ihren Müttern leichter zu manipulieren. Von wegen, wir lassen uns nicht unterkriegen, Schatz, den Kerlen da draußen zeigen wir's. Reifen wechseln, Löcher bohren, Bäume fällen, dass ich nicht lache, Schatz, wir sind doch selbst Manns genug, wir brauchen keinen Kerl im Haus, wir kommen prima allein zurecht." Edgars glasige Augen. Mit seinen Knöcheln reibt er sich fortwährend übers Kinn. „Jahrelang geht das so, ihre halbe Kindheit. Bis deiner Tochter, inzwischen hat sie mit ihrer Mutter nur noch Stress, bis ihr eines Tages einfällt, dass sie in einem früheren Leben auch einen Vater gehabt haben muss, der vielleicht ein gutes Wort für sie einlegen könnte, aber das ist es dann auch, das reicht vielleicht für ein Wiedersehen, aber nicht für verloren gegangenes Vertrauen. Dafür ist es zu spät, hörst du, weil du für sie ein Fremder bist und sie eine Fremde für dich."

Edgar hält alle paar Schritte inne, späht in den Himmel, drückt seine Kippe in den Kies.

„Warst du dabei?"

„Wobei?"

„Bei der Geburt."

„Bei der Geburt. War ich dabei? Sicher. Die ganze Zeit war ich dabei. Ich habe Kathi geliebt, weißt du doch. Ich habe sie so sehr geliebt, dass ich sogar diese scheiß Nabelschnur durchgeschnitten habe. *Symbolisch*, versteht sich, war ja längst gelaufen, von wegen Kaiserschnitt, Baby raus, Bauch zu, da lassen sie das Gebimsel ja nicht einfach weiter rausbaumeln, aber für den stolzen Vater bewahren sie ein Stück davon auf, damit er es vor den Augen seiner gerührten Gattin durchtrennt. *Symbolisch*. Wie bei der Einweihung einer beschissenen Autobahn. Nur dass du gar keinen Führerschein hast. *Symbolisch*! Meine Fresse! Kannst du dir vorstellen, wie dämlich sich einer vorkommt, dem die Schwester eine Schere hinhält, damit er zwanzig Zentimeter nutzlose Nabelschnur zerschneidet? Kannst du dir vorstellen, wie das knirscht?"

Nach weiteren zwei Runden bringe ich Ed zurück auf sein Zimmer.

„Ich würde dir gern jemanden vorstellen", sage ich. „Elena. Elena Morgenstern. Ich habe dir von ihr erzählt. Und ihr von dir. Dem Spiritus rector der Frankfurter Mouse-Mobil-Initiative."

Eds Kopf ruckt herum. Grinst mich an. „*Spiritus rector* ist gut. *Spiritus rector* gefällt mir."

Am Morgen habe ich mein Fahrrad stehen gelassen, einen Moment überlege ich, ob ich die Bahn nehmen soll, doch dann gehe ich zu Fuß. Per pedes, sagt Elena, schrumpft der Mensch auf sein natürliches Maß. Ich meide die Hauptstraßen, der Lärm stört meine Gedanken. Einmal kommt mir ein Greis mit einem Dackel entgegen und quert, kaum dass er mich erblickt, mit Angst in den Augen, die Fahrbahn. Bald gerate ich in ein Gewirr enger Gassen, die sich winden und gabeln – ich versuche mich zu orientieren, laufe kreuz und quer. Hinter einem Wendehammer öffnet sich ein Boulevard, in der Mitte ein Kinderspielplatz mit Schaukel, Rutsche und Klettergerüst, am Rand, hinter dem Zaun, drei Wipptiere, traurig wie ausgesetzte Welpen.

*Wenn du meinst.*

*Warum nicht.*

*Zufälle bestimmen unser Leben, hörst du, nichts lässt sich daran ändern.*

Schatten der Nacht. Der Grüneburgpark taucht vor mir auf. Eine schmale Straße zerteilt das dunkle Grün. *Wer schleicht denn nachts allein durch den Park*? Wind, Wind in den Kronen – ich wünschte, sie wäre hier und der Wind nähme uns mit sich fort, irgendwohin, wo die Luft trägt oder das Wasser, in die Schwerelosigkeit unserer Menschwerdung.

Das Tor zum Koreanischen Garten ist verschlossen, wie auch sonst. Meine Hände umklammern das Gitter, meine Gedanken hasten voraus, hier, vielleicht hier, wer will das wissen, im Sommergarten, am Rande des Teichs ... Uli sagt, der Tag der Tage sei irgendwann Anfang Mai gewesen, möglicherweise hier, dann wäre unser Sohn ein im Winter geborenes Sommerkind.

*Von einem Jungen hast du mehr.*

Ist das so, frage ich Ed, frage ich *Dad*, der es wissen sollte, da er seine Verhältnisse wiegt und schätzt und den subjektiven Werttheorien sein Leben widmet. Sankt Patrick lächelt, möglicherweise, ja, jetzt, wo du's sagst, ein bisschen mehr von mir mag in dir sein, von deinem Vater hast du mehr.

Sartre kommt mir in den Sinn. Allein seine Behauptung, der eigene Vater sei, zu seinem Glück, früh gestorben und er als einziger Mann unter Frauen aufgewachsen. Alles Lüge, meint Uli. Der Vater sei, wie Sartres Biografin von einem der Nachbarn erfuhr, immer da gewesen, sogar alt geworden, uralt. Von einer vaterlosen Kindheit könne also gar keine Rede sein, eine Fiktion.

Spät in der Nacht stehe ich vor unserem Bett. Sehe auf meine Frau herab. Lege mich zu ihr. Uli schlägt die Augen auf. „Da bist du ja. Halt mich. Ja. So ist es gut."

# 43

Während das öffentliche Leben stillsteht und ein Volk glückstaumelt, meldet sich Elena bei ihrer Firma krank, sperrt sich in ihrer abgedunkelten Wohnung ein und hängt ihr Telefon aus. Noch hat sie es niemandem erzählt. Nicht den Eltern noch Gisela, geschweige denn ihrem Chef oder ihren Kollegen. Nur an Seraphins Schule weiß man Bescheid. Die Polizei war dort. Sie hat das Direktorium und das Kollegium befragt. Die Ermittlungen dauern an, noch ist die Leiche nicht zur Beerdigung freigegeben. Neuneinhalb Jahre nach der Befreiung von Auschwitz verlangt der gewaltsame Tod eines Juden in Deutschland von den ermittelnden Behörden feines Gespür. Selbst wenn es sich aller Wahrscheinlichkeit nach um einen Freitod handelt, wer weiß schon, ob das Ausland davon Wind bekommt – das Bild vom hässlichen Deutschen lebt in den Köpfen fort.

Sechs Jahre Krieg, drei Jahre Flucht und Gefangenschaft, die gerade erst begonnene Zukunft schon wieder dahin – mit 24 ist Elena am Ende ihres Weges angelangt, es fehlt nur noch ein letzter Schritt. An einem trüben Spätsommerabend ist sie bereit. Sie schreibt einige Zeilen an die Eltern, einen Brief an Gisela, zieht Seraphins Lieblingskleid an und geht im Schutz der Dunkelheit hinunter zum Main. Von der Flößerbrücke aus hat man den schönsten Blick auf die nachtblaue Stadt. Dunkel treibt der Fluss dahin. Sie erklimmt das Geländer und springt. Den freien Fall erlebt sie wie eine Erlösung. Doch als sie jäh ins kalte Wasser taucht, bricht sich das Leben in ihr Bahn und ringt die Todessehnsucht nieder. Unversehens findet sie sich am Ufer wieder. Sie zittert, sie friert, jeder Muskel schmerzt, aber schlimmer noch als die Kälte, schlimmer noch als der Schmerz ist ihre Scham, dass sie Seraphin erneut verraten hat, dass ihre Liebe allenfalls für ein geteiltes Leben reichte, bis in den Tod jedoch nicht.

Dem Spätsommer folgt ein kurzer Herbst und ein ewig langer Winter. Während Elena tagsüber wie in Trance hilft, die Trümmer der Stadt abzutragen, türmt sich nachts der Schutt ihres 24-jährigen Lebens in schwindelerregende Höhen. Das Land, in dem sie lebt, die Stadt, in der sie die glücklichsten Jahre ihres Daseins verbracht hat, dieses aufblühende Land und diese aufblühende Stadt: sie kommen ihr zusehends unwirklich vor, sie selbst fühlt sich darin wie eine Fremde, ein Besucher auf Zeit. Die Stille, die sie so viele Jahre umgeben, in der sie sich eingerichtet hat, weicht einer Klatschhaftigkeit, die ihr bald in den Ohren dröhnt. Die Zeit der Trauer, die Zeit der Demut – längst sind sie dahin. Eine Nation ist erwacht. In ihrem Stolz schlummert die vertraute Anmaßung, der Größenwahn einer tausendjährigen Utopie.

Als Elena eines Abends wenige Tage vor Weihnachten von der Arbeit heimkommt, sitzt Gisela auf der Treppe vor ihrer Tür. Fast zwei Jahre haben sich die Freundinnen nicht gesehen. Auf die letzten Briefe Giselas hat Elena nie geantwortet. Ans Telefon geht sie schon gar nicht. Dass Seraphin aus dem Leben geschieden ist, hat Gisela von Elenas Eltern erfahren.

Zwei Wochen bemüht sich Gisela, Elena zurück ins Leben zu holen. Sie besorgt einen Christbaum, den sie mit Schleifen und Kerzen schmückt, backt einen Pfefferkuchen, stimmt alte Lieder an, liest Elena Märchen vor und kocht zu Heiligabend Königsberger Klopse, Elenas Lieblingsgericht. Zwischen den Jahren gelingt es Gisela tatsächlich, die Freundin ins Kino zu locken, wo Sissis ausgekochter Schwiegerpapa ihr zum ersten Mal seit Monaten ein Lächeln ins Gesicht zaubert.

Ohne Gisela, sagt Elena. Und ohne die Knef – ohne sie hätte sie sich damals nicht *fortsetzen* können. Weiterzuleben, sagt sie, habe sie erst sehr viel später gelernt.

# 44

Da ist etwas, das ich nie begriffen habe und das mich noch immer beschäftigt. Die Häftlinge, Sie wissen ja, bekamen bei ihrer Ankunft in Auschwitz eine Nummer, jedenfalls die Häftlinge, die den Herrenmenschen nützlich erschienen. Seraphins Nummer lautete eigentlich 68.318, doch der Tätowierer stanzte sie so schlampig in seinen Unterarm, dass zwischen den ersten drei Ziffern und den beiden anderen eine fast fingerbreite Lücke klaffte. Als ob sich Seraphin hinter der Pforte des Todes geteilt oder verdoppelt hätte und nun Häftling 683 und Häftling 18 war. Warum ich Ihnen das erzähle? Vor vielen Jahren habe ich an einer Studienreise nach Israel teilgenommen. In Jerusalem wurden wir einem berühmten Schriftgelehrten vorgestellt, der uns eine Einführung in die Symbolik der hebräischen Sprache und Zahlen gab. Die 18, erklärte er, sei eine Glückzahl und stehe für das Wort *Chaj*, ein bekanntes jüdisches Symbol, *das* Symbol für das Leben. Sie können sich meine Bestürzung vorstellen. Hat Seraphin das gewusst? Wahrscheinlich, denn er war doch ein gläubiger Mensch. Und wenn, hat es ihn geleitet? Hat es ihn bestärkt, dem allgegenwärtigen Sterben im Lager zu trotzen? Das wäre doch möglich, nicht wahr? Aber was ist danach geschehen? Warum hat er nicht festgehalten an seinem Leben, an unserem Leben, so stand es doch auf seinem Arm, das Leben, das war doch seine Bestimmung?“

# 45

Das neue Jahr hat gerade erst begonnen, als von Osten her dunkle Wolken heranziehen, die sich über der Stadt zusammenballen und den Tag verfinstern. Am Nachmittag schwebt der erste Schnee auf Frankfurt herab. Blütenblattgroße Flocken, denen die Kinder nachjagen, um sie in ihren hohlen Händen zu fangen, Schnee, der sich auf Dächer, Bäume, Straßen, Gehwege, Gärten und Wiesen legt und die Stadt unter einer flauschigen Decke versteckt. In der Nacht schneit es weiter, auch am folgenden Tag und an den Tagen darauf. Ende der Woche sind von den kleinsten Schneemännern der Kinder nur noch die Köpfe zu sehen. Das öffentliche Leben steht still. Schulen, Ämter und Behörden bleiben geschlossen, die Müllabfuhr stellt ihren Betrieb ein, Ärzte und Krankenhäuser richten Notdienste ein, Busse und Straßenbahnen bleiben in ihren Depots. Eine geisterhafte Stille liegt über der Stadt. Kaum ein Geschäft ist geöffnet, die Straßen sind verwaist, Tag und Nacht fließen ineinander.

Die Kälte, die Stille und die Dunkelheit jener Tage, so will es Elena erscheinen, prägen ihre Gegenwart über Jahre hinaus.

Abends streift sie allein durch die Stadt, auf der Suche nach Bildern, die ihr verlorenes Leben bezeugen. In der aufblühenden Metropole findet sie sich kaum noch zurecht. Das Parkhaus am Kornmarkt, das aluminiumverkleidete Konfektionshaus Ott & Heinemann auf der Zeil, der vierstöckige Kaufhof nahe der Hauptwache – Frankfurts Wiederaufbau schreitet in ungeheurem Tempo voran. Jahrelang hält der Mord an einer Prostituierten die Bürger in Atem. In Rom unterzeichnet Adenauer den EWG-Vertrag, in Ungarn stehen die Menschen gegen die sowjetischen Besatzer auf, in der Stratosphäre wetteifern Russen und Amerikaner um die Vorherrschaft im All.

An einem sonnigen Tag im Mai 1960, seit Seraphins Freitod sind inzwischen sechs Jahre vergangen, klingelt es abends an

Elenas Tür. Ihre Nachbarin, eine ältere Dame, die ab und zu ein Päckchen oder einen großformatigen Brief für sie annimmt, händigt ihr ein amtliches Schreiben aus, das am Vormittag für sie abgegeben worden sei. Der Brief stammt aus Berlin. Noch im Flur reißt Elena den Umschlag auf. Ungläubig liest sie, was ihr ein Rechtsanwalt im spröden Amtsdeutsch offenbart. Bei der Überprüfung jüdischer Liegenschaften, die einst von den Nazis enteignet wurden, habe man auch ein auf die Familie Morgenstern eingetragenes Haus und Grundstück im Berliner Stadtteil Charlottenburg ermittelt. Elena sei die einzig lebende Verwandte, mithin die rechtmäßige Erbin des Anwesens, vorausgesetzt, sie nehme die Erbschaft an.

Elena reist nach Berlin, wo sie gemeinsam mit ihrer Freundin Gisela das ehemalige Haus der Morgensterns besucht. Vergeblich fahndet sie in den fremden Räumen nach einer lebendigen Erinnerung an Seraphin oder einen der Seinen. Das Gebäude wurde erst kürzlich renoviert. In den Wohnräumen stehen protzige Möbel, an den Wänden hängen Fotos von fremden Menschen, hinter den Schaufenstern des einstigen Kleinwarenladens glänzen moderne Küchengeräte, durchweg Importe aus den USA.

Eine Woche lang redet Gisela auf Elena ein, vom Main an die Spree zu ziehen, wo sie gemeinsam wohnen und studieren und für die Rechte der Frauen streiten könnten. Doch so verlockend die Aussicht, Gisela in ihrer Nähe zu wissen, so innig ist Elenas Wunsch, Seraphin nah zu bleiben, was ihr in Berlin, von wo man ihn einst vertrieb und seine Spuren tilgte, undenkbar erscheint. Nein, sie muss in Frankfurt bleiben, wo sie und er eine Heimat fanden – im Niemandsland, inmitten der Trümmer, dort, wo ihr Mann nun begraben liegt und alles an ihn erinnert.

Am Tag vor ihrer Abreise beauftragt Elena ein Maklerbüro, das ihr fremde Haus zu veräußern. Wochen später erhält sie einen Brief. Die Original-Pläne der Liegenschaft seien beim

Brand des Katasteramtes 1945 zerstört worden, teilt ihr der Makler mit und bittet sie um Abschriften oder Entwürfe, die interessierten Käufern einen Eindruck vom ursprünglichen Anwesen vermitteln könnten. Elena bedauert, mit ihrem Mann hat sie nie über das Berliner Haus gesprochen. Ob sie die Unterlagen ihres Mannes nicht doch einmal durchsehen könne, insistiert der Makler. Vielleicht finde sich ja irgendwo ein altes Foto oder eine Abbildung, ganz gleich, irgendein Hinweis, der Rückschlüsse auf das ursprüngliche Gebäude erlaube, damit ließe sich die Angelegenheit zweifelsohne forcieren.

Widerwillig nimmt Elena die so lange gemiedenen Dokumente Seraphins zur Hand. Seite um Seite blättert sie seine Hinterlassenschaft durch: Alben, Hefte, Mappen, schließlich auch jene Ordner, in denen er die Unterlagen seiner Lehrtätigkeit aufbewahrte. Wie erwartet entdeckt sie nicht den geringsten Hinweis auf das Haus in Berlin. Dafür jedoch etwas anderes: Zwischen den Unterrichtsplänen von 1953 und 1954 klemmt eine dünne Mappe, die nicht dorthin gehört und deren Inhalt Elenas Leben nachhaltig verändert.

Die Mappe trägt die Aufschrift „IG Auschwitz O/S". Sie enthält 17 Zeitungsartikel über einen Prozess, den ein ehemaliger KZ-Häftling Anfang der 50-er Jahre gegen die I.G. Farben in Liquidation angestrengt hat. Der Ankläger ist wie Seraphin Zwangsarbeiter im KZ Buna-Monowitz gewesen. Möglicherweise sind er und Seraphin sich dort begegnet, vielleicht waren sie Freunde, immerhin stammen sie beide aus Berlin. Von der I.G. Farben AG i. L. fordert der ehemalige Auschwitz-Häftling Schmerzensgeld und Entschädigung in Höhe von 10.000 Mark.

Nach der Chronologie ihres Erscheinens drapiert sie die 17 Zeitungsartikel auf dem ausgezogenen Tisch. Dort bilden sie eine Fährte. Die erste von Seraphin selbst gelegte Spur.

Zwölf Überlebende des KZ Buna-Monowitz sagen vor dem Landgericht Frankfurt am Main als Zeugen aus. Sie schildern die Hölle auf Erden. Sie berichten von katastrophalen hygienischen Bedingungen im Arbeitslager, von unzureichender Schutz- und Winterkleidung, von Hunger und Krankheiten, von Selektionen im Krankenbau, von Misshandlungen, an denen sich Vorarbeiter, Kapos und SS-Wärter beteiligten, von regelmäßigen Inspektionen der I.G. Farben und Strafmeldungen durch deren Meister wegen Nichterfüllung des Solls.

Dagegen beschreiben die Zeugen der Verteidigung, ehemalige Funktionäre der I.G. Farben, das Paradies auf Erden. Selbstverständlich hätten die Häftlinge eine angemessene Arbeitsschutzkleidung erhalten, die Baracken seien sauber und das Krankenlager vorbildlich ausgestattet gewesen. Hunger habe niemand gelitten. Im Gegenteil. Als die ehemaligen I.G. Farben-Manager auf die *Buna-Suppe* zu sprechen kommen, geraten sie regelrecht ins Schwärmen. Eine nahrhafte und bekömmliche, weithin gerühmte Gemüsesuppe, deren Genuss ausschließlich ihren Arbeitern in Monowitz vorbehalten gewesen sei. Von Selektionen haben die Zeugen niemals gehört, geschweige denn selbst erlebt. Dass die Häftlinge im Lager wie Fliegen gestorben sind, können sie nicht bestätigen. Die hohe Fluktuation führen sie darauf zurück, dass ihre Arbeiter auf Befehl der SS bald schon andere Betätigungsfelder fanden, schließlich seien sie hervorragend ausgebildet gewesen, eben die besten.

Es ist das erste Mal, dass Elena das Konzentrationslager Auschwitz betritt.

Am 10. Juni 1953 spricht die 3. Zivilkammer des Landgerichts Frankfurt am Main ihr Urteil. Die I.G. Farbenindustrie AG habe Körper und Gesundheit des Klägers schuldhaft verletzt und mithin eine unerlaubte Handlung im Sinne des BGB begangen. „Die Beklagte wird verurteilt, an den Kläger den Betrag von DM 10.000 nebst 4 % Zinsen hieraus seit 1.7.1951 auf ein bei der Rhein-Main-Bank einzurichtendes Sperrkonto zu bezahlen“, zitiert die „Frankfurter Zeitung“ aus der Urteilsbegründung. Gegen den Rechtsspruch legt die I.G. Farben AG i. L. Berufung ein. Zur selben Zeit nehmen ihre Liquidatoren mit der Conference on Jewish Material Claims Against Germany Kontakt auf, um über eine Pauschal-Entschädigung für alle Zwangsarbeiter in Buna-Monowitz zu verhandeln und sich damit gegen weitere Prozesse zu wappnen.

Die letzte Notiz in Seraphins Mappe „IG Auschwitz O/S" erwähnt einen gescheiterten Gütetermin zwischen der I.G. Farben i. L. und dem Klägeranwalt.

Datiert ist das Blatt auf den 2. Juli 1954, zwei Tage vor Seraphins Tod.

# 46

Das Haus in Berlin, die Erbschaft, zuletzt die mysteriöse Mappe mit Seraphins handschriftlichen Notizen – Elena ist sicher, dass er in ihr Leben zurückgekehrt ist, um ihr eine Botschaft zu senden: Sie soll ihr Schweigen endlich brechen, ihr gemeinsames Stillschweigen, soll Fragen stellen und auf Antworten bestehen, das Unausgesprochene, das Unaussprechliche benennen, nach Spuren suchen, ihn aufspüren, ihm zuhören, ihn verstehen. Seraphins Erbe ist ihre Hypothek. Zugleich ist es ihre Verantwortung und ihre Befreiung. Endlich bricht sie auf. So viel Zeit schon hat sie nutzlos vertan.

Ist es Zufall oder Bestimmung, dass am selben Tag, an dem Elena die Nachricht über ihre unerwartete Erbschaft erhält, im fernen San Fernando, einem Stadtteil der argentinischen Hauptstadt Buenos Aires, der Organisator der *Endlösung*, SS-Obersturmbannführer Adolf Eichmann, von Mossad-Agenten entführt wird? Von der spektakulären Aktion des israelischen Geheimdienstes erfährt Elena wenige Tage später. In den folgenden Wochen kommen die Details ans Licht: Offenbar hat Eichmann nach dem Krieg unter falschem Namen in der Lüneburger Heide gelebt, als Holzfäller, bevor ihm mit Hilfe katholischer Geistlicher die Flucht nach Argentinien gelang. Als Riccardo Klement genoss er, wiedervereint mit seiner Familie, über Jahre ein Leben in Freiheit. Offenbar fühlte er sich in Buenos Aires so sicher, dass er seine beiden Söhne an ihrer neuen Schule unter ihrem eigentlichen Namen anmeldete: Eichmann.

Die Berichte dieser Tage und jene, die folgen, führen Elena vor Augen, dass die Mörder von einst tatsächlich frei herumlaufen, unbehelligt von der Justiz des In- oder Auslandes, gerade so, wie es der Film, den sie vor ihrer Abreise in Klövermarken sah, auf eindrucksvolle Weise beschrieb.

Einem der Mörder werden Eichmanns Aussagen vor dem Jerusalemer Bezirksgericht zum Verhängnis. Der ehemalige SS-Obersturmbannführer Hermann Krumey ist als Stellvertreter Eichmanns maßgeblich an der Ermordung der ungarischen Juden beteiligt gewesen. Zunächst als harmloser Mitläufer eingestuft, wird er nun inhaftiert und muss sich wegen Mordes *in einer unbestimmten Vielzahl von Fällen* verantworten. Nicht vor irgendeinem Gericht, sondern wieder vor dem Landgericht Frankfurt am Main.

Elena hat den ersten Schritt getan. Von nun an wird sie Seraphins Spur folgen. Vielleicht kann ihr der ehemalige Auschwitz-Häftling helfen, der den Prozess gegen die I.G. Farben gewann. Sie nimmt Kontakt mit seinem Anwalt auf und erfährt von dessen Büroleiterin, dass der Kläger schon vor Jahren in die USA emigriert sei. Seine Adresse dürfe sie nicht herausgeben, aber Elenas Brief wolle sie gern weiterleiten.

Von ihr erfährt Elena auch, wie der damalige Prozess schließlich endete: Nach zähen Verhandlungen habe sich die I.G. Farben in Liquidation außergerichtlich verpflichtet, den ehemaligen Zwangsarbeitern in Monowitz 30 Millionen Mark zur „Linderung der Leiden" zu zahlen, wobei die Verantwortlichen Wert auf die Feststellung gelegt hätten, zur Zahlung rechtlich nicht verpflichtet und für die Zwangsarbeit in Auschwitz keineswegs verantwortlich zu sein. Zugunsten der I.G. Farben i. L. habe die Bundesregierung einige Zeit später ein Gesetz erlassen, nach dem weitere Ansprüche an das Unternehmen ab dem 1. Januar 1958 verjährt seien. Das Verfahren am Oberlandesgericht habe man unmittelbar nach der außergerichtlichen Einigung eingestellt.

# 47

Mitten in meinem Traum schrecke ich hoch. Uli sitzt am Bett, eine Tasse Tee in der Hand. Sie lächelt.

„Alles ist gut."

Abdullah Ibrahim träumt die Blüte der Jacaranda. Verborgenes im Sichtbaren, unsere Vision. Uli stellt ihre Tasse ab und legt sich zu mir ins Bett. „Lichtzeit", flüstert sie. Ihre Finger, heiß vom Tee, streichen über meinen Rücken. „Hast du geträumt? Erzähl mir deinen Traum – nein, sag nichts, ich erzähle ihn dir."

Einen halben Tag lang bleiben wir so liegen. Meine Hand auf Ulis Bauch. Ich fühle den Flügelschlag ihres Herzens. Schon im Frühjahr sind wir zu dritt.

*Ohne die Angst.*

Ed hat die Hoffnung aufgegeben, vielleicht hat er nie Hoffnung gehabt. Es ist Nacht. Ich kann ihn nicht sehen, nur seine ausgedrückte Kippe, ihre vieläugige Glut.

Was er meint, sind nicht die Schmerzen, was er meint, ist die Einsamkeit, die Eintönigkeit und der wiederkehrende Albtraum, sie könnten ihn einsperren, womöglich für immer.

Weiß brütet der Tag. Ein Kokon aus flirrendem Licht.

„Hast du Angst?", frage ich Uli.

„Wovor?"

„Davor."

„Aber nein. Wir haben doch uns."

Gestern dachte ich noch, dass mein Leben bliebe, was es immer war, ein Wirrwarr aus Einfällen und Zufällen, doch mit einem Mal sehe ich den Verlauf und seine Richtung.

„Ich liebe dich."

„Halt mich. Halt mich fest."

Am Abend rücken wir das Bett ans Fenster und blicken herab auf die dämmernde Stadt. Über den Hochhäusern schwebt ein orangerot glühender Sonnenballon, eine reife Frucht, die wir auspressen bis auf die letzten Tropfen Licht.

„Wenn wir ein Mädchen bekämen."

„Von einem Jungen habe ich mehr."

„Ich mein ja nur, wenn."

„Dann?"

„Würde ich sie Elisabeth nennen, weißt du, dann könnte sie später selbst entscheiden. Elsbeth, Lisa, Eli, Elise, Betty, Isa, Sabeth, Betsi, Lisbeth ..."

„Ed sagt, von einem Jungen hätte ich mehr."

„Das musst du mir erklären."

Um Mitternacht sehen wir die Spätnachrichten. Erst im dritten Wahlgang hat der neue Bundespräsident seine Mehrheit bekommen. Die Opposition feixt. Die Linke macht keinen Staat. In Neukölln verbrennen selbst ernannte Antifaschisten die Deutschlandfahne eines libanesischen Fußballfans.

Uli dreht sich zu mir. „Was hast du gesagt?"

„Elena hätte gern zwei Mädchen gehabt."

„Sagt sie?"

„Wie ihre Eltern."

„Und warum hat sie nicht?"

„Weil Seraphin keine Kinder kriegen konnte."

# 48

Den Abend ihres 30. Geburtstages verbringt Elena gemeinsam mit ihren Eltern in einem kleinen Restaurant in Immenstaad am Bodensee. In den Jahren seit Seraphins Tod haben sich Vater, Mutter und Tochter nur selten gesehen. Wie Fremde sitzen sie sich nun gegenüber und haben sich nichts zu sagen.

Eine Weile lang sieht Elena hinaus auf den See. Wie abweisend ihre Mutter Seraphin gegenüber war, wie schweigsam ihr Vater. „Warum", fragt sie einem jähen Impuls folgend ihre Eltern, „hat sich keiner von euch je für meinen Mann interessiert?" Auch seinen Tod haben sie hingenommen wie ein unabwendbares Schicksal. „Warum habt ihr Seraphin wie einen Fremden behandelt? Weil er ein Jude war?"

Wortlos steht die Mutter auf und kehrt erst nach der Vorspeise zurück. Ihr Vater hat Mühe, seine Tränen zurückzuhalten.

„Lass die Toten ruhen, Kind", sagt er. Es ist die einzige Antwort, die er ihr gewährt.

Während Elena über den See blickt, wenden ihre Fragen die Richtung und finden zu ihr zurück. Wieso hat sie ihren Vater eigentlich nie nach seiner Parteimitgliedschaft, seiner Tätigkeit während des Kriegs und seiner Kriegsgefangenschaft gefragt? Arzt und SS – wie konnte sich das vertragen? Dieser Dr. Mengele, den die Behörden in Argentinien vermuten und dessen Auslieferung die Bundesrepublik Deutschland beantragt hat, auch er war doch ein SS-Arzt und hat in Auschwitz gemordet. Was weiß sie eigentlich von ihrem Vater? War er aus Überzeugung in der SS? Oder weil er vorankommen wollte? Oder wollte er bloß nicht auffallen? Was hat er zu verantworten, was hat er ihnen verschwiegen? Hat er seine Seele verkauft? Warum erzählt er ihr nichts? Warum hat sie ihn nie gefragt?

Schweigend essen sie sich durch fünf Gänge. Die Teilnahmslosigkeit ihrer Mutter plagt Elena mehr als die Verschwiegenheit ihres Vaters. Schuld scheinen sie beide nicht zu empfinden. Weil sie sich tatsächlich nichts vorzuwerfen haben? Oder weil sie glauben, dass die eigene Schuld im Vergleich zum Verlust ihrer Heimat nichts wiegt? Möglich, dass sie im Grunde ihres Herzens noch immer Nazis sind. Was weiß sie denn schon? Und was will sie wissen?

Elena bleibt drei Tage in Heiligenberg. Die Sehnsuchtsorte ihrer Jugend haben sich kaum verändert. Sie sammelt Blumen und Beeren, badet im Bodensee und trifft an ihrem letzten Abend die Töchter ihrer Vermieter, die, zu jungen Frauen gereift, auf alles neugierig sind, was in der fernen Großstadt geschieht. Einen herrlichen Abend lang flanieren sie über den Boulevard der Banalitäten, wundern sich gemeinsam, warum die Richter den Hauptverdächtigen im Nitribitt-Prozess haben laufen lassen, spekulieren darüber, ob Armin Harry nach dem Weltrekord von Zürich auch noch die Jahrhundertmarke knackt, und diskutieren lebhaft die Frage, welchen Film man im Kino keineswegs verpassen darf, „La dolce Vita“ oder „Die Brücke“, Frieden oder Krieg.

Als sie sich am Morgen des vierten Tags von ihren Eltern verabschiedet, ahnt Elena nicht, dass sie ihren Vater zum letzten Mal sieht. Anderthalb Jahre später wird er seiner „Dystrophie“ erliegen, wie man die unter ehemaligen Kriegsgefangenen grassierende „Heimkehrerkrankheit“ nennt. In der Stunde seines Todes rücken die Frauen noch einmal zusammen. Doch letztlich wissen beide, dass sich Mutter und Tochter irgendwo zwischen Elbing, Danzig, Klövermarken, Kolding und Heiligenberg verloren haben und nie wiederfinden werden.

# 49

An einem Sonntagnachmittag Anfang August spaziert Elena am Mainufer Richtung Schwanheim, als sie jenseits des Flusses plötzlich Seraphin erblickt. Ein Trugbild, meint ihr Verstand, doch ihr Herz besteht darauf, dass er es ist, der am gegenüberliegenden Ufer sitzt und versonnen ins Wasser sieht. Sie winkt ihm zu, aber er blickt nicht auf. Sie ruft ihn, schreit, schreit wie von Sinnen, doch er will sie nicht hören. Die nächste Brücke ist einen halben Kilometer entfernt. Bis sie den Platz, wo er sitzt, erreicht hätte, wäre er womöglich längst fort. Also setzt sie sich ihm gegenüber ans Ufer. Blickt wie er über den Fluss und hofft, dass das Wasser ihre Worte zu ihm trägt. Einmal hebt er den Kopf, doch als sie ihm zuwinkt, blickt er durch sie hindurch. Als er nach einer Stunde aufsteht und am Ufer entlang Richtung Altstadt schlendert, folgt sie ihm, durch den Fluss von ihm getrennt, bis zur nächsten Brücke. Sekunden später ist sie am anderen Ufer. Doch der Mann, den sie einholt, der Mann im Trenchcoat, der Mann mit dem schwarzen, lockigen Haar, dem Bartschatten und den staunenden Augen, er ist nicht Seraphin. Aus der Nähe betrachtet sieht er ihm noch nicht einmal ähnlich.

In den folgenden Monaten spürt Elena Seraphins Nähe auf beinahe schmerzhafte Weise. Will sie ihm nah bleiben, muss sie ihm folgen, daran hält sie sich fest, nichts soll ihr entgehen. Sie giert nach Neuigkeiten, oft liest sie mehrere Zeitungen am Tag, an den Wochenenden die Illustrierten, selbst englischsprachige Blätter besorgt sie sich, wer weiß, was man ihr in Deutschland verschweigt. Die Lektüre wirkt belebend und beruhigend zugleich. Sie baut Brücken in die Vergangenheit und leitet Elena an, ihre Gegenwart zu vermessen. Fünfzehn Jahre ist es her, dass die Welt mit Deutschland einen Friedensvertrag schloss, doch ein echter Friede ist nirgendwo zu spüren, weder auf Seiten der

Sieger noch auf Seiten der Besiegten. Die meisten Kriegsverbrecher sind längst wieder auf freiem Fuß und dirigieren, wie die ehemaligen I.G. Farben-Manager, als Vorstände oder Aufsichtsräte die Wirtschaft und längst auch die Politik. Niemand nimmt Anstoß daran, dass Zyklon B noch immer im Handel ist und das Unternehmen Topf & Söhne weiterhin Öfen für Krematorien vertreibt.

An einem Samstag im Spätsommer 1960 sitzt Elena auf ihrer Lieblingsbank im Schau- und Lehrgarten Bethmannpark, inmitten blühender Azaleen, Pfingstrosen und Vergissmeinnicht, als sie in der „Rundschau" eine kleine Meldung entdeckt. Unbeachtet von der Öffentlichkeit, heißt es darin, werde derzeit ein Verfahren gegen ehemalige Angestellte des Konzentrationslagers Auschwitz vorbereitet. Einige mutmaßliche Mörder befänden sich schon in Untersuchungshaft, nach anderen werde intensiv gefahndet. Im Zuge der Vorermittlungen seien Hunderte Auschwitz-Überlebende aus aller Welt vernommen worden. Der voraussichtliche Schauplatz des herannahenden Prozesses stehe schon fest – Frankfurt am Main!

Kurz vor Weihnachten wird der letzte Kommandant des Konzentrations- und Vernichtungslagers Auschwitz-Birkenau, der 49 Jahre alte ehemalige SS-Sturmbannführer Richard Baer, im Sachsenwald bei Hamburg verhaftet. Elena kann nicht glauben, was ein Nachrichtenmagazin in nüchternen Worten berichtet. Jahrelang hat Baer unter falschem Namen in einem Hamburger Villenvorort gelebt. Vor den Ermittlungsbeamten gibt er sich als Forstarbeiter aus, leugnet, der Gesuchte zu sein, nennt sich Neumann, wartet sogar mit einem (gefälschten) Ausweis auf. Am Ende wird ihm die eigene Angst zum Verhängnis. Bei seiner Verhaftung hat er sich eingenässt, die Beamten gestatten ihm, sich zu duschen. Als er sich wieder ankleidet, bemerkt der Staatsanwalt eine Narbe am Bein des Verdächtigen. Eine solche Narbe wird auch Baer zugeschrieben. Der Staatsanwalt bittet um eine Schriftprobe und vergleicht sie mit Originaldokumenten aus Auschwitz. Endlich gibt der Beschuldigte seinen Widerstand auf. *Ich bin Offizier*, sagt er noch und bittet *um entsprechende Behandlung.*

Der anstehende Prozess lässt Elena keine Ruhe. Sie will den Mördern in die Augen sehen, aus ihrem Munde hören, was sie Seraphin antaten, worüber er nie hinwegkam. Sie sollen Rechenschaft ablegen und für ihre Taten büßen. Ihr Zeugnis soll Seraphin zum Leben erwecken.

Die Voruntersuchungen indes ziehen sich hin. Monate vergehen, ein Jahr, ein weiteres. Gagarin umrundet die Erde, Ulbricht befiehlt den Mauerbau, über Hamburg rollt eine Sturmflut hinweg, vor Kuba gehen Russland und Amerika aufs Ganze. Für Elena verblassen selbst die Balken-Überschriften der Boulevard-Zeitungen hinter nüchternen Meldungen der Jurisprudenz.

Elena erfährt, dass Mord nicht gleich Mord ist, dass es Täter mit Täterwillen und Täter mit Gehilfewillen gibt und letztere durchweg mit geringen Strafen davonkommen. So werden in Gießen drei Mitglieder eines Erschießungskommandos, die im November 1939 nahe Warschau 162 Menschen ermordet haben, zu gerade einmal drei Jahren Zuchthaus verurteilt. Wegen Beihilfe zum Mord in 1.045 Fällen muss der Führer des berüchtigten Sonderkommandos 1b, Erich Ehrlinger, der bis zu seiner Verhaftung die Volkswagenvertretung in Karlsruhe leitete, für zwölf Jahre ins Gefängnis. Die Ermordeten werden in Minuten aufgewogen. Zehn Minuten Haft für jedes Opfer, das ist die Rechnung, die unter Mitarbeitern der Zentralstelle der Landesjustizverwaltungen zur Aufklärung nationalsozialistischer Verbrechen in Ludwigsburg kursiert.

Wenn sich Elena über das schreiende Unrecht vor ihren Kollegen empört, erntet sie allenfalls ein Achselzucken oder einen lapidaren Kommentar. Wahre Nazis, meint ihr Chef, dürfe man gar nicht bestrafen, da ihnen das Unrechtsbewusstsein fehle, Mitläufer dagegen schon – es sei denn, sie handelten unter Befehl, dann sei auch ihnen vergeben. Elena ist empört. Ausgerechnet ihr Chef, dem sie bis in die Vorstandsetage gefolgt ist, dem gegenüber sie stets loyal war, den sie gegen alle Anfeindungen der Kollegen in Schutz genommen, dem sie sich in der Stunde ihres größten Schmerzes anvertraut hat, der vom Schicksal ihres verstorbenen Mannes weiß: Ausgerechnet er erteilt seinen Landsleuten die Generalabsolution!

In Elena reift ein Entschluss. Spätestens mit Beginn jenes Prozesses, den die Zeitungen nur noch den *Auschwitz-Prozeß* nennen, wird sie ihre Anstellung bei der Frankfurter Trümmerverwertungsgesellschaft kündigen. Der Verkauf des Morgenstern'schen Anwesens hat ihr weit mehr eingetragen als vermutet; wenn sie das Geld vernünftig anlegt und ihren bescheidenen Lebensstil kultiviert, wird sie allein mit den Zinsen über die Runden kommen und behält ein Polster für schlechtere Tage.

Ende Dezember 1961 eröffnet das Frankfurter Landgericht gegen 26 Angeschuldigte die Voruntersuchung wegen Massenmordes im Konzentrations- und Vernichtungslager Auschwitz. Ein Lagerkommandant ist darunter, zwei Adjutanten, mehrere Wärter und Polizisten, selbst einige Ärzte, Apotheker und Pfleger. Schon jetzt erregt der geplante Prozess Aufsehen, vor allem im Ausland. Das Aktenmaterial ist auf 16.000 Seiten angeschwollen, 1.300 Zeugen wurden vernommen. Die Rede ist vom bedeutendsten Prozess der bundesrepublikanischen Nachkriegsgeschichte.

Was Elena bestürzt und sie partout nicht begreift: Die Hälfte der Angeklagten befindet sich mit behördlicher Genehmigung auf freiem Fuß. Obschon ihnen die Staatsanwaltschaft Mord oder Beihilfe zum Mord vorwirft! Als unbescholtene Bürger gehen sie weiterhin ihrer Arbeit nach, kehren abends in den

Kreis der Familie zurück, nehmen ihre Frauen in den Arm und bringen ihre Kinder zu Bett. Wie kann das sein?

Ihren Glauben an Gott hat Elena vor langer Zeit verloren, den an die Macht des Schicksals nicht. Je mehr sie über den bevorstehenden Prozess erfährt, desto mehr fühlt sie sich darin bestätigt. Es kann kein Zufall sein, dass der Initiator des Prozesses, der hessische Generalstaatsanwalt Fritz Bauer, im selben Jahr wie ihre Mutter geboren, wie Seraphin ein Jude ist, der von den Nazis deportiert wurde, später nach Dänemark und Schweden floh und nach Kriegsende in Kopenhagen lebte, mithin nur wenige Kilometer von Elena entfernt. Er war es auch, der dem israelischen Auslandsgeheimdienst – da er seinen eigenen Landsleuten misstraute – den entscheidenden Hinweis auf den Aufenthaltsort Adolf Eichmanns gab.

Der große Prozess in Frankfurt, erfährt sie, wäre wohl nie zustande gekommen, wenn nicht ein ehemaliger KZ-Häftling aus dem brennenden Breslauer Rathaus Originaldokumente vom Konzentrationslager Auschwitz gerettet hätte, die er Jahre später einem Frankfurter Journalisten gab. Die Listen enthielten Dutzende Namen von Häftlingen, die vorgeblich auf der Flucht erschossen wurden, sowie die Namen derer, die sie ermordeten. Lagerkommandant Höß hatte die Listen unterschrieben, sein Adjutant Robert Mulka mit Namenskürzel gegengezeichnet. Der Journalist sandte das Material an Fritz Bauer, der die Unterlagen an den Bundesgerichtshof weiterleitete. Von dort erhielt der hessische Generalstaatsanwalt die Erlaubnis, gegen das Lagerpersonal von Auschwitz einheitlich zu ermitteln, an seinem Wohnort, in Frankfurt am Main.

Im Mai 1963 sind es noch 24 Angeklagte, von denen zwölf in Untersuchungshaft sitzen, fünf haftunfähig sind und sich sieben aufgrund einer Kautionszahlung auf freiem Fuß befinden. Richard Baer, der letzte Lagerkommandant von Auschwitz, ist der Hauptangeklagte. Nach dem Krieg hat er sich 15 Jahre lang auf dem Gut des ehemaligen NSDAP- und späteren CDU-Politikers Otto Fürst von Bismarck versteckt. Mitte Juni nutzt Elena die Teilnahme an einer internationalen Konferenz in Hamburg dazu, einen Abstecher nach Dassendorf zu unternehmen, wo sie eine Weile lang vor Baers Wohnhaus auf und ab läuft und schließlich unverrichteter Dinge wieder geht. Wenige Tage nach ihrer Rückkehr erfährt sie von seinem Tod, eine Nachricht, die angesichts der Gedenkfeiern zum Aufstand der DDR-Arbeiter untergeht. Angeblich ist Baer an Kreislaufschwäche gestorben. Später heißt es, er habe einen Herzschlag erlitten. Elena ist sich sicher, dass der Auschwitz-Kommandant dem Beispiel Görings gefolgt ist – vermutlich mit Unterstützung ehemaliger Kameraden.

Im Oktober 1963, zwei Monate vor Beginn des endlich terminierten Prozesses, zitiert ein Boulevardblatt eine Umfrage, wonach mehr als die Hälfte aller Bundesdeutschen weitere NS-Prozesse ablehnt und einen *Schlußstrich* will. Auch andere Völker, heißt es, hätten grausame Verbrechen verübt: die Sowjets in Katyn, die Briten in Südafrika, die Japaner in China. Ganz zu schweigen von den Atombomben der Amerikaner auf Hiroshima und Nagasaki. Der Dreck der anderen, hat Herr Sellering einmal gesagt, ist die Seife, mit der sich die Schmutzigen reinwaschen.

Nachdem Elena ihre Stelle fristgerecht gekündigt hat, arrangiert man ihr zu Ehren ein Abschiedsfest. Ihr Chef hält eine Rede, die Kollegen schenken ihr ein Service. Elenas Ausscheiden aus dem Betrieb wird allseits bedauert. Manch einer der alten Weggefährten erkundigt sich nach ihren Motiven. Hat sie eine lukrativere Anstellung gefunden? Oder verlässt sie ein sinkendes Schiff? Schon seit Monaten kursieren Gerüchte, wonach man die Trümmerverwertungsgesellschaft nun, da Frankfurt beinahe wieder aufgebaut ist, abwickeln werde, lang könne es nicht mehr dauern. Elena räumt die Bedenken aus, von einer baldigen Schließung hätte sie sicher erfahren. Doch als sie den eigentlichen Grund für ihre Kündigung nennt, trifft sie auf einhelliges Unverständnis. Ein älterer Kollege wendet sich sogar kopfschüttelnd ab und verhöhnt den anstehenden Prozess als *Posse*. Ausgerechnet er, der unlängst noch die Todesstrafe für Taximörder forderte, hält die Aufarbeitung millionenfaches Mordes für Theater.

In den Wochen nach ihrem Ausscheiden liegt Elena nächtelang wach. Ihre anfängliche Euphorie ist verflogen. Inzwischen hält sie es gar für möglich, dass der Auschwitz-Prozess die eigentlichen Täter exkulpiert: indem einige wenige Mörder für die Schuld von Millionen büßen. Das Verfahren, so fürchtet sie, könnte zudem den Hass auf die Opfer schüren. Stirbt Seraphin womöglich ein weiteres Mal? Vom Mord an einem Taxifahrer kann sich das Volk distanzieren, vom Mord an den Juden nicht. Kaum einer hat sich gegen die Entrechtung der *Untermenschen* aufgelehnt, aber viele haben davon profitiert. Auch wer selbst unschuldig blieb, steht doch Menschen nah, die Schuld auf sich luden – Eltern, Kinder, Geschwister, Großeltern, Onkel, Tanten, Neffen, Nichten oder dem besten Freund. Sie sind es leid, am Pranger zu stehen, sie wollen sich nicht mehr schämen müssen, sie wollen nicht, dass wieder und wieder öffentlich wird, was in ihrem Namen geschah. Die Schuld derer, die vor Gericht stehen, spiegelt das eigene Versagen, im Grunde, das wissen sie, stehen sie selbst vor Gericht: die Bürokraten und Befehlsempfänger, die Helfer und Helfershelfer, die Handlanger und Mitläufer, die Nachbarn und Kollegen. Selbst die Samariter, die den Geschundenen ab und an ein Stück Brot zusteckten, können nicht die Augen davor verschließen, dass sie sich gegen die Mörder hätten auflehnen, ihren Protest hätten öffentlich bekunden, sich mit den Opfern solidarisieren und möglicherweise sogar mit ihnen hätten auswandern müssen.

Wer blieb, duldete.

Wer billigte, willigte ein.

# 50

Die Haustür ist nur angelehnt. *Mas* Philosophie. Wer anderen misstraut, vergiftet sein eigenes Leben.

„*Ma*?"

Im Flur riecht es wieder nach gebratenen Zwiebeln. Zwei winzige Kätzchen streichen arglos um meine Beine. Offenbar ist uns Mörle, *Mas* Lebendarznei gegen die Einsamkeit, zuvorgekommen.

Im Wohnzimmer ist sie nicht. Auf dem Esstisch stehen noch die Reste ihres Frühstücks. Ich hätte später kommen sollen. Staub flust über die Fliesen. Auf einem der Fenster klebt Taubenschiss. Früher hätte sie den sofort weggewienert. Nimmt sie es nicht mehr so genau, oder hat sie den Fleck bloß übersehen?

*Wenn wir uns gehen lassen, ist es aus.*

Eitel ist sie nie gewesen. Im Gegensatz zu Sankt Patrick. Noch immer frage ich mich, was die beiden aneinander fanden. Vielleicht noch immer finden? Warum sie zugelassen haben, dass unsere Familie zerbrach.

Die Terrassentür steht offen. Spatzen flattern auf. In der Hecke sitzt eine Amsel und trällert ihr Lied. Das Baumhaus neigt sich zur Erde. Am Stamm lehnt eine Leiter. Ob mich *Ma* auf die Probe stellen will? Na schön. Ich ziehe mich hoch und zwänge mich durch den Eingang. Der winzige Tisch, das Regal mit den Kartenspielen und Büchern, die Bilder und Ritzereien an den Wänden – alles wie früher, nur die Winkel stimmen nicht mehr. Vor dem Fenster kauernd, blicke ich hinab in *Mas* Paradies. Vom Schuppen her tönt das vertraute Klopfen und Schaben. Ihre Leidenschaft für das Holz hat sie damals entdeckt, unsere Villa war ihr erstes Projekt.

Selbst das Seil hat sie hängen lassen. Ein Schwung, und ich lande wie früher im Gras. Klatschmohn, Geißblatt, Schnittlauch. *Ma* liebt den Wildwuchs, *Natur lässt sich nicht zähmen.*

Der Wein, der das Dach des Schuppens überwuchert, trägt winzige Trauben. Ich spähe durch den Türspalt. *Ma* hat ihren bunten Kittel an. Und ihre Schutzbrille. Einmal ist ihr ein Splitter ins Auge geflogen, sie habe ihn kommen sehen, sagt sie, Natur lebt. Wie sie den Hohlbeitel ansetzt und mit dem Klüpfel ins Holz treibt, Kraft und Anmut, ihr konzentrierter, wägender Blick, Späne spritzen, noch gibt sich die Form nicht zu erkennen. Einmal streicht sie über den Block, ich sehe ihr gern zu, schon früher.

So sein wie sie wollte ich nie. *Dad* sein schon. Aussehen wie er, schweigen wie er, Sankt Patrick, der Weise vom See, mit seiner Zunge reden können und vor allem so lachen – niemand lacht wie er, niemand nimmt die Menschen dermaßen für sich ein.

„*Ma*?"

Andächtig trägt sie die Schichten ab, hinter denen sie ihre nächste Göttin erblickt. Stamm ist nicht Stamm, alt muss er sein, Fallholz, vom Sturm geknickt oder in die Jahre gekommen, eines natürlichen Todes gestorben, nie würde sie eine gesunde Linde opfern, eher die eigene Kunst.

„*Ma*?"

Schade, dass sie die Farben erst morgen auftragen wird. Ich mag den Geruch. Ich mag das knallige Rot, das Eidottergelb und Kornblumenblau – wie die Dächer über Santorin, unser erster Urlaub zu dritt. Überall dasselbe Foto: strahlend weiße Wände, dahinter das Meer und mindestens eine blaue Kuppel, im Vordergrund wir, Dakota und ich, Fratzen schneidend, gestikulierend, genervt, gelangweilt, müde, *nu lacht doch mal*, Arm in Arm, sitzend, stehend, liegend, immer wir zwei, ohne Eltern.

„Näher werden wir uns nie sein, hörst du?"

Nein, sie hört mich nicht. Das Balleisen in der Hand, schleicht sie ums Holz herum, allmählich gewinnt der breite Schädel Konturen, ich sehe das Weibsbild lachen. Sie lachen einem immer grob ins Gesicht, früher fand ich es seltsam, dass

*Ma* ausschließlich Glücksweiber schnitzt, inzwischen wünsch ich mir selbst ein Totem, vor allem nachts.

„Herrschaftszeiten! Musst du mich so erschrecken?"

Einen Augenblick verharrt sie, selbst eine Skulptur, das Eisen in der einen, den Klüpfel in der anderen Hand. Mit einem Ruck schiebt sie die Brille ins Haar, wirft die Werkzeuge auf den Tisch und eilt mir entgegen.

„Du!"

Sie bohrt mir ihren Zeigefinger in den Bauch, dann nimmt sie mich in den Arm. Wie klein sie ist. Ihre Hitze. Ihr Geruch. Holz, Farbe, Waschmittel. Ihr Blumenöl. Ruckartig löst sie sich. So wie sie mich anblickt, herausfordernd, von unten herab, so hat sie auch *Dad* angesehen. An guten Tagen.

„Hast hoffentlich Hunger mitgebracht, hast du?"

Später sitzen wir uns auf der Terrasse gegenüber, von Kopfende zu Kopfende, sie mag das, tafeln wie die vornehmen Leute. Die Frikadellen schmecken noch besser als früher.

„Rind", erklärt sie, „bei den Schweinen weißt du nie."

Dakota ruft an, sie kommt später, aber so lange will *Ma* nicht warten.

„Wann ist es denn soweit? Nu, sag schon. Wisst ihr schon, was es wird? Mädchen? Junge?" Dabei grinst sie so derb wie ihre lustigen Weiber.

„Februar", erwidere ich, „wahrscheinlich ein Mädchen, aber vielleicht versteckt sich der Junge noch, wir werden sehen."

„Du."

Sie kommt um den Tisch herum, beugt sich hinunter, ihre warmen Hände auf meinen Ohren, Kuss auf die Stirn.

„Wurde auch Zeit. Hättest Uli mitbringen sollen. Ist ein gutes Kind."

Bald sind die wichtigsten Fragen geklärt: Ja, bis Februar werden wir beide aller Voraussicht nach unseren Abschluss haben und ich hoffentlich auch einen Job. Ja, natürlich suchen wir uns eine größere Wohnung. Nein, nicht in Schotten. Sicher kriegen wir das hin, notfalls über die Zeitarbeit. Und nein, Sankt Patrick weiß es noch nicht, doch er wird es erfahren, wahrscheinlich schon heute Abend.

Auch Dakota hat es geahnt, wahrscheinlich hat *Ma* sie eingestimmt, *aber verrat mich nicht, hörst du, du weißt ja, wie er ist.*

„Meinen Segen hast du."

Mit mehr Emotionen habe ich nicht gerechnet. Sie selbst hätte auch gern ein Kind oder zwei, aber was soll sie machen, wenn der Partner nicht will oder kann, wenn er zu alt ist für eine Adoption, wenn die Entscheidung an sich schon eine Zumutung ist, besser still halten, besser andere entscheiden lassen oder das Leben.

„Habt ihr schon einen Namen?"

Arme Dakota. Ihr eigener Name lastet auf ihr wie ein Fluch. Pocahontas wurde sie in der Schule genannt, obschon ihr Name nicht an das Schicksal der Indianer erinnern sollte, sondern an Sankt Patricks Idol John Lennon, den ein Irrer vor dem Dakota-Building erschoss, sechs Wochen nach meiner Geburt. Mit mir hat es das Schicksal gut gemeint.

„Vielleicht Elisabeth."

„Wie Lissy", sagt meine Schwester.

„Wie Betty", sagt meine Mutter.

„Das kann sie sich dann aussuchen", sage ich.

*Ma* wischt sich eine Träne aus dem Auge. „Ich freu mich für euch."

Dakota legt den Kopf in den Nacken. „Mein Bruder. Ich fass es einfach nicht."

Während sich am Himmel über Schotten die Wolken ballen und ein plötzlicher Wind an den Hortensien zerrt, trinke ich *Mas* Ingwertee und wärme mich an ihrem Glück. Vielleicht lässt sich das Baumhaus abstützen. Le Corbusier in der hessischen Provinz.

„*Ma*?"

„Junge?"

„Ich bräuchte deine Hilfe."

„Natürlich. Sag schon, was kann ich für euch tun?"

Ich ziehe die Mappe mit Elenas Gerichtsaufzeichnungen aus der Tasche und lege sie vor ihr auf den Tisch. „Du erinnerst dich doch an die alte Dame, von der ich dir erzählt habe? Das sind ihre Aufzeichnungen vom Prozess. Leider alles in Steno. Ich dachte, wenn du Zeit hättest."

„Von welchem Prozess?"

„Vom Auschwitz-Prozess."

„Oh." Sie schließt die Augen, besinnt sich. „Wie lang ist das her? 1964, nicht wahr? Unsere Lehrerin meinte, da könnten wir Geschichte live erleben. Am Ende jedoch haben sich die meisten von uns ziemlich gelangweilt."

„Das hast du nie erzählt."

„Oder du hast es vergessen." *Ma* blättert in den Seiten und fährt mit dem Finger über Elenas Hieroglyphen. „Damals kamen Schulklassen aus ganz Deutschland nach Frankfurt. Anschauungsunterricht, weißt du? Um zu erfahren, was die Nazis den Juden angetan hatten und dass sie dafür bestraft werden. Aber dann wurde stundenlang nur darüber geredet, ob der oder der von da oder da dies oder das gesehen haben könnte oder nicht. Hat uns nicht die Bohne interessiert." Sie blättert weiter und fixiert eine Stelle im Text. „*Denken durfte man nicht, das war uns abgenommen worden.*" Sie sieht auf. „Daran kann ich mich noch erinnern. Nicht an den Satz, wohl aber an die Geisteshaltung der Täter. Unsere Lehrerin hat dagegen gehalten. Monatelang stand ein Satz an der Tafel, warte, wie war das, ja genau: *Vergessen wäre ein später Sieg für die Mörder.*"

„Du kannst die Schrift entziffern?"

„Sicher. Eine *anständige* Arbeit, nicht wahr? Wie hoch, sagtest du, ist mein Honorar?"

Als es aufhört zu regnen, mache ich mich auf den Weg. Dakota bringt mich zur Bahn. „Habt ihr das mit Lissy geplant?"

Wenigstens hat sie *Lissy* gesagt und es nicht bei *das* belassen.

„Ist das wichtig?"

„Ich mein ja nur. Könnte ja auch ein Unfall gewesen sein."

„*Unfall*?"

„Tu nicht so."

„Nichts würde das ändern."

Eine Sekunde ist es still, ich mache mich auf ihre Erwiderung gefasst, doch plötzlich nimmt mich meine kleine Schwester in den Arm.

„Du hast recht", sagt sie. „Würde es nicht. Mein großer Bruder. Hätte ich nicht erwartet. Respekt. Ich freu mich auch."

# 51

Am frühen Morgen des 20. Dezember 1963, einem Freitag vier Tage vor Heiligabend, harrt Elena inmitten eines Pulks von Menschen auf dem Römer aus und sehnt den Moment herbei, da sich die Tore des Rathauses öffnen und der Jahrhundertprozess endlich beginnt. In der Nacht ist die Temperatur auf minus zwölf Grad gefallen, das Wochenende, schreiben die Zeitungen, werde eines der kältesten des ausgehenden Jahres.

Die Frankfurter Justiz ist auf ein Verfahren wie dieses nicht vorbereitet. Ihre Sitzungssäle sind zu klein und zu nüchtern – von heute an blickt die Welt auf die Stadt. Im Bürgerhaus Gallus ist ein repräsentativer Gerichtssaal geplant, doch die Arbeiten dort sind noch im Gang, bis zu ihrem Abschluss wollte man nicht warten. Überdies bietet der Plenarsaal der Stadtverordnetenversammlung einen würdevollen Rahmen zum Auftakt eines denkwürdigen Prozesses.

Elena hat sich in Schale geworfen. Über einem cremefarbenen Kleid, das ihr Seraphin zu ihrem 23. Geburtstag geschenkt hat, dem letzten, den sie gemeinsam gefeiert haben, trägt sie einen knielangen Persianer, Schuhe mit Absätzen und eine Mütze aus schwarzem Fell. Sie fällt auf. Die Umstehenden taxieren sie neugierig. Der Kameramann, der über die Menge schwenkt, verweilt, da er sie wahrnimmt, sekundenlang auf ihrem Gesicht.

Um viertel nach acht öffnen sich die Tore. Die Journalisten dürfen als erste hinein. Die Kontrollen sind streng. Elena hat sich als Hinterbliebene eines Auschwitz-Opfers ausgegeben, die sie ja ist, um einen der 60 Zuschauerplätze auf der Empore zu ergattern.

Von ihrem Sitz am äußeren Rand der Tribüne kann sie den gesamten Saal überblicken. Die Jupiterlampen der Fernsehleute tauchen die Kulisse in gleißendes Licht. Kameras surren. Immer wieder zucken Blitzlichter auf. Elena zählt 18 Kameraleute und 80 Fotografen. An drei Seiten des festlichen Saals hängen lange Vorhänge an den Wänden, einige mit Adlerwappen verziert. An der Frontseite, ihr gegenüber, hat man drei große Schautafeln errichtet. Rekonstruktionen der Lageranstalten und eine Umgebungskarte von Auschwitz.

Während Elena hinuntersieht, fällt ihr auf, dass sich im Gehege des Saals ausschließlich Männer bewegen. Gisela hätte ihre Freude! Die meisten stehen in Gruppen beisammen, Anwälte in schwarzen Roben und weißen Hemden, Männer im grauen Anzug, die Hände in den Hosentaschen. Einer deutet auf die Schautafel und lacht, auch ein Anwalt grinst, während sich der Polizist neben ihm Mühe gibt, ernst zu bleiben. Was ist hier los? Unweit der Gruppe schweigen sich zwei Männer an, auch sie in grauen Anzügen. Der eine spielt mit seinem Feuerzeug, der andere streicht sich immerzu die Haare aus der Stirn. Elena hält jedes Detail fest. Ihre Sitznachbarin schielt misstrauisch auf ihren Block, aber Elenas Stenomitschrift kann sie nicht entziffern.

Nach einigen Minuten werden, von je zwei Polizisten flankiert, die Angeklagten hereingeführt. Elena zählt neun, 22 sollen es sein. Einer verbirgt sein Gesicht hinter seiner Hand, ein anderer schirmt sich mit einem grünen Notizbuch ab. Die meisten blicken sich neugierig um. Einer sieht zu Elena herauf und scheint zu lächeln, fehlt nur noch, dass er ihr winkt! Auf dunkelblauen Polstersesseln gegenüber der Richterbank nehmen die Angeklagten Platz. Nach und nach gesellen sich andere zu ihnen. Herren im grauen Anzug, die Hände in den Hosentaschen. Einer lässt sein Feuerzeug verschwinden. Auf den Tischen vor ihnen stehen Täfelchen, schwarze Ziffern auf gelbem Grund. Auch Seraphin haben sie im Lager den Namen geraubt und gegen eine Nummer getauscht. Elena empfindet jähe Genugtuung, an einen Zufall mag sie nicht glauben. Wie unbeteiligt starren die Angeklagten vor sich hin, bis auf einen, der sich immerfort umblickt. Unterhalb der Empore hängt diese merkwürdige eckige Uhr. Weiß auf schwarz. Ihre Zeit läuft ab, denkt Elena, ihre Zeit läuft ab. In einer Ecke entdeckt sie den Rechtsanwalt, der gegen die I.G. Farben geklagt hat und der in diesem Verfahren 15 Nebenkläger vertritt. Er redet auf einen Staatsanwalt ein, dessen Gesicht Elena aus der Zeitung kennt. Lacht da schon wieder einer? Warum darf der das? Wieso schreitet niemand ein?

Als die Richter, Beisitzer und Geschworenen den Saal betreten, wird es still. Die Angeklagten erheben sich, mit ihnen die Anwälte und Polizisten, danach die Zuschauer, zuletzt die Journalisten. Längst haben sie ihre Kameras ausgeschaltet, die Scheinwerfer sind erloschen. Die Vasenlampen hängen zu hoch, um den Saal ordentlich auszuleuchten. Elena blickt durch ihr Opernglas, keine Regung der Angeklagten soll ihr entgehen. Punkt halb neun ruft der Vorsitzende Richter die „Strafsache gegen Mulka u. a., 4 Ks 2/63“ auf. Bei der Aufzählung der 22 Angeklagten vergisst er zwei Namen – einer seiner Beisitzer setzt ihn ins Bild. Der Angeklagte Lucas, ein Frauenarzt, ist nicht erschienen. Sein Anwalt legt ein amtsärztliches Attest vor, das seinem Mandanten eine fiebrige Virusgrippe bescheinigt. Das Verfahren gegen ihn wird bis zum 30. Dezember abgetrennt.

Der Prozess hat noch gar nicht richtig begonnen, als der erste Streit entbrennt. Einer der Verteidiger, ein zorniger alter Mann mit schütterem Haar, fordert das Gericht auf, einen der Nebenklägervertreter vom Verfahren auszuschließen, einen Ost-Berliner Rechtsanwalt, der neun jüdische Bürger aus der Deutschen Demokratischen Republik vertritt. Mit erregter Stimme unterstellt er dem *Herrn Professor*, das Verfahren im Sinne der SED politisch beeinflussen zu wollen. Der *Herr Professor* keilt zurück. Auch DDR-Bürger hätten das Recht, ihre Peiniger anzuklagen. Ein Staatsanwalt zweifelt an, dass die

Mandanten des DDR-Anwalts tatsächlich Verwandte ermordeter Auschwitz-Opfer sind. Das Gericht zieht sich zur Beratung zurück. Schließlich wird dem *Zonenanwalt* auferlegt, den gewünschten Nachweis zu erbringen. Woraufhin der seine Robe abstreift und unter dem Raunen der Zuschauer den Saal verlässt. Einige Herren im grauen Anzug amüsieren sich. Der Vorsitzende Richter bittet um Ruhe.

Schon wird der erste Angeklagte aufgerufen. Robert Karl Ludwig Mulka, ein vornehmer älterer Herr mit Halbglatze, Goldrandbrille, großer Nase und schmalen Lippen. Exportkaufmann aus Hamburg, 1895 geboren, ein Jahr nach Elenas Vater, er ist der ranghöchste Repräsentant des hier versammelten Auschwitz-Personals, mithin der Namensgeber des Verfahrens. Der Angeklagte gibt sich reserviert, mit dieser Sache hier hat er nichts zu tun. Durchs Objektiv ihres Fernglases nimmt Elena jede seiner Regungen wahr. Der Angeklagte schwitzt. Seine Kiefer mahlen die Vorwürfe klein. Ausschweifend berichtet er über sein Leben und lässt keine noch so unbedeutende Wendung aus. Erster Weltkrieg, Baltische Landwehr, Waffen-SS, Kompanieführer in Auschwitz, auf dem Höhepunkt seiner Karriere Adjutant des Lagerkommandanten – heute Prokurist im Unternehmen seines Sohnes, monatliches Netto-Gehalt 1.066 Mark, fast doppelt so viel, wie Elena bei der TVG verdiente. Eigentlich soll er nur Auskunft zu seiner Person geben, doch offenbar ist es ihm ein Bedürfnis, das Gericht schon am ersten Verhandlungstag von seiner Unschuld zu überzeugen. *Herr Vorsitzender!*, ruft er mit zitternder Stimme. *Ich wußte nicht, was Auschwitz war. Erst als ich mich im Januar 1942 bei Höß meldete, erfuhr ich, daß es ein Konzentrationslager war.* Elenas Freundin Helga, die gute Seele des Frankfurter Rechtsanwaltbüros, das sich nun schon zum zweiten Mal mit Auschwitz befasst, wird ihr später die Abschrift einer früheren Vernehmung Mulkas zustecken, die Elenas eigenen Aufzeichnungen ergänzt. *Ich war und bin mir bewußt,* heißt es darin, *daß ich mich in der Hölle befand, aber ich habe versucht, mich daraus mit geeigneten Mitteln zu befreien, wobei ich mir täglich, ja stündlich vorsagte: ‚Robbi, achte darauf, daß deine Hände rein bleiben und daß du dir deine Finger nicht beschmutzt.' Ich hoffe, daß mir dieses schließlich auch bis zu meinem Abgang aus Auschwitz gelungen ist.*

Der nächste ist ein weißhaariger, freundlich dreinschauender Herr mit Hornbrille, der angibt, 52 Jahre alt zu sein, verheiratet, Vater zweier Kinder, zurzeit ohne Arbeit. SS-Obersturmführer Karl Oswald Höcker war in Auschwitz Gerichtsführer und Adjutant von Kommandant Baer, ab Januar 1945 im Raketen-KZ Mittelbau-Dora tätig; nach dem Krieg resozialisiert, Hauptkassierer der Kreissparkasse im westfälischen Lübbecke, dessen Bürgermeister ihn als anständig und zuvorkommend beschreibt. Ihm und Mulka, so stellt das Gericht klar, lege man keine einzelnen Taten zur Last, sondern die *Mitwirkung bei der Verwirklichung des nationalsozialistischen Vernichtungsprogramms.* Während der Angeklagte Höcker mitschreibt, rückt er immer wieder seine Brille zurecht. Einmal bricht ihm die Spitze seines Bleistifts ab, woraufhin ihm der Polizist zu seiner Rechten seinen Kugelschreiber reicht.

Um 12 Uhr ist Mittagspause. Elena folgt dem Pulk hinaus an die frische Luft. Die Sonne blinzelt zwischen der Dreigiebelfassade des Rathauses hervor. Noch sind die Hütten des Weihnachtsmarktes verbarrikadiert. Fotografen lichten Prozessbeteiligte und Besucher ab. Ein Kameramann steht auf dem Rand des Justitia-Brunnens und schwenkt über die Menge. Ein Journalist befragt einen Anwalt, der mit tönender Stimme die Vorverurteilung seines Mandanten beklagt. Der Fahrer eines Opels hupt, da ihn ein Übertragungswagen hinter dem Brunnen zugeparkt hat. Ein Polizist müht sich wortreich, die Parteien zu beruhigen.

Elena sucht sich ein Plätzchen abseits der Menge. Die Sonne wärmt. Gerade hat sie ihrem silbernen Etui eine Zigarette entnommen, als seitlich von ihr ein Feuerzeug schnappt und sich eine Flamme in ihr Gesichtsfeld schiebt. Dankend nimmt sie das Angebot an und erkennt den Kavalier erst, da sie über die Glut, die sich in den Tabak frisst, hinausschaut, zu spät, um ihr Gesicht zu wahren, zu spät, um sich einer Aufdringlichkeit zu erwehren. Immerhin verrät ihr Blick ihre Not, das Lächeln gefriert, der Mann im grauen Anzug murmelt eine Entschuldigung und schreitet gemessen davon. Zwischen den parkenden Autos steckt er sich selbst eine Zigarette an, wobei er achtgibt, dass sich ihre Blicke kein zweites Mal kreuzen. Lässig steht er da, im Anzug und weißen Hemd, den Mantel überm Arm, trotzt er der Kälte. Mit seinen feinen Gesichtszügen und seiner aufrechten Haltung – da haben die Zeitungen recht – könnte der Angeklagte Broad ein Schauspieler sein, wie berufen für die Rolle des Verführers.

Punkt 14 Uhr sitzt Elena wieder im Saal. Aufgerufen wird der ehemalige SS-Oberscharführer Wilhelm Friedrich Boger, die Nummer vier der Anklage. Ein trotz seines Anzugs bäurischer Typ mit ausgeprägten Wangenknochen und tiefen Kerben im Gesicht. Geboren 1906 in Stuttgart-Zuffenhausen, wohnhaft in Hemmingen, Kreis Leonberg, Schaukertstraße 12, kaufmännischer Angestellter, verheiratet, Deutscher, zurzeit in der Untersuchungshaftanstalt Frankfurt am Main-Preungesheim, kleines Haus.

Boger grinst.

Von 1942 bis 1945 war er Ermittlungsbeamter der Politischen Abteilung im Konzentrations- und Vernichtungslager Auschwitz. Die Anklage wirft ihm vor, bei Selektionen mitgewirkt, Insassen erschossen, totgetrampelt, ertränkt und gehenkt und bei Verhören so schwer misshandelt zu haben, dass sie an den Folgen seiner Folter starben.

Boger presst die Lippen zusammen.

Sein grauer Schnäuzer, findet Elena, passt nicht zu seinen schwarzen Haaren. Sein tadelloser Anzug, das weiße Hemd, die sorgsam gebundene Krawatte und das kecke Einstecktuch harmonieren nicht mit den Namen, die man ihm im Lager gab: *Tod auf Rädern, Teufel von Auschwitz.* Konstrukteur einer Schaukel, in die die Häftlinge gehängt wurden, um sie weich zu prügeln – am liebsten auf die Hoden –, so lange, bis sie keine Menschen mehr waren, so lange, bis sie unter entsetzlichen Schmerzen starben.

Boger steht auf. Boger wendet sich an die Geschworenen. Boger lächelt. *Bitte nehmen Sie mir das nicht übel,* sagt er und gedenkt *der Getöteten aller Rassen und Nationen, einschließlich der SS.*

Einige Zuschauer murmeln erregt, während der Angeklagte wortreich seine Flucht aus amerikanischer Kriegsgefangenschaft beschreibt, wie er untertauchte und seinen Häschern ein Schnippchen schlug. Boger grinst. *Da zeigte sich, daß Deutsche zusammenhalten.* Elena räuspert sich. Ein Mann fängt an zu husten. Plötzlich hustet die halbe Tribüne. Ein gehusteter Protest. Und siehe da, Boger horcht auf, blickt sich um, schreit, plötzlich selbst erregt, *was gibt es da zu husten,* woraufhin ihn der Vorsitzende Richter endlich zur Ordnung ruft.

Hans Stark, Jahrgang 1921, SS-Oberscharführer, landwirtschaftlicher Assessor, wohnhaft in Darmstadt, verheiratet, zwei Kinder, fünf und zehn Jahre alt, seit Ende Oktober auf freiem Fuß, versteckt seine Augen hinter einer getönten Brille.

Diplom-Ingenieur Klaus Dylewski, Jahrgang 1916, ebenfalls SS-Oberscharführer, wohnhaft in Hilden, Rheinland, Mittelstraße 7, fliehendes Haar, fliehendes Kinn. Auch er auf Kaution frei, Sachverständiger beim TÜV, monatlicher Verdienst 1.800 Mark brutto, hat in Danzig studiert, vielleicht in der Ostsee gebadet, vielleicht in Kahlberg Erdbeeren mit Schlagsahne gegessen, vielleicht.

Pery Broad, 1921 geboren in Rio de Janeiro, aufgewachsen in Berlin, wohnhaft in Düsseldorf-Rath, dort als kaufmännischer Angestellter der Firma Hinz tätig, runzelt die Stirn. Zwar sei er, wie vom Gericht zutreffend bemerkt, tatsächlich verwitwet und doch wieder nicht, denn im August habe er ein weiteres Mal geheiratet, tatsächlich, zum dritten Mal. Und ja, über seine Staatsangehörigkeit bestehe weiterhin Unklarheit, er selbst wisse nicht, ob er noch immer Brasilianer oder inzwischen Deutscher sei. Sein Blick fliegt quer durch den Saal hinauf zur Empore, wo er auf die Linse eines binokularen Fernglases trifft. Elena erschrickt, während der Angeklagte lächelt. So lässig wie er dasteht, reizend, aufreizend, arrogant, er könnte tatsächlich Schauspieler sein.

In einem anderen Leben. Was weiß denn sie, welchen Verlauf ihr Leben genommen hätte, wenn sie nicht Seraphin, sondern einem anderen begegnet wäre. Ob sie in Berlin oder Düsseldorf lebte, ob sie Kinder hätte, ob sie glücklich wäre oder geschieden. Sie sieht sich um. Vielleicht sitzt die frisch angetraute Gattin des Angeklagten ganz in ihrer Nähe. Möglich, dass es die junge Frau ist, die immerfort auf ihre Notizen schielt. Was weiß denn sie.

# 52

Uli ist wieder eingeschlafen. Die Decke hat sie weggestrampelt, ihre Knie an den Körper gezogen, eine Hand liegt auf ihrem Bauch, die andere deutet auf mich.

Niemand sei vorbereitet, sagt *Ma*, jeder deute das Leben rückblickend in seinem Sinn.

„Wenn wir könnten“, sagt Elena, „würden wir den Vorhang aufreißen, nicht wahr, doch wären wir hinterher wirklich glücklich?“

Sankt Patrick als Screenshot. So habe ich Uli noch nie lachen sehen.

„Sag meinem Enkelkind, dass es mich *Sir* nennen soll, hörst du, *Sir* hat Stil, *Sir* wäre perfekt. Mit *Pat* könnte ich mich notfalls auch anfreunden, *Pat* ist cool, aber *Granddad* oder *Grandpa*, hörst du, das geht gar nicht, das musst du mir versprechen. *Grandpa, Granny, Gramps,* am besten noch *Grandpa Patrick,* das darfst du mir nicht antun, hörst du, dann sind wir geschiedene Leute.“

Ich schreibe Uli einen Zettel, schnappe meinen Rucksack und ziehe leise die Tür hinter mir zu.

Schon wieder ein blauer Tag. Menschenleere Bürgersteige. Entlang des Rinnsteins picken Tauben im Müll. Die Luft flimmert. Der alte Gemüsehändler drückt sich unter seine Markise und starrt gedankenverloren ins Licht. Ich lasse das Fahrrad stehen. Ich muss nachdenken. Im Schaufenster einer Apotheke blinkt eine Wetterstation. 37 Grad, 79 Prozent Luftfeuchtigkeit. Vor einer grünen Ampel träumt ein Fiatfahrer, bis ihn ein hupender Bus in die Wirklichkeit zerrt.

Im Untergrund ist es kühl. Auf den Schalensitzen kauern drei Alte, die bei der Einfahrt der U-Bahn sitzen bleiben, womöglich harren sie hier bis zum Abend aus. Im Abteil stinkt es nach Schweiß. Ich bleibe am offenen Fenster stehen. Neben mir blättert ein Mann in der Zeitung. „Prozess-Auftakt", lese ich, doch von Auschwitz ist keine Rede.

Der Empfang der Villa Lichtblick ist verwaist. Auf dem Tresen liegt ein Zettel. *Bin gleich wieder da.*

Vor den Aufzügen im Zweiten treffe ich Frau Roth. Sie weint. „Meine Kette", schluchzt sie, „jetzt haben die mir auch noch meine Kette geklaut."

„Ach, die findet sich bestimmt wieder", sage ich. „Vielleicht haben Sie sie bloß verlegt?"

„Die schleichen sich nachts in mein Zimmer. Mit ihrem Dings, ihrem Dings da."

„Aber, Frau Roth."

„Mausen wie die Raben."

„Das glaub ich nicht."

„Sie sind auch so ein Lügenlümmel!"

„Aber, Frau Roth."

Im rechten Moment biegt ein Pfleger um die Ecke. „Hier ist die liebe Frau Roth und flirtet wieder mit jungen Männern." Frau Roth ist verwirrt. Misstrauisch blickt sie an dem Pfleger hoch, dessen rechte Hand in seine Kitteltasche gleitet und etwas Glitzerndes hervorzieht. „Sehen Sie mal, was ich im Frühstückssaal gefunden habe." Er geht um sie herum und legt ihr eine goldene Kette um den Hals. „Wie hübsch sieht das denn aus!" Er zwinkert mir zu. „Ein Geschenk Ihres Vaters, gell?"

Frau Roth strahlt. „Hübsch sieht das aus, nicht wahr? Hat mir der Herr Papa geschenkt."

Vor dem Studio fängt mich Clemens Clemens ab. „Frau Morgenstern lässt sich entschuldigen. Sie fühlt sich nicht wohl. Beim nächsten Mal, sagt sie, sei sie gewiss wieder an Bord."

„Hat Sie Ihnen gesagt, was ihr fehlt?"

„Nein, leider nicht."

In der letzten Stunde haben wir uns mit der Digitalisierung von Papierfotos befasst, doch bevor ich mit dem Einscannen fortfahren kann, meldet sich Addi Selig zu Wort. „Unser Urenkel, der Anton", holt er aus, während Edda jedes Wort ihres Bruders nickend bekräftigt, „der studiert ja jetzt in Australien, und der hat gestern mit meiner Enkeltochter, der Paulina, telefoniert und der gesagt, dass, wo wir jetzt mit dem Computer so rummachen tun, da könnten wir ihn doch auch übers Internet anrufen, weil das billiger wär und überhaupt. Da könnten wir uns sogar bei ansehen, tät das gehen?"

Eds Zukunft vor Augen, lade ich aus dem Internet die entsprechende Software auf Addi Seligs PC, rufe das globale Telefonverzeichnis auf und gebe *Anton Selig* an, einen Mann dieses Namens gibt es in Australien ein einziges Mal. Leider ist er gerade nicht online, in Melbourne, fällt mir ein, herrscht noch tiefe Nacht. Aber natürlich haben auch die anderen Kursteilnehmer Kinder, Enkel und Urenkel, die via Internet kommunizieren könnten – immer neue Namen fallen meinen Schülern ein. Als Frau Ferenczy ihrer in Ungarn lebenden Enkeltochter in die Augen blickt, weinen beide, drei Jahre haben sie sich nicht gesehen.

Auf dem Weg zum Aufzug holt mich eine Schwester ein. „Herr Kaufmann? Herr Dr. Engelhardt lässt fragen, ob Sie noch einen Moment Zeit für ihn hätten. Er kommt sofort."

Sie führt mich ins *Wohnzimmer*, einem kleinen Aufenthaltsraum mit grau-grün-braun gestreiften Tapeten und mintgrünen Vorhängen, weißem Ledersofa, Beistelltischchen und einer altertümlichen Standuhr. Über der Couch hängt ein Aquarell, Stillleben mit Äpfeln und Nüssen, in der Vitrine zwei Reihen Bücher, ein gläsernes Schachspiel und ein Service. Ein wenig zu düster ist es hier. Ich ziehe den Vorhang beiseite und sehe hinaus in den Garten. Auf einer Bank, im Schatten einer Kastanie, sitzt der König. Vornüber auf sein Zepter gestützt, starrt er ins Leere.

„Mein lieber Herr Kaufmann!"

Dr. Engelhardts Händedruck ist wie gewohnt herzlich, seine Miene jedoch besorgt.

„Ich will Sie gar nicht lange aufhalten, Herr Kaufmann, es geht um eine Ihrer Schülerinnen, Frau Morgenstern."

Was ihr fehlt, darf er mir nicht verraten, er bedauert, sein Lächeln bereitet ihm Mühe.

„Worum ich Sie eigentlich bitten möchte", fährt er fort, „Frau Morgenstern hat einer Schwester erzählt, dass sie mit Ihnen morgen Nachmittag eine Großveranstaltung besuchen will, Public Viewing in der City, nicht wahr?"

„Das stimmt."

„Bitte, verstehen Sie mich nicht falsch. Selbstverständlich ist das Ihre Privatsache. Und natürlich anerkenne ich Ihre ehrenwerte Absicht. Allerdings halte ich einen solchen Ausflug im Moment für keine gute Idee. Lassen Sie es mich einmal so ausdrücken: Frau Morgenstern mutet sich mitunter mehr zu, als sie verkraftet."

„Aber sie freut sich sehr auf diesen Ausflug."

„Gewiss. Das verstehe ich. Aber vielleicht reden Sie noch einmal mit ihr. Zumindest sollte ihr bewusst sein, auf was sie sich einlässt. Die Menschenmassen, der Lärm und dann noch diese furchtbare Hitze ... Ich mache mir Sorgen, dass sie die Strapazen vielleicht unterschätzt. Wenn es um das Gruppenerlebnis geht, könnten Sie sich das Spiel vielleicht auch in einer Gaststätte ansehen?"

„Das ist nicht dasselbe", antworte ich. „Aber ich rede mit ihr. Auch wenn ich nicht glaube, dass sie Ihre Bedenken teilt."

„Natürlich." Dr. Engelhardt drückt mir die Hand. „Ich danke Ihnen. Und nichts für ungut. Wir alle wissen, Sie meinen es gut."

Auf der Leipziger Straße kommen mir drei Frauen mit gelbgrünen Trikots und eingerollten Fahnen entgegen. In ihren traurigen Gesichtern lese ich, dass mit Brasilien ein weiterer Favorit aus dem Rennen ist. Morgen geht's gegen Messi. Großes Kino vor großer Kulisse. Das lässt sich Elena nie und nimmer entgehen.

# 53

Januar 1964. Jeden Montag, Donnerstag und Freitag spaziert Elena in der Morgendämmerung über die Berger Straße zur Zeil, vorbei an Hauptpostamt und Kaufhof, Liebfrauenkirche, Neue Kräme, Paulskirche bis hin zum Römer. Frostig ist es, zur Monatsmitte fängt es wieder an zu schneien. Elena wundert sich. Das Interesse am vermeintlichen Jahrhundertprozess ebbt schon nach wenigen Wochen ab. An manchen Tagen bleibt ein Drittel der Zuschauerplätze leer. Oft ist Elena die erste. Hinter dem Stahlgitter, das den rückwärtigen Teil des Rathauses vom Römer abriegelt, erwartet sie manchmal die Polizeibusse, die die Angeklagten von den Haftanstalten zum Gericht bringen. Während sie in deren Gesichter sieht, sucht sie nach Zeichen der Reue. Bis einer lacht oder sich eine Zigarette anzündet oder seine Krawatte zurechtrückt oder sich streckt. Ihr zu verstehen gibt, dass er im Unterschied zu ihr nicht das Geringste bereut. Wer bügelt ihnen ihre Hemden? Wer knotet ihnen die Krawatten? Wer hält zu einem Menschen, der das Leben eines anderen auslöscht oder zerstört? Selbstsicher entsteigen sie den vergitterten Kastenwägen, ihre Hände in Handschellen, aber das Haar akkurat gescheitelt. Sie plaudern miteinander, scherzen sogar, strahlen bereits nach wenigen Wochen eine gelassene Routine aus, da kann das Blaulicht noch so blinken und die morgendliche Kulisse dramatisch verklären.

Einmal belauscht Elena einen Wachmann, der auf dem Trittbrett eines grünen Omnibusses sitzt. Unbefangen spricht er in sein Walkie-Talkie, seine Stimme hallt über den Platz. Dem *Herrn SS-Oberscharführer*, erklärt er, sei heute nicht wohl, ob man bitte ein Auge auf den *Kameraden* werfen könne, *für alle Fälle*. Während der ersten Verhandlungstage haben Polizisten vor den *Kameraden* sogar salutiert. Erst als die Zeitungen darüber berichteten, sah sich die oberste Polizeiführung gezwungen, Gunstbezeugungen solcher Art zu untersagen, nicht aus Rücksicht auf die Opfer, sondern wegen des Ansehens Deutschland in der Welt.

Auch Elena wirft ein Auge auf die Herren der SS. Tatsächlich wirken einige der schneidigen Mannsbilder jetzt, da man ihnen die Uniformen ausgezogen hat, im Gerichtssaal kränklich, einige geradezu hinfällig. Manche stützen sich auf einen Stock, andere klagen über Herzschwäche oder sind mit den Nerven am Ende, sie sind zu bemitleiden, die ganze Aufregung, das haben sie nicht verdient!

Elenas Notizen füllen Seite um Seite. Penibel hält sie jede Regung und Äußerung der Angeklagten fest.

Nein, vorzuwerfen haben sie sich nichts, sie haben ja nichts Unrechtes getan, nur gehorcht, nur Befehle befolgt, die nicht sie, sondern ihre Vorgesetzten verantworten. Im Rahmen ihrer Möglichkeiten haben sie sogar menschlich gehandelt, aufopferungsvoll, Nachteile für ihre Karriere in Kauf genommen, sogar das eigene Leben riskiert.

Der Krieg, die Front, das, was die *Herren Angeklagten* im Lager mitansehen und auf Geheiß ihrer Vorgesetzten umsetzen, was sie selbst erleiden und erdulden mussten – all das hat sie gezeichnet. Der Angeklagte Mulka, der das *furchtbare Geschehen* in Auschwitz *restlos ablehnte*, erlitt während seiner Dienstzeit *mehrfach Magenkoliken*. Der Angeklagte Breitwieser, Kammerwart in Auschwitz, vertrug das Entwesungsgas Zyklon B nicht, er wurde *magenkrank* und bat deswegen um Entlassung. Der Angeklagte Dylewski fühlt sich noch immer krank, zweifelsohne eine Folge der damaligen Ereignisse, die bei ihm eine *psychische Schockwirkung ausgelöst* hätten, von der er sich nur schlecht erhole. Dem Angeklagten Klehr ging das *Abspritzen*, das Töten seiner Patienten mittels Phenolinjektionen ins Herz, so nah, dass er an einem *nervösen Magenleiden* erkrankte.

Einige Angeklagte sind so krank, dass sie sogar eine Invalidenrente beziehen. Der Angeklagte Kaduk beispielsweise, Rapportführer und einer der brutalsten Aufseher in Auschwitz, erlitt während seiner Haft nach dem Krieg eine Tuberkulose, nun bezieht er eine monatliche Rente von 30 Mark. Der Angeklagte Schoberth, der eigenem Bekunden nach im KZ nur Totenscheine ausstellte, erhält pro Monat 35 Mark. Der Angeklagte Schlage, Arrestaufseher im berüchtigten Block 11, hat, nachdem ihn ein Lastkraftwagen anfuhr, Anspruch auf eine monatliche Unfallrente von 76,30 Mark. Der Angeklagte Bischoff, Blockführer in Auschwitz, ist nach einem Grubenunfall so invalide, dass er, Unfallrente und Knappschaftsrente zusammengenommen, monatlich 625 Mark bezieht.

Nur der Angeklagte Baretzki zeigt sich mit seinem Schicksal einigermaßen versöhnt. Der Krieg hat ihn von seiner Friseurlaufbahn erlöst. Im Dienste der SS musste er nie Spucknäpfe säubern und sich dabei übergeben.

Anständig sind sie geblieben, die *Herren Angeklagten*, gütig und gut. Schutzhaftlagerführer Hofmann hat in Auschwitz nur seine Pflicht getan, wie überall, wo er hingestellt wird, *ob im Dienst oder privat*. Seine SS-Nummer kennt er noch auswendig. Im Zigeunerlager habe er *Sonderverpflegung für die Kinder* ausgegeben und auf der Rampe *stillschweigend genehmigt, daß Nichtarbeitsfähige zur Gruppe der Arbeitsfähigen gingen*. Auch SS-Sanitätsdienstgrad Neubert empfand für die Häftlinge *Mitleid* und verschaffte ihnen *Zusatzverpflegung*, *Medikamente* und *Verbandsmaterial*, die er teilweise sogar aus eigener Tasche bezahlte. SS-Lagerzahnarzt Dr. Schatz freundete sich im Lager mit einem polnischen Kollegen an und päppelte den von der Haft Gezeichneten mit extra Fleischrationen auf. SS-Sanitätsdienstgrad Scherpe rettete einem *ausgesonderten* Kalfaktor das Leben, indem er ihn in einen anderen Block verlegte – wegen Häftlings- und Feindbegünstigung habe man ihn infolge selbst inhaftiert. SS-Unterscharführer Broad nahm sich bei seinen *zufälligen* Besuchen an der Rampe Zeit, mit französischen Häftlingen zu plaudern, *die ja so glücklich waren*, mit ihm in ihrer Landessprache sprechen zu dürfen. SS-Zahnarzt Dr. Frank rettete Häftlingen, die sich fälschlicherweise als Dentisten ausgaben, das Leben, indem er sie nicht verpetzte. SS-Apotheker Dr. Capesius besorgte einer jüdischen Ärztin und deren Tochter, frühere Bekannte aus seiner Heimat Siebenbürgen, *gute Posten* – beide seien bei seinem Anblick gar in *Freudengeheul* ausgebrochen, das hat ihn gerührt. SS-Sanitätsdienstgrad Hantl gibt vor Gericht tatsächlich an, in Auschwitz *anständig* geblieben zu sein. Rapportführer Kaduk, der nach dem Krieg als Krankenpfleger tätig war, bittet das Gericht, seine ehemaligen Patienten zu befragen. *Papa Kaduk* hätten die ihn genannt. Zu seiner Frau sagt er *Mutti*.

Wenn sie nur gekonnt hätten!

Adjutant Höcker nahm von den Vergasungen *mit Abscheu* Kenntnis und zerbrach sich den Kopf, *was man dagegen unternehmen könne*. Adjutant Mulka erfuhr erst spät *von den unnatürlichen Todesfällen*, aber den Begriff *Sonderbehandlung*, den kannte er, *Sonderbehandlung war Mord*, darüber war er *tief empört*. Arrestführer Schlage fand die *Methoden* in Auschwitz *verabscheuungswürdig*. Zahnarzt Frank nennt *das Geschehen* im Lager *ungeheuerlich*, ein *Unrecht*, ja, ein *Verbrechen*. Kollege Schatz bezeichnet seinen Dienst auf der Rampe als *Mißbrauch*. Auch Sanitätsdienstgrad Scherpe zeigte sich *über das Geschehen entsetzt* und drückte sich, wo er nur konnte. Sanitätsdienstgrad Hofmann sah *bereits damals die Vergasungen und Erschießungen als Unrecht an*. Der Angeklagte Klehr brandmarkte vor allem die Praxis, *daß ein Gefangener seine Mithäftlinge abspritzen mußte*, das übernahm er, der Kundige, dann lieber selbst.

Nein, gesehen haben die Angeklagten nichts, geschweige denn selektiert oder geschossen, gehenkt, ertränkt, erschlagen, zertrampelt oder sonst wie gemordet. Adjutant Höcker wusste noch nicht einmal, dass Kinder im Lager waren, grundsätzlich seien *Leute im Konzentrationslager* ja nicht umgebracht, sondern *umerzogen* worden. Blockwart Schlage hörte zwar ab und an ein *Knallen*, aber dass da Menschen erschossen wurden? Zahnarzt Frank hatte ja keine Ahnung, woher das Gold stammte, das in der Kommandantur-Zahnstation eingeschmolzen wurde, woher denn auch?

Allesamt befolgten sie nur Befehle. *Über das Leben eines Häftlings entschied nur der Führer.* Von wem dieser Satz stammt, geht aus Elenas Aufzeichnungen nicht hervor. Jene Angeklagten, die von Zeugen auf der Rampe gesehen wurden, versahen dort nur niedere Dienste, selektiert haben sie nicht: Hofmann musste für Ordnung sorgen, Frank aus den angekommenen Transporten die Dentisten heraussuchen, Schatz zahnärztliches Material sicherstellen und Klehr dem selektierenden Arzt jene *Personen* vorstellen, die sich krank meldeten, einer musste es ja tun. Der Angeklagte Neubert bittet das Gericht um Verständnis: *So unglaubhaft das ist, ich habe nicht gewußt, was mit den ausgesonderten Häftlingen geschieht.* Der Angeklagte Hofmann gibt freimütig zu, dass er *hin und wieder Häftlingen rechts und links Ohrfeigen gegeben* hat, aber die seien dabei *nicht umgefallen, sondern weggelaufen.* Auch der Angeklagte Baretzki hat manchem Häftling *eine geschmiert*, doch davon sei *keiner gestorben.* Der Angeklagte Bednarek, als blockältester Häftling selbst weniger wert als ein Hund, musste einfach zuschlagen: *Ich habe so gehandelt, wie mir es der Lagerälteste befohlen hat.*

*Denken durfte man nicht, das war uns abgenommen worden*, sagt der Angeklagte Schlage und seine Mithäftlinge pflichten ihm bei. Der Angeklagte Schoberth hat *überhaupt nichts gedacht*, der Angeklagte Stark hatte *überhaupt keine eigene Meinung, uns wurde das Denken abgenommen,* sagt auch er, *daß die Vergasung der Juden Unrecht war,* habe er seinerzeit *noch nicht gewußt, ich habe das damals bejaht, denn daran war die damalige Propaganda schuld.* Klehr befand sich *in einer Zwangsjacke*, das sagt er wirklich, sein Vorgesetzter habe ihm mehrfach gedroht, ihn *an die Schwarze Wand zu stellen,* schließlich sei auch er, wie die Häftlinge, nur eine Nummer gewesen.

Kein Zweifel, Auschwitz galt auch den Angeklagten als Albtraum, alle wollten da weg. Die Verantwortung für die Verbrechen tragen andere. Die wahren Schuldigen heißen Grabner, Aumeier, Palitzsch, Wirths, Entress, Rohde, Mengele und Höß. Gut, dass die allesamt tot oder abgetaucht sind, denn auf der Anklagebank müsste man ihnen dreimal pro Woche in die Augen sehen.

Boger und Kaduk verweigern die Aussage.

Der Angeklagte Stark räumt ein, an einer Vergasung beteiligt gewesen zu sein.

*Die Leute waren ja durch ein Standgericht zum Tode verurteilt worden. Allerdings erschien mir die Art der Vollstreckung feige und unmännlich. Erschießungen waren etwas ganz anderes.*

Der Angeklagte Klehr, die Hände hinter dem Rücken verschränkt, gibt nach einigen Wochen zu Protokoll, innerhalb eines Zeitraums von zwei bis drei Monaten wöchentlich zweimal je 12 bis 15 Menschen mit Phenol *abgespritzt* zu haben, insgesamt also *250 bis 350 Häftlinge.* Die Schicksalsergebenheit seiner Opfer wundert ihn noch heute. *Gewehrt hat sich nie einer.*

*Reichsdeutsche wurden nie abgespritzt.* (Hantl)

*Tun Sie mir den Gefallen und sagen Sie nicht mehr abspritzen, ich kann das Wort nicht mehr hören.* (Richter Hofmeyer)

Ein alter Mann auf der Empore fängt mitten in der Verhandlung plötzlich an zu lachen. Er kann gar nicht mehr aufhören zu lachen. Er lacht und lacht, bis ein Wachmann von unten herbeieilt und ihn aus dem Saal führt, dann ist es still.

# 54

Eines Nachmittags, es ist der 17. Februar 1964, ein Montag, stöbert Elena in den Auslagen eines Antiquariats, als der Angeklagte Stark plötzlich neben ihr steht. Der 17. Verhandlungstag ist erst seit wenigen Minuten vorbei und Elena eigentlich auf dem Weg nach Hause. Aber aus irgendeinem Grund ist sie bei den alten Büchern stehen geblieben, später wird sie nicht mehr wissen, warum. Woran sie sich aber genau erinnert, ist Starks strenger Geruch, Seraphin hätte sich längst umgezogen – für solche Fälle hatte er stets ein Wechselhemd dabei.

Elena folgt dem Angeklagten. Sie hält Abstand, lässt ihn aber keine Sekunde aus den Augen. Sein Wollmantel steht offen. Darunter trägt er einen dunklen Anzug, ein weißes Hemd und eine silbergraue Krawatte. Seine rechte Hand umklammert den Griff einer braunen Aktentasche, die mit jedem seiner federnden Schritte mitschwingt und auspendelt. Sein rotblondes Haar ist auf der linken Seite gescheitelt, er müsste mal wieder zum Friseur. Seine Nackenhaare liegen auf. Vorhin, als er neben ihr stand, schimmerten Schuppen auf seinem Revers.

In der Kaiserstraße hält der Angeklagte plötzlich inne. Elena zögert und schließt, da er sich umdreht, zu ihm auf, überholt ihn und nimmt aus den Augenwinkeln wahr, wie der Angeklagte die Straßenseite wechselt und in einem Laden verschwindet. Minutenlang betrachtet Elena die Trauringe und Goldkettchen im Schaufenster eines Juweliers, bis sie in der spiegelnden Scheibe sieht, dass der Angeklagte mit einer Tüte in der Hand das Geschäft verlässt. Er eilt Richtung Bahnhof, Elena hält Abstand, auch als er in der Haupthalle plötzlich innehält, einen Blick auf die große Uhr wirft, seine Brille putzt. Entweder hat er sie entdeckt oder bis zur Abfahrt seines Zuges Zeit. Elena trifft eine Entscheidung. Am Schalter löst sie eine Fahrkarte nach Darmstadt und erkundigt sich, wann und wo der nächste Zug abfährt. Fünf Minuten später findet sie sich am Bahnsteig ein. Der Angeklagte steht etwas abseits und raucht eine Zigarette. Elena gesellt sich zu einer Gruppe Halbstarker, die ihre brennenden Stummel auf die Gleise schnippen. Vier Jungen in Nietenhosen, zwei Mädchen in bunten Röcken. Sie flachsen miteinander, necken sich, sind laut. Am liebsten würden sie ihnen ins Gesicht schreien: *Seht doch! Der da vorn*! *Das ist Hans Stark, seht ihn euch an, er ist einer von denen, seht genau hin, er ist einer von denen, die meinen Mann auf dem Gewissen haben!*

Als der Zug losfährt, bleibt sie im Gang stehen. Aus den Augenwinkeln heraus beobachtet sie, wie der Angeklagte eine Zeitung aus seiner Aktentasche zieht, auffaltet und sich dahinter verbirgt. In Auschwitz, wirft ihm die Anklage vor, habe er nicht gezögert, selbst Kinder zu ermorden. Mit seinem Gewehr, Schuss ins Genick. Da war er selbst 19.

Am Darmstädter Hauptbahnhof steigt Elena aus. Sie folgt dem Angeklagten bis zur Bushaltestelle. Einmal sieht er sich um, doch sein Blick gleitet ab, die Frau im Persianer interessiert ihn nicht. Im Bus setzt er sich nach vorn, während Elena in der hintersten Reihe Platz nimmt. Auch in dieser Stadt hat der Krieg gewütet, noch sind nicht alle Wunden verheilt. In einer hübschen Villengegend am Fuß einer Anhöhe stoppt der Bus. Der Angeklagte springt auf, Elena schafft es gerade noch zur Tür. Draußen bleibt sie stehen, sieht auf ihre Uhr, tut so, als ob sie auf jemanden warte. Erst als er in eine Seitenstraße einbiegt, geht sie ihm nach. Im Schutz einer Hecke beobachtet sie, wie der Angeklagte hinter der Toreinfahrt eines Einfamilienhauses verschwindet. Noch ist es hell. Elena hat Zeit. Sie durchstreift die Gegend, sieht sich die hübschen Häuser an, raucht einige Zigaretten und kehrt erst im Schutz der Dunkelheit zurück.

Das Haus hat der Vater des Angeklagten erbaut, ein Polizist, der seinem Sohn, als der, gerade 16, von der Wehrmacht abgelehnt wurde, zum Eintritt in die SS-Totenkopfstandarte ermunterte. Warum er sich kurz nach dem Krieg erhängte, ist ungewiss. Aus Scham? Oder Reue? Daran will Elena glauben. Seine beiden Enkelkinder hat er nicht mehr kennengelernt. Das Mädchen ist zehn. Der Junge fünf. Elena sieht sie durchs Haus flitzen. In allen Zimmern brennt Licht. Der Hausherr säubert das Goldfischbecken am Fenster und starrt in die Nacht. Nein, er kann sie nicht sehen, aber sie sieht ihn. Seine Frau trägt das Abendessen auf. M. heißt sie vor Gericht. Dem Vernehmen nach hat ihr der Angeklagte erst bei seiner Verhaftung erzählt, dass er in Auschwitz bei der Gestapo war.

Während Elena die Familie beim Essen sieht, wird ihr schmerzlich bewusst, dass sie selbst nie Kinder haben wird. Hätte sie zwei Leben wie der Angeklagte. Aber die hat sie nicht. Ihr Leben hinterlässt eine einzige Spur. Eine Spur, die aus zwei Richtungen auf denselben Punkt zuläuft, wo alles anfängt und alles endet.

1941 verließ der Angeklagte für einige Tage das KZ, um in der Oberrealschule die Reifeprüfung abzulegen. Zuvor hatte er Häftlinge gezwungen, ihm in ihren seltenen Freistunden Nachhilfe zu erteilen. 1942 ließ er sich ein weiteres Mal beurlauben, um in Frankfurt ein Jura-Studium zu beginnen. Nach dem Krieg studierte er Agrarwissenschaften und unterrichtete nach seinem Assessor-Examen an der Landwirtschaftsschule in Groß-Gerau, unweit von Darmstadt.

Einmal soll der Angeklagte eine Polin samt ihrer Kinder zum Tode verurteilt haben, weil sie einer deutschen Familie ein Kaninchen stahl. Ein anderes Mal soll er einen Häftling gezwungen haben, den eigenen Vater zu ertränken. Wenn der Angeklagte selbst mordete, ließ er sich nachher eine Schüssel Wasser bringen, um seine Hände zu waschen.

Als das letzte Licht im Haus erlischt, macht sich Elena auf den Heimweg. Während der nächtlichen Fahrt nach Frankfurt sitzt sie allein im Abteil und sinnt darüber, wie jemand zu dem wird, der er ist. Hätte sie selbst, vom Vater zu bedingungslosem Gehorsam erzogen, Anordnungen getippt, Befehle weitergeleitet, Transportlisten kontrolliert oder Todesursachen gefälscht?

Außerhalb des Gerichtssaals geht der Alltag weiter. Das Leben. Als sei nichts geschehen. Schnee fällt. Die Erde dreht sich. Die Nacht bricht herein. Menschen gehen schlafen, eilen zur Arbeit, kehren heim.

Kinder träumen.

# 55

In der Nacht schrecke ich hoch. Ein Traum hat mich geweckt. Elenas Silhouette am Strand. Wellen umspülen ihre nackten Füße. Eine junge Frau, die den Augenblick lebt. Gedankenverloren blickt sie hinaus aufs Meer. Bis sie jäh einen Sog an den Füßen spürt. Die See weicht zurück. Tatsächlich, der Abstand zum Meer wieder immer größer. Staunend sieht sie ihm nach. Der schäumenden Gicht und dem glänzenden Film im Sand, der der letzten Welle wie ein banger Schatten hinterherjagt. Als das Meer hinterm Horizont versinkt, findet sich Elena inmitten einer Wüste wieder, die Luft flirrt, die Sonne sticht herab, sie ist allein und weiß, sie wird sterben.

Am frühen Vormittag rufe ich sie an. Sie ist außer sich, ihre Stimme zittert vor Zorn.

„Aber das geht doch nicht! Was bildet der sich ein? Was ich mit meinem Leben anfange, geht nur mich an und niemand sonst!"

Ed nickt mir zu. *Mein Whisky, mein Leben.*

„Ich habe ihm gesagt ..."

„Sie trifft keine Schuld."

„Dass ich mit Ihnen rede. Natürlich könnten wir auch woanders hin."

„I wo."

„Er meinte es gut. Wegen der vielen Menschen und der Hitze und ..."

„Ich weiß, aber das ist meine Entscheidung."

„Wenn Sie meinen."

„Gewiss."

„Dann holen wir Sie nachher ab?"

„Ich bin bereit."

Nach dem Mittagessen machen wir uns auf den Weg. Eine flirrende Hitze liegt über der Stadt, wie die Ankündigung eines

Gewitters, dabei ist der Himmel nahezu wolkenlos und von einem scheinenden Blau. In den Fenstern hängen Fahnen, unter den Schirmen der Straßencafés sitzen Fanpulks vor den Fernsehern und stimmen sich schon auf den Nachmittag ein. In einer Gasse kicken zwei Jungs gegen die Wand.

„Ich bin Podolski!“

„Nein ich!“

„Dann eben Klose.“

Ich bin Juller Hirsch. Sieben Einsätze, sechs Niederlagen, ein siegloser Sieger. Schweißnass klebt sein Trikot an meinem Rücken und fühlt sich an wie eine zweite Haut.

„Schland!“, kreischt ein Teenager in der U-Bahn. „Schland! Schland!“ Die Alten lächeln nachsichtig, schon stimmen die Freunde des Jungen ein: „Schland ist unser, Schland, Schland, Schland ist unser Land!“

Elena wartet im Vorgarten. Schon einmal habe ich sie hier sitzen sehen, im Schatten der alten Linde. Ich weiß nicht, ob wir uns hier begegnet sind oder in einem Traum.

„Ich habe gehofft, dass Sie Juller mitbringen“, sagt sie, „das Trikot steht Ihnen, ein wenig eng vielleicht, aber das ist ja wieder modern.“

Wir nehmen sie in die Mitte. Sie hakt sich bei uns ein. Da ich zurückblicke, meine ich den König am Fenster stehen zu sehen.

Elena sieht von einem zum anderen. „Wie schön!“, ruft sie. „Sie glauben nicht, wie sehr ich mich auf diesen Nachmittag freue!“

An der Nationalbibliothek nehmen wir die U-Bahn zur Hauptwache. In der B-Ebene ist kein Durchkommen, auch an der Freitreppe geht es weder vor noch zurück. Wir drängeln uns zum hinteren Ausgang und schlagen uns über den Goetheplatz durch. Elena hält sich gut. Vor den Toren der City-Arena stockt es erneut. Einlass erst in einer halben Stunde. Die Luft kocht, die Sonne steht beinahe senkrecht über dem Platz. Uli faltet den Strandhocker auseinander, den sie sich von einer Freundin geliehen hat, und spannt ihren Schirm.

„Das ist lieb von Ihnen“, sagt Elena und streichelt Ulis Arm, „aber wir wechseln uns ab.“

Während wir warten, lasse ich sie nicht einen Moment aus den Augen. Hin und wieder sieht sie auf und lächelt, ich frage mich, wen sie sieht, wenn sie mich auf diese Weise betrachtet.

Endlich sind wir an der Reihe. Ein Ordner überprüft meine Tasche, während Uli und Elena ohne Kontrolle passieren. Wir finden drei Plätze abseits des Trubels mit freiem Blick auf die Leinwand. Auf einer Bühne steht ein bekannter Radiomoderator und heizt dem Publikum ein. Kurz darauf dröhnen Technobeats über den Platz. Vor uns wiegt ein Meer von Köpfen und Fahnen. Elena schließt die Augen. Uli legt den Kopf auf meine Schulter. Wir hätten *Ma* mitnehmen sollen. Sie fehlt.

Ich war neun, als wir zum letzten Mal Weltmeister wurden. *Ma* und ich lagen uns bei Brehmes Tor in den Armen, als hätten wir den Pokal gewonnen, sie und ich. Dakota schläft, *Ma* und ich stehen am Fenster und sehen hinaus. Menschen winken, ziehen an unserem Haus vorüber, schwingen Fahnen, grölen Lieder, Nachbarn prosten uns zu. *Ma* weint, das kenne ich schon, *Ma* weint oft in letzter Zeit, weil das Leben, sagt sie, nun einmal so sei. Leuchtraketen schießen in den nachtschwarzen Himmel, verglühen wie Sternschnuppen, wünschen darf ich mir nichts. So viel Freude, so viel Wehmut in einer einzigen Nacht! Während Maradona mit den Göttern hadert, hütet der Kaiser sein stilles Glück. Rauch überm Stadion und der rote Mond über Rom. *Dad*. Der Gedanke an ihn brennt sich in mein Glück. Ich muss *Dad* anrufen, um den Augenblick, um mein unbeschreibliches Glück mit ihm zu teilen. Ich tippe seine Nummer ein, eine lange, komplizierte Folge von Zahlen, die ich von einem Zettel ablese, breche ab, beginne von vorn. Mit einem Mal steht *Ma* hinter mir und reißt mir das Telefon aus der Hand. *Dein Vater schläft*. Wie will sie das wissen! Warum sollte *Dad* schlafen, ausgerechnet jetzt, *Dad* schläft doch nicht, egal wie spät es in Amerika ist, wir sind Weltmeister, das kann er doch nicht verschlafen. *Ma, bitte, lass es mich doch wenigstens versuchen!* Aber nein, *Ma* umklammert den Hörer, als ginge es um ihr Leben. *Dein Vater schläft, basta!* Warum sagt sie nicht *Dad*, warum sagt sie *dein Vater*, ich glaube ihr nicht, *Dad* schläft nicht, Deutschland gegen Maradona, das lässt er sich nicht entgehen. Doch *Ma* will nichts mehr hören, *Ma* hat genug von *Dad, auch wenn du's nicht wahrhaben willst: Dein Vater hasst Fußball.* Dabei weiß sie, dass das nicht stimmt. Früher, früher vielleicht. Vor Mexiko. Vor dem Spiel der Spiele: Argentinien gegen England, da hat er sich in den *Soccer* verliebt. 120.000 Zuschauer im Aztekenstadion und wir, nur getrennt durch den Bildschirm, mittendrin. *Maradona, Maradona*! Die Hand Gottes und das Tor des Jahrhunderts.

Da ich die Augen wieder öffne, fange ich Elenas Blick auf. Wer am Ende wohl wen erwählt?

„Lionel?"

Sie deutet nach vorn, über die wogende Menge hinaus.

„Sehen Sie?"

Sie leiht mir ihr Opernglas. Ist es das von damals? Ich drehe am Rädchen. Mit da vorn meint sie das Paar, verschlungen, versunken, still.

„Sehen Sie den Ring?"

Der Ring, natürlich, der luftige Ring drumherum.

„Allein dafür, nicht wahr?"

Ihre Stimme an meinem Ohr. Allein dafür.

Als die Musik abbricht, brandet Applaus auf. In die einsetzenden Fangesänge mischt sich der helle Ton einer Flöte. Elena reckt den Kopf. Hinter dem schwarz-rot-goldenen Meer ist die rotumrandete Leinwand kaum mehr zu sehen.

„Schland!"

Ein Junge schleudert seinen Zylinder in die Luft. Ein anderer fängt ihn lachend auf, setzt ihn sich auf und rennt feixend davon. Ein Luftballon schwebt vorbei. Vor uns pinselt sich ein Mädchen mit ihren Fingern die Deutschlandfarben auf Wangen und Stirn.

Uli nimmt meine Hand. „Und wenn doch?"

Elena. Wie sie dasteht. Ihre Hand beschattet die Augen. Wie sie sinnend über die Menge blickt. Unmerklich neigt sich ihr Kopf. Sie scheint zu lauschen. Sie lauscht der Flöte, lauscht den Fanfaren der Vuvuzelas. Einen Moment lang ruht ihr Blick auf dem Mädchen. Dann wandert er über die Dächer der Häuser hinaus, wo der Luftballon gerade die Spur eines Flugzeugs kreuzt. Nichts darf ihr entgehen.

Die Stimme des Stadionsprechers hallt über den Platz.

„Willkommen Südafrika!"

Eine Großaufnahme fröhlicher Fans. Nackte Oberkörper. Eine scheu lächelnde Frau. Drei Argentinier mit weißblauen Perücken. Die Kanzlerin. Schnitt. Der Kabinengang. Müller und Özil im schwarzen Dress. Elena dreht sich nach uns um. Da! Da ist Messi! Glücklich sieht sie aus. Jetzt. Jetzt laufen sie los. Hinaus ins Licht. In die gleißende Arena. Was mag das für ein Gefühl sein. Mittendrin. Fahnenteppiche im grünen Rund. Ein magischer Sonnenkegel. Überm Rand des Stadions von Green-Point hinaus die grünbewachsenen Berge. Der weiße Himmel. Blitze ringsherum, winzige Lichtreflexe, ein blinkendes Kaleidoskop. Jetzt. Die Hymnen. Elena lacht. Ihre Lippen beben. Das Mädchen vor uns wendet sein Gesicht der Sonne zu. Auch ihr Freund schließt ergeben die Augen. Schweinsteiger. Müller. Podolski. Wie Heiligenbilder schweben ihre Gesichter über der Stadt.

Da der letzte Ton der Hymne verweht, bricht erneut Jubel aus. Ein Mann wirft seinen kreischenden Jungen in die Luft.

Das lustvolle Entsetzen in den Augen des Kinds. Elena hakt sich bei mir ein. Schweiß perlt auf ihrer Stirn. Uli spannt den Schirm auf und reicht ihr eine Flasche Wasser. Elena trinkt in kleinen Schlucken. Als sie die Flasche verschraubt, lächelt sie Uli dankbar an. Uli beugt sich zu ihr. Ich kann nicht verstehen, was sie sagt. Erst Elenas Antwort. „Gewiss doch. Gewiss, mein Kind." Ulis Mund sucht ihr Ohr. Elena hört eine Weile zu, stutzt und schüttelt energisch den Kopf. „Nein, nie! Das hat sich nie ergeben."

Wenige Augenblicke später pfeift der Schiedsrichter das Spiel an. Elenas funkelnde Augen sehen das Glück kommen. Schweinsteiger zirkelt den Freistoß genau auf den Punkt. Müller steigt hoch. Ein Schrei. Mit einem Mal ist kein Halten mehr.

Elena umarmt Uli, das Mädchen ihren Freund, der Mann herzt seinen Jungen, eine Frau wirft sich schreiend in die Arme eines Fremden. Müller, Friedrich, Schweinsteiger, *Glückglückglück*, Mertesacker, Özil, Klose, Maradona leidet. *Dad* steh ihm bei, wenn nur *Ma* hier wäre, Ed und Xiao, alle vereint.

Dann ist Halbzeit. Elenas Wangen glühen.

„Aber ja, mir geht es gut, so gut wie seit Jahren nicht."

Ich rufe *Ma* an. Sie wundert sich über meine Frage. Natürlich erinnere sie sich, wie könnte sie das vergessen? Vorhin, sagt sie, habe sie überlegt, ob sie statt Glücksweiber künftig lieber Fußballer schnitzen solle. So einen wie Müller hätte sie gern um sich. Am besten in Lindenholz ausgebildet, es sei denn grob mit der Motorsäge, dann sei Ulme das Holz der Wahl.

*Dad* geht nicht an sein Smartphone.

Ed richtet mir über seine Mailbox aus, dass er nicht gestört werden will, *jetzt nicht*.

„Sie kommen doch mit?", höre ich Elena fragen, da ich zurückkomme. Uli nickt. „Und bitte keine Geschenke! Was ich brauche, habe ich, und was ich nicht habe, kann ich nicht brauchen."

Zwei Minuten vor Wiederanpfiff bricht die Live-Übertragung plötzlich ab. Eine technische Störung, verkündet der Radiomoderator und bittet um etwas Geduld. Entsetztes Schweigen. Ich erinnere mich an Beckhams Freistoß vor vier Jahren, an die Leinwand auf dem Main. Sekundenlang blieb das Bild schwarz, plötzlich jubelnde Engländer und die sich überschlagende Stimme des Sprechers, der verkündete, dass der Ball im Winkel gelandet sei.

Als die Leitung endlich wieder steht, hat das Spiel schon begonnen. Messi, immer wieder Messi. Tévez schießt, Neuer hält, Higuaín aus spitzem Winkel, lange geht das nicht gut. Dann Müller. Im Liegen. Pass auf Podolski. Der zu Klose. Dann Schweinsteiger. Elena reißt die Arme hoch, noch bevor Friedrich trifft. Schließlich Klose. Maradona liegt am Boden, während alle anderen schweben.

Was war und was ist. Alles flutet ineinander. Was sein wird, beginnt jetzt. Wie lange haben wir auf eine Nacht wie diese gewartet! Elena in Ulis Armen. Der ungläubige Blick des Mädchens. Der staunende Ausdruck in den Augen des Kinds. Die Menschen wenden ihr Gesicht tatsächlich dem Himmel zu. Die Sonne, ein goldglühender Ball. Verwoben im Gespinst zerfasernder Wolken. Alles leuchtet. Niemand kehrt in sein altes Leben zurück. Wir baden im Licht. Sektflaschen kreisen. Der Himmel färbt uns die Zukunft, funkelt orange, rubinrot, violett. Bis zu den Sternen. Bis in die Nacht. Heller Schatten eines nie endenden Tags.

„Stellen Sie sich vor."

Elenas Lippen an meinem Ohr.

„Stellen Sie sich vor."

Ich sehe über die wehenden Fahnen zur Leinwand, über die stummen Bilder hinaus, dorthin, wo ein unsichtbares Flugzeug gerade eine weiße Narbe in den Himmel ritzt.

# 56

Sechs Wochen nach Prozessbeginn sitzt Elena im Café Mozart dem Angeklagten Neubert gegenüber. Die Situation ist bizarr. Eine Frau und ein Mann, einander fremd, verabreden sich zu Kaffee und Kuchen, um ein Geheimnis auszuloten. Anfangs schweigen sie sich an. Mustern einander stumm. Während der Ober den Apfelkuchen serviert, beginnen sie über das Wetter zu reden, die Eiseskälte und den Schnee. Noch immer wundert sich Elena, wie einfach es war, Kontakt zu dem Angeklagten aufzunehmen. Und wie selbstverständlich er einer Verabredung mit ihr zugestimmt hat – trotz ihres jüdischen Namens.

Was Elena über SS-Unterscharführer Neubert weiß, hat er dem Untersuchungsrichter berichtet: 54, verheiratet, Vater dreier Kinder, von denen das jüngste, eine 16-jährige Tochter, noch im Haushalt der Eltern lebt. Vor dem Krieg hat der Angeklagte Klavierbauer gelernt und in einem Möbelhaus gearbeitet. Waffen-SS, Einsatz in den Niederlanden, Einsatz an der Ostfront. Nur weil er in Krakau seine Einheit verpasst habe, sei er in Auschwitz gelandet. Anfangs verrichtete er dort Wachdienst, später betrieb er den Dampfkessel der Desinfektionsanlage; zuletzt war er im Krankenbau Buna-Monowitz tätig. Als Verwaltungsangestellter beim Luftwaffenparkregiment 2 in Diepholz verdient er 540 Mark im Monat. Seine Ehefrau betreibt einen Kaffeehandel. 1950 haben die Neuberts für 8.500 Mark ein Einfamilienhaus erworben. Auf dem Anwesen lastet eine Hypothek in Höhe von 3.000 Mark.

Der Angeklagte setzt seine Tasse ab. „Also gut, was wollen Sie wissen?“

Elena stellt ihre Frage.

„Mit Namen brauchen Sie mir nicht zu kommen.“ Das sagt er nicht unfreundlich. „Selbst wenn die Häftlinge Namen gehabt hätten, hätte ich mir die nicht gemerkt.“

Laut Aussage von Zeugen hat der Angeklagte an Selektionen mitgewirkt und dabei etliche Häftlinge in die Gaskammern geschickt. Er selbst streitet das ab. Korrekt sei, dass der zuständige Arzt in regelmäßigen Abständen *Bestandsbesichtigungen* vornahm. Korrekt sei ferner, dass der zuständige Arzt im Zuge dieser *Bestandsbesichtigungen* allein entschied, welche Häftlinge den Krankenbau verlassen mussten und welche bleiben durften. Korrekt sei schließlich, dass jene Häftlinge, die im siechenden Zustand den Krankenbau verlassen mussten, aller Wahrscheinlichkeit nach einer *Sonderbehandlung* zugeführt wurden. Was das hieß, wusste auch er. Aber darüber habe, wie gesagt, nicht er, der Sanitätsdienstgrad, sondern der Arzt entschieden, und das ohne Ausnahme.

Elena reicht ihm das Foto.

Der Angeklagte legt es neben seinen Teller. Mit dem Zeigefinger schippt er die Reste seines Apfelkuchens auf den Löffel und schiebt ihn sich in den Mund. Krümel regnen aufs Bild. Der Angeklagte bläst sie weg. Dann nimmt er die Fotografie in die Hand. Betrachtet sie aufmerksam. „Kann sein“, sagt er schließlich, „sicher bin ich mir nicht.“

Sein Verteidiger hat beantragt, das Verfahren gegen den Angeklagten einzustellen, da er schwer krank sei, seine Nieren funktionierten nicht, wie sie sollten, den Prozess stehe er keinesfalls durch.

Auf Elena wirkt er durchaus vital. Sein Blick ist klar, die Haut rosig, seine Stimme fest – wie er ihr aus dem Mantel geholfen hat, gewandt und galant, auch am Tisch hält er sich gerade.

„Sie waren im Krankenbau Monowitz tätig, nicht wahr?“

„Korrekt.“

„Wenn ein I.G. Farben-Häftling einen Arbeitsunfall erlitt …“

„Kam er zu uns, korrekt.“

„Mein Mann hat sich bei seiner Arbeit im KZ den Daumen gequetscht, eine Kuppe musste amputiert werden."

„War er beim Zementkommando?"

„Das weiß ich nicht."

„Beim Maurerkommando?"

„Ich sagte doch, ich weiß es nicht."

„Ich mein ja nur."

„Ist das wichtig?"

„Nicht unbedingt."

„Was ich von Ihnen wissen möchte: Wurde man mit einer solchen Verletzung zwangsläufig in den Krankenbau eingeliefert?"

„Korrekt."

„Mein Mann ist ein Jahr lang in Buna-Monowitz tätig gewesen, und zwar von Oktober ‚42 bis …"

„Unmöglich. So lange hat niemand durchgehalten."

„… bis November ‚43. Sie waren zur selben Zeit im Krankenbau als Pfleger tätig, nicht wahr?"

„Sanitätsdienstgrad."

„Als Sanitätsdienstgrad also."

„Korrekt. Von Januar ‚43 bis Januar ‚45."

„Na also. Bitte sehen Sie sich das Foto noch einmal an."

Der Angeklagte stellt die Teller zusammen, räumt die Tassen dazu und wischt mit der Handkante den Tisch sauber. Er sieht Elena an, als wisse er etwas über sie, was sonst niemand weiß. Ein Geheimnis, das ihn zu ihrem Komplizen macht. Erneut nimmt er Seraphins Portrait zur Hand, widmet ihm aber diesmal nur einen flüchtigen Blick.

„Erinnern Sie sich an meinen Mann?"

„Ich glaube."

„Hatte er starke Schmerzen?"

„Na, hören Sie mal, bei so einer Verletzung."

„Haben Sie ihm etwas gegen die Schmerzen gegeben?"

„Natürlich.“

„Ist es richtig, dass Häftlinge, die länger als zwei Wochen im Krankenbau waren, nach Birkenau transportiert und dort vergast wurden?“

„Dass sie nach Birkenau gebracht wurden, ist korrekt. Was dort mit ihnen geschah, entzieht sich meiner Kenntnis. Da müssen Sie andere fragen. Einige kamen zurück.“

„Wissen Sie, wie lange mein Mann bei Ihnen im Krankenbau war?“

„Hören Sie, das ist zwanzig Jahre her.“

„Aber Sie erinnern sich an ihn?“

„Ich denke schon, aber sicher bin ich mir nicht.“

Der Kellner kommt an ihren Tisch und räumt das Geschirr fort. „Haben die Herrschaften noch einen Wunsch?“

„Ein Selters, bitte.“

„Gern. Und der Herr?“

„Danke. Nichts.“

Zeugen haben den Angeklagten als dumm und korrupt beschrieben. Dumm wirkt er nicht.

„Also gut.“ Der Angeklagte lehnt sich zurück. „Was wollen Sie wirklich von mir?“

„Das habe ich Ihnen doch gesagt.“

„Ich dachte ...“

„Was?“

„Das alles. Wir reden von Dingen, die lange vorbei sind.“

„Wie meinen Sie das?“

„Ich meine, dass Sie eine sehr schöne Frau sind.“

Elena spürt, wie ihr das Blut ins Gesicht schießt. Der Angeklagte lächelt. Einen Moment hat sie sich Seraphin tatsächlich nahe gefühlt, jetzt will sie nur noch hier fort. Herausfordernd blickt sie den Angeklagten an. „Stimmt es“, fragt sie so laut, dass die anderen Gäste aufmerken. „Stimmt es, dass Ihnen der Filz für zwei Paar Damenstiefel 16 Menschenleben wert war?“

Der Angeklagte lächelt nicht mehr. „Ich hätte es wissen müssen“, sagt er. Sein Blick ist ohne Vorwurf, beinahe mitleidig sieht er sie an. „Sie sollten nicht alles glauben, was die sogenannten Herren Zeugen den Staatsanwälten erzählen. Einige von ihnen waren selbst die eifrigsten, wenn es darum ging, die arbeitsunfähigen Häftlinge auszusortieren. Glauben Sie nicht? Dann fragen Sie sie! Die Vorauswahl bei den Selektionen hat der Blockälteste getroffen, die zweite Liste fertigte der Häftlingsarzt an. Erst wenn beide entschieden hatten, wählte der Lagerarzt aus, wer bleiben durfte und wer nicht.“

„Und Sie?! Sie waschen Ihre Hände in Unschuld, nicht wahr!“ Elena ist aufgesprungen. Im Café ist es totenstill. Ihre Stimme ist jetzt überall. Eine Lautsprecherstimme, der niemand entgeht. „Sie sind ein Samariter, nicht wahr, ein Menschenfreund, der in Auschwitz nur Gutes getan hat, nicht wahr, gequält und gemordet haben die anderen!“

Der Angeklagte bleibt stumm. Mit betonter Ruhe faltet er seine Serviette zusammen, zieht einen Zehn-Mark-Schein aus seinem Portemonnaie, legt ihn auf den Tisch, streicht ihn glatt und geht.

Elena sieht ihm nach. Wie gerade er sich hält. Krank wirkt er nicht.

# 57

Wenn wir Weltmeister sind."
„Erst geht's gegen Spanien."
„Ich sagte: Wenn. Du glaubst doch auch."
„Was?"
„Dass Elena."
„Dass sie ihm folgt?"
„Das glaubst du doch auch, oder nicht?"
Im offenen Fenster dämmert der neue Tag. Die Wolken sind gelb und flockig wie geronnene Milch. Die ganze Nacht haben wir geredet. Jetzt kehren wir zum Anfang zurück.
„Ich versteh nicht, warum."
„Weil es Sinn macht. Darum."
„Wenn sie krank wäre. Dann."
„Wenn sie überzeugt davon ist, dass der richtige Zeitpunkt gekommen ist. Dann."
*„An Zufälle glaube ich nicht. An Schicksal schon.*"
„Dem Schicksal kann man nachhelfen."
„Aber damit macht sie mich zu ihrem Komplizen."
„Nur, wenn sie dich in ihre Entscheidung einbezogen hätte. Hat sie aber nicht. Du erzählst ihr Leben. Mehr nicht. Wenn du es nicht tätest, täte es ein anderer."
„Vergiss nicht, dass ich der Erwählte bin. Der Auserwählte von Chesterfields Gnaden."
„Du könntest mit ihr reden."
„Könnte."
„Solltest du vielleicht."
„Und was könnte oder sollte ich ihr sagen?"
„Dass du sie magst? Dass *wir* sie mögen. Dass wir glücklich sind, sie zu kennen. Dass wir uns freuen, wenn sie bleibt."
„Du hast recht."

„Heißt das, du redest mit ihr?"
„Ich denk drüber nach."

# 58

Am Morgen des 25. Februar 1964 wartet Elena Morgenstern am Frankfurter Hauptbahnhof auf den Schnellzug nach Hamburg. Ihr Mantel hält die Kälte nicht ab, sie zittert, die ganze Nacht über hat sie keine Minute geschlafen.

Als der Zug in den Bahnhof einrollt, wartet sie, bis die Ankömmlinge aus- und die neuen Fahrgäste eingestiegen sind. Sie sieht sich um, zögert noch, da die Türen schon schließen und die Dieselmotoren heiß laufen, erst als der Schaffner, die Pfeife am Mund, sie anspricht, ob sie nun mitfahren wolle oder nicht, fasst sie sich ein Herz und steigt ein.

Was sie auf dieser Reise zu finden hofft, ist ihr selbst ein Rätsel. Möglich, dass sie in der Begegnung mit Dr. med. Franz Bernhard Lucas das Gute im Bösen sucht, eine Bestätigung, dass nicht jeder SS-Arzt ein Mörder war, einen Trost für sich und eine Absolution für den verstorbenen Vater – daran zumindest möchte sie glauben. Dass sie sich dem Angeklagten ausliefert, um zu fühlen, was Seraphin gefühlt haben mag, dieser Gedanke kommt ihr so aberwitzig vor, dass sie ihn gleich wieder verwirft.

Aus dem Angeklagten Lucas wird Elena einfach nicht schlau. Während der Ungarn-Transporte soll er Menschen ins Gas geschickt haben, die Häftlinge jedoch bezeichneten ihn als Wohltäter. Von all jenen, die sich im Frankfurter Römer für ihre Taten in Auschwitz verantworten, ist er ihr der Nächste. Ein Akademiker, der in schönen Worten redet. Ein Arzt, der in Danzig promoviert hat – wie ihr Vater. Ein Mann, der den Fußball liebt. Das auch.

Am Hamburger Hauptbahnhof steigt sie aus. Während sie auf den Bummelzug nach Elmshorn wartet, erinnert sie sich an ihren kurzen Halt auf ihrem Weg von Flensburg nach Biberach vor 17 Jahren, aber eigentlich erkennt sie nichts wieder. Es ist

Mittag, als sie in Elmshorn eintrifft. In einem kleinen Lokal isst sie Schmandhering mit Stampfkartoffeln. Später schlendert sie durch die Stadt, in der die Zerstörungen durch die Sturmflut weithin sichtbar sind.

Eine viertel Stunde vor dem vereinbarten Termin findet sich Elena vor dem Einfamilienhaus ein, in dem sich die Frauenarztpraxis des Dr. Lucas befindet. Das Haus ist groß, beinahe eine Villa, die Kinder des Angeklagten, neun und zwölf Jahre alt, haben reichlich Platz zum Spielen. Elena klingelt. Eine Frau öffnet. Groß, schlank, weizenblond, Anfang 40.

„Frau Harwardt? Bitte, kommen Sie doch herein. Ein Schietwetter ist das heute. Höchste Zeit, dass uns der Frühling von der Kälte erlöst."

Unter ihrem weißen Kittel trägt sie einen Lammwollpulli, das Fersenband ihrer Steghose steckt in weißen Pumps. Wie eine Sprechstundenhilfe sieht sie nicht aus, möglicherweise ist sie die Frau des Hauses. Sie nimmt Elenas Personalien auf und bittet sie, einen Moment zu warten, der *Herr Doktor* sei sofort für sie da.

Elena nimmt im Wartezimmer Platz. Ein freundlicher Raum. Blaue Lehnstühle mit weißen Polstern. Hellblaue Schals rahmen die blank gewienerten Fenster. Auf einer Blumenbank steht eine Vase mit überblühten Tulpen. Noch könnte sie gehen.

„Frau Harwardt?"

Da sie sich gegenüber stehen, ist Dr. Lucas größer als erwartet. Die wenigen Haare auf seinem Kopf sind an den Schläfen weiß und am Hinterkopf schwarz, darüber wundert sie sich. Ebenso wie über seine buschigen, schwarzen Augenbrauen und seinen arglosen Blick. Und wenn er tatsächlich der ist, der er vorgibt zu sein? Auf seiner Wange prangt eine Narbe, offensichtlich das Andenken einer Mensur. Auch ihr Vater hatte einen Schmiss und war einige Jahre Paukarzt.

Elena folgt dem Angeklagten ins Behandlungszimmer. Hier riecht es nach neuen Möbeln. Der mächtige Schreibtisch nimmt die gesamte Fensterfront ein. Der Angeklagte lässt sich in einen schwarzledrigen Sessel fallen. Wortlos fordert er Elena auf, ihm gegenüber Platz zu nehmen. Noch einmal sieht sie sich um. Weiße Schränke, weiße Wände, weißer Vorhang. Dahinter eine tief hängende Leuchte und ein chromverkleideter Gynäkologenstuhl.

„Was führt Sie zu mir, Frau Harwardt?"

Elena öffnet den Mund, aber sie bekommt keinen Ton heraus. Sie spürt, wie ihr der Schweiß ausbricht.

„Ist Ihnen nicht gut? Möchten Sie ein Glas Wasser?"

Freundlich sieht er aus. Beinahe gütig.

„Na, dann wollen wir mal sehen."

Der Angeklagte wirft einen Blick auf den Aufnahmebogen. Elena fragt sich, welche Informationen ihn interessieren. Ihr Alter? Ihr Wohnort? Hat man sie, als sie den Termin vereinbarte, nach ihren Beschwerden gefragt? Was hat sie geantwortet? Sie weiß es nicht mehr. Ausbleibende Regelblutung? Unterleibsschmerzen?

„Seit wann haben Sie denn Ihre Beschwerden?"

„Das habe ich vergessen."

„Treten die Schmerzen nur während Ihrer Regelblutung auf oder auch davor und danach?"

„Danach."

„Haben Sie Ausfluss?"

„Davor."

„Soll ich das Fenster öffnen? Nein? Gut. Na, dann kommen Sie einmal mit."

Der Angeklagte geht um seinen Schreibtisch herum und führt Elena hinter den Vorhang. „Wenn Sie sich unten rum freigemacht haben", sagt er und dreht sich um, „legen Sie sich bitte auf die Liege."

„Ich habe Hunger", sagt Elena plötzlich, aber das wollte sie gar nicht sagen, das stimmt ja auch gar nicht, sie hat keinen Hunger, sie hat Durst, aber das traut sie sich nun nicht mehr zu sagen.

Der Angeklagte reagiert nicht. Vielleicht hat er es nicht gehört.

Elena knöpft ihr Kleid auf und legt es über den Stuhl. Sie zittert. Vielleicht hat sie Fieber. Sie rollt ihre Nylonstrümpfe ab und rollt sie gleich wieder hoch. In diesem Moment wendet sich der Angeklagte um. Fragend sieht er sie an.

„Entspannen Sie sich bitte, Frau Harwardt, ich tu Ihnen nicht weh."

Unmittelbar nach seinem Dienstantritt in Auschwitz will der Angeklagte Urlaub genommen haben, um seiner Gewissensnöte wegen einen Erzbischof zu konsultieren. Der Geistliche habe ihn darin bestärkt, dass man unmoralische Befehle keinesfalls befolgen sollte, ihm umgekehrt aber auch untersagt, das eigene Leben zu riskieren.

„Ich kann nicht."

„Aber Frau Harwardt."

„Ich kann nicht."

„Und wenn ich Ihnen hoch und heilig verspreche, vorsichtig zu sein?"

Elena nimmt ihr Kleid vom Stuhl und zieht sich rasch wieder an. Der Angeklagte schüttelt den Kopf, offenbar weiß er nicht mehr weiter.

„Mein Vater", sagt sie, „der war auch Arzt."

„Soso."

„SS-Arzt."

Der Angeklagte seufzt. „So ist das also", murmelt er und wiegt seinen kahlen Schädel. „Also gut, Frau Harwardt. Warum sind Sie hier?"

Elena sieht ihm geradewegs in die Augen. „Mein Mann."

„Ich dachte, es geht um Ihren Vater."

„Er war in Auschwitz."

„Ein Kollege?"

„Mein Mann war Jude."

Jetzt nickt der Angeklagte, wissend, als habe er diese Antwort erwartet.

„Das tut mir aufrichtig leid", sagt er, „aber ich weiß nicht, wie …"

„Wie Sie mir helfen können?"

„Ich bitte Sie."

„Machen Sie ihn wieder lebendig."

„Aber, Frau Harwardt."

„Damals. Damals hätten Sie."

„Frau Harwardt, bitte beruhigen Sie sich."

„Wieso haben Sie ihm damals nicht geholfen?"

Es klopft, und unmittelbar darauf springt die Tür auf. Die Sprechstundenhilfe. Seine Frau. Kühl blickt sie Elena ins Gesicht. „Soll ich?"

„Nein, nein", antwortet der Angeklagte, „das wird nicht nötig sein. Frau Harwardt wollte ohnehin gerade gehen."

Einen Augenblick lang ist es still. Dann wirft ihr die Frau einen letzten Blick zu und geht.

Elena rührt sich nicht. Schweigend blickt sie auf die Tür, als könne sie sich im nächsten Moment wieder öffnen.

„Frau Harwardt?"

„Haben Sie?"

„Ich sagte doch schon …"

„Haben Sie meinen Mann sterilisiert?"

„Ich bitte Sie." Der Angeklagte wirft die Arme hoch, seine Stimme bebt, jetzt wirkt er ehrlich empört.

„Aber wieso konnten wir dann keine Kinder kriegen?"

„Frau Harwardt, ich bitte Sie, woher soll ich das wissen? Ich kenne Sie doch gar nicht und ebenso wenig Ihren Mann. Bitte gehen Sie jetzt.“

„Aber …“

Stumm wendet sich der Angeklagte ab. Seine Stimme ist kaum mehr zu verstehen.

„Bitte, Frau Harwardt, gehen Sie. Ich wünschte, ich könnte Ihnen helfen. Ihr Mann hat in Auschwitz furchtbares Unrecht erfahren, niemand weiß das besser als ich. Aber ich bin dafür nicht verantwortlich, hören Sie? Ich wollte das nicht. Im Rahmen meiner Befugnisse war ich stets bemüht, das Schicksal meiner Häftlinge zu lindern. Ihr Leid ist mir sehr nah gegangen, das dürfen Sie mir glauben.“

„Auch das Leid derer, die Sie ins Gas geschickt haben?“

„Ich habe niemanden ins Gas geschickt.“

„Und was ist mit den Zeugen, die Sie auf der Rampe gesehen haben?“

„Zeugen irren sich. Und außerdem. Nicht jeder, der auf der Rampe stand, hat selektiert.“

Grußlos verlässt er den Raum. Elena hört die Stimme seiner Frau, wie sie auf sie schimpft. Sie hört auch die Stimme des Angeklagten. Wie er abwiegelt und beschwichtigt. Aber als sie wenige Augenblicke später in den Vorraum tritt, ist niemand von beiden da.

Auf dem Weg hinaus kommen ihr zwei Kinder entgegen. Ein Junge und ein Mädchen. Lachend flitzen sie an ihr vorbei. Elena sieht ihnen nach. Im Fenster erblickt sie das runde Gesicht des Angeklagten. Gütig sieht er aus. Wie der Mann im Mond.

# 59

Glockengeläut. Verwischte Traumbilder. Kirchgänger? Herumtobende Kinder. Ein hölzerner Turm mit steinernem Dach. Aus dem Treppenhaus dringen leise Stimmen herein. Frau Huth. Der andere könnte Herr Anders sein. Vorhin. Irgendwer hat geklopft. Gegen die Tür gepocht. Frau Huth lacht sich tot. Im Alter wird selbst das Gelächter gebrechlich. Draußen jault ein Moped vorbei. Dann ist es für einige Augenblicke still.

Vorhin. Das Fenster war die ganze Nacht über offen. Uli liest meine Gedanken. Vorhin. Sie konnte nicht mehr. Sie wollte ja. Aber sie hielt es nicht mehr aus. Irgendeiner hat gegen die Tür getrommelt. Einer der Nachbarn. Das Fenster stand die ganze Zeit offen. Uli hat so gelacht. Sie hat sich gar nicht mehr eingekriegt. Weil sie nicht konnte. Erst als das Telefon klingelte. Erst da. Später habe ich nachgesehen. Unbekannter Teilnehmer. Kein Grund zur Sorge.

Elena wollte heim. Sie hätte bleiben können, die Couch im *Salon* hatten wir frisch bezogen. Dabei hat sie sich nicht sofort entschieden. Ich habe es in ihren Augen gesehen. Sie hat sich vorgestellt, wie das wäre. Bei uns zu bleiben über Nacht. Und dann doch dem Taxifahrer, der uns nach Hause gebracht hat, ihr Ziel genannt.

„Ein anderes Mal. Ein anderes Mal gern."

Ihr offener Blick. Unser Stillschweigen. Stilles Einvernehmen. Ich weiß, dass du weißt, dass ich weiß, dass ...

Ein anderes Mal wird es nicht geben.

Als ich ins Schlafzimmer trete, steht Uli nackt am Fenster. Ein Akt, der aus dem Rahmen ragt. Das schräg einfallende Licht zeichnet helle Schatten auf Arm und Schulter.

„Habe ich dich geweckt?"

„Nein, ich schlafe noch. Weck mich jetzt."

Ihre Haare streicheln mein Gesicht. Ihre rauen Lippen, ihr Geruch, ihre weiche Wärme – was vertraut ist, entgleitet in diesem Moment. Im Fensterkreuz der Himmel. Im blauen Licht die weiße Spur.

„Bitte bleib."

Auf dem Schemel neben dem Fenster stehen Pfingstrosen. Ich habe nicht vor zu gehen.

Nachher stellen wir den Tisch aus dem *Salon* ans offene Fenster. Die Sonne steht senkrecht über der Stadt. Wie die Zugluft die Vorhänge bläht. Wüstenwind. Bei Caprese und Weißbrot schmieden wir Pläne über das kommende Jahr hinaus. Ans Meer, sagt Uli, danach in die Berge. Farben sammeln. Mit etwas Glück. Von einem Moment zum anderen weint sie plötzlich. Dass ich mir bloß keine Gedanken mache. Sie erkenne sich selbst nicht wieder.

Abends klingelt das Telefon. Wir sind auf alles gefasst, nur nicht auf Xiaos wunde, kaum hörbare Stimme. Kurz darauf macht sich Uli auf den Weg.

*Papili wüßte, was zu tun ist.*

*Und wenn du deine Mutter siehst, grüß sie von mir.*

*Sag ihm, dass es mir gut geht, sag ihm, dass ich lebe.*

Später sitze ich am Schreibtisch und wühle mich durch den Prozess. Täter und Opfer. Macht und Ohnmacht. Ich kann mich nur schlecht konzentrieren. Uli hat ihr Smartphone ausgeschaltet. Die Rezeptionistin im Bürgerhospital teilt mir mit, dass Herr Koop am Vortag entlassen worden sei. Auf seinen Wunsch hin und auf eigene Verantwortung.

Beim dritten Anruf nimmt Ed ab. „Treue Seele." Er kichert. „Lio, mein Lio, mein bester, was sag ich, mein einziger Freund."

# 60

Zwei Tage nach ihrer Rückkehr aus Elmshorn sieht Elena den Angeklagten Lucas im Gerichtssaal wieder. Er wirkt aufgeräumt, beinahe heiter, klopft seinem Anwalt auf die Schulter und schüttelt dem Ergänzungsrichter herzlich die Hand. Wenige Reihen vor ihm sitzt der Angeklagte Neubert. Ungeduldig hin und her wippend, erweckt er den Eindruck, als könne er die Eröffnung des 19. Verhandlungstags kaum erwarten. Der Angeklagte Stark gibt sich gelassen. Weit zurückgelehnt, die Beine übereinandergeschlagen, die Augen hinter seiner dunklen Brille verborgen, könnte er sogar schlafen. Einen Tisch weiter, durch einen Wachmann von Stark getrennt, fläzt sich der Angeklagte Broad in seinen Stuhl. Wie gewohnt lässt er seine Blicke kreisen, wobei sein Augenmerk vor allem dem Publikum gilt. Elena lässt sich nicht blicken. Hinter dem Rücken ihres breitschultrigen Vordermannes späht sie durch die Linsen ihres Fernglases und hat jeden im Blick.

An diesem Morgen, es ist der 24. Februar 1964, betritt erstmals ein ehemaliger KZ-Häftling den Zeugenstand. Ein Arzt aus Wien, der sein Überleben einer sentimentalen Anwandlung verdankt. Da die Gaskammer noch nicht geräumt ist, kaut er hastig sein letztes Stück Brot. Ein SS-Mann entdeckt den Frevel, auch die Todgeweihten müssen sich an die Ordnung halten. Doch als er sich den Missetäter vorknöpft, geht ihm unversehens das Herz auf. Der Wiener Dialekt des Häftlings erinnert den Wärter an die eigene Heimat, er selbst stammt aus Linz.

Im Frankfurter Römer erzählt der Zeuge vom Alltag in Auschwitz. Es ist mucksmäuschenstill im Saal. *Nur starke Naturelle,* sagt er, *Naturelle, die wußten, was sie wollten, die hielten durch.* Seraphin war eine solche Natur, oft hat ihn Elena dafür bewundert. Wann ihn die Kraft verlassen, wann er seine Gewissheiten eingebüßt hat, sie weiß es nicht. Der Zeuge hat als

Häftlingsarzt überlebt. Immer wieder sucht er nach Worten, um das Unaussprechliche zu benennen. Was er bis heute nicht begreifen kann: dass er die Fleckfieberpatienten gesund pflegen musste, Rekonvaleszenten sogar Diätkost erhielten und dann doch vergast wurden.

*Wozu diese Mühe?*

Der Richter schweigt.

Schon ein Furunkel, erklärt der Zeuge, eine längst verheilte Narbe, habe ausgereicht, um durch den Schornstein zu gehen.

In den Krankenbau BIIf, Block 12, wo der Zeuge seinen Dienst versah, wurden auch Häftlinge aus Monowitz eingewiesen. Elena müsste ihn fragen.

Nach der Befreiung von Auschwitz ist der Zeuge im Lager geblieben. *Um so viele Sterbende wie möglich zu retten.* Da wog er selbst nur noch 38 Kilo. *Muselmänner* wurden die lebenden Toten in Auschwitz genannt. Wie stark ein Mensch sein kann. Elena hatte ja keine Ahnung. Als der Zeuge nach Wien zurückkehrte, nahm er einen Jungen mit, dessen Eltern in der Todesfabrik starben. Später hat er ihn adoptiert und weiter als Arzt gearbeitet. Sein Beruf habe ihn erfüllt, sagt er noch. Indem er Menschen habe helfen dürfen, sei es ihm gelungen, Auschwitz zu verdrängen.

*Wenn auch meine Frau behauptet, daß man bei Nacht nicht neben mir schlafen kann, weil ich so schrei im Schlaf und herum stampfe, bei Tag halte ich mich im Zaum.*

Während sich Elena darauf besinnt, wie das war in den langen Nächten, da sich Seraphin von einer Seite auf die andere warf, sie sich an ihn schmiegte, ihn festhielt und ihm zuredete, auf seinen Atem lauschte und über ihn wachte, bevor sie am Morgen endlich selbst einschlief, um kurz darauf seine Hand auf ihrer Wange zu spüren. Seine Stimme im Ohr, während sie an Seraphins nassgeschwitzte Schlafanzüge denkt und an sein leises nächtliches Fiepen, herzzerreißend wie die Angstschreie eines ausgesetzten Welpen, da geschieht, vor ihren Augen, vor den Augen der Welt, was niemals passieren dürfte, doch keiner verhindert. Ein Angeklagter, der ehemalige Rottenführer Baretzki, ergreift das Wort, unter seinem tadellos sitzenden Anzug blitzt für Momente die schwarze Uniform der SS auf. Mit richterlicher Genehmigung stellt er dem Zeugen Fragen, bedrängt ihn, beißt sich fest und lässt nicht mehr los.

*Tun Sie mich nicht vertauschen mit Blockführer Meier, gucken Sie mich gut an, gucken Sie mich gut an, tun Sie mich nicht vertauschen mit Blockführer Meier, denn es werden andere Leute kommen, die werden sagen, daß ich nicht im a-Lager Dienst gemacht habe.*

Im Rückblick ist es dieser unerhörte Moment, in dem Elena ihren Irrtum begreift. So sehr quält sie die jäh aufwallende Scham, dass sie laut aufstöhnt. Köpfe wenden sich um, Stimmen flüstern, der Richter, der gerade das Wort ergriffen hat, gerät ins Stocken. Eine Hand legt sich auf Elenas Schulter. Die Frau hinter ihr reicht ihr ein Taschentuch. Ein Mann nickt ihr stumm zu. Nie. Sie schwört es. Nie wieder wird sie Seraphin auf diese Weise verraten. Antworten, sie weiß es doch längst, findet sie nicht bei den Tätern, antworten können nur die Opfer.

In den folgenden Wochen bezeugen weitere Häftlinge, was in Auschwitz geschah. *Häftlinge*? Elena streicht den Begriff. Häftlinge verbüßen Strafen. Auschwitz wollte nicht bestrafen. Auschwitz wollte vernichten. *Opfer*? Nein, diese Menschen wollen keine Opfer sein, diese Menschen treten nicht wie Opfer auf. *Todeskandidaten*? Aber sie, diese Zeugen, sie haben doch überlebt, nicht wahr? *Überlebende* also? Nein, das stellt die Agonie über das Leben. Man müsste ein Wort erfinden. Für all jene, die der Hölle entkamen. Einen Begriff, der sie ehrt, der ihren Willen und ihre Unbeugsamkeit, ihre Stärke und Schwäche, den Zufall und das Glück würdigt, einen menschlichen Begriff, der das tägliche Sterben und Überleben mit ihrem Dasein in Freiheit versöhnt.

*Niemand hat jemals Auschwitz erklären können*, sagt eine Zeugin, die mitansehen musste, wie man Kinder ins Feuer warf. *Wer mir Auschwitz erklären möchte, ist mir verdächtig.*

Ein anderer gibt an, dass er als Schreiber beim Standortarzt für jeden Toten drei Formulare ausfüllen musste, in denen er die Todesursache nach Belieben ergänzte. Im Lager sei das Schicksal aller Insassen beschlossene Sache gewesen, *Tote auf Urlaub* nannte sie die SS, selbst die Neugeborenen, denen die Nummer auf den Oberschenkel tätowiert wurde, da ihr Unterarm zu klein war – die das Leben eigentlich noch vor sich hatten, die vor Hunger schrien, aber im Gegensatz zu den Desinfektoren, welche das Gas in den Stutzen warfen, keine Milchzulagen erhielten, schließlich versahen sie keinen gesundheitsschädlichen Dienst.

18 Kilogramm Zahngold pro Monat, beziffert ein Zeuge, habe er abgewogen. Zahngold, das nicht zur Reichsbank nach Berlin ging, sondern zur Läuterung und zum Umschmelzen an die Degussa, nach Frankfurt am Main.

Das Unnennbare bekommt Namen. Boger ist einer davon. Boger. Immer wieder Boger. Die Zeugen betiteln ihn den *Teufel von Birkenau* oder nennen ihn schlicht den *Tod*. Immer auf der Lauer, immer auf der Jagd. Manchmal schlich er sich als Häftling verkleidet ins Lager. *Hier müssen Sie persönliche Gefühle ausschalten*, sagte er seiner weinenden Schreiberin, als er einen Häftling auf seine Schaukel spannte und ihm das Gesäß und den Hoden zerschlug. Tage später, wenn die Schmerzen der Gepeinigten am größten waren, band er sie erneut auf seine *Sprechmaschine*, um sie auf dieselbe Stelle zu schlagen, so konnte er sicher sein, dass sie gestanden, gleich was. Keiner von Bogers Opfern habe mehr ausgesehen wie ein Mensch, sagt die Zeugin. Zu ihr sei der Angeklagte im Übrigen anständig gewesen. Mittags habe er ihr manchmal erlaubt, seinen Teller auszukratzen.

Boger lächelt. Boger streitet ab. Nein, er habe nie jemanden erschossen, nie jemanden erschlagen, nie jemanden bewusstlos geprügelt.

*Konnte ich gar nicht. Lag nicht in meiner Aufgabe. Durfte ich nicht. Über das Leben eines Häftlings entschied nur der Führer.*

Ein Zeuge hat ein Modell der Boger-Schaukel gebastelt und führt es im Gerichtssaal vor: ein Gestell wie ein Fußballtor, die Häftlinge hingen, Hände an Füße gefesselt, kopfüber an der Querlatte. Ein anderer, der 145 Stockhiebe erhielt und dabei dreimal bewusstlos wurde, schreit Boger an: *Mörder!* Der Angeklagte lächelt, sein Opfer weint. Auch Häftlinge aus Monowitz hat Boger zu seinem *verschärften Verhör* geholt. Wenn Elena sich vorstellt, dass Seraphin … Dass sie deshalb keine Kinder haben durften.

Die leisen, tastenden, anklagenden, unbewegten, unerbittlichen, schuldbewussten, wütenden, gebrochenen, tränenerstickten Stimmen der Zeugen verleihen den Überlebenden ebenso Ausdruck wie den namenlosen Toten. Zuschauer weinen, fliehen, werden hinausgeführt. Einem Beisitzer wird übel. Geschworene weiten vor Entsetzen die Augen. Nur die Angeklagten regen sich nicht. Der Vorsitzende Richter, zur Neutralität verpflichtet, gestattete den Angeklagten zu Beginn des Prozesses noch die Anrede *Herr*. Jetzt nennt er sie nur noch beim Nachnamen.

Jeder Zeuge, der standhaft bleibt, bestärkt Elenas Hoffnung und weckt ihren Mut.

*Sie sehen,* antwortet der Wiener Arzt auf die Einschüchterungsversuche des Rottenführers Baretzki, *ich habe Sie erkannt, wiewohl ich Sie jetzt zwanzig Jahre nicht gesehen habe, und es tut mir leid um Ihr persönliches Schicksal, aber ich bleibe dabei.*

Am Ende müssen die Zeugen auf *Gott den Allmächtigen und Allwissenden* schwören, so wahr er ihnen helfe, während der Verteidiger eines Angeklagten den Rampendienst seines Mandanten ohne Widerspruch in eine Selektion zum Leben umdeuten darf.

Anfang April zieht das Gericht um. Neuer Verhandlungsort ist das Bürgergemeinschaftszentrum Haus Gallus in der Frankenallee 111. Der eigens für dieses Verfahren errichtete Saal ist großzügig, er bietet Platz für 143 Zuhörer und 124 Pressevertreter, nur die Angeklagten müssen enger zusammenrücken. Elena sitzt nun nicht mehr auf der Empore, sondern auf gleicher Höhe mit den Angeklagten, allein durch ein Geländer von ihnen getrennt. Wenn sich Mulka nach ihr umdreht, könnte sie ihn ohrfeigen. An der Stirnfront des Saals, vor einem samtblauen Vorhang, thronen die Richter. Ein junger Techniker bedient das Mischpult und steuert die Audiosignale. Die Kulisse erinnert an ein Theater. Nur dass die Darsteller keine Schauspieler sind und ihre Biografien keine Erfindung.

Höcker schreibt, Boger lächelt, Mulka blickt über seine mit Goldbügeln veredelte Brille zur Decke. Plötzlich flammt ein Blitz auf. Mulka reißt eine Mappe vor sein Gesicht. Zu spät! Schon trifft ihn der nächste Blitz. Der Angeklagte schlägt um sich. Ein Bildreporter springt zurück. Sein Kollege nimmt seine Stelle ein. Dem Licht der Öffentlichkeit können Mulka und seine Kumpane nicht entgehen.

Der Staatsanwalt beantragt, den ehemaligen Schutzhaftlagerführer Hofmann weiterer *Mordtaten aus Mordlust* anzuklagen – ein Raunen geht durch den Saal. Elena streicht die Ziffer durch, das kann nicht sein, doch der Staatsanwalt bleibt dabei, sie schreibt sie wieder hin, 13.000 Morde legt er dem Angeklagten zur Last. Den nächsten Antrag weist der Vorsitzende Richter zurück. Eine Inhaftierung des Arrestaufsehers Schlage sei nicht angezeigt, Fluchtgefahr bestehe nicht, der Angeklagte sei zudem der einzige Ernährer seiner Familie.

Noch befindet sich die Hälfte der 22 Angeklagten auf freiem Fuß. In der Pause stehen sie im Foyer beieinander und rauchen amerikanische Zigaretten. Schüler springen um sie herum. Draußen beantwortet ein Beschuldigter vor laufender Kamera die Fragen eines Reporters. Elenas Blick kreuzt den eines Zeugen. Eben hat er den berüchtigten Handkantenschlag des Angeklagten Baretzki nachgestellt, ein tödlicher Hieb gegen die Halsschlagader, Baretzkis Spezialität.

Drei Tage später kommt es im Gerichtssaal zu einer Konfrontation, die Elena auf seltsame Weise von ihrer Beklemmung befreit. Ein Zeuge schildert, wie der Angeklagte Kaduk mit der Pistole ein Dutzend Kinder ins Gas trieb. Er kann nicht an sich halten, verlässt den Zeugenstand, läuft auf die Angeklagten zu. *Wo ist er denn, dieser Kaduk, ach hier*. Der Angeklagte springt auf, er schäumt vor Wut. *Verleumdung! Ich habe nie eine Pistole gehabt!* Der Zeuge hält dagegen. *Ja, jetzt hast du keine Pistole, jetzt rede ich!* Beide gehen aufeinander los. Polizisten halten sie zurück. Die Stimme des Vorsitzenden Richters geht im allgemeinen Gebrüll unter. Zuschauer springen auf. *Schlagt ihn tot! Hängt Kaduk!* Mulka duckt sich, Panik im Blick, zur Seite. Dylewskis Augen flattern. Nur Boger lächelt. Von draußen eilen Ordnungskräfte herein. Elenas Herz rast wie verrückt. Jetzt. Jetzt wär der Augenblick. Jetzt wär sie dazu fähig.

# 61

Ed lehnt im Fenster. Er wirft mir die Schlüssel herunter. Sonntags ist die Haustür den ganzen Tag über verschlossen. Der Alte von vorne links. Für ihn ist der siebente Tag heilig. Ed lässt ihn gewähren.

Abgewetzte Stufen, ein klebriges Geländer, Schmierereien an den Wänden und der Gestank von verwesendem Fleisch. Fünf Stockwerke ohne Aufzug. Wie hält er das aus? Am oberen Treppenabsatz ein dunkler Fleck. Haben sie ihn hier gefunden? Auch Ed gehört in mein Leben, seine Wohnung war lange mein zweites Zuhause. Ich schließe die Tür auf. Knipse das Licht an. Zwei mal zwei Meter Diele mit Garderobenleiste und Hochschrank. Links die Wohnküche, gegenüber das grüne Bad. Im Wohnzimmer ein Geruch. Sagrotan? Eds breiter Rücken am Fenster. Keine leere Flasche, ein gutes Zeichen. Er hört mich kommen, sieht sich aber nicht nach mir um. Als ich neben ihn trete, legt er mir wortlos seinen Arm um die Schulter und klopft mich ab. Der Glutball der Sonne hübscht die Häuser auf, unser Platz, beschattet von üppigen Bäumen. Auf einer Parkbank hinter der Hecke liegt ein Mädchen, den Kopf im Schoß seines Freundes. Beide haben die Augen geschlossen.

„Warum hast du es nicht zu Ende gebracht?"

„Was meinst du?"

„Deine Entwöhnung, was sonst."

„Weil ich einen Jungen habe sterben sehen."

Ed sieht über die Wipfel der Bäume hinaus. Über die Wolkenkratzer. In den zerrissenen Himmel.

„Er hat mich angestarrt. Die ganze Zeit hat er mir in die Augen gestarrt. Eine Stunde oder länger, was weiß ich. Plötzlich war er fort, verstehst du, von einem Moment auf den anderen. In diesem Augenblick, glaub es oder nicht, bin ich mit ihm hinüber geglitten. Wohin? Keine Ahnung wohin. Nur dass ich mit ihm gestorben bin.“

Wind treibt die Blätter vor sich her, wirbelt sie auf und lässt sie unvermittelt wieder fallen.

„Komm, lass uns abhauen. Irgendwohin. Unter Leute.“

„Unter Leute.“

„Ins *Eck*?“

„Wie früher.“

„Wie früher.“

„Hast heimlich geübt, gib‘s zu.“

„Jeden Tag.“

„Du willst mich demütigen.“

„Und dabei meinen Spaß haben.“

Das Alter, meint Ed, als wir am Kubus vorbeigehen, lege selbst bei Adorno die krankhaften Züge seiner Persönlichkeit bloß. Sein Putzfimmel beispielsweise sei regelrecht peinlich. Kein Fingerabdruck auf den glänzenden Scheiben, das Parkett, die grüne Unterlage auf seinem Schreibtisch, der Messingfuß seiner weiß begläserten Lampe, die *Negative Dialektik*, die Manuskriptseiten und das Notenblatt – alles ohne jeden Fussel Staub.

„Der Junge“, Ed ist stehen geblieben, „er wollte mir zeigen, was er sieht. Damit ich die Wahl habe, verstehst du?“

Alle Billardtische sind belegt. Wir hocken uns an die Theke. Ed bestellt sich ein Wasser und spendiert mir ein Bier.

„Ich heiße Edgar“, sagt er zum Barkeeper, „und wenn du glaubst, dass ich Alkoholiker bin, dann liegst du verdammt richtig.“

So aufgekratzt habe ich ihn lange nicht mehr erlebt. Den Tod hat er abgehakt, jetzt erzählt er von den Junkies. Wie sie unter der Decke ihre Joints rauchen und dabei beinahe ersticken. Er lacht und klopft mir auf die Schulter, im nächsten Moment taucht er wieder ab und lässt mich ratlos zurück. Ich rufe Uli an, aber sie meldet sich nicht, ich schicke ihr Grüße von Ed und schreibe, wo sie uns findet. Die Jungs an den Billardtischen werfen eine Münze nach der anderen in den Schlitz. Als sie sich endlich vom Tisch begeben, habe ich eigentlich keine Lust mehr. Ed schiebt mich vom Hocker.

„Du wolltest spielen, jetzt spielen wir."

Also spielen wir. Spielen uns selbst etwas vor. Kreiden die Spitze des Queues mit einer Hingabe, als säh uns die Welt dabei zu. Schmähen die gerade Linie und lochen ausschließlich über Bande ein. Edgars Hand liegt ruhig auf dem Tisch. Sein Blick ist fest. Einen Moment frage ich mich, ob er eine Pille eingeworfen hat, aber warum sollte er das tun, wir müssen uns nichts mehr beweisen.

Jeder gewinnt zwei Partien, mit dem Unentschieden kann er leben. „Geht doch", sagt er, als wir bezahlen, „Hauptsache, du weinst dich nicht in den Schlaf."

Ich bringe ihn heim, fünf Stockwerke hoch, bis an die Tür.

„Bleibst du noch auf einen Kaffee?"

„Spar dir den auf für deine Nachbarin." Ich nehme ihn in den Arm. „Schön, dass du wieder da bist."

Adornos Nachtlampe zwinkert mir zu, sein Metronom pendelt im Takt meines Herzens. Als ich den Platz verlasse, beginnt es zu nieseln. In meinem Postfach finde ich eine Nachricht von Uli. Auch diese Nacht opfert sie Xiao.

# 62

Am Donnerstag, dem 23. April 1964, einem regnerischen Morgen, der als 40. Verhandlungstag in die Annalen des Auschwitz-Prozesses eingehen wird, tritt eine in Russland geborene und in Frankreich aufgewachsene Jüdin in den Zeugenstand, die, nachdem sie in Auschwitz an Fleckfieber erkrankte, der Gaskammer allein ihrer Sprachkenntnisse wegen entging. Bis zur Evakuierung des Lagers im Januar 1945 war sie Dolmetscherin in der Politischen Abteilung und unterrichtete den Angeklagten Broad in Russisch und Französisch. Nach dem Krieg wanderte sie nach Mexiko aus. Inzwischen ist sie 55 Jahre alt und Privatlehrerin, doch im Grunde ist sie wie die meisten ihrer Leidensgenossen zeit ihres Lebens in Auschwitz geblieben.

*Nach meiner Befreiung aus dem Lager war ich schwanger. Ich bin zum Arzt gegangen und habe ihm gesagt, ich könne keine Kinder sehen, ich müsse weinen, wenn ich Kinder sehe. Deswegen habe ich mir die Frucht beseitigen lassen.*

Während der Verhandlungspause sieht Elena die Zeugin in der Gaststätte des Bürgerhauses Gallus wieder. Sie sitzt allein am Tisch und blättert in einer Zeitschrift. Elena zögert. Betrachtet die mutige Frau. Sie trägt ein beiges Kostüm mit feinem Karo, ihre Fingernägel sind lackiert, an ihrer linken Hand prangt ein voluminöser Ring. Am auffälligsten jedoch ist ihr hochtoupiertes Haar, das aussieht wie eine dunkle Krone.

Elena fasst sich ein Herz. Ob sie sich zu ihr setzen dürfe, fragt sie die Zeugin, die überrascht aufsieht, aber freundlich nickt.

Eine Weile noch blättert sie stumm in ihrer Zeitschrift, die sie erst beiseitelegt, als der Kellner die Bestellung aufnimmt.

„Sind Sie Berichterstatterin?", fragt die Zeugin.

„Das gerade nicht", erwidert Elena. „Mein Mann. Seinetwegen bin ich hier. Seit er sich das Leben genommen hat, suche ich Antworten. Worauf genau? Das kann ich nicht sagen."

„Ihr Mann war in Auschwitz?"

Elena nickt.

„Oświęcim."

Rau klingt das Wort, fremd und vertraut. Wie der Anfang einer Geschichte, die man oft erzählt und die sich ständig verändert.

So kommen die beiden Frauen ins Gespräch. Schon bald hat Elena das Gefühl, als ob sie die Zeugin ein Leben lang kennt. Gegenseitig spenden sie sich Trost. Wie Mutter und Tochter.

„Antworten werden Sie nicht finden", sagt die Zeugin. „Aber das sollte Sie nicht davon abhalten, Ihre Fragen zu stellen."

Später rauchen sie eine Zigarette und trinken Tee. Zwei weitere Zeugen setzen sich zu ihnen. Der eine aus Israel, der andere aus Wien. Drei Tage werden sie in Frankfurt bleiben. Was man gesehen haben muss, was man meiden sollte, was wo zu finden ist in der großen Stadt – geduldig beantwortet Elena ihre Fragen. Von draußen dringen die fröhlichen Schreie der Schulkinder herein.

„Von denen, die in Auschwitz waren", sagt die Zeugin, „hat im Grunde niemand überlebt."

Die Begegnung mit der französischen Lehrerin lenkt Elenas Leben in eine neue Richtung. Wenige Wochen später schließt sie sich einer Gruppe von Frauen an, die unter der Schirmherrschaft des Roten Kreuzes die Zeugen im Auschwitz-Prozess betreuen. Im Kreis der Opfer findet Elena die lang ersehnte Familie. Unter ihnen ist sie Schwester, Mutter und Tochter zugleich.

Die meisten Zeugen sind zum ersten Mal in Deutschland. Sie sind misstrauisch. Wenn sie den Briefkopf auf der Einladung des Roten Kreuzes sehen, erschrecken sie – in Auschwitz prangte das Emblem der Helfer an den Sanitätskraftwagen, die das Gas zu den Krematorien brachten. Im Willkommensgruß des Bürgermeisters sind Gratiscoupons enthalten. Doch wer garantiert ihnen, dass sie von der Stadtrundfahrt lebend zurückkommen? Ein Zeuge weigert sich, mit Elena im Hotelrestaurant essen zu gehen – der Kellner könnte das Essen vergiften. Als eine Besucherin aus Ungarn den Zoo erblickt, macht sie erschrocken kehrt – *von wilden Tieren* habe sie genug.

Noch immer befindet sich die Hälfte der Angeklagten auf freiem Fuß. Wie sollen sich die Zeugen da frei bewegen? In den Verhandlungspausen streifen sie unruhig über die Flure. Wenn sie einem der Angeklagten begegnen, senkt sich ihr Blick.

Elena weicht nicht von ihrer Seite. Sie verbringt die Tage mit ihnen, die Abende und manchmal die halbe Nacht. Ihren Worten lauscht sie ebenso wie ihrem Schweigen. Sie fühlt ihren Schmerz, weint ihre Tränen, stirbt ihren Tod. Sie harrt mit ihnen auf dem Exerzierplatz aus, schuftet mit ihnen im Steinbruch oder am Hochofen, schläft in den Baracken ihren traumlosen Schlaf und ringt in der Zelle mit ihrem Leben. Sie ersetzt die Ziffern auf ihrem Arm durch Buchstaben, formt aus Buchstaben Namen, gibt den Namen Gestalt.

Schuldig fühlen sie sich, weil sie tatenlos mit ansahen, wie ihre Kameraden starben.

Die Beschuldigten dagegen leugnen jedwede Schuld.

*Herr Dylewski*, sagt ein Zeuge zu dem Angeklagten, als der beharrlich abstreitet, ihn je geschlagen zu haben. *Sie sind ein sehr intelligenter Mensch. Ich habe Sie als SS-Mann dafür geschätzt, daß Sie unter den anderen einer der intelligentesten dort gewesen sind. Es tut mir ein wenig weh, daß Sie heute nicht so viel Mut haben.*

# 63

Haben Sie an die Fotos gedacht?"

Clemens Clemens hebt den Arm. Frau Anderson wedelt mit einem Umschlag. Elena lächelt. Addi Selig knallt ein dickes Album auf den Tisch. „Doa! Jede Menge Fotos!"

Frau Ferency ist krank.

Frau Müller blitzt mich wütend an. „Fotos? Mir hat keiner was von Fotos gesagt!"

„Meine Schuld", beschwichtige ich sie. „Bringen Sie doch einfach beim nächsten Mal welche mit."

„Apropos", meldet sich Clemens Clemens zu Wort. „Ich finde, wir sollten noch ein Abschlussfoto knipsen. Ich gehe doch recht in der Annahme, dass wir uns am kommenden Freitag zum letzten Mal sehen?"

„Wer weiß", sage ich in das allgemeine Bedauern hinein. „Ich denke über einen Fortgeschrittenen-Kurs nach. Wenn Dr. Engelhard zustimmt. Was meinen Sie?"

Nachher betrachten wir die mit meinem Smartphone geschossenen Fotos am Monitor. Sieben Gesichter, 600 Jahre Leben. Addi und Edda Selig, beide grinsend, sprengen den Rahmen. Frau Ferency und Frau Anderson Arm in Arm, Schwestern im Geiste. Clemens Clemens, ungewohnt ernst, nimmt jetzt schon Abschied. Frau Müller, missmutig, misstrauisch, missbilligend. Ganz vorne Elena. Auf dem zweiten Bild nehme ich ihre Stelle ein. Die Stirn in Falten gelegt, sehe ich aus wie Sankt Patrick. Dieses Mal lächelt Herr Clemens. Abschied verschoben.

Frau Anderson drängelt sich vor. Sie habe eigens für diesen Tag ihr Mallorca-Album geplündert. Wir wählen zwei Motive aus und scannen sie ein. Am Monitor schärfen wir die Kontraste, passen die Farbe an und schneiden die Bilder zu.

„Besser", sagt Frau Ferency.

„Aber so scharf war es doch gar nicht“, gibt Frau Anderson zu bedenken.

Edda Selig räuspert sich. „Und wie viele von dene Fotos passen doa roi?“

„Ihre komplette Sammlung“, antworte ich und ernte ungläubiges Staunen. „Auf einer einzigen Festplatte können Sie zehntausende Fotos archivieren, chronologisch oder thematisch geordnet, sodass Sie sie leicht wiederfinden. Sie können die Fotos per E-Mail an Ihre Enkelin senden oder auf Ihrer Homepage ins Netz stellen. Dabei gilt, was ich immer sage: Kopieren Sie Ihre Daten, sichern Sie sie, nur so schützen Sie sie vor Verlust.“

Clemens Clemens zieht eine Mappe mit großformatigen Landschaftsportraits aus der Tasche. Düstere Gebirgszüge, bunte Flickentäler, schillernde Gletscher und märchenhaft neblige Wälder.

„An dir ist ja ein Künstler verloren gegangen!“, lobt Frau Anderson.

Clemens Clemens wehrt ab. „Ach was, das war doch nur so ein Hobby.“

„Sehen Sie, mein Vater“, sagt Elena und reicht mir eine kleine Schwarz-Weiß-Fotografie mit gezacktem Rand. „Leider habe ich von damals nur das eine.“

Ernst blickt er drein, beinahe schwermütig. Ein Mann mit weichen Gesichtszügen, Geheimratsecken und schmalem Mund. Er trägt Uniform. Am Kragen prangen die Runen der SS.

„Die meisten Fotos mussten wir zurücklassen. Wegen der Uniform und dem Parteiabzeichen, verstehen Sie? Die anderen haben die Russen vor unseren Augen verbrannt. Das hier hat ein Freund meines Vaters aufgenommen. Eins von der Front. Seine Witwe hat es uns nach Kriegsende geschickt.“

„Wo hat Ihr Herr Papa denn gedient?“, will Addi Selig wissen.

„Er war Arzt."

„An welcher Front?"

„Ist das wichtig, Adolf?"

„Ich wollt ja nur gefragt haben."

Elena reicht mir ein weiteres Bild. „Das hier war kurz nach unserer Ankunft in Danzig. Sehen Sie, da links, das bin ich."

Die junge Elena trägt einen kurzen Rock, ihre Schwester Eli knielange Lederhosen. Beide lachen in die Kamera, während die Mutter trübsinnig zur Seite sieht.

„Das hier ist das letzte. Ich glaube, das war im Januar, Februar 1952. Später hat er die Haare länger gehabt."

Unter dem Hut sind seine Haare nicht zu sehen. Er blickt über das Bild hinaus. Wahrscheinlich weiß er gar nicht, dass ihn jemand fotografiert. Helle, wachsame Augen, ausgeprägte Wangenknochen und ein scharfes Kinn. Zwischen seinen Lippen klemmt eine Zigarette. Ähnlich sieht er mir nicht.

„Wollen Sie die Fotos ins Netz stellen?"

„Ich habe mich noch nicht entschieden." Elenas Blick wandert zur Seite. „Ach ja." Sie reicht mir eine Mappe mit Schlaufenverschluss. „Wenn das geht." Ich ziehe die Schleife auf. Herr Clemens und Frau Anderson rücken näher. Ein vergilbter Karton. Darauf ein Namenszug. „Um seine Unterschrift habe ich ihn nach unserer Wiederbegegnung gebeten. Damit von ihm etwas bleibt im Fall der Fälle. Wenigstens sein Name, verstehen Sie."

Ich scanne den Schriftzug ein. Auch am Monitor ist sein Name kaum zu entziffern. Die Ausschläge bei einem Erdbeben, denke ich, die Frequenz seines Herzens.

*Wenigstens sein Name.*

„War's das nu?"

Mit dem Nagel seines knotigen Zeigefingers tippt Addi Selig auf die Kunststoffabdeckung seiner Uhr. Elena schließt ergeben die Augen. Ich ziehe Addis Album zu mir heran. Edda, hinter mir stehend, weist mir den Weg durch das Antiquarium ihres gemeinsamen Lebens.

„Gereist sind wir ja nie“, sagt sie.

„In der Heimat wohnt die Liebe“, tönt der Bariton ihres Bruders, „in der Heimat weilt die Lust.“

Im Anschluss an unsere Unterrichtsstunde nimmt mich Elena zur Seite. „Ich möchte Ihnen noch einmal danken, Lionel. Den Tag mit Ihnen und Uli behalte ich für immer im Herzen.“

„Wenn Sie mögen, sehen wir uns das Endspiel in der Commerzbank-Arena an, was meinen Sie?“

„Das wäre schön.“ Sie zögert. „Vorhin. Vorhin haben Sie gefragt.“

Sie bricht ab, da Frau Müller auf uns zukommt, offenbar ist sie mir noch immer böse. „Beim nächsten Mal bin ich dran, gell?“

„Natürlich“, entgegne ich. „Suchen Sie bis Donnerstag Ihre schönsten Bilder aus, die scannen wir dann ein und senden sie an Ihren Enkel.“

„Das geht?“

„Sicher.“

„Dann ist ja gut.“

„Vorhin.“ Elena atmet schwer. „Haben Sie mich nach den Bildern gefragt. Ich glaube nicht, dass ich das will. Die Worte sollten für sich stehen, finden Sie nicht?“

„Aber Ihre Augen.“

„Ach Gott.“ Sie lächelt nachsichtig. „Machen Sie mit meinen Augen, was Sie wollen.“ Dann wird sie wieder ernst. „Und wegen übermorgen: Bitte keine Geschenke. Unser Doktor will sich partout nicht davon abbringen lassen, mir persönlich zu gratulieren. In einer Ansprache, versteht sich, vor allen Leuten. Wenn Sie das aussparen wollen, kommen Sie am besten gegen fünf. Ich denke, dann ist das Schlimmste vorüber.“

# 64

Im Juni 1964 stellt ein Rechtsanwalt den Antrag, zur Tatort-Besichtigung nach Auschwitz zu reisen. Vorverhandlungen mit der polnischen Regierung habe er bereits geführt, erklärt er und legt ein offizielles Dokument vor, das dem deutschen Gericht die volle Souveränität zusichert. Die Verteidiger halten nichts von einer Reise jenseits des Eisernen Vorhangs, sie fürchten um die Sicherheit ihrer Mandanten. Der Vorsitzende Richter will den Antrag prüfen und seine Entscheidung in den nächsten Wochen verkünden.

Wie Elena einst englische und französische Vokabeln gepaukt hat, so prägt sie sich nun die juristischen Fachbegriffe ein, ihre Erläuterungen füllen Seite um Seite. Bereits ein halbes Jahr nach Beginn des Auschwitz-Prozesses ist ihr Wortschatz der einer Juristin. Allerdings gibt ihr das mühsam erlernte Vokabular weder Sicherheit noch Vertrauen – im Gegenteil scheinen die Begriffe die Kluft zwischen dem, was Recht ist, und dem, was Elena als gerecht empfindet, weiter zu dehnen.

*Suspendiertes Unrechtsbewusstsein* ist so ein Begriff. Mit ihm wird die Möglichkeit benannt, dass ein Täter, günstigere Umstände als die zur Tatzeit gültigen vorausgesetzt, sehr wohl ein Unrechtsbewusstsein hätte entwickeln können. Nur was heißt das konkret? Dass die Wärter in den Arbeits- und Vernichtungslagern ohne den Führerbefehl, ohne den Korpsgeist, ohne die Aussicht auf Extra-Urlaub und Sonderrationen von Schnaps, Zigaretten und Wurst durchaus *anständig* geblieben wären?

Ein anderes Mal ist von *ne bis in idem* die Rede. Demnach darf in einer Strafsache, die schon einmal verhandelt und rechtskräftig entschieden worden ist, kein neues Verfahren eröffnet werden. Der Grundsatz ist allgemeingültig, gleichsam ein Grundrecht, um die Doppelbestrafung eines Täters zu verhindern. Die Theorie leuchtet Elena ein. Aber was bedeutet sie in der Praxis? Dass auch der KZ-Scherge, der Dutzende Häftlinge *auf der Flucht* erschoss und dafür nach Ende des Kriegs in Polen oder Ungarn einige Monate Lagerhaft absaß, in Deutschland keine weitere Strafe fürchten muss?

Ein Zeuge, selbst Jurist, plädiert für eine *Beweislastumkehr*. Da sich die Beweise für eine zwanzig Jahre zurückliegende Tat nur noch schwer beibringen ließen, müsse man die Staatsanwälte von dieser Last befreien und stattdessen die Angeklagten des Tatkomplexes Auschwitz dazu verpflichten, die eigene Unschuld zu beweisen. Der Zeuge gibt sich sicher, dass es keinen einzigen SS-Mann gibt, der in Auschwitz unschuldig geblieben sei.

Ein Verteidiger bringt einen Rechtsgrundsatz ins Spiel, den Elena zwar kennt, aber anders versteht: *In dubio pro reo* legt der Anwalt so aus, dass auch jene seiner Mandanten als unschuldig zu gelten hätten, die ihre Taten durch das geltende Kriegsrecht gedeckt sahen, egal ob es an ihrer Geisteshaltung im Rückblick Zweifel gebe.

Noch immer genießt die SS unter vielen Deutschen höchsten Respekt. Wie kann Elena den Zeugen Vertrauen einflößen, wenn selbst die führenden Repräsentanten ihres Landes die Gräueltaten der Nazis leugnen? Sogar der im Vorjahr zurückgetretene Bundeskanzler, der älteste Abgeordnete der Republik, nennt die Angehörigen der Waffen-SS *Soldaten wie andere auch*. Elena hat seine Ansprache aus der Zeitung abgeschrieben: *Machen Sie einmal dem Ausland klar, dass die Waffen-SS nichts mit Sicherheitsdienst und Gestapo zu tun hat! Machen Sie einmal den Leuten deutlich, dass die Waffen-SS keine Juden erschossen hat, sondern als hervorragende Soldaten von den Sowjets am meisten gefürchtet war.* Adenauers ehemaliger Verteidigungsminister, inzwischen infolge der Spiegel-Affäre entmachtet, steht ihm in der Verteidigung der Waffen-SS-Bruderschaft keinen Deut nach: *Wie ich persönlich über die Leistungen der an der Front eingesetz-*

*ten Verbände der Waffen-SS denke, wird Ihnen bekannt sein,* zitiert Elena einen Brief an die HIAG, die Hilfsgemeinschaft der ehemaligen Kameraden. *Sie sind selbstverständlich in meine Hochachtung vor dem deutschen Soldaten des letzten Weltkriegs eingeschlossen.*

Vor Gericht halten die Kameraden zusammen. SS-Angehörige, die in Auschwitz Fahrer oder Verwalter waren, können sich, als Zeugen befragt, an nichts mehr erinnern. Wer selektiert, geschossen oder das Gas in die Stutzen gefüllt hat, haben sie nicht gesehen oder nur undeutlich, die Namen der Beteiligten haben sie vergessen. Eine Zuhörerin fängt einen der Kameraden in der Pause ab: *Schämen sollst du dich, Mörder, du und deine Kumpane, ihr habt meine Familie auf dem Gewissen!* Der ehemalige Wachmann ist empört: *Ich lasse mich nicht anpöbeln!* Ein beinamputierter Mann eilt ihm zur Hilfe. *Eine Schande ist das! Wir haben unsere Knochen hingehalten – für so was!*

Auch die Frauen der SS-Männer halten dicht. Hildegard Bischoff, Frieda Klehr, Ruth Dylewski, Hedwig Höß, Erna Mulka. Von den Gaskammern, von den Erschießungen, von der Sklavenarbeit, von Hunger und Elend wollen sie nichts gewusst haben, obwohl einige in unmittelbarer Nähe lebten. Überhaupt – ihre Männer wollten gar nicht in Auschwitz sein. Lieber wären sie an die Front gegangen. Um den Heldentod zu sterben. Aber sie durften ja nicht.

An freien Tagen begleitet Elena ihre Zeugen zum Einkaufsbummel in die Stadt. Ob Nylonstrümpfe oder Krawatte, Dosenfleisch oder Kaffee, Elena weiß, wo man welche Waren günstig und gut einkauft. Gemeinsam bestellen sie beim Optiker eine Brille oder beim Sanitätsfachhandel orthopädische Schuhe. Auch an Sehenswürdigkeiten hat die Stadt viel zu bieten. Amerikaner führt sie zum Goethehaus, Polen zum Frankfurter Dom. Viele Zeugen sprechen deutsch, mit anderen verständigt sich Elena auf Englisch oder Französisch, selbst einige Brocken Polnisch und Russisch sind ihr geläufig. Und wo die Sprache versagt, reicht oft ein stummer Blick, eine Geste oder Berührung, um sich zu verstehen.

Im Sommer 1964 steigen die Temperaturen auf 36 Grad. An manchen Tagen muss der Richter die Sitzung unterbrechen, weil einem Geschworenen schwindelig ist oder einer der Zuschauer einen Schwächeanfall erleidet. Im aufgeheizten Gerichtssaal entflammen hitzige Debatten. Weil ihn ein Staatsanwalt als *uniformierten Angehörigen eines Mordkommandos* bezeichnet, weigert sich der Angeklagte Mulka, in seiner Soldatenehre gekränkt, auf weitere Fragen der Staatsanwaltschaft zu antworten. Auch der Angeklagte Kaduk, der nach belastenden Zeugenaussagen die eigenen Felle davonschwimmen sieht, gibt sich bockig: *Wenn ich nicht glaubwürdig bin, gebe ich keine Erklärungen mehr ab.* Verteidiger giften gegen Staatsanwälte, Nebenkläger gegen Rechtsanwälte. Selbst der Vorsitzende Richter, für seine besonnene Verhandlungsführung ebenso geschätzt wie bewundert, fährt jäh aus der Haut. *Ich verbitte mir ganz entschieden, daß Sie sich hier hinsetzen und Zeitung lesen,* blafft er den Angeklagten Mulka an. *So weit sind wir ja noch nicht gekommen!* Auch die Zuhörer bekommen die aufgeladene Stimmung zu spüren und werden schon bei kleinsten Unmutsäußerungen ermahnt. Eine Schülerin, die sich, Kaugummi kauend, die Nägel lackiert, fliegt aus dem Saal.

Unerträglich sind Elena jene Aussagen, in denen die Opfer selbst zu Tätern werden. Kapos, Oberkapos und Blockälteste wie der Angeklagte Bednarek, Häftlinge, die andere Häftlinge schikaniert, gedemütigt, geohrfeigt oder gar zu Tode geprügelt haben. Aus welchem Grund? Weil sie sich zu klein oder zu groß fühlten? Weil sie den Herrenmenschen gefallen wollten oder selbst Gefallen fanden an der ihnen verliehenen Macht? Wurden sie von ihren Mord- oder ihren Überlebensinstinkten geleitet? Elena maßt sich kein Urteil an. Einige Zeugen lassen sich vor Gericht zu einer Falschaussage hinreißen. Andere erschwindeln eine Aufwandsentschädigung, die ihren Verdienstausfall um ein Vielfaches übersteigt.

Ende Juli wird das Verfahren gegen den Angeklagten Neubert vom Hauptverfahren getrennt. Der Sohn hat das Gericht informiert, dass sein Vater seines Nierenleidens wegen im Krankenhaus liegt, möglicherweise hat sich Elena doch geirrt. Gegen den Angeklagten soll in einem späteren Verfahren verhandelt werden, einem zweiten Auschwitz-Prozess.

In der „Bild"-Zeitung erscheint dieser Tage ein balkenhoher Aufruf: *60.000 Mark Belohnung für die Ergreifung dieses Mannes: Dr. Dr. Josef Mengele.* Die *Bestie von Auschwitz* halte sich, offenbar von höchsten Regierungskreisen geschützt, in Paraguay auf und sei zuletzt 1961 in Deutschland gewesen, unbehelligt von der Justiz, in Günzburg, wo sein Bruder eine große Firma betreibt.

An einem Freitagvormittag Mitte August, an dem die Vernehmung eines ehemaligen KZ-Wärters fortgesetzt wird, schwänzt Elena die Verhandlung, um mit zwei Zeugen, einem französischen Kaufmann und einem polnischen Arzt, den Frankfurter Dom zu besichtigen. Als sie sich der Paulskirche nähern, geraten sie unversehens in einen Pulk von Menschen, der sie vorwärts schiebt und ihre Neugier weckt. Kurz vorm Römer ist kein Durchkommen mehr. Abertausende Menschen bevölkern den Platz. Was denn da los sei, fragt der Pole. Elena weiß es nicht. Mit einem Mal brandet Jubel auf. Die Umstehenden recken die Köpfe. Schreie von allen Seiten, die lauter werden und zu einem vielstimmigen Chor anschwellen.

„Wer ist Marika?", will der Franzose wissen.

Vor ihnen bricht ein Mädchen zusammen. „Marika", stammelt sie weinend, „ich kann sie nicht sehen!"

Kurzerhand schlingt der Pole seine Arme um das Mädchen und stemmt es hoch.

„Wer ist Marika?“

„Marika!“

„Die Eisprinzessin?“

Als Elena einen Blick auf das Brautpaar erhascht, ist sie verwirrt. Die Braut sieht aus wie auf den Bildern. Aber der Bräutigam. Den kennt sie nicht.

# 65

Die Schuld sei ihr zur zweiten Haut geworden, schreibt Elena, sie lasse sich nicht mehr abstreifen.

*Menschen schweigen, Menschen stellen sich taub, Menschen sehen weg. Einige sehen so lange weg, bis sie tatsächlich blind werden für das, wovon sie nichts wissen mögen. Am Ende geben sie alles dafür, blind und stumm und taub zu bleiben, denn das ist ihr Leben.*

Ich korrigiere das Manuskript, präzisiere, ergänze und bringe den Text in Form. Währenddessen stelle ich mir Elenas Freude vor und höre Xiao im Nebenzimmer weinen.

*Wer ins Licht blickt, dem brennen die Augen.*

Ihr Leben, sagt Elena, laufe auf eine Begegnung zu. Egal ob sie es vom Anfang oder vom Ende her deute.

Mittags hole ich Pizza. Xiao rührt ihre nicht an. Während ich von Elena und ihrem Leben erzähle, hört sie schweigend zu. Auschwitz, sagt sie einmal, sei sicher schlimm gewesen, aber was damals genau passiert sei, wisse sie nicht.

Nachmittags fahre ich zur Druckerei. Carsten bedauert – ein kurzfristiger Auftrag, *superwichtig, superdringend.* Ob ich in ein, zwei Stunden wiederkommen könne, dann habe er Zeit.

Ich folge den Straßenschienen. Schlaglöcher im Asphalt. Zerfledderte Zeitungen in den Hauseingängen. Plastikblumen zwischen den Vorhängen. In einer Hauseinfahrt eine umgekippte Mülltonne. Auch hier hängen Fahnen in den Fenstern.

An einer Haltestelle stoppt ein Bus. Ein alter Mann steigt aus, hilft seiner Frau über die Stufe, behält ihre Hand in seiner, auch als sie losgehen. Ich halte Abstand, dennoch höre ich ihn reden, rieche ich den blumigen Duft ihres Parfüms. Als sie sich nach mir umdrehen, wechsele ich die Straßenseite. An der Tür eines frisch verputzten Hauses bleiben sie stehen. Der Alte kramt seinen Schlüssel aus der Jackentasche. Mit Krach schlägt die Tür zu.

Elena auf dem Brückengeländer. Ihr Sprung. Das Bild geht mir nicht aus dem Kopf. Wobei ihr Sprung in Wahrheit ein Fall war. Sie hat sich fallen lassen, so stelle ich es mir vor. Ein Sprung setzt Tatkraft voraus, bei einem Fall lässt man einfach los. Müde sei sie, hat sie mir am Telefon gesagt, müde und erschöpft. Dass wir sie mögen, weiß sie längst.

Unerwartet gerate ich auf einen Platz, den es gar nicht geben dürfte, nicht hier, in diesem Quartier. Eine Piazza mit Pflastersteinen und Zierbrunnen, rund und verschwiegen, im gelben Licht der Sonne ein kleines Café. Wilder Wein beschattet die Terrasse. Neun Bistrotische, die Hälfte besetzt. Ein Mann im Anzug liest Zeitung. Ein bärtiger Typ mit Sonnenbrille hört Musik. Eine rothaarige Frau rührt in ihrem Kaffee. Ganz vorn zwei Mädchen mit verspiegelten Sonnenbrillen und Blumen im Haar. Alle schweigen. Stumm erwartet der Kellner meine Bestellung.

An einem Sommerabend, so hat sie es erzählt. Ihr letzter gemeinsamer Urlaub. Der Vorabend ihrer Abreise. Sie sitzen am Brunnen und tauchen ihre Füße ins Nass. Irgendwo schlägt ein Fenster. Tauben flattern auf. Menschen schlendern vorüber. Da hat er es ihr versprochen. Dass sie wiederkommen, dass ihr Leben eine Zukunft hat. Mit einer Münze habe er das beschworen.

Die Rothaarige ist die erste, die geht. Im Licht der Piazza löst sie sich einfach auf. Wenig später faltet der Geschäftsmann seine Zeitung zusammen. Als er seine Arme zur Decke streckt, rutscht sein Hemd aus der Hose. Die Mädchen bestellen Cola mit Eis. Der Bärtige blickt über den Rand seiner Sonnenbrille auf sein Smartphone. Ich winke dem Kellner und bestelle ein weiteres Bier.

Bevor ich den Alten sehe, nehme ich seine Gegenwart in der veränderten Haltung der anderen wahr. Die Sonne steht tief, sein Schatten zittert sich an die Terrasse heran. Mit ernster Miene schleudert er seine Keulen in die flimmernde Luft. Nackte Füße, grüne Leggins und ein enges Trikot. Schweiß tropft ihm von der Stirn. Die ersten Kunststücke gelingen ihm geradeso. Dabei strengt er sich derart an, dass mir ebenfalls der Schweiß ausbricht. Jetzt zündet er seine Fackeln an. Feuer am helllichten Tag. Eine Keule fällt zu Boden und kullert brennend über den Platz. Sein schiefes Grinsen, natürlich gehört das Scheitern zum Programm. Nachher geht er herum und hält uns tatsächlich eine Mütze hin. Ich krame einige Münzen hervor. Sein verschwitzter Blick. Der Bärtige bedauert. Der Mann im Anzug trifft daneben, so dass sich der Alte bücken muss. Die Mädchen sehen noch nicht einmal auf. An der Schwelle zum Licht dreht er sich ein letztes Mal um und tritt ab.

Ich winke dem Kellner. Bevor ich den Platz verlasse, tauche ich am Brunnen den Kopf ins Wasser. Münzen sehe ich nicht.

„Das war knapp", sagt Carsten, wischt sich theatralisch über die Stirn und drückt den Stummel seiner fair gehandelten Zigarette in den überquellenden Ascher. „Warst du schwimmen?"

Ich erzähle ihm von der Piazza mit dem Brunnen und dem greisen Jongleur, doch Carsten glaubt mir nicht, ein solcher Platz in dieser Gegend, den würde er kennen.

Gemeinsam kleiden wir Elenas Leben ein. Papier, Schrifttype, Schriftgröße, Zeilenabstand, Einband. Das Coverbild, sagt Carsten, könnten wir als Folie ausdrucken und später aufkleben. Ob ich mir schon einen Titel überlegt hätte? Mehrere, ja, ich muss mich nur noch für einen entscheiden.

Nachher lade ich Carsten zum Spanier ein. Wir essen Gambas al ajillo, Uli meldet sich beim Flan. Ob Xiao über Nacht bleiben dürfe? Ich habe nichts dagegen.

Weit nach Mitternacht kehre ich heim. Auf Zehenspitzen schleiche ich durch meine Wohnung. Die Schlafzimmertür ist angelehnt, doch als ich ins Bett kriechen will, ist mein Platz belegt. Also gut, die Couch im *Salon* ist frisch bezogen. Im

Dunkeln sehe ich Elena dort liegen. Sie hat darüber nachgedacht, wie das wäre. Aber nie wirklich erwogen. Morgen geht's gegen Spanien. Die vorletzte Partie. Am Samstag dann das kleine Finale, am Sonntag das Endspiel.

# 66

Anfang September wendet sich das Blatt. Ein Friseur setzt einem der Angeklagten ein Messer an den Hals und lässt ihn dennoch leben. Zunächst ist es nur eine Episode:

Einmal habe er den Angeklagten Kaduk rasieren müssen, erzählt der Zeuge vor Gericht. *Du verdammter Jude!*, habe der ihn angeschrien und dabei mit seiner Pistole gefuchtelt. *Wenn du mir nur ein klein bißchen wo einen Schnitt gibst, wenn ich Blut sehe, da kriegst du von mir einen Genickschuß!* Also habe er sich von seinem Leben, seiner Familie und seinen Kameraden verabschiedet, erzählt der Zeuge, aber wenn er schon sterben müsse, dann solle ihm der Kaduk vorausgehen. Daher habe er sein breitestes Messer gewählt, um seinem Peiniger, sollte seine Hand allzu sehr zittern, die Kehle durchzuschneiden.

*Vielleicht wäre es besser gewesen, ich wäre ein Held geworden*, sagt der Zeuge. *Aber der liebe Gott hat das so gewollt, und ich habe Kaduk wunderbar rasiert.*

Die Episode erzählt sich fort. Während die Angeklagten in den folgenden Monaten schrumpfen, wachsen die Zeugen über sich hinaus. Der erste, dessen Lügengebäude in sich zusammenstürzt, ist der Angeklagte Mulka. Am 11. September 1964 hält ihm der Vorsitzende Richter einen Fahrbefehl vor, den der ehemalige Lageradjutant selbst gegengezeichnet hat. Darin wird ein Lkw *zwecks Abholung von Material für die Judenumsiedlung* bewilligt. Was darunter zu verstehen sei, fragt ihn der Richter. Der Angeklagte windet sich. Die Bedeutung von *Judenumsiedlung* habe er durchaus gekannt, gibt er zu. Der Richter lässt nicht locker. Ob er auch gewusst habe, was *Material für die Judenumsiedlung* bedeutete? Der Angeklagte schweigt. Schweigt so lange, bis er die Stille selbst nicht mehr erträgt.

*Zyklon B*, sagt er leise, *höchstwahrscheinlich Zyklon B.*

Klehr ist der nächste. Klehr, der zwischen Block 20 und 21

eine Kaninchenzucht betrieb und selbst nie an Vergasungen beteiligt gewesen sein will. Dumm nur, dass ihn ein Zeuge Dutzende Male dabei beobachtete, wie er seine Gasmaske aufsetzte, Zyklon-B-Büchsen aufriss und deren Inhalt in den Stutzen schüttete. Der Angeklagte wird kleiner und kleiner, beharrt aber weiter auf seiner Unschuld.

*Herr Direktor, ich müßte auf der Stelle tot umfallen, wenn ich hier schwindeln täte.*

Dann Broad. Broad, der nie einem Häftling etwas zuleide getan haben will. Eine Zeugin berichtet, wie sie die blutbefleckte Uniform des Angeklagten reinigen musste. *Du wirst schon sprechen*, habe er seinen Folteropfern prophezeit, *wir haben eine Sprache für dich*. An der Schwarzen Wand, bezeugt ein anderer, habe sich Broad sogar vorgedrängt. *Laß mir die, die ist so jung, die will ich selbst erschießen.* Auch an der Vergasung der Sonderkommandos, schwört ein anderer, habe sich Broad beteiligt.

Schließlich Dylewski, der Handlanger, der eine komplette Familie *liquidierte*, und Frank, der auf der Rampe über Leben und Tod entschied. Beide kommen Anfang Oktober in Haft. Broad einen Monat später. Mulka wird wieder freigelassen, kurz darauf jedoch erneut inhaftiert.

Jetzt sind nur noch fünf Angeklagte auf freiem Fuß. Elena will glauben, dass am Ende doch die Gerechtigkeit siegt.

# 67

Unser Bett im Halbschatten. Lichtfäden weben sich in die Decke. Von Uli sind nur die Haare zu sehen. Einmal dreht sie sich zur Seite. Xiao liegt vollkommen still.

Beim Frühstück fragt Uli Xiao, ob sie uns am Nachmittag zur Villa begleite. Elena würde sich sicher freuen, und für Xiao sei die Geburtstagsfeier in der Seniorenresidenz bestimmt eine nette Abwechslung. Xiao nickt zu allem, lehnt dann aber doch ab. Heute nicht, ein anderes Mal gern.

Am Nachmittag werfen wir uns in Schale. Bevor wir zur Villa fahren, machen wir einen Abstecher in die Stadt. In der Kleinmarkthalle fallen wir auf, erst recht, als wir am gut besuchten Stand eines Marokkaners einen riesigen Strauß Pfingstrosen erwerben.

„Für Hochzeit?", fragt der Händler und strahlt die Braut an.

In der griechischen Antike, sagt Elena, galten Pfingstrosen als Heilpflanzen, die sogar Tote zum Leben erweckten.

In der U-Bahn fragt uns ein Asiate, ob er ein Foto von uns schießen darf. Andere machen es ihm nach. Ein kleines Mädchen will wissen, ob wir verliebt sind. Seine Mutter kommt unserer Antwort zuvor: „Siehst du das nicht?"

Elena bleibt sich auch an ihrem Ehrentag treu. Sie trägt schwarz, ein eng anliegendes Kostüm mit weißen Applikationen. Ihr Gesicht leuchtet. Schwarzweiße Clips an ihren Ohren, Yin und Yang, eine schwarze Uhr am Handgelenk, ein weißes Armband am anderen. Auf Höhe ihres Herzens der einzige Farbtupfer: ein gelber Falter, die Königin der Nacht.

„Alles, alles Liebe!"

Da ich sie in den Arm nehme, wirkt sie noch zierlicher als sonst. Uli überreicht ihr die in schwarzes Seidenpapier eingeschlagenen Blumen.

„Pfingstrosen?“ Noch im Flur wickelt sie den Strauß aus. Sie lacht laut auf und deutet auf ihre Brosche. „Das ist aber jetzt kein Zufall, nicht wahr?“ Tatsächlich hat der Händler eine gelbe Blüte ins üppige Weiß geschmuggelt.

„Was darf ich Ihnen anbieten? Wasser? Natürlich. Bei dieser Hitze. Kaffee gibt es später. Und Kuchen. Selbstverständlich haben wir auch Kaffee Hag im Programm. Und Diätsahne. In Amerika soll es schon Zigaretten ohne Nikotin geben, haben Sie das gewusst?“

Aufgekratzt wirkt sie, beinahe überdreht. Wie ein junges Mädchen flitzt sie zwischen Küchenzeile und Sofa hin und her. Helfen dürfen wir nicht. Als sie sich endlich zu uns gesellt, gebe ich ihr zurück, was sie mir geliehen hat, ihr Leben.

Andächtig streicht sie über den schwarzen Karton. Dann schlägt sie die erste Seite auf.

*Elena und Seraphin.*

Ich lese die Worte von ihren Lippen.

*Elena und Seraphin.*

„Ich weiß nicht, was ich sagen soll.“

Während sie darin blättert, einige Male innehält, hier einen Satz liest, dort eine Passage, während sie lächelt und sinnt, verhalten wir uns so still, als ob der Schmetterling jederzeit fortfliegen könnte.

Nachher trinken wir Tee. Über dem Feldberg schieben sich Wolken ineinander. Elena knipst das Licht an.

„Wenn Sie sich an ihn erinnern“, fragt Uli.

„Ja?“

„Wie sieht er dann aus? Hat er sich seit damals verändert?“

Elena schließt die Augen. Silberfarbener Lidschatten. Ihr Nasenrücken kräuselt sich, während ich ihre fein verästelten Hautlinien nachzeichne.

„Wenn ich mich an ihn erinnere“, sagt sie, ohne die Augen zu öffnen, „sehe ich ihn in seinem Sessel sitzen und zum Fenster hinausblicken. Was er sah? Ich weiß es nicht. Aber sein Blick war ein Versprechen an die Zukunft, verstehen Sie?“

Wenig später streicht sie ihr Kostüm glatt und erhebt sich von ihrem Stuhl. „Kommen Sie, die Pflicht ruft.“ Sie nimmt uns an den Händen, gemeinsam treten wir auf den Flur. „Meine lieben Mitbewohner warten schon. Am meisten graut mir vor den Gesängen. Aber da müssen wir wohl durch. Wenn es mir zu bunt wird, schütze ich Kopfschmerzen vor, nur dass Sie das wissen.“

# 68

Die Dramaturgie des Prozesses wird zur Dramaturgie ihres eigenen Lebens. Elena folgt den Tätern und gelangt zu den Opfern. Die Opfer erzählen ihr von den Öfen, deren Asche sie auf die vereisten Wege streuen mussten. Am Ende steht sie selbst vor dem eisernen Tor.

An einem frostigen Sonntagmorgen Anfang Oktober holt Elena einen der letzten Überlebenden der Sonderkommandos vom Frankfurter Bahnhof ab. Der Zug aus Prag hat Verspätung, die Reisenden waren die ganze Nacht unterwegs. Elena hält ein Schild mit seinem Namen hoch. Ein stämmiger Mann mit einer flachen, breiten Nase löst sich aus der Gruppe. Wie ein Boxer schaut er aus, doch als er sich ihr vorstellt, klingt seine Stimme fast ein wenig schüchtern. Auf dem Weg zur Pension bedankt er sich mehrmals, und als sie sich verabschieden, verbeugt er sich sogar vor ihr, das ist ihr peinlich.

Am nächsten Morgen erwartet er sie vor der Pension. Er trägt einen langen Mantel, den er am Revers zusammenhält, zwischen den Fingern seiner anderen Hand klemmt eine Zigarette. Elena ist mit dem Taxi gekommen, doch der Zeuge möchte lieber zu Fuß gehen, vor Aufregung habe er kaum geschlafen, die frische Luft tue ihm gut.

Als er den Zeugenstand betritt und ihn der Richter nach seinen Aufgaben in Auschwitz befragt, wird es drückend still im Saal. Der Zeuge antwortet auf Deutsch. Ruhig schildert er, wie er am 13. April 1942 im Stammlager Auschwitz ankam und in Block 11 gesperrt wurde. Einige Tage später entdeckte er im Hof einen Bottich mit Tee, durstig trank er und wurde dabei von einem SS-Offizier erwischt, der seinen Kopf in den Bottich tauchte, solange bis er beinahe ertrank. Er redet bedächtig, sucht nach Worten, wobei seine Stimme, wie Elena findet, auf seltsame Weise unbeteiligt klingt. Plötzlich fällt der Zeuge aus der Rolle und verwandelt sich in den Angeklagten Stark, dessen Lager-Stimme jäh durchs Gericht hallt. *Los, los, herein! Herein, ihr Schweinehunde!* Elena hört die Peitsche knallen, sieht die Menschen auf dem Boden liegen, Kinder, Frauen, Männer, alle tot, daneben hunderte Koffer und Bäche von Blut. *Ausziehen die Leichen! Los, los!* Wieder die Peitsche, das Stöhnen der Opfer, Starks Gebell. *Los, los! Arbeiten! Arbeiten! Los, los!* Plötzlich ein Schuss. Noch einer. Stark ist wütend, der überhitzte Ofen schlägt Flammen. *Weiter, weiter!* Drei Leichen pro Wagen, Wagen um Wagen, bis zum Abend. Danach der Bunker. Danach die schlaflose Nacht. Danach der Morgen. Wieder Starks Gebrüll. *Fischl-Kommando bereitmachen!* Stark sagt *Fischl-Kommando*, nicht *Sonderkommando*, *Fischl* ist der Name des Vorarbeiters, *los, Kommando, los, schneller, schneller!* Ein neuer Zug. Männer, Frauen, Kinder. Die Kinder weinen nicht, als sie an der Hand ihrer Eltern in die Gaskammer gehen. *Los, los, Klamotten zusammenziehen! Los, los!* Stark schießt. Stark treibt an. Stark wirft das Entwesungsgas in die Luke. Stark kennt keine Gnade. *Los, Sara, stehen! Sara stehen! Los, stehen!* Schuss in den Fuß. Schuss in den Kopf. Von den zurückgebliebenen Pretiosen sucht sich Stark die schönsten aus. Versteckt sie in der Asche der Öfen. Holt sie im Schutz der Dämmerung wieder heraus. Stark, Stark, immer wieder Stark. Bis der Zeuge endlich loslässt. Sich besinnt. Die Maske des Mörders abstreift.

*Ich sehe mein ganzes Leben Stark. Mein ganzes Leben. Wo ich gehe, sehe ich ihn. Furchtbar.*

Am Abend, als ihn Elena vor seiner Pension absetzt, fragt sie ihn, ob sie ihn in der Gaststätte gegenüber noch auf ein Glas Wein einladen dürfe. Bis spät in die Nacht sitzen sie am Kamin und erleichtern ihr Gewissen. Nachdem sich der Zeuge freigeredet hat von Stark und Boger, den er *Malech Hamuwes*, den *Todesengel*, nennt, von der Asche und den Seelen der Toten, nachdem er Elena die Fotos seiner Frau und seiner Kinder gezeigt und sich für das, was er in Auschwitz tat, bei ihr entschuldigt hat, *ich war doch jung, ich wollte doch leben*, da endlich erzählt ihm Elena von ihrer Liebe zu Seraphin und ihrer eigenen Schuld, am Ende weinen beide, der Boxer und das Kind.

# 69

Die Flügeltür zum Speisesaal steht weit offen. Elena hebt ergeben die Hände, jetzt gibt es kein Zurück.

„Na dann."

Grace Kelly tritt ins Licht. Stille. Plötzlich ein Tusch. Uli und ich bleiben zurück, während Dr. Engelhardt mit ausgebreiteten Armen auf Elena zuschreitet. Einige Zuschauer klatschen, andere stimmen ein. Herzlich schüttelt der Heimleiter Elenas Hand. Da er ihren Arm nimmt, betreten auch wir den Saal. In der Mitte haben Helfer die Tische zu einer quadratischen Tafel zusammengestellt. Cremefarbene Tischdecken und kunstvoll gefaltete Servietten.

„Bravo!"

Die Stimme von Clemens Clemens. Frau Andersons *Bravissimo* geht in einem weiteren Tusch unter. Dr. Engelhardt deutet zur Bühne, wo sich ein Alleinunterhalter hinter seinem Keyboard stehend verbeugt. Einige Schritte von ihm entfernt wartet die Pflegedienstleiterin auf ihren Einsatz. Jetzt hebt sie ihr Kinn. Ihre Arme folgen der Aufwärtsbewegung. Ihre Finger malen ein Lied in die Luft.

„Hoch soll sie leben, hoch soll sie leben, drei Mal hoch!"

Ein Chor dissonanter Stimmen, zu dem der König mit seinem Zepter den Takt klopft.

„Hoch, hoch, hoch!"

Tusch, Tusch, Tusch!

Irgendwo rollt ein Glas über den Tisch und zersplittert auf dem Parkett. Eine Schwester eilt herbei und sammelt die Scherben auf. Währenddessen mischen sich weitere junge Frauen unter die Feiernden und klatschen für die Bewohner mit. Nach dem siebenten Tusch wird es Elena zu bunt.

„Vielen, vielen Dank!", ruft sie. „Ich danke euch für eure lieben Wünsche. Aber jetzt muss ich mich erst einmal setzen!"

Während sie neben Dr. Engelhardt Platz nimmt, gesellen wir uns zu Schwester Olga und Frau Roth. Frau Roth lächelt. Eine Frau im Rollstuhl äugt misstrauisch herüber. Schwester Olga führt ihr eine Schnabeltasse an den Mund.

„Reicht!“

„Kuchen gibt es später“, raunt die Schwester uns zu. „Sie werden staunen. Eine solche Torte haben Sie noch nicht gesehen.“

Dr. Engelhardts Absätze klackern übers Parkett. Schwarzer Anzug, schwarzes Hemd. Gerahmt vom Schalkragen seines Sakkos eine kanariengelbe Krawatte. Elenas Schicksal. Aus unsichtbaren Boxen erklingt die Ouvertüre zu „Carmen“. Der Heimleiter zupft einen Zettel aus seiner Brusttasche, faltet ihn auf und tupft sich mit einem Stofftaschentuch den Schweiß von der Stirn.

„Meine liebe Frau Morgenstern.“

Elena neigt den Kopf. Ihre Hände umklammern die Tischkante. Mit einem ironischen Lächeln hält sie den Lobpreisungen stand. Dr. Engelhardts Sätze sind geschliffen, die Pausen wohl gewählt. Elena, die Trümmerfrau. Elena, die Stadtentwicklerin. Elena, die Staatsanwältin. Uli runzelt die Stirn. Das hat sie uns verschwiegen. Elena, die Samariterin. In einer kleinen polnischen Gemeinde habe sie drei Jahre vor dem Fall der Mauer ein Kinderheim gegründet. Was noch? Meinem Blick weicht sie aus. Verdienstorden in Silber der Republik Polen. Ehrenplakette der Stadt Frankfurt. Wilhelm-Leuschner-Medaille. Bis vor wenigen Monaten Vorsitzende des Heimbeirats. Dr. Engelhardt applaudiert. Hüpft leichtfüßig von der Bühne. Eine Schwesternschülerin reicht ihm einen Blumenstrauß. Orangefarbene Gerbera. Tusch. Elena erhebt sich. Dr. Engelhardt drückt ihr die Blumen in den Arm. Hinter uns ziehen unsichtbare Helfer die Vorhänge zu. Sphärenklänge. Im Halbdunkel öffnet sich die milchgläserne Tür zur Großküche. Zwei Köche rollen eine Torte herein. Vierstöckig wie die Villa Lichtblick. Schwarze Schokolade auf weißer Creme. „Oh!“ Funken sprühende Wunderkerzen. „Ah!“ Applaus. Tusch. Applaus. Wer kann, erhebt sich von seinem Platz. Beim nächsten Akkord schüttelt Elena lachend den Kopf. Frau Roth strahlt mich an. Ihr Jubel klingt wie der Balzschrei eines Pirols. Ein letzter Tusch. Ein letzter Applaus. Hand auf Hand schneiden Elena und Dr. Engelhardt ein Zimmer in den obersten Stock. Fleißige Hände reichen die Teller weiter. Gedämpftes Licht. Gedämpfte Musik. „Seemann lass das Träumen“, singt der Mann am Klavier. Offenbar ist der offizielle Teil vorüber.

Nach dem zweiten Stück Torte setzt sich Clemens Clemens an unseren Tisch. „Wenn Sie erlauben.“ Seine Hände falten sich wie zum Gebet. „Ich hoffe, ich störe Sie nicht, Herr Kaufmann, Sie und Ihre Begleiterin, aber wenn Sie erlauben, hätte ich da eine Frage.“

„Sie stören doch nicht.“

„Ich weiß nicht, wie man das ausdrückt. Ich würde gern mit Menschen in Kontakt treten. Sie wissen schon. Im Internet gibt es Zusammenkünfte, in denen nicht wichtig ist, wer man ist und ob man sich kennt.“

Ich mache mich auf einen längeren Vortrag gefasst, aber vom Datenschutz will Herr Clemens nichts wissen.

„Seien Sie versichert, dass ich Ihre Warnungen ernst nehme, nur … bitte sehen Sie es mal von meiner Warte: Abgesehen von der eigenen Konto-Nummer hegt hier niemand mehr ein Geheimnis.“

„Ich kenne ein Geheimnis“, flüstert Frau Roth.

„Wollen Sie es mir erzählen?“

Clemens Clemens beugt sich zu ihr und lauscht ihren leisen Worten. Einmal reißt er die Augen auf und schlägt die Hand an den Mund.

„Oh là là, Frau Roth, das sollten Sie aber niemand anderem erzählen.“

Dann wendet er sich mit unerwartetem Ernst wieder mir zu. „Hören Sie!“ Er blickt in den Saal. „Hören Sie genau hin. Hören Sie jemanden reden?“

Er spricht leise, aber bestimmt und streicht sich bei jeder Frage über den fein gestutzten Bart. Zur Feier des Tages hat er seinen Marineanzug mit den goldenen Knöpfen an, aus der Brusttasche seiner Weste lugt die goldene Kette einer Uhr.

„Warum unterhält sich niemand?“, fährt er fort. „Ich kann das nur schwer begreifen. Die meisten hier reden den ganzen Tag nicht ein einziges Wort. Aber ich. Verstehen Sie? Was bleibt vom Leben übrig, wenn die Neugier verwelkt. Verzeihen Sie.“

Als er sich ruckartig aufstemmt, kippt sein Stuhl um, er bückt sich danach, aber schon ist eine Schwester zur Stelle.

„Verzeihen Sie“, wiederholt er und eilt davon.

„Was hat er denn?“, fragt die Frau im Rollstuhl.

„Ein Geheimnis“, antwortet Frau Roth.

„Kinder, Kinder!“

Uli hält mich zurück. „Lass ihn gehen. Ich glaube, er weint.“

*Hören Sie jemanden reden?*

Jenseits der Stille, sagt Elena, jenseits der Leere und Gleichgültigkeit gebe es ein Stillschweigen, das nichts verschweige, eine stille Übereinkunft derer, die ohne Angst sind.

Unversehens setzt sich eine Frau mit Haarnetz auf den leeren Stuhl. Ihre entzündeten Augen tränen, unter ihrem Kinn wölbt sich ein mächtiger Kropf.

„Herr Parrer?“

Uli stupst mich an.

„Woas hoalde denn Sie vunn dem Gebabbel iwwer de goanze Missbrauch da inde Kärsch?“

„Tut mir leid“, entgegne ich, „aber ich …“

„Ehne persönlisch muss des ja nedd laad tun, äwwer woann doa blous ein Fünkschen Wahrheit drou sein sollt.“

„Ich bin nicht der Pfarrer.“

„Nedd? Äwwer wer sinn Sie denn?“

„Ich gebe Unterricht“, erkläre ich. „Einführung ins Internet.“

„Noa! Mim Innernet unn sou will isch liewer nix zu du häwwe.“

Elena winkt uns vom anderen Tisch her zu. Zeige- und Mittelfinger am Mund, deutet sie zur Terrasse. Uli und ich entschuldigen uns.

„Wenn Sie nicht wären.“ Elena nimmt unsere Hände. Der König reckt seinen Kopf. „Kommen Sie“, sagt sie, „ich muss dringend an die frische Luft.“

Von der Besucherterrasse aus hat man einen unverstellten Blick in den Taunus. Über den Kuppen der Berge entlädt sich gerade ein Gewitter. Elena nestelt eine Zigarette aus ihrem silbernen Etui. Sie reicht mir ihr Feuerzeug. „Wenn Sie so lieb wären.“ Sie hält ihren Kopf schief. „Unser Doktor hat sich wirklich Mühe gegeben.“ Rauch quillt aus ihrem Mund. „Ich wüsste zu gern, woher er das alles weiß.“

„Aus dem Internet?“

„Warum haben Sie uns nicht gesagt, dass Sie Staatsanwältin sind?“

„Waren, mein Kind, waren.“

„Trotzdem.“

„Das alles ist doch längst nicht mehr wahr.“ Sie schüttelt den Kopf und schnippt die Asche von ihrer Zigarette. „Das ist Geschichte, wenn Sie so wollen, eine Fußnote meines Lebens.“

„Und der Heimbeirat?“

„Ich dachte, das hätte ich erwähnt. Man muss sich doch zu Wort melden, nicht wahr? Sonst darf man sich hinterher nicht beschweren.“

Über der Glut ihrer Zigarette flimmert die Luft. Mit einem Mal ist sie die, die sie vorgibt zu sein. Ein Windstoß fährt in einen Haufen Blätter, den jemand am Rand der Terrasse zusammengekehrt hat. Auf der Straße tollen zwei Kinder, die dem Wind hinterherjagen, als könnten sie ihn tatsächlich einfangen.

„Was Ihr Buch anbelangt." Sie sieht auf, ihre hellen Augen leuchten. „Ich werde es heute Nacht lesen. Ich bin schon sehr, sehr gespannt."

„Erwarten Sie nicht zu viel. Ich habe Ihnen ja gesagt, dass Sie sich an manchen Stellen möglicherweise nicht wiedererkennen."

„I wo." Sie nimmt einen letzten Zug und drückt die Zigarette in einen Standaschenbecher. „Und überhaupt." Gedankenversunken streicht ihr Finger übers Gehäuse ihrer Uhr. „Was heißt das schon – *wiedererkennen*? Ist Ihnen schon aufgefallen, dass jeder Zweite hier ein Band am Arm trägt? Damit er sich selbst nicht vergisst. So ist das."

„Aber Ihr Gedächtnis ist besser als meins."

„Als Anwalt lernt man, den Erinnerungen zu misstrauen."

„Als Historiker auch."

„Das schließt die eigenen Erinnerungen ein."

Unvermittelt deutet Uli hinunter zur Straße. „Sieh einer an. Wenn das nicht Big Ed ist!"

„Big Ed?" Elena schmunzelt.

„Edgar", erkläre ich. „Edgar Koop, der Spiritus rector von Mouse Mobil. Ohne ihn …"

„Wären wir noch immer ahnungslos?"

„Wären wir uns nie begegnet."

„Da irren Sie, junger Mann, begegnet wären wir uns in jedem Fall."

# 70

Wie wird ein Mensch zu dem, der er ist? Für Elena gewinnt diese Frage existenzielle Bedeutung. Wenn sie Seraphin schon vor seiner KZ-Zeit gekannt hätte, müsste sie in Auschwitz nicht nach ihm suchen.

Dass der Zeuge, dem sie ihr Herz ausschüttet, auch in Monowitz gewesen ist, hat Elena nicht gewusst. Er erzählt ihr, wie es dort aussah, wie es dort roch, welche Arbeit er dort verrichten musste, was er zu essen bekam, wie er untergebracht war, wer ihn schikanierte und wer ihm beim Überleben half – ein kleinteiliges Puzzle, das Elena mühsam zusammensetzt. Die Teile, die ihr am Ende fehlen, wird sie selbst einfügen müssen, aber das weiß sie noch nicht.

Ein Jahr oder länger, sagt der Zeuge und pflichtet damit dem Angeklagten Neubert bei, hätten nur die Funktionshäftlinge in Monowitz überlebt: Blockälteste, Kapos, Schreiber, Pfleger, Ärzte, Dolmetscher oder Kalfaktoren. Vor allem *Asoziale,* durch ihre schwarzen Winkel kenntlich gemacht, und die grünwinkligen *Kriminellen* hätten die begehrten Posten ergattert, die *Politischen* oder *Roten* seltener, die *Gelben*, Juden wie Seraphin, so gut wie nie. Juden sollten sich zu Tode schuften, das war der Plan.

Wecken um fünf, Waschen, Anziehen, Frühstück, Zählappell, Abmarsch um sieben, Steine kloppen, Rohre schleppen, Gräben ziehen, Marsch zurück, Zählappell um acht, Essen, Waschen, Licht aus um zehn. Die Hitze, der Gestank, die Füße des Bettnachbarn im Gesicht, den Schmerz in den Knochen, den leisen Abschied der Sterbenden ihm Ohr, schon ist die Nacht wieder vorüber, der Weckruf vom Glockenturm, die Schreie der Kapos, das Hundegebell, das Geheul der Sirenen, alles beginnt von vorn – ein orchestrierter Albtraum, eine nie endende Nacht.

Ein halber freier Tag alle zwei Wochen. Sonntagnachmittag im Lager. Das Lagerorchester spielt. Häftlinge schlafen, träumen, dämmern vor sich hin. Einige kicken mit einem selbst gebastelten Ball. Andere tauschen ihre Prämienscheine gegen Seife oder Tabak oder zwanzig Minuten im Bordell. Prämienscheine sind den *Prominenten* vorbehalten, den Günstlingen der SS.

Wer als Jude in Buna-Monowitz überleben wollte, sagt der Zeuge, musste sich anpassen, so gut es ging. Musste Freunde gewinnen, *findig* sein, Eifer zeigen, Talente besitzen, an einen aufrechten Vorarbeiter oder anständigen Blockältesten geraten, musste eine Liebe oder einen Glauben hegen, für die oder den zu kämpfen sich lohnte, wer seinen Willen verlor, war verloren.

Wer als Jude Auschwitz überleben wollte, durfte nicht auffallen. Musste morgens sein *Bett bauen* und sich abends die Füße waschen, musste im Gleichschritt zur Arbeit marschieren und auf Kommando stramm stehen, Mütze ab, Mütze auf, Blick geradeaus, musste Deutsch sprechen, denn wer die Kommandos nicht verstand, wurde erschossen. Er musste gesund aussehen und sauber und ordentlich, musste einen abgesprungenen Jackenknopf ohne Nähzeug annähen, sich ohne Scherzeug rasieren, die schlammverkrustete Hose ohne Seife säubern und seine Holzschuhe ohne Fett polieren können. Musste, wenn er krank war, spätestens nach 14 Tagen den Krankenbau verlassen, auch wenn er an Durchfall litt, an Phlegmonen oder Ödemen, an Fleckfieber, Typhus, Scharlach oder Diphterie – die I.G. Farben zahlte nicht länger, nach zwei Wochen Krankenbau musste er wieder arbeiten, sonst ging er ins Gas.

Wer in Auschwitz überleben wollte, musste sich zusätzliche Rationen Essen organisieren, gleich wie. Im Tausch gegen Waren oder Dienstleistungen, als Günstling eines Funktionshäftlings, als Diener eines SS-Schergen oder als Dieb. Durch die Schwerstarbeit verloren die Häftlinge sehr an Gewicht, nicht selten zwei bis drei Kilo pro Woche. Wer keine Sonderration ergattern konnte, hielt allenfalls drei Monate durch.

Wer als Jude überleben wollte, musste die Tricks der Wachmänner kennen, die sich einen Spaß daraus machten, Häftlingen die Mütze vom Kopf zu reißen und in die Nähe der Zäune zu schleudern, um jeden, der seine Kopfbedeckung zurückholen wollte, *auf der Flucht* zu erschießen. Für jeden vereitelten Fluchtversuch gab es Sonderurlaub, zwei Tage mindestens, manchmal mehr.

Nie wird Elena Gewissheit darüber haben, warum sie sich vor Seraphin nur im Dunkeln ausziehen durfte. Wieso er sich zweimal am Tag rasierte. Weshalb er, sobald ein Hauch von Schweiß in der Luft lag, sein Hemd wechselte, egal ob er es war, der schwitzte, gleich, wo er sich befand. Warum er manchmal, wenn sie ihn rief, zusammenfuhr und nach einer Ermahnung, die sie nicht böse gemeint hatte, betreten schwieg. Woher seine Angst vor Hunden stammte. Wieso er sich weigerte, zum Arzt zu gehen. Wie er wurde, der er war.

Nie wird sie das wissen. Auch sie schreckt nachts hoch, wenn sie schlimm geträumt hat. Auch sie hat Angst vor Hunden.

# 71

„Coole Party“, raunt Edgar, als er unter den stummen Blicken der Gäste den Saal betritt. „Bin dir außerordentlich dankbar, dass ich hier sein darf, es ist mir ein Fest.“

Während unserer kurzen Abwesenheit hat der Alleinunterhalter die Regie übernommen. Zwischen Foxtrott und Samba verrät er dem Publikum seine Lieblingswitze und bindet es – „Hände zum Himmel“ – in seine Performance ein.

„Wenn die Herren nun so galant wären, sich der Dame zu ihrer Linken zuzuwenden und sie zur Tanzfläche zu geleiten“, flötet er in sein Mikrofon.

Der Frühlingswalzer erklingt, in Gedanken gehe ich die Schritte durch; der Abschlussball auf der Tanzschule ist mehr als 14 Jahre her. Zu meiner Linken sitzt Frau Roth, das geht nicht, also drehe ich mich um, nun sitzt Uli richtig. Elena am Arm, schwebt Dr. Engelhardt übers Parkett, sie sind das einzige Paar. Edgar sträubt sich, Uli schnaubt, bei mir lässt sie nicht locker. „Ich darf doch sehr bitten.“ Unter den argwöhnischen Blicken meiner triefäugigen Tischnachbarin ergreife ich Ulis Hand. An einem Ort wie diesem sollte man keinen schwarzen Anzug tragen. Schon drehen wir uns an Elena und dem Heimleiter vorbei. Dr. Engelhardt nickt mir wohlwollend zu. Augenscheinlich ist er geneigt, mir Elenas Ausflug ins Leben zu verzeihen. Zum Ende des Frühlings führt er mir seine Tanzpartnerin zu. Elenas Hand reicht kaum an meine Schulter. „Rot sind die Rosen“, singt unser Animateur. Elena kneift mir in die Hand. „Wo bleibt Ihr Enthusiasmus, junger Mann, eine solche Gelegenheit bekommen Sie so bald nicht wieder.“

Nach und nach lichten sich die Reihen. Die, die bleiben, rücken näher zusammen. Clemens Clemens ist nicht wieder aufgetaucht. Inzwischen haben sich Elena, Frau Ferency und Frau Müller zu uns gesellt. Während die Küchenhilfen das Geschirr abräumen, verpackt der Alleinunterhalter sein Instrument. Dr. Engelhardt kommt an unseren Tisch, um sich zu verabschieden. „Ein Vorstellungsgespräch", erklärt er. „Ersatz für Frau Marquard. Die Bewerberin hatte leider nur heute Abend Zeit."

„Doa bin isch joa mol gespannt, woannse uns diesmol vorsetze", giftet die Frau mit dem Kropf.

Elena beugt sich zu ihr. „Hast du deine Pillen genommen, Gerda?"

„Willschd misch wohl loswerde? Nu, de Gfalle tu isch der gern."

Mit ihrem Stock zieht sie den hinter ihr geparkten Rollator heran. An den Griffen stützt sie sich ab und schiebt ohne Gruß davon.

„Rauer Umgangston", bemerkt Edgar.

„Hart, aber herzlich", entgegnet Frau Müller.

„Gerda fehlt der Schlaf", sagt Elena und wendet ihre Aufmerksamkeit Ed zu. „Schön, dass Sie uns einmal besuchen kommen, Herr Koop, und wir uns endlich persönlich kennenlernen. Lionel hat schon viel von Ihnen erzählt."

„Edgar", sagt Ed. „Bitte nennen Sie mich nicht Herr Koop. Sonst komme ich mir im Vergleich zu Lio so alt vor."

„Also gut, Edgar. Nun erzählen Sie uns doch bitte, wie Sie auf die Idee gekommen sind, einer Herde hufkranker Klepper das Fliegen beizubringen."

„Nanana", macht Frau Ferency.

„Also das war so." Ed beugt sich zu mir und legt mir väterlich einen Arm um die Schulter. „Als mein Freund Lionel, mein bester, was sage ich, mein einziger Freund, eines Nachts bei mir auf dem Sofa saß und sich darüber beklagte, dass es in ganz Frankfurt keinen seinen außerordentlichen Begabungen entsprechenden Job gebe, grübelte ich eine Nacht darüber, wie ich ihm bei seiner schwierigen Suche helfen könnte. Unlängst hatte ich über einen Mann gelesen, der seinen Lebensunterhalt damit verdient, Golfbälle vom Grund eines Sees zu fischen. Aber welcher Golfplatz in Frankfurt käme dafür in Frage? Da kam mir die Idee mit dem Internet …"

Ed glüht. Ed versprüht Charme. Elenas Gegenwart scheint ihn auf wundersame Weise zu beflügeln. Mehrmals klatscht Frau Ferency entzückt in die Hände, und selbst Frau Müller lacht Tränen.

Als er aufsteht, um sich zu verabschieden, ist das Bedauern groß.

„Natürlich komme ich wieder", verspricht er, „allein schon, um nach dem Rechten zu sehen."

„Lassen Sie sich nicht allzu viel Zeit", sagt Elena. „Hier dreht sich das Rädchen ein wenig schneller als anderswo."

Auf dem Weg hinaus, Ed in unserer Mitte – lästernd, spottend und das Glück, dass wir einander kennen, lobpreisend, Arm in Arm durch die Lobby und feixend hinaus in die milde Nacht – ist es beinahe wie früher.

„Schön, wirklich schön, die Villa, der Nachmittag, vor allem deine Frau hier." Uli bekommt einen Kuss auf den Mund. „Nur du," angewidert wendet er sich ab, „du bist hässlich. Aber dafür kannst du nichts. Ich liebe dich trotzdem."

Sein Rad lehnt am Zaun. Der Rahmen ächzt, als er aufsteigt. Winkend fährt er davon. Wir sehen ihm nach, bis er hinter einer Hecke verschwindet.

„Holzhausenpark? Niddaauen?"

Zum Halbfinale, haben wir Elena versprochen, wollen wir wieder zurück sein.

„Ich habe eine bessere Idee."

„Sag schon."

„Verrat ich dir unterwegs."

# 72

Wenige Wochen, nachdem der Überlebende des Sonderkommandos abgereist ist, nimmt sich Elena eines anderen Zeugen an. Ein Künstler aus Israel, der, ein Jahr älter als sie, 14-jährig nach Auschwitz deportiert wurde, wo er im Winter die Asche der Toten auf die vereisten Wege streuen musste und sich zum Lohn in den Krematorien aufwärmen durfte. In ihrer Erinnerung ist er es, der sie ermutigt, den letzten Schritt zu wagen, sie weiß doch längst, dass sie selbst durch das Tor schreiten muss, erst dann wird sie Ruhe finden, das ist der Plan.

Auschwitz kommt im Herbst mit aller Macht über die Stadt. Am Buß- und Bettag, dem 18. November 1964, einem nebligen, nasskalten Mittwoch, Vorbote des eisigen Winters, wird in der Paulskirche eine Ausstellung eröffnet, die, angeregt durch Generalstaatsanwalt Bauer und vom Bund für Volksbildung in Szene gesetzt, die Aussagen der Zeugen auf schreckliche Weise bebildert: Steifleinen aus Menschenhaaren, Berge von Koffern, Brillen und Schuhen, löcherige Sträflingsdrilliche. Konservenbüchsen mit dem Aufdruck Zyklon B. Schautafeln, Skizzen und Fotos. Hohlwangige Menschen hinter Draht. Schneidige Männer in Uniform. Vergeblich sucht Elena Hinweise auf Mitwisser, Mitläufer oder Komplizen, auf die Mitbürger der Opfer und Täter, die doch mitschuldig sind, mitverantwortlich, dieses Kapitel jedoch spart die Ausstellung aus.

*Boger macht es den Deutschen leicht.*

Knapp einen Monat nach Eröffnung der Ausstellung, am 10. Dezember 1964, zwei Tage vor ihrer Abreise nach Polen, ist Elena neben Dutzenden von Journalisten und Persönlichkeiten des öffentlichen Lebens Gast im Volksbildungsheim, wo die synchronisierte Fassung des Auschwitz-Films „Chronika“ uraufgeführt wird. Kameraleute der Ersten Ukrainischen Front haben die Aufnahmen unmittelbar nach der Befreiung des Lagers gemacht. Von oben sehen die Baracken aus wie Särge im Schnee. Ein Industrie-Komplex. Verlassene Hallen. Kinder zwischen Maschendraht. Hand in Hand. Erst beim genauen Hinsehen erkennt Elena, dass es ausschließlich Zwillinge sind. Schnitt. Leichenberge. Schnitt. Verängstigte Menschen in Lumpen. Ihre stumpfen Blicke sind kaum zu ertragen. Seraphin, die ganze Zeit denkt sie an Seraphin, obwohl sie weiß, wie unsinnig das ist, sucht sie in den Gesichtern nur seinen Blick. Ein Soldat hebt ein Jäckchen hoch. Elena schnappt nach Luft. Das Jäckchen hat ihrem ungeborenen Kind gehört. Ein Mädchen zeigt der Kamera seine Nummer am Arm. Auch das Mädchen ist Elenas ungeborenes Kind. So wie das Kind, das die Menschen mit den flatternden Hemden am Ende des Films zu Grabe tragen.

Unterdessen weben die Verteidiger beharrlich die Legenden ihrer Mandanten, die, unschuldig verführt, in Wahrheit selbst Opfer sind, durch die Gewalt in Auschwitz und ihre eigene Ohnmacht traumatisiert. Wo sie konnten, haben sie Gutes bewirkt. Die Boger-Schaukel ist, bei Lichte betrachtet, ein Wahrheitsserum, und Kaduk, der an den Gehenkten zog und zerrte, ein Samariter, schließlich schenkte er ihnen dadurch den schnellen Tod. Und die Selektionen? Tatsächlich verlängerten sie das Leben, denn die Todesurteile der Häftlinge waren längst gefällt. Wäre es da nicht angebracht, den Selekteur einen Lebensretter zu heißen, einen Widerstandskämpfer, der den Führerbefehl sabotierte?

# 73

Uli hat es eilig. Wir streifen durch einsame Straßen, an Villen und Einfamilienhäusern vorbei, in deren Gärten Schaukeln stehen und in deren Fenstern Fernseher flimmern, stoßen auf die Eckenheimer Landstraße, langsam ahne ich, wohin sie mich führt. Autos hupen, sie zieht mich auf die andere Seite, die drei Pforten kenne ich von Bildern, wir schreiten hindurch, plötzlich ist es still, wie geht das, wo ist der Lärm hin, gibt es das wirklich: ein Kontinuum von Raum und Zeit?

Kolonnaden rahmen den gepflasterten Hof. Die Trauerhalle, gegenüber ein Verwaltungsgebäude. Rotbrauner Klinker. Licht in den Bögen. Jenseits der Mauerkrone die Oberleitungen der Bahn.

Hand in Hand überqueren wir den Hof. Ein zweites Portal. Auf dem Fries reihen sich goldene Buchstaben aneinander. Darüber Baumwipfel und ein schwarzblauer Himmel.

*Wandeln werd ich vor dem Antlitz des Ewigen in den Gefilden des Lebens.*

Aus dem Schatten der Kolonnaden tritt ein alter Mann auf uns zu. „Mein Herr. Ihre Kippa." Er deutet auf mein Haar und dann auf seine eigene Kopfbedeckung. „So will es der Brauch." Ich entschuldige mich, daran haben wir nicht gedacht. Ob ich mir eine Kippa ausleihen kann, frage ich, worauf er nickt und hinter den Kolonnaden verschwindet. Kurz darauf kehrt er mit einer wollenen Mütze zurück, die nicht schön ist, aber ihren Zweck erfüllt.

„Ich freue mich", sagt der Alte, „dass Sie den Toten die Ehre erweisen."

Drei Bögen als Willkommen, drei Bögen zum Abschied. Die Achse dazwischen läuft auf das Bild eines goldenen Kronleuchters zu. Quadratisch geschnittene Hecken zu beiden Seiten des Wegs. Dahinter Hunderte Gräber, die alle gleich aussehen, wie sollen wir ihn da finden?

*Gestorben durch die Heiligung des Namens.*

Was bedeutet das? Nirgendwo Blumen. Stattdessen ein Häufchen Steine auf jedem Grab. Geboren in Frankfurt. Gestorben in Frankfurt. 1938. 1939. 1942.

*Kiddusch HaSchem.* Flucht in den Tod.

*Ich habe mich schon als Kind schuldig gefühlt, doch erst heute weiß ich, wieso.*

Seraphins Grab suchen wir vergeblich. Vielleicht liegt er gar nicht hier begraben?

Um sieben sind wir zurück. Elena sitzt auf ihrer Bank im Vorgarten, ein Buch in der Hand.

„Sehen Sie mal", sagt sie. Zwischen den Seiten liegt eine blassblaue Blüte. „Gauchheil. Eigentlich eine Ackerpflanze. Schön, nicht wahr?"

Wir setzen uns zu ihr und sehen zu, wie das Licht schwindet und die Nacht hereinbricht. Dennoch ist mir, als ob ich in einen Tag geraten bin, der nie endet. Eine Amsel rupft Moos aus der Erde. Eine Biene summt von Beet zu Beet. Zwei Schwalben legen sich quer und segeln umher, bis die Nacht sie verschluckt.

„Kennen Sie das Erstaunen des Kinds, wenn es erfährt, dass andere schon vor ihm gelebt haben?"

Elenas Augen glänzen, sie sieht glücklich aus, dem Leben näher als dem Tod.

„Als Kind war ich wütend, wenn mir meine Mutter weismachen wollte, auch sie sei einmal Kind gewesen. Die Erfahrungen, die ich für mich reklamierte, hatte sie längst hinter sich, aber davon wollte ich nichts wissen. Erwachsene, fand ich, hatten einfach kein Recht, an der Einzigartigkeit meiner Einsichten zu zweifeln."

Mit einem Mal fängt sie an zu lachen und kriegt sich kaum ein.

„War ich wütend damals!", fährt sie fort und wischt sich mit dem Handrücken die Tränen aus dem Gesicht. „Aber das wirklich Verrückte ist, dass der Glaube an die eigene Einzigartigkeit im Alter zurückkehrt. Der nahende Tod, scheint mir, macht uns wieder zu Kindern. Dabei sind doch schon Milliarden Menschen vor uns gestorben, nicht wahr?"

Doch über den Tod will sie eigentlich gar nicht reden. Also reden wir über das Leben. Auf welche Weise sich das Land verändern könnte, wenn wir endlich Weltmeister sind. Warum unser Wir-Gefühl ohne Leichtsinn keinen Sinn macht. Was ein Land zusammenschweißt – das gemeinsame Glück oder das geteilte Leid. Ob die Welt noch immer Angst vor uns hat. Wie wir der Weltgemeinschaft unseren guten Willen beweisen könnten. Warum es ausgerechnet uns so gut geht. Wieso ausgerechnet wir so pessimistisch sind.

„Schön, dass es Sie gibt", sagt Uli.

„Oh." Damit hat Elena nicht gerechnet. „Sie beide", sagt sie und fährt sich dabei wie Gracia Patricia durchs Haar, „Sie haben ein gutes Herz." Mit einem Mal strafft sie sich. „Wie spät ist es denn? Acht? Kommen Sie, ich habe Sekt kaltgestellt. Oder hätten Sie lieber ein Bier? Lachen Sie nicht. Ich habe auch Bier. Schließlich ist das hier kein Krankenhaus, sondern ein Altersheim, nicht wahr?"

# 74

Am Samstag, dem 12. Dezember 1964, macht sich Elena gemeinsam mit einem Tross Journalisten und 24 Prozessbeteiligten auf die sechstägige Reise nach Polen. Als Witwe eines ehemaligen Auschwitz-Häftlings war es nicht schwer, ein Visum zu bekommen, offiziell gilt sie als Fotografin.

Pünktlich um 13 Uhr findet sich die Delegation aus Richtern, Anwälten, Verteidigern, Justizwachtmeistern, Protokollführern und Journalisten auf dem Rhein-Main-Flughafen ein. Die Stimmung ist ausgelassen. Lachend prostet man sich zu. Elena hält Abstand zu ihren Mitreisenden. Vor allem zu einem, dem sie vor fast einem Jahr einmal viel zu nah gekommen ist. Als einziger der noch verbliebenen zwanzig Angeklagten nimmt der Frauenarzt Dr. Lucas an der *Augenscheinseinnahme* in Auschwitz teil und kehrt damit an den Ort seiner früheren Wirkungsstätte zurück. Kurz vor der Abreise hat sich Elena die Haare kurz schneiden lassen und blond gefärbt. Der Angeklagte scheint sie nicht zu erkennen. Möglicherweise ignoriert er sie auch nur, um eine peinliche Konfrontation in aller Öffentlichkeit zu vermeiden.

Auf die Sondermaschine der Austrian Airlines wartet die Gruppe vergeblich. Flug 202 aus London kann wegen starken Nebels nicht landen. Mit Omnibussen fahren sie zum Flughafen Stuttgart. Von dort fliegen sie nach Wien, verpassen aber ihren Anschlussflug, weshalb sie die Nacht im Vienna Intercontinental verbringen müssen, im Herzen der Stadt. Elena kann nicht schlafen. Sie hat Angst. Im Grunde fürchtet sie sich vor dem, was sie sich am sehnlichsten wünscht: dass ihr auf den vereisten Lagerstraßen Seraphin begegnet.

Mit der Caravelle „Ludwig van Beethoven“ fliegt die Delegation am folgenden Tag weiter nach Warschau. Auf dem Flughafen werden sie von polnischen Regierungsvertretern empfangen. Nach einem kurzen Halt im Hotel Europejski in der

Warschauer Innenstadt fahren sie in zwei Omnibussen nach Krakau, wo sie spät abends eintreffen. Elena bezieht mit den anderen Quartier im Hotel Francuski, in dem eine erste Pressekonferenz abgehalten wird. Hunderte von Journalisten bevölkern den Saal, Berichterstatter aus aller Herren Länder. Während Elena den fremden Stimmen lauscht, spürt sie Seraphins Nähe unmittelbar. Inmitten von Menschen, *die Dutzende Sprachen sprechen und sich dennoch verstehen.*

Auch in dieser Nacht liegt sie lange wach. Irgendwo wird gefeiert. Bis früh in den Morgen dringen Stimmen und Gelächter an ihr Ohr. Ihre Angst wächst ins Bodenlose. Gleichzeitig ist sie glücklich, endlich angekommen zu sein. An dem Ort, auf den ihr Leben aus zwei Richtungen zuläuft. In Auschwitz beginnt ihr Leben, und in Auschwitz wird es enden.

In der Frühe ist sie die erste am Bus. Polizeiautos stehen bereit, um die deutsche Delegation zu eskortieren. Wortlos bietet ihr der Busfahrer eine Zigarette an. Sie rauchen schweigend. Als die ersten Journalisten vors Hotel treten, steigt Elena ein und setzt sich in die letzte Reihe. Eine Stunde dauert die 65 Kilometer lange Fahrt. Es ist neblig. Raureif verhüllt die karge Landschaft. An jeder Abbiegung stehen Bildstöcke mit bunten Madonnen. Einmal überholen sie ein Pferdefuhrwerk. Auf dem Kutschbock sitzen Frauen mit Kopftüchern, die ihnen ausdruckslos nachsehen.

Der Bus parkt unweit des schmiedeeisernen Tors. *Arbeit macht frei.* Elena kennt den Schriftzug von Fotos, doch dass es ihn wirklich gibt? Sie steigt als letzte aus. Hier also. Die Fotografen rennen voraus, Elena folgt ihnen, der Boxer hält ihre Hand. Dann stehen sie im Hof neben Block 11, vor sich die *Schwarze Wand.* Fotografen klettern auf Mauerabsätze, um alles zu überblicken. Einem rutscht die Tasche von der Schulter, eine Kassette schlittert über den Stein. Eigentlich will man hier der Toten gedenken, doch inmitten der surrenden Kameras und klickenden Fotoapparate misslingt die Andacht. Schon wenden sich die ersten ab. Elenas Blick begegnet dem des Angeklagten, er sieht sie nicht, will sie nicht sehen, darf sie nicht sehen, sie sind sich nie begegnet.

*Herr Amtsgerichtsrat, walten Sie Ihres Amtes.*

Block 11, der Todesblock, Bogers Folterkammer, wird nun zum Gerichtssaal. Der Leiter der Gedenkstätte überträgt dem deutschen Richter die Schlüsselgewalt. Die Fenster sind vergittert, an den Wänden hängen Hitler-Portraits. *Ein Volk, ein Reich, ein Führer.* Die Büroräume der Gestapo, die Zellen, der Waschraum, in dem sich die Opfer ausziehen mussten, bevor man sie an der Wand erschoss – alle Räume, heißt es, seien unverändert. Eine schmale Treppe führt in den Keller. Hier wurden Menschen gefoltert, in den Stehzellen ließ man sie schmachten oder verhungern. *Bunker* nannten sie dieses Verlies, in dem sie auch zum ersten Mal mit Zyklon B experimentierten. Hunderte sowjetische und polnische Kriegsgefangene sind hier unten erstickt.

Während sich Richter und Anwälte mit nüchterner Präzision ans Werk machen, Abstände vermessen, Blickwinkel errechnen, Wandstärken ausloten und Hörproben nehmen, schleicht Elena, ihre Alibi-Kamera um den Hals, allein durchs Lager, auf der Suche nach Spuren, die Seraphins Dasein bezeugen. Sie hat es sich größer vorgestellt, stattdessen liegt alles nah beieinander. Von jedem Wachturm kann man den gesamten Komplex übersehen. Übersehen. Überhören. Zwischen den Häuserreihen und Stacheldrahtwänden nimmt die Lüge Gestalt an. Block 21, die *Chirurgische Abteilung* – „Eintritt verboten“. Block 19, der *Schonungsbau* – „Zutritt strengstens verboten“. Der Appellplatz. Der Galgen. Die *Kadukkapelle*. Das SS-Revier. Überall Bretter mit Totenkopfemblem. „Halt! Stoj!“ Zwischen den rostfarbenen Klinkerbauten ragen kahle Birken in den bleigrauen Himmel. Auf den Wegen liegt pulveriger Schnee.

Das alte Krematorium. Ein Gerichtshelfer steigt aufs Dach und öffnet die Einwurfluken. Der Gerichtsfotograf hält die Szene fest. Elena geht durch eine windschiefe Tür hinein. Kahle, fleckige Betonwände, tief hängende Decken. Ein Eisenkarren voller Blumen. In solchen Karren lagen die Leichen, die das Sonderkommando in die Öfen schob. Elena denkt an den Boxer. Einer seiner Kameraden habe sich selbst hineingelegt, aber keiner wollte ihm helfen.

Dann Birkenau. Größer, weiter, leerer. Das langgestreckte Eingangsgebäude, ein liegendes, unvollendetes Kreuz. Die Gleise führen mittendurch. Dahinter zerstörte Baracken, nur einige Kamine ragen empor. *Vorsicht Hochspannung Lebensgefahr!* Sie folgen den Gleisen zur Rampe. Hier ist er ausgestiegen. Hier wurden er und sein Vater getrennt. Elena erschrickt, als hinter dem Stacheldrahtzaun ein Schwarm Krähen auffliegt. Weiter zu den Baracken. Betten wie Regale. In einer Ecke ein kleiner Ofen. An den Wänden verblasste Schriftzüge: „Sei ruhig!"

Vom zerstörten Krematorium sind nur noch Ruinen und Schuttberge übrig. In der Verbrennungsgrube stochert ein Anwalt die verkohlten Reste eines jüdischen Gebetsbuchs hervor. Hinter ihm taucht die Silhouette des Angeklagten Lucas auf. Er beugt sich vor, das interessiert ihn, das will er sehen.

Im Museum, Elena kann nicht anders, sucht sie Seraphins Koffer, seine Schuhe, eine Fotografie, die ihn im Kreis seiner Familie zeigt. Dabei weiß sie, dass das Aufräumkommando die persönlichen Dokumente der Neuankömmlinge, die Alben und Fotos, Pässe und Briefe verbrannte, die Zeugen haben es ihr doch erzählt. Erhalten blieb nur, was verwertbar war, 843.820 Herrenanzüge, 836.525 Frauenkleider, 293 Säcke nach Farben sortiertes Haar, 38.000 Paar Herrenschuhe, Hüte, Brillen, Prothesen, ein Warenlager des Todes.

Buna-Monowitz spart sie aus. Wenig gebe es dort zu sehen, versichert ihr der Gedenkstättenleiter, nichts, das an die Zwangsarbeiter erinnere, nur Industrieruinen, Skelette aus Stahl.

# 75

Na schön, reden wir über Gott."

Ich stelle mein Glas ab. Viermal haben wir angestoßen. Auf Elenas Geburtstag. Auf ihre Gesundheit. Auf den Sieg gegen Spanien. Auf unser Kind.

Von Gott war nie die Rede.

Elena sieht auf die Wand mit den Fotos und Bildern. Seraphins Andenken, seine Vorstellung von Glück.

„Mein Mann glaubte an Gott. Für ihn war Gott das Schöne, für mich ein Sinnbild für Schmerz. Dabei lagen unsere Vorstellungen gar nicht so weit auseinander. Im Grunde, denke ich, ist Gott eine Empfindung, für die uns die Worte fehlen. Ein Ausdruck für das, was man uns gibt, und das, was man uns nimmt. Wann ist uns Gott am nächsten? In Augenblicken des Glücks? Gewiss. Aber vor allem doch in Momenten größter Trauer. Manchmal spricht Seraphin zu mir. Aber ich kann ihn nicht mehr so gut verstehen wie früher. Wenn ich eine Tonbandaufnahme hätte, verstehen Sie? Ich sehe mir die Fotos an. Ich erinnere mich an seinen Geruch. Aber seine Stimme."

Schritte im Flur. Wind in den Erlen. Der summende Kühlschrank. Der Sekundenzeiger der Küchenuhr. Schwarze Ziffern auf weißem Grund.

Uli berührt Elenas Arm. „Könnte ich die Fotos sehen?"

Das Album, mit dem Elena zurückkehrt, wiegt schwer. Wir rücken auseinander, nehmen Elena in die Mitte. Sie legt das Album auf ihre Knie. Roter Samt, an den Rändern blank. Abgewetzt wie ihr Koffer, wie die Lehnen ihres Chesterfields. Die ersten Seiten überschlägt sie. „Mein Roller, sehen Sie?" Eine silberne Vespa am Rand einer Wiese, weiter hinten ein silbern schimmernder See. „Warten Sie. Hier. Neinneinnein, da kann man ja gar nichts erkennen. Aber hier. Ja. Das Bild hier hat mein Vater geschossen. Den Hintergrund müssen Sie sich wegdenken."

Elena und Seraphin vor einer bröckelnden Mauer. Er ist in die Hocke gegangen, sie steht hinter ihm, scheint ihn zu stützen. Beide sehr schön. Ihre Hand auf seiner Wange. Sie hat ein helles Kleid an, oben eng, unten weit. Er trägt einen Anzug, dunkel, das Hemd weiß, die Lackschuhe glänzen. Sie strahlt. Er gibt sich Mühe zu lächeln. Der Schatten in seinem Gesicht, jetzt kann ich ihn sehen.

„Hätte ich eine Rede halten sollen? Vorhin." Sie sieht uns fragend an. „Ich habe daran gedacht. Aber dann war der Augenblick auch schon vorüber."

Sie blättert weiter. Fachwerkhäuser. Eine Straßenbahn. Zwei ineinander verschlungene Birken. Ein Portal, darin wolkiger Himmel. Mit einem Mal Farbe. Flieder. Ein Rosenstock. Rhododendron. Gebirgszüge, schneebedeckt. Hügel und Seen. Eine einsame Parkbank. Ein Waldweg. Fichten. Einmal eine Gruppe von Menschen auf einem Platz. In ihrer Mitte eine winkende Frau – Elena?

„Ohne seine Rolleiflex." Elena hält die Luft an. „Gütiger Himmel, was hat er sich ihretwegen angestellt! Und wie sie einen angeguckt hat mit ihrem doppelten Auge! Nach seinem Tod, wissen Sie, ich wollte sie nicht mehr in meiner Wohnung haben. Also habe ich sie ihm in den Sarg gelegt und mit ihm beerdigt."

Die nächsten Fotos überblättert sie rasch. Der Schriftbogen über dem Tor. Gleise. Stacheldraht. Wie eine Fata Morgana stiehlt sich plötzlich das Morgenland ins Album: ockerfarbene Häuser, golden glänzende Kuppeln, Palmen, Kamele, Menschen in luftigen Gewändern.

„Das war in Israel. Da hatte ich inzwischen meinen eigenen Fotoapparat. Da ich alleine reiste, habe ich sogar angefangen, mit mir selbst zu reden, weil kein anderer da war, dem ich mich mitteilen konnte. Verrückt, nicht wahr?"

Auf den letzten Seiten Fotos von Steinen. Kieselsteine. Grober Sand. Steinpyramiden. Adern, Risse, Farbläufe, Strukturen,

Verformungen, Ablagerungen, verwitterte Steine, Fossilien, ein Steinlabyrinth.

„Ein Hobby", sagt sie knapp und legt das Album beiseite. Ihr Blick wandert zur Uhr. „Ich glaube, wir sollten so langsam runtergehen. Kommen Sie, jetzt heißt es Daumendrücken."

# 76

Nach ihrer Rückkehr erfährt Elena aus der Zeitung, worüber Richter und Anwälte in Polen schweigen: Zwanzig Jahre nach Ende des Kriegs läuft die Verjährungsfrist für alle Mordtaten der Nazis ab. Bald können nur noch jene belangt werden, gegen die bereits ein Verfahren läuft. Wer sich versteckt hält, seine Identität verschleiert, sich als unbescholtener Bürger gibt, braucht, wenn die Frist erst einmal vorüber ist, keine Strafe mehr zu fürchten, egal ob er einen oder 1.000 Menschen ermordet hat, er darf nach Deutschland zurückkehren und könnte sich sogar seiner Taten rühmen.

Während Elena mit weiteren neuen Zeugen die Stadt erkundet, soll sie Fragen beantworten, auf die sie selbst keine Antworten weiß. Wie kann ein millionenfacher Mord verjähren? Glauben die Deutschen, sie hätten lange genug gebüßt? Was wäre, wenn Hitler den eigenen Tod nur vorgetäuscht hätte? Auch gegen ihn wurde niemals ermittelt.

In den Zeitungen und Illustrierten melden sich Juristen, Politiker, Schriftsteller und Philosophen zu Wort. Gesetze sind Sprachschatten, das hat Elena gelernt, die je nach Lichteinfall ihre Gestalt verändern. Sie wiegt die Argumente, wägt sie gegeneinander ab. Wer legt fest, dass Massenmorde verjähren? Elena glaubt nicht, dass sich einer, der im Krieg tausende Menschen vergast hat, nach Kriegsende resozialisiert. Und: Warum zwanzig Jahre Verjährung, warum nicht zehn oder dreißig? Weshalb legt man bei der Berechnung der Frist das Ende des Kriegs zugrunde, wieso nicht das Inkrafttreten des Grundgesetzes oder die Wiedererlangung der deutschen Souveränität?

Am 3. Februar 1965 werden die Urteile im Prozess gegen Otto Hunsche und Hermann Krumey, Mitarbeiter des Sondereinsatzkommandos Eichmann, verkündet. Hunsche wird aus Mangel an Beweisen freigesprochen. *Die Zugehörigkeit zum*

*Kommando Eichmann allein ist noch kein Schuldbeweis*, heißt es in der Urteilsbegründung. Elena ist fassungslos. Die Staatskasse muss die für Hunsches Verteidigung entstandenen Kosten begleichen. Krumey wird wegen Beihilfe zum Mord in mindestens 300.000 Fällen zu fünf Jahren Zuchthaus verurteilt. Fünf Jahre! Neun Minuten für jeden Mord! Die Richter gestehen ihm mildernde Umstände zu, weil er in seinem Gesamtverhalten *gelegentlich menschliche Züge* gezeigt habe. Von seinen fünf Jahren muss er nur noch drei Monate abbüßen, schon im Mai ist er auf freiem Fuß.

Elena stürzt sich in die Arbeit, nur so kann sie der Verzweiflung und Resignation entgehen. Sie nimmt Kontakt zu Organisationen auf, sichtet Artikel und Akten, sammelt, was ihr in die Hände fällt, um zu belegen, was evident ist, dass der Mord an den Juden letztlich ungesühnt bleibt. Von den 8.000 SS-Mitgliedern, die in Auschwitz beschäftigt waren, haben 6.400 den Krieg überlebt. 748 mussten sich vor internationalen Gerichten verantworten, 40 wurden in Deutschland angeklagt. Insgesamt haben deutsche Strafverfolgungsbehörden gegen mehr als 30.000 mutmaßliche Täter ermittelt. Bis Januar 1964 kam es in 12.882 Fällen zur Anklage. 5.445 Angeklagte wurden verurteilt, 4.033 freigesprochen und 3.404 Fälle aufgrund von Verjährung, Abwesenheit oder Tod ad acta gelegt. 172 Mal erkannten die Richter auf Mord, 248 Mal auf Totschlag, 76 Mal lautete das Urteil *lebenslängliches Zuchthaus*. Unter den 30.000 Angeklagten findet sich kein einziger Staatsanwalt oder Richter.

Der Angeklagte Dylewski ist im Sommer 1944 in Elbing gewesen, berichtet seine geschiedene Frau vor Gericht. Vielleicht ist Elena ihm auf der Straße begegnet. Oder ihr Vater bei einer Versammlung der Partei. Mehr als einmal fragt sich Elena, ob man den Lauf der Geschichte verändern kann.

Im Februar, März und April 1965 dürfen die ehemaligen Aufsichtsräte der I.G. Farben als Zeugen im Frankfurter

Auschwitz-Prozess wiederholen, was längst widerlegt ist: dass die Zwangsarbeiter im Buna-Werk *ordentlich ernährt* waren, dass die kranken Häftlinge so lange im Krankenhaus blieben wie nötig und dass man das Sonderlager für die Fabrikarbeiter überhaupt nur deshalb errichtet habe, um den Häftlingen den kilometerweiten Anmarsch zu ersparen. Von Selektionen haben Dr. Krauch, Dr. Ambros, Dr. Dürrfeld und Dr. Bütefisch nichts gewusst. Elena ist den Alliierten dankbar, dass sie die Herren Vorstandsmitglieder und Aufsichtsräte 1947 als Kriegsverbrecher verurteilt haben. Hätten sie sich vor deutschen Gerichten verantworten müssen, man hätte sie freigesprochen.

*Die Herren, die uns tatsächlich in das Unglück gestoßen haben, der größte Teil*, sagt der Angeklagte Kaduk, *ist auf freiem Fuß. Und daß grade wir, die Handlanger, heute auf der Anklagebank sitzen, das tut uns, Herr Staatsanwalt, furchtbar weh. Wir haben die Juden nicht transportiert, wir haben sie nur empfangen.*

Je näher das Ende der Verjährungsfrist rückt, desto hitziger wird darüber gestritten. Der Bundesjustizminister verteidigt die Frist mit dem Hinweis, dass es das Schicksal der Deutschen sei, auch mit den Kaduks dieser Welt zu leben. Er nennt sie *Spießbürger*, die sich längst resozialisiert hätten. Der berühmteste Philosoph im Land hält ihm die Einzigartigkeit des *Verwaltungsmassenmordes* entgegen, der ohne Vorbild in der Geschichte sei. Am 25. März 1965, sechs Wochen vor Ende der Verjährungsfrist, verabschiedet der Bundestag ein *Berechnungsgesetz*, mit dem die nationalsozialistischen Gewalttaten erst am 31. Dezember 1969 verjähren. Es bleibt bei der Frist von 20 Jahren, doch der Stichtag ist nun das Ende der Besatzung.

Am selben Tag bricht der Angeklagte Boger vor den Frankfurter Richtern sein Schweigen. Tatsächlich habe er einmal zwei Häftlinge erschossen – auf ausdrücklichen Befehl. Weiteren Exekutionen habe er sich jedoch verweigert. Wieso er ihn ein Jahr lang angelogen habe, will der Richter von Boger wissen. Der lächelt den Vorwurf weg.

*Wenn eine solche Fülle auf einen zukommt, dann ist es unmöglich, sich von vornherein festzulegen auf eine Sache, die dann nachher Folgen gebracht hätte, mit denen ich einfach nicht mehr fertig geworden wäre.*

# 77

Im *Wohnzimmer* sind die besten Plätze bereits belegt. Frau Anderson winkt uns vom Ledersofa, an ihrer Seite sitzen Herr Breuers und Frau Schulz. Der König, der im Sessel thront, reckt, als er mich sieht, den Daumen. Auf einem Doppelsitzer haben es sich Clemens Clemens und Frau Ferency bequem gemacht. Frau Ferency strahlt, Herr Clemens lässt sich nichts anmerken. Schwester Marlies kümmert sich abwechselnd um eine Frau im Rollstuhl und um Frau Roth. Ein Pfleger bringt uns drei Plastikstühle. Elena möchte außen sitzen, nah bei der Tür. Über uns surrt der Beamer. Die Leinwand nimmt beinahe die ganze Wandbreite ein. Deckenleuchte, Vitrine und Stehlampe sind mit Girlanden verziert, die mintgrünen Vorhänge zugezogen. Die Standuhr geht drei Minuten vor. Hinter dem Pendel klemmt eine Deutschlandfahne. Eine Schwesternschülerin im schwarzen Schweinsteiger-Trikot schenkt Wasser und Säfte ein. Elena leert ihr Glas in einem Zug. „Ich habe kein gutes Gefühl", sagt sie plötzlich. Auch das Orakel Paul, die Krake, sieht die Spanier als Sieger.

Lahm und Klose. Warum Trochowski? Schwarze Hosen, weißes Dress. Mein Juller-Trikot hängt im Schrank, kein gutes Omen. Die Nationalhymne erklingt. Frau Ferency runzelt die Stirn, als wittere sie Unheil. Beim Schlussakkord schwingt der König sein Zepter und lacht lauthals los. Casillas gewinnt die Platzwahl. „Der Bessere soll gewinnen!", ruft Schwester Marlies, bevor Mesut Özil den Ball vom Punkt über die Mittellinie tippt.

Ulis Kopf an meiner Schulter. Wann hat das angefangen? Wieder und wieder die Angst, das Glück, da wo es greifbar wäre, zu verpassen. Glückglückglück. Allein die Vorstellung. Meine früheste Erinnerung: der Augenblick, da ich in den Spiegel sah und mich zum ersten Mal darin erkannte. An mein Erstaunen erinnere ich mich ebenso wie an die jähe Allmachtsfantasie und die einsetzende Angst. Wann hat das angefangen? Ulis Hand streicht über meinen Rücken. Im nächsten Jahr sind wir zu dritt. Eine Familie.

Iniesta zu Xavi, Xavi zu Pedro, Pedro zu Xabi Alonso. Özil und Schweinsteiger laufen ins Leere, Friedrich und Mertesacker blicken hinterher.

Wann hat das angefangen? Überhaupt. Ich erinnere mich an ein Lagerfeuer, an das knackende Holz und die sprühenden Funken, an die Schemen zu beiden Seiten der Flammen, nicht aber an ihr Gesicht. Ich rieche ihr Haar, fühle die weiche Rundung, die kalte Haut unter dem Saum ihrer Jeans, ich erinnere mich an den Schmerz, mein erstes Mal, an ihren Namen, Laila, die Dunkelheit, Laila, die Nacht, doch welche Farbe ihre Augen hatten, an das Lächeln des Munds, woher sie kam, mit wem sie reiste, wie lang sie blieb – daran erinnere ich mich nicht. Nur dass sie plötzlich neben mir saß und mich wie unabsichtlich berührte. Und dass ich wollte, unbedingt. Und dass ich Angst hatte. Wovor? Ihre Haut schmeckte bitter, tatsächlich, und fühlte sich weich an und glatt, aber wie sie aussah. Wir hatten keine Zeit zu verlieren, küssten uns, nur nicht auf den Mund. Ich wollte, wollte nicht so, aber sie wollte nicht warten. Nachher sollte ich sie halten, bis sie einschliefe, das musste ich ihr versprechen.

Halbzeit. 350.000 Menschen auf der Fan-Meile zwischen Siegessäule und Brandenburger Tor. Schwester Marlies stellt den Ton leiser.

„Auf unsere Jungs“, sagt Frau Anderson und hebt ihr Glas. Mit Sprudel und Saftschorle prosten wir uns zu.

„Wo ist Elena?“, flüstert Uli.

Wenig später sitzt sie wieder auf ihrem Platz. Sie hat geraucht. „Chanel“, sagt sie, als hätte ich sie nach ihrem Geheimnis gefragt. „Bergamotte und Moschus gegen den Odem des Alters. Ich bewundere Ihr Feingefühl. Dass Sie nie die Nase rümpfen. An den Geruch hier werde ich mich nie gewöhnen.“

Schon begeben sich die spanischen Künstler zu ihrem zweiten Satz auf die Bühne. Zwei Dirigenten führen ihr Ensemble zu nie dagewesener Perfektion. Virtuos ihr Zusammenspiel, anmutig die Interludien ihrer Solisten. Ein Concerto grosso, bei dem das große Orchester auftrumpft und das kleine verblasst.

Zum Ende des Spiels findet das Schweigen an den Ort der Stille zurück. Frau Ferency schleicht sich noch vor dem Abpfiff davon. Herr Clemens folgt ihr. Wenig später geht auch Herr Breuers. Schwester Marlies schüttelt den Kopf.

„Und jetzt?"

Ich berühre Elenas Arm. Sie sieht mich an, lächelt, sieht wieder weg.

Mit hängenden Köpfen schleichen die Spieler vom Platz. Um Schweinsteigers Hals liegt ein rotes Trikot, die Farbe des Siegers.

„Und jetzt?"

„Schicksal, nicht wahr?" Elena drückt sich aus ihrem Stuhl. „Sie würden mir eine Freude machen, wenn Sie noch auf eine Zigarette blieben. Kommen Sie schon, machen Sie nicht so trübe Gesichter. Wenn ich eines gelernt habe, dann, dass sich nichts im Leben wiederholt."

# 78

Anderthalb Jahre nach Prozessbeginn erklärt der Vorsitzende Richter die Beweisaufnahme für beendet. 356 Zeugen aus 18 Ländern wurden gehört, darunter 220 Auschwitz-Überlebende und 85 Angehörige der SS. Seit Dezember 1963 haben 20.000 Besucher das Verfahren im Gerichtssaal verfolgt. Von den 20 Angeklagten befinden sich 17 in Untersuchungshaft, nur noch drei sind auf freiem Fuß.

Am Freitag, dem 7. Mai 1965, tritt der Chefankläger ans Mikrofon. Im Verlauf des Prozesses hat er sich zurückgehalten, umso eindringlicher gerät nun seine Anklage. Niemand, der am *Fließband der Todesmaschinerie* mitgewirkt habe, könne sich seiner Schuld entziehen. Dienst in Auschwitz bedeute Beihilfe zum Mord. Statt sich ihrer Verantwortung zu stellen, hätten die Angeklagten geschwiegen, bestritten und bagatellisiert: um sich unter der Last der Beweise schließlich in den vermeintlichen Befehlsnotstand zu flüchten.

Ein anderer Staatsanwalt trägt die Anklagen im Einzelnen vor. In seinem schwarzen Talar ist er der Rachevogel, dem niemand entrinnt. Für Stark fordert er lebenslanges Zuchthaus und die Aberkennung seiner bürgerlichen Ehrenrechte, ebenso für Dylewski und Broad, Schoberth dagegen sei seiner geringen Schuld wegen freizusprechen. Wie denn nun? Hat der Chefankläger nicht eben noch auf Kollektivschuld erkannt? Der Vorsitzende Richter bittet um Ruhe. Eine Zuschauerin verlässt unter Protest den Saal.

In der Mittagspause wird Elena Zeugin einer seltsamen Begegnung. Sie hat den Gerichtssaal gerade verlassen, steht noch an der Tür, als ein Kamerateam des amerikanischen Fernsehsenders CBS anrückt und eiligst seine Scheinwerfer in Stellung bringt. Da Filmaufnahmen während der Verhandlung untersagt sind, wollen sie Bilder vom leeren Gerichtssaal drehen. Schon surrt die Kamera. Schwenk von der Bühne zum Zeugenstand und weiter zum Zuschauerraum. Plötzlich platzt ein Mann in die Live-Übertragung. Ohne auf die Fernsehleute zu achten, schreitet er zu seinem Pult. Der Leiter des CBS-Teams spricht ihn an, die Kamera schwenkt in seine Richtung. Ob er einer der Ankläger oder Anwälte sei. Der Angeklagte Schatz zuckt die Schultern. Ob sie Aufnahmen von ihm machen dürften. Der Angeklagte schüttelt den Kopf. Mit einer Mappe, die er vom Pult fischt, hält er sich das Filmteam vom Leib. Die Amerikaner sehen ihm verwundert nach. „Look at this funny hairdo!", sagt einer. Alle lachen.

Boger, Kaduk, Hofmann, Schlage, Baretzki, Bednarek – auch für sie fordert die Staatsanwaltschaft lebenslange Haft. Boger lacht. Hofmann duckt sich über seine Notizen. Baretzki presst die Lippen zusammen. Ein Staatsanwalt knöpft sich die *Herren Doctores* vor. Schatz, Frank, Lucas und Capesius hätten auf der Rampe eine *nahezu artistische Selbsterniedrigung betrieben.* Aufsehen erregt sein Antrag, den Angeklagten Breitwieser aus Mangel an Beweisen freizusprechen. Breitwieser, zwei Jahre nach dem Krieg von einem polnischen Gericht zum Tode verurteilt, kann sein Glück nicht fassen. Die Angeklagten Mulka und Höcker dagegen sollen für ihre Taten lebenslang büßen. Papier und Telefon seien beider *Mordwaffen* gewesen, *fürchterlicher als eine Phenolspritze.* Mulka klammere sich noch heute an *ein Gespenst – das Gespenst seiner Ehre.* Scherpe und Hantl sollen zwölf Jahre hinter Gitter, Klehr lebenslänglich. Offenbar hat er mit keiner milderen Strafforderung gerechnet, er nickt, als gebe er dem Ankläger recht.

Mit den Ausführungen eines Nebenklägervertreters enden Elenas handschriftliche Notizen vom Prozess. Als die Urteile verkündet werden, ringt sie mit dem Tod.

Am späten Nachmittag des 21. Mai 1965, Elena befindet sich gerade auf dem Heimweg, packt sie ein jäher Schwindel. Sie taumelt, Passanten eilen ihr zur Hilfe. Eine Friseurin, die

Elenas Schwächeanfall von ihrem Geschäft aus beobachtet, bittet sie in ihren Salon, dort könne sie ausruhen.

Später fährt sie mit dem Taxi nach Hause. Ihr ist heiß, sie glüht regelrecht. Offenbar hat sie Fieber. Sie zittert, ihr Körper schmerzt. Fieberträume suchen sie heim. Träume, in denen sie verbrennt, Träume, in denen Schneemassen auf ihr lasten, Träume, in denen ihr der Angeklagte Lucas ohne Narkose eine bleistiftdicke Nadel in die Gebärmutter sticht.

Nach vier Tagen alarmiert eine Nachbarin die Hausverwaltung. Aus der Wohnung über ihr, da, wo die junge Frau wohnt, für die sie manchmal Post entgegennimmt, hat sie ein Gepolter vernommen, aber auf ihr wiederholtes Klingeln hat niemand reagiert. Mit dem Zweitschlüssel verschafft sich der Hausmeister Einlass in Elenas Wohnung. Im Schlafzimmer findet er sie bewusstlos neben ihrem Bett liegen. Mit Blaulicht wird sie ins Krankenhaus gebracht. Ihr Zustand ist kritisch. Hätte sie im Delirium nicht die Lampe vom Nachttisch gestoßen, wäre sie wohl verdurstet.

An einem Sonntag, fünf Tage nach ihrer Einlieferung ins Krankenhaus, bekommt Elena Besuch von ihrer Freundin Helga. Ihr Fieber ist gesunken, dennoch fühlt sie sich unendlich schwach. Die Laborwerte legen eine Virusinfektion nahe; Elenas Arzt hat jedoch weitere Untersuchungen angeordnet, der dramatische Verlauf ihrer Infektion bereitet ihm Sorge. Helga berichtet Elena vom Prozess. Ein Rechtsanwalt habe den Angeklagten Capesius in seinem Plädoyer einen teuflischen Sadisten, einen Leichenfledderer genannt und für ihn 30.000 Mal lebenslängliches Zuchthaus gefordert. Nun folgten die Plädoyers der *Herren Verteidiger*. Die könne Elena getrost vergessen, besser sie ruhe sich aus, um zur Urteilsverkündung wieder auf den Beinen zu sein.

Doch als Elena nach mehr als vier Wochen aus dem Krankenhaus entlassen wird, kann sie sich immer noch kaum auf den Beinen halten. Jeder Schritt bereitet ihr Mühe, im Grunde möchte sie nur noch schlafen. Im Spiegel erblickt sie das Antlitz der Mutter. Ihr Arzt ist ratlos. Neue Befunde hätten sich nicht ergeben. Bei seinen Besuchen verordnet er Elena Ruhe – als hätte sie eine Wahl.

# 79

Xavi weint. Puyol rauft sich die Haare. In Jullers Trikot schwebe ich vom Platz hinauf zur Ehrentribüne, wo Messi gerade Özil zum Sieg gratuliert. „Lio, bitte, ich muss los."

So oft habe ich den Traum geträumt. Bis alles richtig war. Bis wir ein Tor mehr hatten als die Spanier und statt ihrer im Endspiel standen. Gegen Holland haben wir bei einer Weltmeisterschaft noch nie verloren.

„Wohin gehst du?"

„Zu Xiao."

Xiao. Xavi. Xabi Alonso.

„Und wann kommt du wieder?"

„Weiß nicht. Denkst du an Elena? Wenn es spät wird, melde ich mich. Lieb dich."

Eine Weile noch bleibe ich liegen. Elena. Die Mondsichel hatte sich quergelegt. *Wie eine Wiege*. Hat sie das gesagt?

Ihre Ellbogen auf der Balustrade. Der blaue Rauch ihrer Zigarette fädelt sich senkrecht in die sternenklare Nacht.

Dann dieser Satz.

„Mein Leben hat sich in einer Schuld verbraucht."

Sie erzählt ihre Geschichte. Seit 72 Jahren trägt sie sie mit sich herum. Es ist brütend heiß an diesem Tag im August. Sie sind einkaufen gewesen, jetzt warten sie auf den Bus. Elvira und Elena haben Durst, sie wollen sich setzen, beide sind hundemüde. Die Mutter kann aber nur eins ihrer Mädchen auf den Arm nehmen. Auch im Bus muss Elena, die ältere, stehen. Plötzlich sieht sie auf. Ist das nicht? Die alte Frau hinter Mama dreht sich zum Fenster. Aber ja doch, da, unter der Jacke. Elena stupst die Alte an. Die dreht sich müde um. Elena deutet auf den halb verborgenen Stern. Die Alte nickt. Umständlich zieht sie sich am Sitz ihres Vordermanns hoch. In dem Moment, da Elena in den noch warmen Sitz plumpst, legt sich der Bus plötzlich in eine Kurve. Die Alte wirbelt herum und schlägt der Länge nach auf den Boden. Alle sehen zu. Niemand eilt ihr zur Hilfe. Elena blickt zur Mutter, doch statt mit ihr zu schimpfen, lächelt sie ihr aufmunternd zu. „Braves Mädel", sagt der Mann neben ihr und tätschelt ihr das Knie. An der nächsten Haltestelle steigt die Alte aus. Während der Bus wieder anfährt, beobachtet Elena, wie sich die Alte bückt und ihr Bein reibt. Selbst schuld! Warum setzt sie sich auch auf einen Platz, der ihr nicht zusteht?

Mitternacht ist vorbei. Keine Autokorsos, die Fiesta findet woanders statt. Einmal knallt in unmittelbarer Nähe ein Böller. Elena schreckt zusammen. Danach ist es wieder still.

„Seraphin tat mir so gut. Bei ihm fühlte ich mich geborgen. Aber ob ich ihn geliebt habe? Das frage ich mich. Ob ich ihn wirklich von Herzen geliebt habe. Oder ob mich das Schicksal aus einem anderen Grund zu ihm geführt hat. Um eine Schuld abzutragen, verstehen Sie?"

Mit einem Mal will sie allein sein.

„Nein, machen Sie sich keine Gedanken, mir geht es gut. Ich bin müde. Die laute Musik. Die vielen Leute. Und dann. Wir alle wären doch gerne Weltmeister geworden, nicht wahr?"

Nach dem Frühstück rufe ich sie an. Aber sie nimmt nicht ab. Ich spreche ihr eine Nachricht aufs Band. Dass sie das Buch ihres Lebens nur als Entwurf betrachten soll, da es noch einer Überarbeitung bedürfe. Das fragmentarische Ende, schlage ich vor, sollten wir gemeinsam ausarbeiten, die Revision im Prozess, ihr Studium, ihre Karriere als Staatsanwältin. Darüber hinaus hätte ich noch einige Fragen. Auch wegen gestern.

Nachmittags bin ich an der Uni und einige mich mit meinem Prof auf einen Prüfungstermin. Als ich abends heimkomme, blinkt der Anrufbeantworter. Elenas Stimme klingt fröhlich.

„Passt Ihnen morgen? Wir könnten gemeinsam zu Mittag essen. Dreizehn Uhr wäre mir recht. Ich hoffe, Sie mögen Fisch.

Traditionell erinnert man uns hier jeden Freitag an die Kreuzigung des Herrn."

# 80

Wie sehr hat sie sich nach einer Entschuldigung eines Angeklagten gesehnt, einem Zeichen der Reue, dem Eingeständnis einer Schuld. Aber auch die letzte Möglichkeit dazu lassen die 20 Beschuldigten ungenutzt verstreichen. Stattdessen ergehen sie sich in ihren Schlussworten erneut in Beteuerungen, Rechtfertigungen, Appellen und Larmoyanz. Der Angeklagte Mulka beruft sich auf schicksalhafte Umstände, die Beschuldigten Boger und Klehr haben nur Befehle befolgt, die Angeklagten Hofmann und Kaduk haben sich für denselben Tatkomplex schon einmal verantworten müssen – ihre Schuld sei getilgt. Der Angeklagte Lucas beteuert, über Auschwitz nie hinwegkommen zu können, und appelliert an das Gericht, dass er sich immerhin *zur Wahrheit* durchgerungen habe. Allein der Angeklagte Stark bedauert, was er selbst einen Irrweg nennt. Aber ob er in Auschwitz zum Verbrecher wurde? Darauf habe er in all den Jahren seit Ende des Kriegs keine gültige Antwort gefunden.

*Mein weiteres Schicksal und dasjenige meiner unglücklichen Familie lege ich vertrauensvoll in die Hände des Hohen Gerichts.*

*Wer vor dem Kriege Mensch war, ist auch während des Krieges Mensch geblieben, selbst wenn er in Auschwitz war.*

*Wenn der Lagerführer gesagt hat, schwarz ist schwarz, und wenn es zehnmal weiß war, war nichts dran zu machen.*

*Ich als kleiner Mann war kein Herr über Leben und Tod dieser unglücklichen Menschen.*

*Gewiß versuchte ich in meiner ausweglosen Situation, möglichst viele jüdische Häftlinge am Leben zu erhalten. Aber ständig verfolgt und verfolgt mich die Erinnerung: und die anderen?*

Das Ende des Auschwitz-Prozesses erlebt Elena im Krankenbett, zum Laufen ist sie noch immer zu schwach. Nachbarn kümmern sich um sie, Freundinnen kaufen für sie ein, hin und wieder kommt auch eine Zeugenbetreuerin vorbei, kocht für sie oder erledigt die Wäsche. Ruft ihre Mutter an, so gibt sich Elena munter – ihre Anwesenheit könnte sie nur schwer ertragen. Auch im Gespräch mit ihrer Freundin Gisela schwindelt sie sich stark. Gisela hat ihren Mann mit einer anderen erwischt und ist mit ihren Kindern seither allein.

Am 19. August 1965 werden die Urteile verkündet. Sechs Angeklagte – Boger, Hofmann, Kaduk, Klehr, Baretzki und Bednarek – werden wegen Mordes oder gemeinschaftlicher Beihilfe zum gemeinschaftlichen Mord zu lebenslangem Zuchthaus und Aberkennung der bürgerlichen Ehrenrechte auf Lebenszeit verurteilt. Elf Beschuldigte erhalten Freiheitsstrafen von drei bis 14 Jahren. Drei Angeklagte – Schoberth, Breitwieser und Schatz – spricht das Gericht aus Mangel an Beweisen frei.

Der Angeklagte Lucas kommt mit drei Jahren und drei Monaten Zuchthaus davon. Der Angeklagte Broad mit vier Jahren. Der Angeklagte Stark mit zehn Jahren Jugendhaft. Polizei- und Untersuchungshaft werden jeweils auf das Strafmaß angerechnet. Broad soll schon in einem halben Jahr wieder auf freiem Fuß sein, Lucas darf in zweieinhalb Jahren wieder praktizieren, und Stark könnte seinen Studenten schon in drei Jahren wieder ein Lehrer sein.

*Ich sehe mein ganzes Leben Stark. Mein ganzes Leben.*

# 81

Gude."

„Lasst's euch schmecken."

Während Addi noch die Panade von seinem Seelachsfilet puhlt, ist Edda schon beim Nachtisch, einer mit Honig beträufelten, mundfertig gewürfelten Cantaloupe-Melone.

Elena faltet ihre Serviette auseinander. Sie pickt eine Krabbe vom Rand ihrer Suppe und hält die trudelnde Kresse in Form.

„Wohl bekomm's."

„Ich will ja nicht maßlos sein", beschwert sich meine Tischnachbarin bei der Küchenhilfe, „aber ein bisschen Soße ist wohl nicht zu viel verlangt, oder?"

Ich spieße einen Matjes-Happen auf meine Gabel und streiche ihn über das Häubchen Crème fraîche. Am Nebentisch wird schon der Nachtisch serviert. Frau Ferency rückt ihre Brille zurecht. Frau Müller und Frau Schön stecken die Köpfe zusammen. Clemens Clemens schiebt den Teller nach wenigen Bissen zur Seite und kommt zu uns an den Tisch.

„Lassen Sie sich bitte nicht stören."

„Sie wissen doch, Sie stören nicht."

Er reicht mir seine Hand. „Ich darf Ihnen noch einmal versichern, wie angenehm mir Ihr Unterricht war und wie sehr ich davon profitiere. Ich würde mich freuen, Sie bald einmal wiederzusehen. Bis dahin wünsche ich Ihnen alles Gute, vor allem Gesundheit und Erfolg für Ihre Promotion."

Weitere Abschiede folgen. Addi Selig quetscht mir die Hand, Edda lacht mich aus, Frau Ferency hofft auf eine Fortsetzung, und Frau Anderson verspricht mir eine Postkarte, sollte sie je wieder in Cala soundso sein. Wir versichern uns, über das Internet in Kontakt zu bleiben. Die meisten haben inzwischen eine eigene E-Mail-Adresse und zwei meiner Schüler die Software zur Video-Telefonie.

Nach dem Essen machen auch wir uns auf den Weg. Hell ist der Tag, heiß und heiter. Elena nimmt meinen Arm, hält aber schon nach wenigen Schritten inne.

„Mein Leben – so wie Sie es schildern, habe ich es nicht in Erinnerung. Aber ich finde mich ausgezeichnet darin zurecht."

Bislang kannte ich den Garten der Villa nur aus der Entfernung, jetzt öffnet sich mir ein kleines Paradies. Ein weißer Rosenbogen wölbt sich über den Eingang, darin eingewoben die dunklen Sterne einer Clematis. Jenseits der Ranken blühen blaue Hibisken und weiße Hortensien. Ein schmaler Weg schlängelt sich an sorgsam geharkten Beeten vorbei. Rosen, Gladiolen, Lilien, Zinnien, Dahlien, Kosmeen, Anemonen, Mohnblumen, Mädchenauge – Elena sagt ihre Namen her wie die eigener Kinder. Einmal hebt sie einen Stein auf, betrachtet ihn und wirft ihn wieder fort. Wir gehen zum Teich, auf dem gelbe und weiße Rosen schwimmen. Libellen segeln über die Blüten hinweg. Ihre Flügel glänzen in der Sonne.

„Kennen Sie die Gärten von Giverny? Frühmorgens, wenn noch die Nebelschleier über den feuchten Wiesen schweben, ist es dort am schönsten. Dann spazieren Sie zwischen all den Blumen umher und glauben, Sie wandern durch ein Gemälde. Kommen Sie."

Sie führt mich zu einem Mandelbaum, in dessen Schatten eine weiße Gartenbank steht. Wenn ich mich nicht irre, habe ich von Weitem den König hier thronen sehen. Die Bank ist so schmal, dass sich unsere Schenkel berühren.

„Die losen Fäden, nicht wahr?"

Manche schneidet sie ab, andere will sie verknüpfen.

Mit einigen ihrer Zeugen sei sie zeit ihres Lebens verbunden geblieben. Von ihrem verzweifelten Mut, weiterzuleben, habe sie viel gelernt. Manche, erzählt sie, seien in ihrem zweiten Leben außergewöhnlich erfolgreich gewesen. Die eine habe über viele Jahre das Jüdische Historische Museum in Mexiko-Stadt geleitet, der andere ein viel beachtetes Buch geschrieben, ein weiterer sich als Künstler internationale Geltung verschafft. Allen gemein sei, dass sie ihr Leben lang das Andenken ihrer in Auschwitz ermordeten Kameraden pflegten. Mit meiner Hilfe könne sie nun selbst ein wenig dazu beitragen – dafür sei sie mir dankbar.

Und die Angeklagten?

Lucas fällt ihr als erster ein. *Der gute Mensch von Auschwitz.* Er sei in einem Revisionsverfahren tatsächlich freigesprochen worden und habe nach seiner Haftentlassung noch 13 Jahre als Gynäkologe praktiziert.

„Mulka!“ Von seiner 14-jährigen Zuchthausstrafe habe er nur vier Monate verbüßt. „Haftverschonung wegen Krankheit, doch als Gärtner im eigenen Heim strotzte er nur so vor Gesundheit.“

„Neubert!“ In einem zweiten Auschwitz-Prozess sei er mit dreieinhalb Jahren Zuchthaus davongekommen. „Danach hat er es sich noch ein Vierteljahrhundert gut gehen lassen.“

„Stark!“ Nach seiner Freilassung habe er seine in Auschwitz erworbenen Fachkenntnisse in den Dienst eines Chemieunternehmens gestellt und Herbizide entwickelt.

„Capesius!“ Noch am Tag seiner Haftentlassung sei der auf einem Konzert gesichtet worden, wo ihn die Mitbürger seiner Heimatstadt mit lautem Beifall begrüßten.

Nur drei der 20 Angeklagten sind nicht wieder frei gekommen: Hofmann, Boger und Baretzki starben in Haft.

Elena hat sie alle überlebt.

„Bis auf einen“, sagt sie. Der sei inzwischen 94 und lebe vermutlich wie sie in einem Heim. „Stellen Sie sich vor, der spielt mit einem seiner Opfer Karten! Denken Sie nur! Der Mensch ist zum Lügner geboren. Sein Gewissen entdeckt er erst, wenn die Angst in ihn fährt. Wenn er mit einem Mal fürchtet, dass man ihn trotz seiner Finten erwischt. Mulka, Höcker, Broad – von Boger und Kaduk ganz zu schweigen: Ich habe ihnen in die Augen gesehen, viele, viele Male. Zuckende Lider oder Mundwinkel? Von wegen! Das gibt es nur im Film. Den Opfern klopft das Herz bis zum Hals, doch die Täter sind mit sich im Reinen."

Als ich auf Sellert zu sprechen komme, werden ihre Antworten einsilbig. Ihr Leben nach dem Prozess sei nicht von Belang, im Grunde habe sie sich selbst überlebt.

Warum sie Jura studiert hat?

„Pure Verlegenheit."

Weshalb sie Staatsanwältin geworden ist?

„Als Anwältin hätte ich Mörder wie Stark und Boger verteidigen müssen, zur Richterin hat es nicht gereicht."

Ihr soziales Engagement?

„So aus der Lamäng? Da müsste ich überlegen."

Aber auf ihre Auszeichnungen sei sie doch sicher stolz?

„Ach, das Lametta. Wissen Sie, wofür ich das bekommen habe? Weil ich ein bisschen im Wohlstandsmüll gewühlt, das Brauchbare vom Nützlichen geschieden und an die Bedürftigen weitergegeben habe. Mich selbst hat das keinen Pfennig gekostet."

Über ihre Träume will sie nicht reden.

„Und die Rechte der Frau?"

Da muss sie lachen. Sie nestelt eine Packung Zigaretten aus ihrer Handtasche, reicht mir ihr Feuerzeug und wartet, bis ich die Flamme entzünde.

„Im Herbst 1968 standen Gisela und ich beinahe täglich miteinander in Kontakt. Die Bewegung ging von Berlin aus, aber der berühmte Tomatenwurf, Sie wissen, der war bei uns. Als Gisela in den Weiberrat eintrat, zog ich nach. Aber schon bald wurde mir das alles zu groß. Verstehen Sie? Fast hätten Gisela und ich uns deswegen überworfen. Erst sehr viel später hat sie meine Beweggründe verstanden. Dass ausgerechnet ich für die universelle Freiheit eintrete, verstehen Sie? Zuvor musste ich mich wohl erst selbst befreien."

Elena sieht hinauf zur Villa, von der sich uns jemand nähert. Ich erkenne ihn erst, als die Sonne sein Antlitz bescheint. Auftritt des Königs. Der Rosenbogen ist sein Vorhang, der Garten seine Bühne. Allein sein selbstzufriedenes Grinsen! Wie er den Kopf zu allen Seiten wendet und dabei sein Zepter schwingt, verwundert innehält, sich bückt, den Stängel einer Lilie zu sich zieht, an ihrer Blüte schnuppert und darin schwelgt.

„Begnadet, nicht wahr?" Elena lacht. „Aber das Beste kommt noch."

Jäh fasst sich der König ans Herz. Drei Atemzüge lässt er uns Zeit, seine Bühnenkunst zu bestaunen. Schon dreht er sich auf dem Absatz um, hebt sein Zepter und geht.

„Ich nehme doch nicht etwa seinen Platz ein?"

„I wo! Er setzt sich nie zu mir. Er vergewissert sich nur, dass ich da bin."

„Sie kommen öfter her?"

„Wenn es trocken ist, jeden Tag."

„Und Ihr Verehrer?"

„Dem macht der Regen nichts aus."

Eine Achtundsechzigerin, fährt sie fort, sei sie nie gewesen. Dennoch habe auch sie das Jahr der Revolte als Schicksalsjahr erlebt. Verstört ob einer Justiz, die Massenmörder exkulpiert, empört ob einer Politik, die einen Nazi zum Kanzler kürt, enttäuscht von einem Volk, das sich der Aufarbeitung seiner Vergangenheit beharrlich verweigert, habe sie Ende der 60-er Jahre ernsthaft erwogen, das Land zu verlassen. In die Schweiz oder USA zu emigrieren, vielleicht sogar nach Israel, an Einladungen habe es nicht gefehlt. Warum sie blieb? Vor allem Seraphin wegen. Geblieben sei sie auch, weil sie schon einmal ihre Heimat eingebüßt habe. Geblieben sei sie ferner, weil sie erkannt habe, dass sie erst die Heimatlosigkeit in sich selbst überwinden musste, um in der Welt eine neue Heimat zu finden.

„Und dann."

Sie legt den Kopf schief. Fährt mit ihren Fingern durch ihr Grace-Kelly-Haar. Nimmt mich an der Hand. Nimmt mich mit in einen dunklen Saal.

„Wir sitzen in der ersten Reihe, Gisela und ich, die Karten hat mir ein stiller Verehrer geschenkt, ein Kritiker beim Hessischen Rundfunk. Kurz vor Ende der Veranstaltung geht plötzlich das Licht aus. Als der Scheinwerfer aufleuchtet, steht die Knef am Bühnenrand, eine Armlänge von uns entfernt. Die schwarze Wimperntusche ist verlaufen, als habe sie gerade geweint. Es ist mucksmäuschenstill. In dem Moment, da sie das Mikrofon zum Mund führt, da die Geigen einsetzen, Kurt Edelhagen selbst sitzt am Klavier, in diesem Moment sieht sie mich an. Stellen Sie sich vor, sie sieht mir direkt in die Augen, und ich muss weinen, all der Schmerz, verstehen Sie, nur dieser Blick, dieser Augenblick, und dann ihre Stimme, verstehen Sie, ihr Kind ist ja erst seit wenigen Monaten auf der Welt, und sie singt von den Wundern, von den Entscheidungen, die wir ein Leben lang treffen. Verstehen Sie, wenn Seraphin und ich, wenn wir Kinder gehabt hätten, er hätte doch nicht ewig geschwiegen, wahrscheinlich hätten sie ihn noch nicht einmal fragen müssen, wahrscheinlich hätte er ihnen von sich aus erzählt, was er mir ein Leben lang verschwieg."

Wie schmal ihre Finger sind. Eine Blaumeise wagt sich aus der Deckung. Unser Baumhaus, es wird den Sommer nicht überstehen. Ich müsste es abstützen, noch wäre Zeit. Vorhin hat mein Smartphone gezirpt. *Dad* wünscht mir tatsächlich Glück für das morgige Spiel, das kleine Finale.

„Wenn ich mich früher an mein Leben erinnert habe," Elenas Stimme dringt kaum mehr zu mir durch, „dann in der natürlichen Abfolge – Kindheit, Jugend, Ehe, die Zeit danach. Heute fließen alle Bilder ineinander. Als ob die Chronologie, als ob die Zeit selbst keine Bedeutung mehr hätte. Ein Freund, das ist mir neulich wieder eingefallen, sprach, wenn die Rede auf Auschwitz kam, nicht von *damals*, er sagte *dort*, als sei das Martyrium, das er erlitt, herausgelöst aus der Zeit. Verstehen Sie?“

Unvermittelt steht sie auf. Müde sei sie, jetzt müsse sie sich hinlegen, bis zum Abendessen bleibe nur noch wenig Zeit. Ich begleite sie zurück. An den blühenden Rosen, Gladiolen und Lilien vorbei, für deren Schönheit sie nun keinen Blick hat. Am Eingang der Villa reicht sie mir die Hand.

„Wegen Ihrer Homepage“, sage ich.

„Das hat Zeit.“

„Ich meine, sobald wir den Text fertig haben, sollten wir über die Aufmachung reden.“

„Gewiss.“

„Ich rufe Sie an.“

„Machen Sie das.“

„Wenn Sie der Auffassung sind, wir sollten uns vorher zusammensetzen, dann …“

„Nein, nein, ich vertraue Ihnen ganz und gar.“

„Also gut. Ich melde mich bei Ihnen.“

„Leben Sie wohl.“

# 82

Xiao ist fort. Wohin sie gegangen ist, hat sie uns nicht verraten. Ob sie denn wiederkomme? Vielleicht. Ihre Kleider und das Bild ihrer Eltern bleiben vorerst in Ulis Appartement. Die Miete, sagt Xiao, habe sie für drei Monate im Voraus bezahlt.

„Spinnen denn jetzt alle?"

Uli ist wütend. Mit einem Mal zieht sie mich in den Flur.

„Ich muss hier raus. An die Luft. Egal wohin. Hauptsache raus."

Ein feiner Sprühregen schraffiert den Tag. Jenseits des Alleenrings lassen wir die Stadt hinter uns, wandern auf lehmigen Wegen durch Maisfelder, über Äcker und Wiesen, bis die Sonne plötzlich durch die Wolken bricht, ein Kegel Licht, der uns einfängt und Sekunden lang hält.

Am frühen Nachmittag stoßen wir auf einen Gasthof, dessen Wirt uns, da wir nach einem Frühstück fragen, ungläubig anstarrt, Frühstück, *noa*, aber eine Brotzeit, *joh*, die ließe sich herrichten. Wurst, Käse, Graubrot, „und Eier, wenn's recht ist", wirft die Wirtin ein, die am Nebentisch Wiener Schnitzel serviert, „mit Speck, wie's den Herrschaften schmeckt", dabei wischt sie über den Tisch mit Fingern rot wie Rindswürste.

Uli ist alles recht, Hauptsache, es geht schnell. Ihre Wangen glühen, ihre Wut ist in der wohligen Wärme verdampft.

„Wenn ich mir vorstelle. Zwei Familien. Mit wie vielen Kindern? Mit Onkeln und Tanten, Nichten und Neffen. Und alle tot. Wenn Elena stirbt, ist keiner mehr übrig, keiner, der sie vermisst."

„Und wir?"

„Schon. Aber das ist nicht dasselbe."

Nachher setzen wir uns auf die Terrasse. Zwei Sonnenliegen, Südhang, Blick auf die Frankfurter Skyline. Uli schiebt ihr Top hoch und schließt die Augen.

*Wenn wir Kinder gehabt hätten.*

Allein die Vorstellung. Da zu sein und immerfort woanders.

*Was ich an ihm mochte? Er gab mir das Gefühl, in der Welt zu sein, verstehen Sie?*

In der Welt sein, im Leben und dass man sich selbst nicht entkommt – ich will es festhalten, das habe ich ihr versprochen, die Lebenswege, die einander kreuzen, die Familien, die nicht mehr sind, ihr Leben, das aus zwei Richtungen auf den einen Ort zuläuft, ihr Erbe, ihr Vermächtnis. Wer sagt denn, dass sie sich festgelegt hat, Annahmen ändern sich, wir gleichen sie ständig mit unserer Gegenwart ab. Unser Kind könnte auch ihr Kind sein.

„Lio."

„Ja?"

„Ich dachte nur."

„Was?"

„Die Geschichte, die du vorhin erzählt hast."

„Von der weißen Orange?"

„Woran wir uns erinnern."

„Was für den einen zählt."

Frau Roth beim Bankett. Sie bittet ihre Tischnachbarin, ihr eine Frucht aus der Obstschale zu reichen, eine weiße, runde, sagt sie und meint eine Orange. Warum Orangen wohl Orangen hießen, spielt sich die andere auf, doch siehe da, kaum hat Frau Roth ihre Orange geschält, ist sie weiß, eine weiße, runde Frucht.

*Ma* sagt zur Orange Apfelsine, das habe sie von ihrer Mutter, „Apfel aus China", ob Xiao das weiß? Die ist fort, aber *Ma* empfängt meine Signale, schon ruft sie an, ob wir Zeit hätten auf ein Eis am See. Im Kurpark scheine die Sonne grad so schön, natürlich wären wir ihre Gäste.

Eine Dreiviertelstunde später versinken wir in ein weißes Lounge-Sofa, Blick auf den *See*, Schwanenteich ohne Schwäne, schlürfen Eiskaffee und freuen uns mit *Ma*, die am Vortag zwei ihrer Weiber verkauft hat. „Zwillinge, in Würde gereift." Dabei – ein wenig traurig sei sie schon. Wenn sie wenigstens wüsste, dass es die beiden gut haben in ihrem neuen Zuhause.

„Und jetzt Ihr! Geht es dir gut, mein Kind? Ich kann es kaum noch erwarten, bis das Kleine da ist! Spürst du schon was? Nein? Sei froh. Als ich das erste Mal schwanger war … Herrschaftszeiten! Veitstänze hat der Junge da drinnen aufgeführt! Wenn ich nur daran denke, wird mir schon übel!"

Uli zeigt ihr das Foto vom Ultraschall, *Ma* ist entzückt. 3D-Bilder gab es zu ihrer Zeit nicht. Die Faust am Auge, das sähe mir ähnlich. Glücklich sei sie, sagt sie, glücklich, dass wir unser Glück mit ihr teilten. Ob sie Lissi zur Geburt eine Puppe schnitzen dürfe – ein Glückskind mit runden Backen und listigem Blick?

Nach dem Espresso drehen wir eine Runde durch den Park. Eine durchsichtige Bläue hüllt uns ein, das Gras schillert, unsere Schatten streifen über die Uferkante des Sees.

„Wie weit bis du denn mit deinem Buch? Wann kann ich es lesen?"

Ich erzähle ihr von den losen Fäden, den verlorenen Momenten, der Zeit, die sich in einen Ort verwandelt, und dem eigentümlichen Begriff, den ich beim Nachlesen meiner Notizen wiederentdeckt habe: *fortsetzen*, so steht es blau auf weiß im Heft, nicht *weiterleben*, sondern sich *fortsetzen*, als ob sie ihr unterbrochenes Dasein wieder aufnehmen und weiterführen, möglicherweise sogar vervollständigen müsse. Als ob ihr rückwärtsgewandtes Leben mit einem Mal tatsächlich ein Ziel in der fortlaufenden Zeit habe, in unserer Gegenwart, womöglich gar in einer gemeinsamen Zukunft.

„Bringt sie beim nächsten Mal doch einfach mit", schlägt *Ma* vor. „Dann koche ich uns was oder back uns einen Kuchen."

„Das würde sie sicher freuen."

„Hat sie denn sonst niemanden?"

„Außer den Heimbewohnern? Ich glaube nicht."

Wir begleiten *Ma* zum Parkplatz. Ihr Transit duckt sich wie ein scheues Tier unter den herabhängenden Zweigen einer Weide. Wortlos nimmt sie Uli in den Arm. Dann bin ich dran. Über die verbeulte Front ihres Autos ziehen sich rostige Adern. Plötzlich tritt sie einen Schritt zurück. „Sagt mal, habt ihr noch etwas vor?" Ihre Augen blitzen, ihre Finger schneiden durch die anbrechende Nacht. „Wenn ihr Lust habt, machen wir uns einen gemütlichen Abend. Ihr könnt bei mir schlafen. Hab alles da. Einschließlich saftiges Hack vom Biohof. Wie wär's? Lust auf Hamburger? Nicht diese Pappburger, ich meine die echten mit Fleischtomaten und Eisbergsalat."

Uli lacht. „Bio-Hamburger?" Sie sieht mich an. „Warum nicht?"

Also rutschen wir auf die Doppelbank, der Motor springt gleich beim ersten Mal an. Als ich mich umsehe, blicke ich einem Totem in die Augen.

„Ach, die Rosi", *Ma* lacht, „die kennst du noch gar nicht, gell, die fährt jetzt immer mit, damit ich mich zusammenreiße. Auf Gejammer, sieh sie dir an, reagiert sie mit Hohn und Spott."

# 83

„Was ich gern wüsste."

„Nur zu."

„Ob sich das, an was Sie sich erinnern, mit den Jahren verändert, und wenn ja, in welcher Weise."

„Na, Sie können fragen!"

„Ich meine, wenn Sie Ihre Erinnerungen mit Ihren Aufzeichnungen vergleichen, erkennen Sie sich darin wieder?"

„Worte prägen sich ein. Und Bilder. Aber die vagen Erinnerungen. Meinen Sie das? Wenn ich in den Zeugenstand treten müsste nach all der Zeit – ich bezweifele sehr, dass ich mich mit der Hand auf der Bibel für mich selbst verbürgen würde. In letzter Zeit drängt sich mir sogar der Verdacht auf, dass mein Gedächtnis, auf das ich immer so stolz war, müde wird – oder will es mich schonen? Jedenfalls hüllt es die dunklen Momente in einen Nebel und hellt die lichten auf, verstehen Sie?"

„Das klingt versöhnlich."

„Nicht wahr? Andererseits." Sie reibt ihre Finger aneinander, ein Klang wie Papier. „Wenn Sie sich selbst nicht mehr trauen, verlieren Sie auch das Zutrauen in Ihre Mitmenschen."

„Das schließt mich ein."

„Nein, nein, Lionel, Ihnen vertraue ich voll und ganz. Im Grunde vertraue ich Ihnen sogar mehr als mir selbst. Sehen Sie es einmal so: Hätte ich meine Geschichte, statt sie Ihnen anzuvertrauen, selbst erzählt, hätten mich immerfort Zweifel geplagt, ob sie meinem Leben tatsächlich entspricht. Nun da Sie sie erzählen, ist es auch Ihre Geschichte, egal wie man es dreht oder wendet, nicht wahr?"

„War das Ihr Plan?"

„I wo. Sie wissen doch, ich vertraue dem Schicksal."

„Der Intuition eines Ohrensessels."

„Ich sehe, wir verstehen uns."

# 84

Wir blicken über den Zaun hinaus auf die Straße. Menschen winken, schwingen Fahnen, singen Lieder. Nachbarn prosten uns zu. Eine Rakete schießt in den mondlosen Himmel. Mitternacht naht, doch noch ist es warm wie am Tag. *Ma* weint. Vielleicht gehört das so. So viel Wehmut in einer einzigen Nacht. Vorhin hat uns *Dad* zum Sieg gratuliert, zum Sieg im kleinen Finale. Die Ruhe des Sees, ich konnte sie fühlen. Bis er den Hörer Bernanke gab, dessen Freudengebell selbst *Ma* zum Lachen brachte. Dass *Dad* heute gern bei uns wäre – in meinen Ohren klang es nicht wie eine Lüge.

„Das sagt sich so leicht."

„Ich glaube ihm."

„Menschen ändern sich nicht."

Auch die Sterne am Himmel, sagt *Ma*, täuschten uns ihre Gegenwart nur vor.

Der Nachbar reicht uns Pappbecher über den Zaun und füllt sie mit Schaum. Wir stoßen auf die Zukunft an wie auf ein neues Jahr. Seine Frau verteilt Wunderkerzen. *Mas* Wunder will nicht brennen. Da es endlich zündet, sind unsere Kerzen verglüht.

Später sitzen wir vor dem Fernseher. Während Schweinsteiger, Özil und Podolski Glückwünsche aus Bellevue empfangen, krault *Ma* ihren Kätzchen das Fell. Im Herbst, verkündet der Moderator, werde der Bundespräsident unsere Jungs mit dem Silbernen Lorbeerblatt ehren – wie 1954 die Herberger-Elf.

*Ma* stemmt sich hoch. „Gute Nacht, ihr Lieben. Ich bin müde. Schön, dass ihr da seid."

Die Treppe knarzt, die Badezimmertür, wenig später hören wir ihre blanken Schritte über den Flur, den Lichtschalter, eine Tür springt ins Schloss, dann ist es still.

„Lio?"

Ulis Kopf in meinem Schoß. Ich taste nach der Fernbedienung. Das Bild erlischt. Im fahlen Licht der Nacht suche ich Ulis Augen. Ihre Hand gleitet unter mein Hemd.

„Hast du gehört?"

„Was meinst du?"

„Als dein Dad mit deiner Mum sprach."

„Ja?"

„Hat sie nur zwei Worte gesagt. Ein Ja zur Begrüßung und ein Nein beim Abschied."

Ich hätte Lust, die Nacht im Baumhaus zu verbringen, ob es uns trüge? *Ma* hat das Bett in meinem Zimmer bezogen. Selbst die alten Poster hängen noch: Häßler, Klinsmann, Thon. Uli streift sich das Kleid über den Kopf. Wir lieben uns in den Schlaf. Einmal wache ich auf. Draußen bellen Hunde. Als ich das nächste Mal die Augen öffne, liegt Uli auf mir, unten höre ich *Ma* singen, über den Bäumen funkelt der neue Tag.

*Auch die schönen Momente im Leben sind allein nur schwer zu ertragen.*

*Ein Ja zur Begrüßung und ein Nein beim Abschied.*

Eines Nachts, damals in Ithaca, sah ich *Dad* am Steg sitzen, allein, der Mond über ihm, traurig wie nie. Unbeweglich blickte er über den silbrigen See, ich stand am Fenster und wartete, doch nichts geschah. Als ich mich zu ihm setzte, zog er mich an sich und trug mich wenig später zurück in mein Bett. Ich erinnere mich nicht an ein Wort, das wir sprachen, möglicherweise blieben wir tatsächlich stumm. Doch wenn ein Abschied naht, eine Trennung, ganz gleich von wem, dann sehe ich ihn da sitzen, seine Silhouette am See und dahinter die Berge.

Nach dem Frühstück bringt uns *Ma* zum Zug. Ob sie uns eine Wiege schnitzen dürfe, fragt sie am Bahnsteig, schon schließt sich die Tür, wir winken, mit Daumen und Zeigefingern formt sie ein Herz.

# 85

Auf einer Bank im Garten habe man sie gefunden, frühmorgens, halb in der Nacht, bewusstlos sei sie gewesen, heißt es und dass man sie mit Blaulicht ins Krankenhaus gefahren habe, man vermute das Herz, doch im Grunde wisse man nichts.

„Was hat sie dort nur gewollt?“ Herr Clemens kämpft gegen die Tränen. Wie sei sie überhaupt dorthin gelangt zu nachtschlafender Zeit, die Pforte sei ja bis um sechs in der Früh verschlossen, das alles sei ihm ein Rätsel, das alles setze ihm zu. Wenn Herr Kiraly nicht gewesen wäre! Auf Händen habe er sie hoch zur Villa getragen und wie verrückt um Hilfe geschrien.

Dr. Engelhardt, bedauert seine Schreibkraft, sei im Urlaub und sie selbst zu Auskünften nicht befugt.

Als ich den Heimleiter Tage später endlich erreiche, gibt er sich wortkarg und reserviert. Selbstverständlich wisse er meine Anteilnahme zu schätzen, allerdings verpflichte ihn seine Position zur Verschwiegenheit, streng genommen dürfe er mir noch nicht einmal sagen, ob Frau Morgenstern tatsächlich im Krankenhaus sei, geschweige denn wo, da bitte er um Verständnis.

Wochen gehen ins Land, in denen wir uns gegenseitig Mut zusprechen, Uli, *Ma*, Ed, Herr Clemens, Frau Anderson, Frau Ferenczy, Elena lebt, selbst *Dad* geht ihr Schicksal nah.

Eines regnerischen Tages Anfang August laufe ich Schwester Olga über den Weg, an einen Zufall mag ich nicht glauben. Tatsächlich, erzählt sie, habe sie in den letzten Tagen öfter an mich gedacht. Elena sei unlängst in die Reha verlegt worden und kehre voraussichtlich noch vor September in die Villa zurück.

Während wir unter dem Vordach einer Trinkhalle auf das Ende des Platzregens warten, verknüpfe ich lose Fäden, doch das Wesentliche bleibt ungesagt. Dass es ein Schlaganfall gewesen sei und kein Herzinfarkt, erfahre ich, und dass Elena wohl gestorben wäre, hätte sie die Nacht nicht im Garten, sondern allein auf dem Zimmer verbracht.

Den obligatorischen Kontrollanruf um 22 Uhr habe sie noch entgegengenommen, das habe der Nachtpfleger protokolliert. Was später geschehen sei, darüber rätselten auch ihre Kollegen. Vor allem wie Elena und Herr Kiraly in den Garten gelangen konnten, so spät in der Nacht.

„Ist die Pforte denn der einzige Zugang zur Villa?"

„Nein, es gibt noch einen Lieferanteneingang, aber der ist mühsam zu erreichen, weil man über den Anbau der Küche erst in den Keller steigen muss, und die Treppen haben es in sich."

„Glauben Sie, Elena hat das alles geplant?"

„Ich verstehe Sie nicht."

„Ihre Medikamente – wäre es nicht möglich, dass sie die abgesetzt hat?"

„Das halten wir nach."

„Wie?"

„Indem wir vor der Nachtruhe in den Pillenboxen nachsehen. Worauf wollen Sie hinaus?"

„Und wenn Elena ihre Medikamente, statt sie zu nehmen, entsorgt?"

„Aber, Herr Kaufmann! Warum sollte sie das denn tun?"

Ob sie am Teich gestanden und nach ihm gerufen hat? Schwarz ist die Nacht, aber warm wie am Tag. Der Triumph im kleinen Finale hallt nach. Die Autocorsos, die Fans und die Feuerwerkskörper – erst in der Früh kehrt die Stille zurück. Noch einmal nimmt sie die Welt mit all ihren Sinnen auf. Im Morgengrauen öffnen sich die Blüten und verströmen ihren betörenden Duft. Bilder schweben auf, die Erinnerung raubt ihr den Atem. Hat sie das wirklich gewollt? Angst und Sehnsucht schlingen ineinander. Im Fluss, ja, dort bräche sich das Leben in ihr Bahn. Doch hier auf der Bank, ein halbes Jahrhundert später, ringt nichts die Todessehnsucht in ihr nieder.

In dieser Nacht ist sie gestorben.

Doch der König wollte nicht, dass sie stirbt. Von seinem Fenster aus hat er sie in den Park gehen sehen und ist ihr gefolgt. Auch er kennt den Weg: durch die Küche in den Keller und die steile Treppe hinaus in den Hof. Unter dem Rosenbogen, auf sein knorriges Zepter gestützt, wartet er auf seinen Auftritt. Aber die Nacht ist mondlos und die Bühne ohne Licht. In der Früh, bei Anbruch des Tags, bemerkt er, dass Elena schläft. Doch die Bank ist kein Bett, nicht wahr, und eine Dame bleibt eine Dame. Auf seine Anrede reagiert sie nicht, auch als er sie schüttelt, wacht sie nicht auf. Also macht er, was ein Mann in seiner Lage tut: das Richtige.

# 86

Die Tür zum Werkraum steht weit offen. Elena sitzt am Fenster, zwei Tische hinter Frau Roth. Sie trägt einen fleckigen Kittel, bis oben geknöpft, und Plastikschützer über den Schuhen. Ihre hellen Augen im Licht. Gerade tunkt sie ihren Pinsel in die Ölfarbe und tupft damit über die Leinwand. Zinnoberrote Mohnblumen, die sich zum Horizont hin verdichten.

Der König entdeckt mich als erster. Er grinst, er reckt den Daumen, er winkt mich herein.

„Kommen Sie nur", ermuntert mich die Kursleiterin, „nein, nein, Sie stören nicht."

Herr Kiraly fasst mich am Arm und geleitet mich zu Elenas Platz.

„Diese Farben!", schwärmt er. „Diese Pracht!"

Elena bemerkt uns nicht. So sehr ist sie in ihre Arbeit vertieft. Gerade stiehlt sie einige winzige gelbe Tupfer ins Mohnblumenrot.

„Elena?"

Überrascht blickt sie auf, nimmt ihre Brille ab und schiebt eine Strähne ihres schneeweißen Haars hinter ihr Ohr.

„Ja?"

Ihre blauen Augen, hell und scheinend, erkennen mich nicht. Sie legt den Pinsel beiseite und wischt sich am Kittel die Hände sauber.

„Schön, dass Sie wieder da sind."

„So?"

„Wir haben uns große Sorgen gemacht."

„Sorgen? Aber wieso denn! Uns geht es doch gut."

„Uns geht es doch gut", echot der König.

„Das ist schön. Das freut mich. Das freut mich sehr."

Ihre Hände zittern, doch ihr Blick ist stet.

„Uli lässt Sie grüßen."

„Uli?“

„Sie wäre gern mitgekommen.“

„So?“

Eine Weile ist nur das leise Schaben des Bleistifts zu hören, mit dem Frau Roth den Stängel ihrer baumgroßen Blume schraffiert. Unversehens rückt Elena die Staffelei von sich weg, legt ihren Kopf schief und betrachtet mit gerunzelter Stirn die feucht schimmernde Leinwand.

„Sagen Sie, gefallen Ihnen meine Blumen?“

„Sehr.“

„Mohnblumen sind das.“

„Ja.“

„Ein ganzes Feld voller Mohnblumen.“

„Es ist sehr schön.“

„Finden Sie?“

Der König zückt seinen Zauberstab, malt zwei, drei Kringel in die Luft und drum herum einen weiten Kreis. Elena deutet auf den Stuhl zu ihrer Rechten.

„Wollen Sie sich nicht setzen?“

„Gern.“

„Wie war noch mal Ihr Name?“

„Lionel.“

„Lionel.“

Sie sieht zum Fenster hinaus. Die schweren Wolken vom Morgen haben sich endlich verzogen. Hin und wieder blitzt sogar die Sonne hervor. „Die Zeit, nicht wahr?“ Sie schüttelt den Kopf, als wolle sie sich eines lästigen Gedankens entledigen. Mit einem Mal lächelt sie. „Sie bleiben doch noch bis zum Tee?“

# Danksagung

Ich danke dem Hessischen Ministerium für Wissenschaft und Kunst in Wiesbaden, das die Arbeit an diesem Roman gefördert hat, dem Fritz-Bauer-Institut in Frankfurt, insbesondere Werner Renz, der meine Recherchen zum Auschwitz-Prozess unterstützt hat, sowie den Bewohnern und Mitarbeitern des Agaplesion-Hauses Saalburg, die mir Einblicke in ihre Lebenswelten gewährt und damit zum Gelingen des Romans beigetragen haben.

# Der Autor

Pete Smith wurde 1960 als Sohn einer Spanierin und eines Engländers in Soest geboren. An der Universität Münster studierte er Germanistik, Philosophie und Publizistik. Nach seinem Magister-Examen arbeitete er zunächst als Kulturredakteur, bevor er sich als freier Schriftsteller in Frankfurt am Main niederließ. Er schreibt Romane, Erzählungen und Essays. Für seinen Roman „Endspiel“ wurde er 2012 mit dem Robert-Gernhardt-Preis des Hessischen Ministeriums für Wissenschaft und Kunst ausgezeichnet.